INDEPENDÊNCIA

JAVIER CERCAS

INDEPENDÊNCIA

Tradução
Mariana Di Marcantonio

TUSQUETS
EDITORES

Título original: *Independencia. Terra alta II.*

Preparação: Thais Rimkus
Revisão: Wélida Muniz e Fernanda Guerriero Antunes
Projeto gráfico: Jussara Fino
Diagramação: Márcia Matos
Capa: adaptada do projeto gráfico original de Compañía
Fotografia de capa: Malcolm Brice / Arcangel

Dados Internacionais de Catalogação na Publicação (CIP)
Angélica Ilacqua CRB-8/7057

Cercas, Javier
Independência / Javier Cercas; tradução de Mariana Di Marcantonio. - São Paulo: Planeta do Brasil, 2025.
304 p.

ISBN 978-85-422-3852-5
Título original: Independencia

1. Ficção espanhola I. Título II. Marcantonio, Mariana Di

25-3919 CDD 863

Índice para catálogo sistemático:
1. Ficção espanhola

2025
Todos os direitos desta edição reservados à
EDITORA PLANETA DO BRASIL LTDA.
Rua Bela Cintra, 986 – 4º andar
Consolação – 01415-002 – São Paulo-SP
www.planetadelivros.com.br
faleconosco@editoraplaneta.com.br

Para Raül Cercas e Mercè Mas, minha Terra Alta

Sumário

Melchor apareceu no estabelecimento e, abrindo passagem entre os clientes, dirigiu-se ao balcão, sentou-se num dos bancos e pediu um uísque. O barman o olhou como se ele fosse um extraterrestre.

— O que está fazendo aqui? — perguntou.

— Fica tranquilo — respondeu Melchor. — Venho em missão de paz.

— Em missão de paz?

— Sim. Vai me servir o uísque ou não?

O barman demorou para responder.

— Puro ou com gelo?

— Puro.

Já passava de três da madrugada, mas o lugar ainda estava bastante cheio. Várias garotas dançavam nuas ou seminuas no palco iluminado que atravessava o ambiente principal, em meio aos reflexos de luzes estroboscópicas, enquanto alguns homens as observavam com olhos famintos; aqui e ali, outras garotas, sozinhas, em duplas ou em grupos, aguardavam a chegada dos últimos clientes. Ou o fim da noite. Nas caixas de som tocava "Like a Virgin".

— Se eu não estivesse vendo, não acreditaria. — Melchor ouviu às suas costas.

Enquanto o barman lhe servia o uísque, o homem que acabara de falar se sentou no banco ao lado do policial. Usava roupa escura, era calvo e musculoso, de não menos de dois metros de altura. Melchor tomou um longo gole de sua bebida, e o homem lhe perguntou:

— Largou a Coca-Cola?

— Sim — respondeu Melchor. — Estou comemorando.

O homem exibiu seus dentes branquíssimos.

— Não brinca! — exclamou. — Comemorando o quê? Que o juiz nos deu razão e te deixou na mão?

— O juiz não lhes deu razão, seu idiota — corrigiu Melchor. — Só disse que não havia provas contra vocês. Mas não se preocupe. Eu as encontrarei. Me vê outro uísque.

O barman, que não havia se afastado deles e mantinha a garrafa nas mãos, voltou a servi-lo Sem deixar de sorrir, o homem fez seu banco girar até dar as costas para o balcão e, com os cotovelos apoiados nele, ficou observando as dançarinas. Melchor tomou outro gole de uísque.

— Sabe por que gosto tanto daqui? — perguntou Melchor.

O homem não disse nada. Melchor levou o copo aos lábios outra vez.

— Porque lembra minha infância — disse, depois de dar um gole. — Minha mãe era puta, sabia? Então fui criado em ambientes como este, rodeado de putas e cafetões como você. É isso que estou comemorando: voltar para casa.

A música estava no fim, e a gargalhada do homem ecoou escandalosa no silêncio do prostíbulo. Nas caixas de som, Rosalía logo substituiu Madonna, e duas ou três garotas se moveram para dançar entre os clientes e as colegas. O homem apoiou firme no ombro de Melchor.

— É assim que eu gosto, policial. É preciso saber perder. — Ficou em pé e, piscando para o barman e apontando para Melchor, acrescentou: — Por conta da casa.

Melchor continuou bebendo sem erguer os olhos do copo. Embora todas as garotas o conhecessem, nenhuma delas se aproximou. Quando pediu o terceiro uísque, porém, uma delas se acomodou ao lado dele. Era espanhola, morena, madura, gordinha, e usava um corset preto com os peitos de fora. Passou a mão pelo pescoço dele e pediu uma taça de vinho. O barman advertiu Melchor:

— As bebidas dela são por fora.

Melchor assentiu, e o barman serviu o vinho. Beberam aguardando que o rapaz se afastasse deles. Quando o homem foi para o outro extremo do balcão, Melchor perguntou:

— Seguimos em frente?

— Claro — respondeu ela.

— Tem certeza? — insistiu Melchor. — Se nos pegarem, você vai ter problemas.

A mulher fez cara de indiferença.

— Eu não tenho medo, meu bem.

Melchor assentiu sem a encarar.

— Tudo bem — disse. — Vamos esperar um pouco. Quando me vir subindo, vá com elas. Deixe a porta aberta e diga que vou em seguida.

— Elas estão muito assustadas. Quer que eu fique até você chegar?

— Não. Acalme-as. Diga que não vai acontecer nada. Que vou em seguida. Então abra as outras duas portas, as da varanda, e vá embora para casa ou volte para cá. Aliás, melhor ir para casa. — Hesitou um momento. — Entendeu?

— Sim.

Melchor voltou a assentir, mas dessa vez olhou para a garota.

— Tome cuidado — disse ela.

— Você também — disse Melchor.

A mulher se levantou e, deixando a taça pela metade no balcão, afastou-se.

Melchor continuou bebendo sem falar com ninguém exceto com o barman, sem se levantar a não ser para urinar. Quando o estabelecimento já estava quase vazio, o mulato reapareceu e sorriu com desgosto.

— Ainda está aqui? — perguntou.

— Tomou seis uísques — respondeu o barman. — Pena que não foi Coca-Cola, pois teria morrido.

— Preciso falar com seu chefe — anunciou Melchor.

O homem franziu o cenho; seu sorriso desapareceu de repente, engolido pelos lábios carnudos e arroxeados.

— Ele não está.

Melchor estalou a língua.

— Você acha que eu sou tonto? Claro que está. Só vai embora quando fecha, para não correr o risco de vocês roubarem o caixa.

O mulato o observou com um misto de curiosidade e desconfiança.

— O que quer com meu chefe?

— Não é da sua conta.

— Claro que é.

— Diz que ele veio em missão de paz — intercedeu o barman.

O olhar do mulato saltou do barman para Melchor e de Melchor para o barman, que, por fim, deu de ombros.

— Quero me desculpar — disse Melchor. — Pelo julgamento. Pelo incômodo. Enfim, você sabe.

O homem pareceu relaxar.

— Claro. Acho bom. Mas para isso não é necessário vê-lo. Eu passo o recado. E sinta-se desculpado.

— Também quero fazer uma proposta.

O homem voltou à postura defensiva.

— Que proposta?

— Isso eu não vou te dizer.

— Então pode esquecer a ideia de falar com ele.

— Você quem sabe. Mas a proposta é boa, ele vai se interessar. — Olhou para o barman e acrescentou: — Não acho que vá gostar de saber que você não me deixou contar para ele.

Agora o homem pareceu hesitar. Voltou a olhar para o barman e, examinando Melchor, afastou-se um pouco depois de alguns segundos, o suficiente para falar por telefone sem risco de ser ouvido. Ao fim da ligação, fez um gesto sem vontade para indicar ao policial que o seguisse.

Atravessaram a pista deserta, subiram por umas escadas estreitas e, já no segundo andar, o homem abriu uma porta e fez sinal para que entrasse. Do outro lado estava o escritório do chefe, que não se levantou ao ver Melchor. Tampouco lhe estendeu a mão. Estava sentado atrás de uma mesa um pouco desconjuntada, com as mãos à vista e um brilho zombeteiro nos olhos.

— Por que não avisou que estava aqui? — perguntou, indicando-lhe uma cadeira diante dele. — Eu teria descido para cumprimentá-lo.

Melchor não se sentou. O chefe era um homem com um charme bem trabalhado, cerca de cinquenta anos, cabelo engomado, barba aparada e meio grisalha, as mãos reluzentes de anéis; estava de camisa, usava suspensório e exibia um colar de prata no peito, com um grande medalhão dourado. Chamava-se Eugenio Fernández, mas, por razões que Melchor ignorava, todo mundo o conhecia como Papai Moon.

— Me disseram que queria se desculpar — acrescentou. — Também me contaram que estava afogando as mágoas em uísque. Fez bem.

De qualquer forma, avisei que estava se metendo em confusão. É a vantagem de viver numa democracia, rapaz: aqui todos somos inocentes até que se prove o contrário. Inclusive eu, que não leio livros, como você. Não quer mesmo se sentar?

Melchor não respondeu. Papai Moon lançou um olhar ao mulato, que estava atrás do policial e deu de ombros. Às suas costas havia uma luminária de chão acesa, e, em cima da escrivaninha, um abajur; ambos iluminavam o cômodo com uma luz sutil. Fixada na parede do fundo, em frente à escrivaninha, uma televisão de plasma retransmitia com o volume bem baixo um jogo da NBA.

— Não vai falar nada? — perguntou Papai Moon.

— Tenho uma proposta — disse enfim Melchor.

— Foi o que Samuel me contou — disse Papai Moon. Fez girar um pouco a cadeira em que estava sentado e abriu os braços. — Sou todo ouvidos.

Melchor se virou um instante para o mulato e, então, outra vez para o chefe.

— Não se preocupe — Papai Moon tentou tranquilizá-lo. — Pode dizer o que quiser: Samuel é de confiança.

Melchor não desviou o olhar de Papai Moon, que, após alguns segundos, suspirou e, movendo levemente a cabeça, indicou ao mulato que saísse. Depois de hesitar por um momento, o mulato encarou outra vez Melchor, o suficiente para conferir: não estava armado; só tinha no bolso um par de algemas. Depois, perguntou:

— Tem certeza, chefe?

Papai Moon assentiu.

— Pode encerrar por hoje — ordenou. — Eu desço em seguida.

Com má vontade, o capanga saiu e fechou a porta.

— Bom. — O chefe se inclinou na cadeira. — O que tem a dizer?

Melchor deu dois passos à frente, apoiou o nó dos dedos na escrivaninha e, esticando seu tronco por cima dela, aproximou-se muito de Papai Moon, como se quisesse lhe sussurrar alguma coisa.

— É sobre as garotas — anunciou.

O chefe tinha uma expressão de tédio.

— Não desistiu?

Melchor o encarou. Papai Moon perguntou:

— O que há com as garotas? — Fez-se outro silêncio, até que na cara do homem começou a aparecer um sorriso cúmplice. — Já sei. Você também gosta delas, né?

Ia acrescentar alguma coisa, mas não pôde: Melchor lhe deu uma cabeçada seca na testa e, de imediato, o segurou pela nuca e bateu seu crânio contra o tampo, que rangeu como se tivesse quebrado. Então, rodeou a mesa, pegando-o pelo pescoço, levantou-o e voltou a bater nele, primeiro um soco no estômago, depois um chute no saco. Papai Moon caiu no chão urrando.

— Não grite — advertiu Melchor. Havia agarrado o colar de prata e o puxava, apertando contra o pomo de adão como se quisesse enforcá-lo. — Se gritar de novo, acabo com você.

Papai Moon estava ajoelhado, tentando respirar.

— Você está louco? — gemeu, vermelho como um tomate.

Melchor voltou a bater a cabeça dele, desta vez contra a lateral da mesa, o esmurrou, com a mesma mão com que segurava o colar lhe agarrou os dois braços e os torceu às costas enquanto o revistava com a outra. Quando encontrou o celular, jogou o aparelho no chão com força.

— Cadê a arma? — perguntou.

— Vai quebrar meu braço.

— Perguntei cadê a arma.

— Que arma?

Agora a cara de Papai Moon foi parar no chão. Quando Melchor voltou a levantá-la, um fio de sangue escorria pelo nariz e molhava a barba. Melchor repetiu a pergunta. O chefe respondeu, e Melchor, sem soltá-lo, abriu uma gaveta, pegou a arma e se certificou de que estava carregada. Então obrigou Papai Moon a se levantar.

— Desta vez você foi longe demais, policial — conseguiu resmungar. — Sua carreira acaba aqui!

Melchor torceu o braço dele com mais força e pôs o cano da arma em sua mandíbula.

— Depois trataremos disso, chefe. Agora vamos sair daqui e você vai se comportar muito bem. Se der um pio, morre. Se fizer qualquer idiotice, morre. Está claro? — Papai Moon manteve silêncio. Melchor voltou a torcer o braço dele, que então assentiu. — Muito bem. Andando.

Grudados um no outro, saíram do gabinete de Papai Moon, desceram as escadas e, no primeiro andar, o policial abriu um pouco uma porta e espiou. Ali havia uma espécie de varanda. Na verdade, um corredor externo que percorria a fachada do prostíbulo e do qual se viam a entrada e o estacionamento, onde ainda restavam vários carros. Caminharam apressados pela varanda e desceram uma escada até o estacionamento. Melchor abriu outra porta e se certificou de que não havia ninguém ali. Feito isso, passaram por outro corredor, iluminado com uma luz dura e com uma série de portas. De algumas delas saíam vozes, ruídos, uma ou outra risada. Melchor abriu a última porta. Lá dentro havia três adolescentes: duas delas aninhadas em uma cama e a outra em pé no meio do quarto; as três olhavam para os recém-chegados com ansiedade e pânico. Melchor fechou a porta às suas costas, passou o olhar pelas três e lhes perguntou se estavam prontas.

Só a que já estava em pé assentiu, mas as outras duas se levantaram de imediato. Melchor conhecia as três. Haviam nascido em Lagos, na Nigéria, e a história delas não era muito diferente. Todas chegaram a Madri anos antes, fugindo da miséria e com a promessa de que na Espanha poderiam estudar. Uma vez lá, lhes tiraram o passaporte e o celular, lhes proibiram de entrar em contato com a família e de sair na rua, lhes exigiram sessenta mil euros para custear a viagem e, para aterrorizá-las, as submeteram a um ritual que consistia em cortar suas unhas e seu cabelo, depilar a vulva e as axilas e forçá-las a tomar alucinógeno. A partir de então foram obrigadas a se prostituir. Foi assim que começaram um périplo pelos clubes de meretrício de meia Espanha, nos quais trabalhavam das cinco da tarde às quatro da madrugada a fim de pagar a dívida que, em teoria, haviam contraído com a organização que na prática as mantinha reféns. Um ciclo que Melchor havia decidido romper naquela noite.

Ele obrigou Papai Moon a se sentar no chão, ao lado da cama das adolescentes, pegou as algemas e com uma delas prendeu seu pulso direito a um pé da cama e com a outra atou seu pulso esquerdo ao outro pé.

— Você ficou louco, policial? — disse Papai Moon, com toda a raiva que a surra lhe instigara. — Vai pagar por isso.

Foi a última coisa que disse: Melchor tapou sua boca com um lenço enfiado goela abaixo. As três adolescentes observavam tudo da porta do quarto, tremendo de medo.

— Agora ouça com atenção, seu merda — disse Melchor, agachado diante de Papai Moon. — Não foi por bem, então vai ser por mal. Vou levar essas garotas embora. Nem pense em trazer outras. E nem pense em me denunciar. Sabe o que vai acontecer se fizer isso? Preste atenção, porque eu só vou dizer uma vez. Se me denunciar, eu taco fogo nesta espelunca. Vou matar seus filhos e sua mulher. Vou matar sua família inteira. E então vou matar você. É isso que vai acontecer. Você entendeu, né?

Nos olhos de Papai Moon, a raiva havia se transformado em um medo animal, descontrolado. Melchor aproximou ainda mais o rosto do dele para acrescentar:

— Entendeu ou não?

Papai Moon fez que sim com a cabeça; Melchor lhe deu uma palmadinha satisfeita na cara e disse:

— Maravilha.

Então levantou-se e se virou para as garotas. O efeito do uísque havia passado; tinha a mente clara e se sentia leve e feliz.

— Prontas? — perguntou.

As três assentiram. Chamavam-se Alika, Joy e Doris. Alika e Joy tinham dezessete anos; Doris, dezoito. Pareciam prestes a participar de uma corrida popular ou de uma manifestação política: camiseta escura, jeans baratos e tênis. As três o encararam com olhos arregalados, suplicantes e assustados, como se um meteorito estivesse prestes a cair sobre o prostíbulo e só ele pudesse salvá-las da catástrofe. Melchor abriu um pouco a porta, certificou-se de que não havia ninguém no corredor, encaixou a arma na cintura e segurou as mãos de Alika e Joy, que eram as mais novas.

— Calma — disse. — Não saiam de perto de mim e vai ficar tudo bem. — Terminou de abrir a porta e acrescentou: — Vamos.

PRIMEIRA PARTE

1.

Melchor troca a água do vaso, substitui um ramalhete de flores que estavam murchas e limpa com um pano a lápide, na qual se lê: "Olga Ribera, Gandesa, 1978-2021". Então, como faz a cada manhã de sábado nos últimos quatro anos (exceto quando está de plantão), passa um tempo ali, diante do túmulo da mulher, falando-lhe de Cosette e comentando os escassos acontecimentos da semana.

O cemitério fica ao pé de uma montanha, nos arredores de Gandesa, e Melchor só ouve os pássaros e, de vez em quando, o motor de um carro que serpenteia em direção à Vilalba dels Arcs e à Serra de La Fatarella, cuja crista se recorta à esquerda, contra o céu imaculadamente azul, salpicada de brancos moinhos de vento que giram com vagareza na calidez imóvel da manhã de julho.

Transcorrida meia hora, Melchor atravessa a bolsa pelo corpo e se afasta do túmulo. Passa ao lado do jazigo da família Adell, um suntuoso mausoléu de mármore preto jateado de branco, e sobe por uma ruazinha estreita, sombreada de ciprestes e ladeada de túmulos. Ao sair do cemitério, pega um caminho de terra e, pouco depois, desemboca na rotatória que leva à entrada de Gandesa. No centro da rotatória, sentada em um dos degraus sob uma cruz de pedra, ele não se surpreende ao reconhecer Rosa Adell.

— Estava pensando que nunca vou ao cemitério. — A mulher o cumprimenta.

Melchor se aproxima. Rosa está com uma regata azul-escura, uma calça marrom bem fina e sandálias que mostram seus pés pequenos, com as unhas pintadas de vermelho. Melchor não consegue ver seus olhos: estão escondidos atrás dos óculos escuros.

— E isso que minha família inteira está enterrada aí — acrescenta Rosa. — Eu deveria me sentir mal?

Pensando no mausoléu dos Adell, Melchor responde:

— Péssima.

— Está falando sério?

— Não. O que tem aí dentro não tem nada a ver com seus pais.

— E com Olga?

— Também não.

— Então por que continua a visitando?

Melchor dá de ombros. Rosa Adell o encara por um momento, até que faz uma expressão perplexa e, dando uma batidinha para tirar a poeira da calça, se levanta.

— E onde está Cosette? — pergunta.

— Na piscina. — Melchor aponta vagamente para um edifício a uns cinquenta metros, entre o corpo de bombeiros e o pavilhão de esportes. — Sai ao meio-dia.

Rosa consulta o relógio.

— Bem a tempo de tomar um café.

Eles se dirigem ao hotel Piqué, descendo pela avenida Joan Perucho. Caminham em silêncio, como se o calor progressivo do sol os dissuadisse de falar, e em silêncio passam na frente do instituto de ensino médio Terra Alta e do falso neoclassicismo da fachada do juizado da comarca.

Nos últimos meses, os dois se viram com frequência, às vezes por pura coincidência, outras nem tanto, sempre ou quase sempre por causa de Rosa, que criou o hábito de esperá-lo aos sábados de manhã na saída do cemitério. Como todo mundo, Rosa ignora o verdadeiro papel desempenhado por Melchor na resolução do caso Adell, que quatro anos atrás sacudiu a calmaria da Terra Alta e desde então mantém na prisão Albert Ferrer, seu ex-marido, e Ernest Salom, ex-cabo da polícia, amigo íntimo de Ferrer e colega de Melchor. Embora Rosa tenha intuído, desde cedo, que a versão oficial dos fatos não batia completamente com a realidade

– e que Melchor escondia algo –, a verdade é que ela nunca teve coragem de confrontá-lo sobre isso. Na prática, eles quase nunca falavam do assunto, mesmo que tenham se conhecido justamente por causa dele. Na verdade, Melchor sabe pouco do impacto que o caso teve em Rosa. Que ela não viu mais o ex-marido depois do julgamento, por exemplo, ou que suas quatro filhas, ao descobrirem que o pai havia mandado matar os avós maternos, romperam completamente com ele. Fora isso, que Rosa Adell mora sozinha na chácara próximo a Corbera d'Ebre, onde, quatro anos antes, vivia com Albert Ferrer – suas filhas agora estudam ou trabalham em Barcelona –, e que tenta superar o assassinato dos pais e a condenação do marido dedicando-se à condução do império empresarial fundado do zero por seu pai, com a gráfica Adell à frente. Rosa trabalha muito, viaja bastante e costuma passar alguns fins de semana em Barcelona com as filhas, mas, de uns tempos para cá, quando está na Terra Alta, tem o hábito de ligar para Melchor – ou, mais recentemente, de buscá-lo na saída do cemitério.

Eles deixam a rodoviária para trás, atravessam a estrada e o terreno em frente ao hotel Piqué e entram na cafeteria, que àquela hora está ocupada por um grupo de turistas barulhentos no balcão, um casal de ciclistas e outro de idosos. Rosa se senta junto à janela voltada para o estacionamento, enquanto Melchor espera a vez no balcão. Quando finalmente é atendido, leva os dois cafés até a mesa.

— Ouvi dizer que os negócios vão bem — comenta Melchor, sentando-se de frente para Rosa.

No burburinho da cafeteria iluminada pelo sol, a mulher tira os óculos escuros e passa a olhar para o policial com seus olhos castanhos, serenos e amendoados, enquanto mexe o café.

— As notícias voam na Terra Alta — constata. — Soube de Medellín?

Melchor assente.

— A ideia foi do senhor Grau — diz Rosa, em tom modesto. Uma sombra carmim brilha em seus lábios carnudos. — A Colômbia é um país que funciona muito bem, ideal para investir, e está sendo ótimo montar uma fábrica lá. Além do mais, Medellín é uma cidade maravilhosa.

— E como vai?

— Medellín?

— O senhor Grau. Faz tempo que não o vejo.

Rosa Adell semicerra os olhos, esboça um sorriso e toma um gole de café.

— Velho — diz, sem pesar. — Mas continua aí, sempre a postos. A verdade é que não imagino o que eu faria sem ele.

Melchor assente de novo. Logo lhe passa pela cabeça a imagem do eterno gerente da gráfica Adell: um idoso firme, pálido, culto e míope, de corpo franzino, cabelos ralos, sagaz para os negócios e que, aos noventa anos, continua indo todos os dias ao escritório no polo industrial La Plana, nos arredores de Gandesa - sempre impecavelmente vestido, embora cada vez mais corcunda -, ainda à frente do protagonista do império Adell. Por um instante, Melchor lembra um detalhe incômodo: esse exemplo de honradez empresarial e lealdade pessoal ao fundador da empresa, a quem dedicou toda a vida, havia sido o primeiro suspeito do assassinato dos pais de Rosa enquanto Salom e ele investigavam o caso Adell sob as ordens do subinspetor Gomà.

— Pois devia começar a imaginar — aconselha Melchor.

— Eu sei — admite Rosa, olhando através da janela. No estacionamento do hotel, protegidos do sol sob um pergolado de bambu, só há alguns carros e uma van; o tráfego na entrada de Gandesa é mínimo. — Aliás, hoje o senhor Grau vem almoçar na minha casa. Por que você e Cosette não nos acompanham? Tenho certeza de que ele vai adorar a companhia.

— Obrigado, mas não posso. Combinamos de ver um filme em casa. Além do mais — acrescenta, dando palmadas em sua bolsa, que pendurou num braço da cadeira ao se sentar —, tenho que trabalhar à tarde. — Rosa olha para a bolsa e então para Melchor, que esclarece: — São os originais do concurso literário.

A mulher sorri abertamente: um sorriso largo, luminoso.

— Então no fim o convenceram de fazer parte do júri.

Melchor afasta o olhar dela, mas não encontra onde pousá-lo.

— Pelo visto não havia opção e... — Aturdido, consciente de que a frase está se encaminhando na direção errada, começa outra: — E o pior não é isso.

— Ah, não?

— Não. O pior é que vou discursar na premiação. Me pediram para dizer umas palavras sobre leitura. Ou sobre literatura. Ou sobre meus romances favoritos. Algo assim.

— É uma boa ideia.

— Ótima. Só que nunca discursei na vida.

— Não me diga que está com medo.

Melchor se vira outra vez para Rosa.

— Medo, não — confessa. — Pânico.

Ela ri com gosto.

— Deixa de bobeira, policial — diz. — Você fará um ótimo discurso.

— Claro.

— Estou falando sério. Quer que eu ajude a prepará-lo?

Nos olhos de Melchor reluz por um instante uma faísca de esperança, que se apaga assim que compreende que, apesar de seus protestos de que levasse a sério, a amiga está brincando.

Antes de Rosa lhe garantir que não está brincando, Melchor se levanta para pedir mais dois cafés. Um momento depois, regressa com eles e, embora se negue a voltar ao assunto do discurso, por algum tempo falam do concurso literário. Foi organizado pela biblioteca e pelo instituto, e o júri é composto de dois professores, um poeta local, a diretora da biblioteca e Melchor; a entrega dos prêmios está prevista para o início de setembro, durante a cerimônia de início do ano letivo. Melchor comenta um relato de ficção científica que acabou de ler e do qual gostou muito; resume o enredo para Rosa, que - apesar de não ser fã de ficção científica nem mesmo muito fã de literatura - concorda com ele. Também falam de uma proposta que Rosa recebeu do prefeito de Gandesa para ampliar a fábrica principal da gráfica Adell em La Plana e de uma viagem de trabalho que fará à filial de Timisoara, na Romênia. Depois discutem os planos para as férias: Rosa pretende levar as quatro filhas aos Estados Unidos por duas semanas, e Melchor, no começo de agosto, quer fazer o mesmo que no verão anterior, quando passou alguns dias com Cosette em Molina de Segura, na Múrcia, hospedados na casa da última amiga de sua mãe, Carmen Lucas, e de seu marido, Pepe.

— Vocês vão morrer de calor — prevê Rosa.

— No ano passado foi muito gostoso — replica Melchor. — Sabe do que Cosette mais gostou? De todas as amigas a chamarem de Cosé.

Rosa ainda ri quando toca o telefone de Melchor, que verifica quem é e deixa tocar.

— Não vai atender? — pergunta Rosa.

— É Vivales. Depois eu ligo para ele. — Agora é Melchor quem consulta seu relógio. — Cosette deve sair logo. Vamos?

Rosa Adell não sabe de Domingo Vivales muito mais do que sabe de Carmen e Pepe. Melchor o apresentou há algum tempo, durante uma de suas visitas a Gandesa, mas ela não entende a relação que une aqueles homens de idades tão díspares que poderiam muito bem ser pai e filho. De fato, uma das poucas coisas que sabe do advogado é que, como Carmen Lucas era amiga de sua mãe, Melchor herdou aquela amizade como quem herda um imóvel. O policial não lhe contou mais; ela, por sua vez, também não pergunta, porque a primeira regra implícita de sua amizade consiste na obrigação de administrar com extremo cuidado a intimidade de cada um.

Enquanto Rosa paga o que consumiram – eis outra regra de sua amizade: sempre, ou quase sempre, é ela quem paga –, chega uma mensagem ao celular de Melchor. É o sargento Blai, que não é mais sargento, e sim inspetor, e não está alocado na Terra Alta, e sim na central, no complexo Egara, arredores de Sabadell. "E aí, espanhol de merda?", escreve Blai. "Por onde anda?" "No hotel Piqué", responde Melchor. "Comendo uma gostosa?", volta a escrever Blai. "He-he, brincadeira. Estou na casa dos meus sogros, temos que nos ver quanto antes. Hoje à tarde."

— Tudo bem — diz Rosa Adell, juntando-se a Melchor na porta do hotel enquanto coloca os óculos escuros. — Responda a quem tiver que responder.

Cruzam o terreno e, enquanto esperam para atravessar a estrada, Melchor digita: "Não posso". "Porra, cara, não quer mais saber dos amigos?", responde imediatamente Blair, que em seguida volta a escrever: "Sério. Precisamos conversar. É urgente". Estão voltando pela avenida Joan Perucho sob o sol escaldante do meio-dia.

— É trabalho? — indaga Rosa Adell.

Melchor assente.

— Nos fins de semana deixo o celular do trabalho no escritório — admite Rosa. — É importante?

— Com certeza não, mas parece.

Ao chegar perto do juizado, Melchor escreve outra vez: "Te ligo daqui a pouco". "Não demore", responde Blai. "Às sete tenho festa de família. Precisamos nos ver antes." A resposta de Melchor é um emoticon de um joia amarelo.

Quando ele tira o olhar do celular, Rosa Adell tinha acabado de abrir a porta de seu carro.

— Tem certeza de que não quer almoçar em casa? — insiste.

— Tenho. Mande lembranças ao senhor Grau.

Eles se despedem com dois beijos no rosto.

Mudança de planos. Ao sair da piscina pública, Cosette pede para almoçar na casa da amiga Elisa Climent e passar a tarde com ela. Melchor, depois de conversar com a mãe da amiga e negociar com Cosette, acaba cedendo. "Busco você às seis", avisa ele. Sozinho, pensa em ligar para Rosa Adell e almoçar com ela e o senhor Grau, mas logo descarta a ideia e segue em direção à praça. Passa o resto da manhã no terraço de um bar, tomando Coca-Cola e lendo vários dos contos inscritos no concurso literário. Marca com um "-" aqueles de que não gosta ou de que gosta pouco; com um + os que aprecia mais; e com ++ seus preferidos, para relê-los depois e escolher os vencedores.

Por volta das duas da tarde, volta para casa. Prepara uma salada com queijo e frutas secas e uma bisteca grelhada. Almoça na cozinha, empurrando a comida com a terceira Coca-Cola do sábado, enquanto, vez ou outra, lança um olhar para o assento vazio do outro lado da mesa, o lugar onde Olga costumava se sentar.

Quatro anos se passaram desde a tarde em que Olga morreu atropelada por um carro alugado na véspera por Albert Ferrer, em Tortosa. Durante os interrogatórios e no julgamento do caso Adell, Ferrer garantiu que não pretendia matá-la, queria apenas intimidar Melchor, forçá-lo a abandonar de vez a investigação do assassinato dos sogros, a qual ele decidira continuar por conta própria, mesmo depois de o caso ter sido oficialmente encerrado. Desde então, quase não houve dia em que Melchor não se lembrasse de Olga. Quando, por acaso, se esquece dela por um tempo, sente-se mal, mesmo sem saber exatamente por quê. Tentou, de forma obsessiva, reconstruir os três anos e meio que passaram juntos – semana a semana, dia a dia, hora a hora, minuto a minuto –, mas nunca conseguiu. E às vezes tem sentimentos contraditórios sobre aquele período feliz em que, depois de chegar à Terra Alta, conheceu Olga, apaixonou-se, casaram-se e tiveram Cosette: por um lado, tudo lhe parece irreal, como se fosse um filme ou um sonho; por outro, é como se fosse a única coisa realmente verdadeira que já viveu. Logo após a morte da esposa, todas as noites Melchor se perguntava o que Olga teria dito sobre tal ou tal coisa, mas, com esforço, ele se livrou desse tipo de tortura. No entanto, continua incapaz de falar sobre ela com qualquer pessoa - até mesmo com Cosette. Quando a filha, que mal tem lembranças da mãe, pergunta por ela, Melchor não sabe o que dizer e responde com evasivas.

Os primeiros meses sem Olga foram especialmente duros. Ele não conseguia tirar da cabeça sua morte nem deixar de sentir que a havia traído de alguma forma. Lera em algum lugar que enquanto dura o remorso, a culpa persiste, e o remorso ainda o corroía. Isso ajuda a explicar por que, alguns meses depois, ele decidiu deixar a Terra Alta. Tinha esperança de que sair daquele lugar, que se tornara sua pátria por causa de Olga, o ajudaria a superar a perda. Já haviam se passado cinco anos desde os atentados fundamentalistas islâmicos de 2017. Muitos colegas sabiam que fora Melchor quem matara quatro terroristas em Cambrils, e seus superiores o viam como um exemplo dentro da corporação. Pela primeira vez, ele usou essa posição a seu favor: ligou para o delegado Fuster e pediu transferência.

Fuster reagiu conforme o esperado. Não perguntou por que ele queria sair, apenas para onde queria ir. E a resposta foi previsível: Barcelona. Previsível porque, apesar de tanto tempo longe da capital, seguia sendo sua casa: a cidade onde nascera, de onde nunca havia saído até ser enviado à Terra Alta por segurança, como forma de evitar eventuais represálias fundamentalistas. Além disso, em Barcelona Melchor teria o apoio de Vivales, velho amigo e figura constante desde a morte da mãe, alguém que sem dúvida o ajudaria a criar Cosette. "Quer continuar trabalhando com investigação criminal?", perguntou-lhe Fuster. "Não sei fazer outra coisa", respondeu Melchor. "Deu sorte", disse o delegado. "O chefe da DIC me contou que a Unidade de Sequestros e Extorsões precisa de gente. Que tal Egara?" "Espetacular", respondeu Melchor, tão ansioso para sair da Terra Alta que se dispunha até a aceitar o pior trabalho na pior delegacia. "Mas atenção", advertiu Fuster. "Não espere moleza. Vai trabalhar como um condenado." "Perfeito", disse ele.

E falava sério: a tranquilidade rural da Terra Alta, que fora tão benéfica quando Olga estava viva, agora o matava. Quanto mais puxado fosse o trabalho, melhor. Sabia também que Cosette era curiosa, energética e resiliente. Embora tivesse raízes na Terra Alta, ele acreditava que ela veria a mudança de cidade e escola como uma aventura. Além disso, adoraria ter Vivales por perto.

A Unidade Central de Sequestros e Extorsões integrava a Área Central de Investigação de Pessoas, subordinada à Divisão de Investigação Criminal (DIC). Quando Melchor entrou, logo percebeu que não era exagero de Fuster: era mesmo uma unidade exigente. O que Fuster não lhe dissera era que também era uma unidade singular. Na época, era composta por doze pessoas (nove homens e três mulheres) e comandada pelo sargento Vàzquez – quarentão careca, musculoso, hiperativo, com ares de bulldog e fama de policial rígido e briguento. Embora vivesse reclamando da falta de pessoal, Vàzquez tinha razão: a unidade operava vinte e quatro horas por dia, durante todo o ano, em todo o território catalão. Ainda assim, o que realmente a tornava única era o sigilo absoluto: quanto menos gente soubesse de uma investigação, maiores eram as chances de ela ser bem-sucedida. Melchor aprendeu isso de cara. Também se viu forçado a uma especialização acelerada: já nos primeiros meses, fez quatro cursos – de negociação, sequestros, crime organizado e investigação avançada. Eram cursos exclusivos, sem documentação escrita e com exigência de sigilo total. "Se os bandidos souberem como agimos, estamos ferrados", dizia Vàzquez. "Lá fora, silêncio absoluto. Como disse um sábio: o silêncio é invencível."

Por meses, Melchor mergulhou no novo trabalho. Dedicava-se à filha, lia romances (inclusive para Cosette) e mantinha o apoio constante de Vivales. Cosette se adaptou à capital com a facilidade que ele previra. Melchor sabia que ela sentia falta da Terra Alta, mas nunca a ouviu dizer isso, e ele próprio também sentia falta de vez em quando. Logo percebeu, porém, que não importava quanto trabalhasse ou quanto se distanciasse de lá, nunca tiraria a morte de Olga da cabeça. Aceitou que teria que conviver com essa lembrança amarga para sempre.

Para sua surpresa, voltar a Barcelona despertou outra memória tão dolorosa quanto a da morte de Olga, mas que havia permanecido recalcada por anos: o assassinato de sua mãe. Enquanto morou na

Terra Alta, pensava nela de vez em quando, mas quase nunca em sua morte. Isso porque, antes de se mudar para lá, tinha feito sua última tentativa obsessiva de elucidar o crime: descobrira o nome da mulher que estava com sua mãe na noite do assassinato: Carmen Lucas. Localizara-a em Múrcia, interrogara-a por dois dias e saíra de mãos vazias. Convencera-se, enfim, de que o crime jamais seria esclarecido. Mas agora a lembrança voltava, intensa e teimosa. Como se, ao retornar a Barcelona, reencontrasse todas as imagens atrozes: a mãe se prostituindo nos arredores do Camp Nou com Carmen Lucas e outras companheiras de infortúnio, o carro suspeito – talvez um BMW marrom, talvez um Volkswagen escuro ou um Skoda preto, segundo relatos –, a recusa inicial em entrar, a aceitação depois de uma noite sem clientes, o corpo encontrado na manhã seguinte com o crânio estraçalhado por pedradas. Todas essas memórias compunham uma única lembrança lacerante. Em resumo, fugira da Terra Alta para escapar de um crime resolvido e agora estava preso a dois: um resolvido, outro insolúvel.

Quando entendeu que por mais que quisesse se livrar de suas piores lembranças, elas não queriam se livrar dele, decidiu voltar à Terra Alta. Esperou o fim do ano letivo para pedir a transferência – o que coincidiu com o tempo de um caso que, na prática, desmantelou a Unidade de Sequestros e Extorsões.

Tratava-se do sequestro da filha de um narcotraficante venezuelano que vivia com a família em um chalé em Empuriabrava, povoado litorâneo perto da fronteira francesa. A menina, de cinco anos, fora raptada por uma gangue rival e, durante as negociações, o pai recebeu em casa três dedinhos decepados da garota. A equipe inteira foi mobilizada. Vàzquez, o negociador principal, localizou a suposta prisão da menina num depósito perto de Molins de Rei. Montou-se um resgate com oitenta agentes, mas fracassou. Houve três presos e um morto, e não salvaram a criança. A lembrança mais vívida que Melchor guardava era de Vàzquez sentado no chão de cimento, com a cabeça decepada da menina no colo, olhos arregalados, tremendo e gritando como um louco.

Tiveram que arrancar a cabeça de suas mãos. Naquele mesmo dia, Vàzquez foi internado num hospital, de onde saiu depois de uma semana – e não para voltar à Sequestros e Extorsões, mas com destino à delegacia de Seu d'Urgell, nos Pirineus de Lérida, sua cidade natal. Melchor soube disso tudo aos poucos, já de volta à Terra Alta. Não voltou a sair dali nos anos seguintes, período em que se dedicou à filha e ao trabalho na delegacia. Em seu vasto tempo livre, ajudava na biblioteca em que Olga havia trabalhado e cursava informação e documentação na Universitat Oberta de Catalunya. Além disso, continuava lendo romances, embora, desde a morte de Olga, evitasse reler *Os miseráveis*, que fora seu livro favorito, seu espelho e sua arma contra a vida. Tinha sido, porém, incapaz de livrar-se de outro vício - este, mais ou menos secreto: todo homem denunciado por bater numa mulher na Terra Alta acabava levando uma surra. E todos na delegacia sabiam quem batia -, e sabiam que deviam fazer vista grossa.

Ao terminar de almoçar, lava a louça, prepara um café e continua lendo manuscritos sentado no sofá da sala. Às cinco, com pontualidade profissional, aparece o inspetor Blai.

— Essas mulheres da Terra Alta são um saco. — É a primeira coisa que diz, acaloradamente, ao entrar na casa de Melchor. — Não há modo de tirá-las daqui.

Trata-se da mesma reclamação que Melchor ouviu o antigo chefe da Unidade de Investigação da Terra Alta proferir mil vezes desde que foi para Barcelona: que sua mulher não se acostuma a morar longe dali e que, por essa razão, todo fim de semana a família volta para a casa dos pais dela, em La Pobla de Massaluca. Melchor oferece um café ao amigo. Blai aceita e, enquanto Melchor o prepara, continua reclamando, com seu corpanzil apoiado no batente da porta da cozinha.

— Eu passo a semana toda trabalhando como um condenado e, assim que chega o fim de semana, hora de pegar o carro e se mandar por essas estradas abandonadas da mão de Deus para chegar quanto antes à Terra Alta, como se o mundo fosse acabar. E então, em vez de descansar como todo mundo, lá estou eu de novo sábado e domingo, serra acima, serra abaixo, para que as crianças conheçam a terra da mãe e não percam suas raízes. Que se fodam as raízes: quando morávamos aqui, ninguém se importava com as raízes, a começar por minha mulher. E isso sem contar a overdose de sogros que estou tendo, claro. Das crianças, nem te conto: estão insuportáveis. A propósito, por onde anda Cosette?

— Na casa de uma amiga.

— Está bem?

— Muito bem.

— E você?

— Eu também.

— Vamos, cara, me dê uma boa notícia, vai. Me diz que arrumou uma namorada. Alegre meu dia, estou precisando. E vou te dar um conselho: se arrumar uma namorada, que não seja da Terra Alta. Depois não consegue tirá-la daqui.

— Você deveria voltar — aconselha Melchor. — Aliás, ficou sabendo que estamos sem chefe desde maio, né?

— Se fiquei sabendo?

A cafeteira termina de moer o café num rangido de cascalho triturado e, antes de apertar o botão para o líquido jorrar dos tubinhos de aço inox, Melchor se vira para Blai, que estava mais perto.

— Consegue guardar um segredo? — pergunta o inspetor.

Melchor acabou de ler um romance de G. K. Chesterton no qual um personagem faz ao outro essa mesma pergunta e a resposta é: "Se você não é capaz de guardar esse segredo, como quer que eu guarde?". Mas não quer irritar o amigo, então diz:

— Claro.

— Me ofereceram o cargo.

— De chefe da delegacia?

Blai assente com uma expressão pesarosa. Melchor pergunta:

— E o que você respondeu?

— O que quer que eu responda? — bufa, gesticulando. — Com o trabalho que deu sair desse buraco...

É verdade. Dois anos e meio antes, sendo ainda sargento e chefe da Unidade de Investigação da Terra Alta, Blai passou num concurso para inspetor do qual havia participado por conselho de seus superiores, que consideravam que a organização podia se beneficiar da aura de ás da investigação criminal que o rodeava, graças às numerosas aparições nas rádios e na televisão devido à resolução do caso Adell, pela qual a opinião pública o tinha como responsável. E assim seguiu, uma vez que nem Blai nem ninguém na delegacia da Terra Alta teve o menor interesse em desmentir essa versão. No início, esse equívoco deixou Melchor um pouco incomodado, porque pensava que no fundo Blai se consideraria um impostor, mas deixou de se preocupar assim que compreendeu que, depois de contar inúmeras vezes em público, com riqueza de detalhes, como havia solucionado o caso Adell, seu antigo chefe tinha esquecido por completo a realidade e, exceto quando recordava o caso a sós com Melchor, parecia convencido de que havia sido ele mesmo, não Melchor, quem identificara os responsáveis pelo triplo assassinato.

Blai insiste para o amigo guardar o segredo que acabava de lhe confiar ("Faça-me esse favor, hein, espanhol de merda. Você não sabe como minha mulher é... Se souber que recusei esse cargo, corta meus ovos") e continua se lamentando da vida dividida entre Barcelona e a Terra Alta. Até que Melchor lhe entrega a xícara de café e lhe indica a cadeira de Olga, então ele se senta e pergunta:

— Sabe qual é a única coisa boa nessa merda toda?

Melchor adivinha a resposta porque conhece seu antigo chefe tão bem quanto o antigo chefe o conhece.

— O quê? — pergunta, ainda assim.

O que alivia Blai de seus contratempos familiares não é, como Melchor já sabe, que os mandachuvas que o animaram a participar do concurso e lhe prometeram ajuda tenham cumprido sua palavra e o promovido a inspetor, tampouco o fato de ter obtido essa promoção pulando um nível do escalão e sem passar pelo cargo de subinspetor ou de, apesar daquele arranjo escandaloso, não ter demorado para demonstrar que, fossem quais fossem seus méritos reais, é um profissional competente e merecia a promoção, a ponto de, não muito depois de ter sido promovido, passar a dirigir a Área Central de Investigação de Pessoas e na central de Egara, onde sempre havia sonhado trabalhar, porque é o lugar em que se dispõe de todos os recursos e se tomam todas as decisões relevantes.

Não. A compensação de Blai é outra.

— Cruzar todos os dias com Gomà — proclama o inspetor, levando a xícara aos lábios, saboreando mais o café que a frase que acaba de pronunciar. Os dois policiais se sentaram frente a frente, um em cada ponta da mesa em que restam vários ingredientes do café da manhã habitual de Cosette: uma caixa de cereais Kellogg's e um pacote de biscoitos de milho com chocolate divulgadas por um cozinheiro de programa de televisão. Ainda com a xícara na mão, a expressão de Blai é de felicidade. — Encontrar com ele pelos corredores, nas reuniões, tomar um café ao lado dele — enumera. — Deus, que prazer. Quem teria imaginado isso há quatro anos, hein? Quem diria que o mesmo sargento que ele teve a petulância de afastar do caso Adell para desfrutar sozinho da glória do triunfo seria agora seu superior em Egara e ele continuaria sendo um maldito subinspetor, porque reprovou nos concursos em que passei? E quem diria que isso lhe aconteceria precisamente por me afastar do caso Adell, porque ele foi incapaz de resolvê-lo e eu tive que livrar a dele? Claro, claro, sei que você vai dizer que não fui promovido só por resolver o caso Adell, que antes do caso Adell eu já tinha méritos suficientes para ser inspetor, mas... Olha as voltas que a vida dá, não é, espanhol de merda? E, a propósito, ficou sabendo do Salom?

Melchor levanta o olhar antes pousado na toalha plástica xadrez e examina Blai.

— Não sei nada do Salom — reconhece.

Blai não parece surpreso; toma o café de um só gole e pousa a xícara no pires. Está prestes a completar meio século de idade e, ainda que não exiba um único fio de cabelo, seu corpo sem gordura e sua musculatura de rato de academia fazem que aparente dez ou quinze anos menos; mede um metro e noventa, usa roupa esportiva bem justa e seus olhos azuis se cravam sem contemplações no interlocutor.

— Você acabou não indo vê-lo na Quatre Camins, certo? — pergunta.

Melchor faz que não com a cabeça.

— Não seja rancoroso. Afinal, ele foi seu melhor amigo.

— Não sou rancoroso. Simplesmente não tenho nada para dizer a ele.

— Mas ele, sim, tinha algo a lhe dizer. Por isso me pediu que fosse. Acho que queria se desculpar.

— Já se desculpou.

— Queria se desculpar de verdade. Está arrependido. — Blai faz uma pausa um pouco teatral. — Todos nós erramos, não?

Melchor sorri.

— Vai me dar um sermão?

— Vá à merda, espanhol.

Melchor mantém o sorriso enquanto os dois homens se observam por um segundo. Nesse momento, vozes estridentes de crianças chegam da rua Costumà, e Melchor se pergunta se Blai quis vê-lo com tanta urgência só para falar do antigo cabo.

— O que aconteceu com Salom? — pergunta.

— Nada — responde o inspetor. — Outro dia encontrei o juiz de vigilância penitenciária que se encarrega dele e me disse que diminuíram sua pena outra vez. Em alguns anos estará na rua. Talvez antes.

As vozes das crianças se apagaram, e um silêncio embaraçoso toma conta da cozinha.

— Fico feliz por ele — diz Melchor. — E por suas filhas.

— Tem as visto?

— De vez em quando, principalmente Claudia. Dá aulas no instituto. — Após uma pausa, completa: — Mas nenhuma das duas me cumprimenta.

Blai suspira, move a cabeça de um lado para o outro, estala a língua.

— Normal, não acha? — reflete. Subitamente, as vozes das crianças voltam a animar a sonolência da tarde. — A mãe morta, o pai na cadeia e todos os sonhos na lata de lixo. Aos vinte e poucos anos. É a mesma história de sempre na Terra Alta, por isso eu quis ir embora daqui... Ferraram a vida delas.

— Nós ferramos a vida delas. Ou acabamos de ferrar.

— Cala a boca. Quem ferrou foi o pai delas, por ter feito o que não devia.

— Pode ser, mas quem o processou fomos nós. Além do mais, o que ele fez, fez por elas. E nós sabemos disso.

— Ele fez o quê? Ajudou o imbecil do Ferrer a matar os Adell? Ele fez isso pelas filhas? Qual é, cara! Ele fez isso porque quis, porque a cobiça não se farta, ou como quer que se diga.

— Há um minuto você o estava defendendo.

— Uma coisa é defender, outra coisa é afirmar que a pessoa não é responsável por seus atos. Veja, não sei por que ele fez o que fez, mas a questão é que fez. Acho bom que tenha se arrependido, mas fez. E ponto. — Um pouco irritado, Blai desvia o olhar de Melchor; mas em seguida volta a fitá-lo, de repente curioso: — Ei, você não está arrependido de tê-lo processado, não é?

Com um gesto desanimado, Melchor coloca a caixa de Kellog's encostada na parede e se levanta.

— Chega de tanto arrependimento — pede. — Outro café?

Blai concorda, e Melchor liga a cafeteira de novo. Enquanto a cozinha volta a se preencher com o som de grãos moídos, Melchor se pergunta se Blai estará ansioso com a saída de Salom da prisão.

— Era isso o que queria tanto me contar? — pergunta.

— Não — diz com voz distinta o inspetor, levantando-se outra vez e dando alguns passos pela cozinha. — Vim porque estou com um problema.

Melchor espera a cafeteira terminar de moer o café, coloca uma xícara sob os dois tubinhos de aço inox, aperta o botão luminoso e de cada um dos tubinhos brota um jato do líquido escuro.

— Que problema? — pergunta, sem se virar.

— Eu conto se você prometer que vai me ajudar.

Os dois tubinhos deixam de jorrar, Melchor retira a xícara com café pela metade, coloca no lugar uma xícara vazia e volta a apertar o botão.

— Quer ajuda com um caso?

— Isso.

— Quer que eu volte a Sequestros e Extorsões?

— Sim. Só por uns dias, o suficiente para resolver o assunto.

Na cozinha paira outra vez o silêncio, desta vez sobreposto pelo zumbido eletrônico da cafeteira, que continua servindo café. Faz tempo que não se ouvem as crianças.

— Não vou te ajudar — diz Melchor. — Estou de saída. Além do mais, não conheço mais ninguém lá.

— Você está enganado. Vàzquez voltou.

Melchor se vira para ele, arqueando a sobrancelha de forma inquisitiva.

— Faz quase um ano — explica Blai. — O novo delegado de investigação criminal o convenceu. Não foi tão difícil, pois parece que na Seu d'Urgell estava morrendo de tédio.

— Você não tinha me contado.

— Você não tinha perguntado.

Melchor faz um gesto difuso de aprovação e volta a dar as costas ao inspetor.

— Bom, fico feliz, porque significa que não precisa de mim — raciocina. — Vàzquez é muito bom.

— Eu sei, mas é completamente louco. Você o conhece: faz o que tem vontade. Não posso confiar nele, ao menos não para esse caso. É por isso que preciso de você.

— Esquece.

— Por pouco tempo, com sorte em uma semana liquidamos o assunto. Além do mais, eu já disse a Vàzquez que você vai. Ele adorou.

— Você mentiu para ele.

— Fala sério, espanhol de merda.

— Estou falando sério. Não adianta insistir: pode procurar outra pessoa.

Blai reclama, xinga, bufa. O café está pronto, e Melchor passa alguns segundos oferecendo a meia xícara de café ao colega, que não parece disposto a pegá-la, como se essa recusa representasse outra. Por fim, parece se render, pega a xícara, toma um gole, depois outro; ao fim, pergunta:

— O que quis dizer com "está de saída"? — Seu tom confiante não engana Melchor: Blai não se rendeu; só mudou de estratégia. — Está pensando em se aposentar ou o quê?

Também com a xícara na mão, Melchor responde:

— Mais ou menos. Assim que abrirem uma vaga na biblioteca, eu me candidato e deixo a delegacia.

Blai olha para Melchor como se ele tivesse acabado de lhe comunicar que vai se submeter a uma operação de mudança de sexo.

— Você está doido?

Melchor toma o café de um gole só, deixa a xícara na pia e tira a cafeteira da tomada.

— Pensei que tivesse te contado que estava estudando biblioteconomia na UOC.

— Sim, mas...

— Na verdade, nem preciso me formar. Bom, só para ser diretor de biblioteca. Então, assim que sair uma vaga de ajudante de bibliotecário, eu me candidato. Vou ganhar menos que na delegacia, mas é suficiente. Cosette e eu nos viramos com pouco.

Blai continua boquiaberto.

— Está de brincadeira comigo, não está?

— Não — diz Melchor.

No semblante de Blai, a irritação se junta à incredulidade.

— Você ficou louco, cara — sentencia, balançando a cabeça. — Bibliotecário? Você? Em que está pensando? Substituir Olga ou o quê?

— Claro que não — responde Melchor. — Que ideia!

— Me desculpe por te lembrar, rapaz — continua Blai, como se não tivesse ouvido o amigo. — Sua mulher está morta, morreu há quatro anos, entenda de uma vez por todas. — Embora Melchor queira intervir, não consegue. Blai está abalado. — Além do mais, você não vai aguentar viver fora da delegacia. Uma coisa é colaborar na biblioteca de vez em quando, outra é passar o dia inteiro ali, organizando livros, atendendo a idosos, lendo para as crianças e levando os romances até a piscina numa carroça para ver se despertam a vontade de ler nuns adolescentes que só pensam em sexo. E eu sei o que falo, tenho vários em casa. Enfim, você não aguenta nem uma semana. Ou meu nome não é Blai. Você é o policial mais policial que eu já vi na vida, cara!

— Não mais — consegue interromper Melchor. — Isso foi antes.

— Ah, é? Agora vocação passa com o tempo, como conjuntivite?

— Vocação é uma invenção, Blai.

— Invenção? Fala sério.

Ainda na cozinha, de pé ao lado da bancada de mármore, os dois policiais se entreolham por um momento. Blai tem os punhos cerrados, os antebraços trêmulos e a mandíbula a ponto de arrebentar, como é costume quando se irrita. Por sua vez, Melchor sente o que sempre acaba sentindo quando, de uns tempos para cá, conversa com o antigo chefe da Unidade de Investigação da Terra Alta: saudade de suas birras.

— Toma logo — aconselha. — Vai esfriar.

Frustrado e desgostoso, sem saber o que acrescentar à reprimenda, Blai termina seu café, e Melchor olha para o relógio em forma de maçã pendurado na parede da cozinha. Passa das seis.

— Vou buscar Cosette — anuncia. — Quer ir junto?

Blai segura o braço de Melchor.

— Sabe por que preciso de sua ajuda?

O café não relaxou Blai: sua mão parece uma garra.

— Porque não confio em ninguém — responde a si mesmo, buscando com angústia os olhos de Melchor. — Aquilo lá está cheio de bacanas e sebosos; policiais de verdade tem poucos. Além do mais, peguei um caso importante. Importante, não, excepcional. E preciso com urgência resolver um caso excepcional. Meus chefes estão começando a pensar que se enganaram comigo. Não dizem isso, mas eu sei. Essas coisas se notam, Melchor. É como quando sua mulher está dando para outro. Começam a se perguntar se o caso Adell não foi um golpe de sorte, se sou uma farsa. Estou preocupado. Você entende, não é?

— Pois não deveria estar — opina Melchor.

De repente o olhar de Blai se transforma: já não é de angústia, mas de curiosidade, de genuína curiosidade.

— Você acha? — pergunta.

— Claro — responde Melchor. — Você sempre foi um policial muito bom.

O elogio o infla como um pavão, mas Blai tenta disfarçar.

— Sei, sei — diz.

Melchor compreende que a vaidade do amigo não tem fim nem nunca terá.

— Além do mais — acrescenta, decidido a não inflar mais seu ego —, se o mandam embora de Egara, você pode voltar para cá. E assim acabam os problemas familiares.

Como se tivesse levado um choque, Blai solta o braço de Melchor, que sorri com os olhos, mas não com os lábios.

— Sabe de uma coisa, espanhol de merda? — pergunta o antigo chefe da Unidade de Investigação da Terra Alta, voltando a sacudir a cabeça e estalar a língua. — Quando você menos esperar, vou quebrar sua cara.

Os dois homens saem juntos para a rua Costumà, onde não há rastros das crianças. Encarando um dos dias mais quentes, dirigem-se à igreja sem cruzar com ninguém, atravessam a praça, contornam a rotatória de La Farola e continuam pela avenida de Catalunya. Retomaram vagamente a conversa sobre Sequestros e Extorsões, porque Melchor perguntou por Vàzquez.

— Ele não para — define Blai, que continua: — Na sua época ele passava o dia amaldiçoando tudo porque faltava gente?

— Sim — responde Melchor.

— Pois agora também — diz Blai.

Pouco antes de chegar ao hotel Piqué, eles viram à direita. O telefone de Melchor volta a tocar: outra vez Vivales. Melchor não o atende e, quando já estão quase chegando à casa de Elisa Climent, Blai tenta de novo e lhe pergunta, num tom de ofendida incredulidade, se não vai mesmo ajudar. Melchor não estranha: passou tempo suficiente como funcionário de Blai para saber que, se o inspetor ainda está ali, indo junto buscar Cosette, é porque confia em sua capacidade de chantagem, seus dotes de persuasão, porque continua sem se dar por vencido. Pararam sob o toldo de uma mercearia aberta.

— É o último favor que eu te peço — insiste Blai, e sua voz soa estridente demais no silêncio sabatino das ruas esvaziadas pelo calor. — O último. Pense que também será seu último caso de verdade, se essa história de biblioteca for sério mesmo. Você vem por alguns dias a Barcelona a trabalho, com Cosette, depois volta para ficar com seus idosos e suas crianças.

Melchor pensa que Blai não disse nada absurdo, que não está lhe pedindo nada de outro mundo. Nos olhos de seu amigo há um brilho de súplica.

— Não tem nem curiosidade de saber do que se trata?

— Do que se trata?

Assim que se ouve formular a pergunta, Melchor sabe que se enganou, mas não encontra maneira de voltar atrás. Ou não quer fazer isso. Tampouco pode, porque Blai se apressa a afirmar:

— Estão chantageando a prefeita de Barcelona.

São pouco mais de seis da tarde quando chegam à casa de Elisa Climent para buscar Cosette. Blai os acompanha de volta ao centro: deixou o carro perto da praça, ao lado da Prefeitura. Ali se despedem; ao chegar em casa, Cosette vai ver um filme na televisão e Melchor prepara o jantar. Enquanto comem, terminam de ver o filme, que era sobre umas crianças que montam uma banda de rock com a professora de sua escola rural, fazem sucesso, se decepcionam, brigam entre si, se reconciliam e acabam voltando ao povoado, onde os espera a professora, que continua ali na escola, dando aula para seus antigos colegas. Quando termina, tiram a mesa e levam tudo para a cozinha.

Melchor lava e enxágua a louça enquanto a filha se troca no quarto, veste a camisola e se enfia na cama. Uma vez que termina de arrumar a cozinha, Melchor se deita ao lado de Cosette e, como toda noite, lê um pouco para ela. Estão há alguns dias com *Miguel Strogoff*, de Júlio Verne, e chegaram ao trecho em que o mensageiro do tsar - que viaja para Irkutsk sob a falsa identidade do comerciante Nicolas Korpanoff com a missão de resguardar o governador, irmão do tsar, da traição do ex-coronel Ivan Ogareff – encontra sua mãe em Omsk, sua cidade natal, após ter conhecido Nádia Fédor e se apaixonado por ela. A história entretém completamente Cosette, mas, ao terminar um capítulo, a menina reconhece:

— Tem uma coisa que não entendo, papai.

— Que coisa?

— Se é tão perigoso chegar a Irkutsk e avisar o irmão do tsar, por que Miguel faz isso?

— Porque é o dever dele: o tsar lhe encarregou disso.

— Isso eu entendi. Mas é uma missão muito perigosa. Os tártaros podem pegá-lo, e, se o pegarem, o matarão. Por que não vai embora com Nádia e com a mãe dele e se casa com Nádia?

— Porque não pode.

— Por que não pode?

— Porque não. As pessoas têm que fazer o que têm que fazer. E Miguel é mensageiro do tsar e deve avisar o irmão dele.

— Sim, mas por que é Miguel quem tem que ir? Por que não pode ser outra pessoa?

— Eu já te disse: porque o tsar o encarregou disso.

— E por que ele?

Melchor reflete, tentando não perder a paciência. Não é a primeira conversa desse tipo entre os dois. Antes de ter uma filha, ele já tinha ouvido que as crianças fazem perguntas desconfortáveis, mas só quando a teve descobriu que essas perguntas eram as melhores e as mais difíceis de responder. Após vários segundos, arrisca uma resposta:

— Porque o Miguel é o melhor mensageiro que ele tem.

— Você acha que o Miguel é o melhor mensageiro do tsar?

— Claro. Se não fosse, por que o tsar teria dado a missão a ele?

Cosette fica pensativa, como se achasse fraco o argumento do pai, o qual, de todo modo, não parece convencê-la por completo. Melchor se dispõe a prosseguir com a leitura, mas hesita. Nota o corpo da filha junto a ele, morno e familiar, e vê o perfil de seu rostinho bronzeado contra a brancura da parede. Cosette se vira para Melchor e olha para ele com seus grandes olhos castanhos.

— Talvez seja porque ninguém queira a missão — arrisca.

— Levar a mensagem?

A menina assente.

— Pode ser — concorda o pai. — E se Miguel não levar a mensagem, ninguém a leva. E se ninguém a levar, os maus vencem. E você não quer que os maus vençam, não é?

Cosette faz que não, com uma ênfase escandalizada. Após alguns segundos, retoma o interrogatório:

— Foi por isso que virou policial? Para os maus não vencerem?

Pego outra vez de surpresa, Melchor se lembra de Javert, o policial que persegue Jean Valjean em *Os miseráveis*, e recorda também o que o romance de Victor Hugo despertou nele, quando o leu pela primeira vez, sendo ainda detento na penitenciária de Quatre Camins, um furioso desejo de ser policial, para encontrar os assassinos de sua mãe. Lembra-se ainda de um amanhecer no bairro La Barceloneta, depois de um magnata mexicano nascido na Terra Alta lhe relevar, ao longo de uma madrugada que pareceu eterna, as razões pelas quais, com a ajuda de Albert Ferrer e de Salom, havia encomendado o assassinato de Francisco Adell; e lembra que na manhã seguinte sentiu se dissolver na água gelada do Mediterrâneo o fantasma de Javert, como se fosse o fantasma do pai que nunca conheceu. Agora a pergunta de sua filha o obriga a se questionar se Javert desapareceu realmente para ele, se não existe mais aquele pai ilusório, se naquela tarde foi sincero com Blai quando disse a ele que a vocação é uma invenção e que já não se sente policial.

— Mais ou menos — responde Melchor.

Cosette deixou de olhar para ele e encara o vazio.

— E se algum dia os maus pegarem você? — pergunta.

— Não vão me pegar — diz Melchor, segurando a mão de Cosette, um punhado de ossinhos envolvidos em carne aveludada. — Além disso, daqui a pouco vou deixar de ser policial e vou trabalhar na biblioteca.

— Como a mamãe?

— Exato.

— Mas, se você deixar de ser policial, os maus podem vencer. — Faz uma pausa e acrescenta: — Você não se importa que eles vençam?

— Claro que me importo. Mas não vão vencer: há policiais muito bons. Blai, por exemplo.

— Eu sei — diz Cosette, virando-se para ele outra vez. — Mas você é o melhor.

A filha o observa com uma seriedade quase adulta.

— Vamos — replica Melchor. — Não seja puxa-saco.

Cosette demora um segundo para rir, então pede ao pai que leia outro capítulo de *Miguel Strogoff*. Melchor aceita e, ao terminar, anuncia que por aquela noite chega de leitura. Cosette lhe pede outra coisa: que continue ali até ela adormecer. Melchor diz que sim e apaga a luz. Quase no escuro, com o quarto iluminado apenas pelo tênue feixe que chega do corredor, permanecem um tempo lado a lado, de mãos dadas, escutando no silêncio os ruídos do povoado. Cosette ainda está de olhos abertos quando Melchor lhe pergunta, em um sussurro, se ela gostaria de passar uns dias em Barcelona.

— Na casa do Vivales? — murmura ela.

— Se ele nos convidar...

— Legal.

É a última palavra que a menina pronuncia naquela noite. Melchor não quer criar expectativas em vão, então em seguida lhe adverte de que ainda não é certeza. Nisso sua filha já começou a se perder no sono e ele compreende que não ouviu sua advertência, ou que a ouviu envolta em uma bruma indecifrável, e que, no fundo, já considerou a possibilidade um fato.

Certificando-se de que Cosette dormiu, Melchor solta a mão dela com cuidado, se levanta sem que o colchão ranja e, deixando a porta do quarto entreaberta, se dirige à sala. Durante um tempo, tenta ler no sofá *A ilustre casa de Ramires*, de Eça de Queirós, mas mal consegue se concentrar, até que, por fim, acaba ligando para Vivales, que não atende. Um minuto depois, o advogado retorna a ligação com a pergunta de rigor, formulada com sua voz de aguardente e tabaco:

— Tudo sob controle?

Melchor responde que sim. Ouve ao longe um estrondo profundo, poderoso e ritmado de casa noturna.

— Onde você está? — pergunta por sua vez.

— Aqui — responde Vivales. — Bebendo um pouco. Espere um momento. — Melchor aguarda alguns segundos. — Pronto. — O barulho cessou. Fica evidente que, esteja onde estiver, Vivales foi para a rua. — Como vão as coisas? Eu liguei para você o dia todo.

— Eu sei.

— A menina está aí? Passe para ela, vamos.

— Está dormindo. Sabe que horas são?

Não há resposta.

— Vivales? — pergunta Melchor.

— Um minuto, por favor.

Ouve algo que ao princípio lhe parece um diálogo civilizado, depois uma discussão mais elevada e, então, uma confusão de bêbados, tudo isso culminado por uma espécie de latido humano.

— Desculpe, Melchor. — Vivales volta ao telefone. — O que estava dizendo?

— O que houve? — pergunta Melchor, por sua vez.

— Nada — responde Vivales, de má vontade. — Só o dono do boteco, muito fino, que me veio com a história de que não é permitido sair à rua com os copos. Fala sério. Eu ameacei processá-lo. Barcelona está ficando insuportável, rapaz: suja como Nápoles e puritana como Genebra. Em resumo, o pior de cada cenário. Do que estávamos falando?

— De nada — diz Melchor. — Mas pensei uma coisa. O que acharia de Cosette e eu passarmos uns dias em sua casa?

— Não precisa nem perguntar. Quando vocês vêm?

— Ainda não é certeza. E não seria por muito tempo.

— Quanto precisar. Eu já cansei de dizer que minha casa é sua casa. Além do mais, com a desculpa de ter vocês aqui, vou tirar uns dias de folga: estou de saco cheio de trabalhar.

— Não precisa fazer isso por nós.

— Não é por vocês, não. Vou fazer por mim.

— Obrigado. E me diz outra coisa: você conhece alguém na Prefeitura?

— Na Prefeitura? Mas o que está achando que sou, rapaz? Eu só me trato com gente honrada, e é mais fácil encontrar uma puta virgem que um homem honrado na Prefeitura.

— Não estou me referindo a políticos, Vivales. Bom, não só. Quem sabe funcionários, gente que trabalhe para o governo...

— Ah, bom. Ainda assim, tem muito ladrão e muito sem-vergonha, mas também tem meu amigo Manel Puig.

— Puig?

— O cara que você deixou com olho roxo enquanto cuidava da minha casa no dia em que veio buscar Cosette, quando se encerrou o caso Adell. Lembra?

— Claro que lembro. Você que não lembra que nós nos vimos não faz muito tempo na sua casa, com aquele outro... Como se chama?

— Chicho Campà.

— Isso. Mas eu não sabia que Puig trabalhava na Prefeitura.

— Ele não trabalha lá. Mas é arquiteto, e de vez em quando o escritório dele faz projetos para eles.

— E ele conhece a prefeita?

— Não faço ideia. Por que você mesmo não pergunta a ele? Quer que eu marque um jantar para comemorar que vocês vêm a Barcelona?

— Seria perfeito. Convide Campà também.

— Nem precisaria. Os dois andam sempre juntos, como Ortega y Gasset.

— Quem?

— Deixa quieto. Então, quando vocês vêm?

— Logo. Talvez amanhã à tarde. Ligo assim que souber.

— Porra, que boa notícia, rapaz. Vou agora mesmo tomar uma para comemorar. Tchau.

2.

— Os três não passam de uns filhinhos de papai. Uns filhos da puta também, sem dúvida, mas acima de tudo uns filhinhos de papai. Nasceram assim e vão morrer assim... As pessoas ricas são de outra espécie. Nunca ouviu dizer isso? Pois é. Estou te dizendo. Existem dois tipos de pessoas: os ricos e o restante, incluindo aqueles que querem ser ricos, que são a maioria. É meu caso, eu fui um deles.

"Meu pai dizia que a Catalunha sempre esteve nas mãos de poucas famílias. Eles comandavam antes do franquismo, comandaram durante o franquismo, comandam depois do franquismo e comandarão quando você e eu estivermos mortos e enterrados... Dinheiro é uma coisa mágica, uma coisa imortal e transcendente. Dinheiro é foda. É algo muitíssimo mais forte que poder, porque o poder depende dele, e além de tudo sobrevive a qualquer coisa, a começar pelas alternâncias de poder. Bom, meus três amigos pertencem a essas famílias catalãs poderosas. Por isso eu me empenhei em ser amigo deles. E por isso tenho nojo de mim... Tem certeza de que não quer um pouco de uísque?"

— Tenho. Continue.

— Continuo... Mas, pensando bem, não sei se deveria. Na verdade, não sei por que estou fazendo isso. Não sei o que vou ganhar com isso...

— Claro que sabe. Nós fizemos um trato.

— Você vai mesmo me ajudar?

— Eu já disse que sim. Disse que vou fazer o possível.

— Qual é seu interesse neles? Por onde começamos?

— Isso eu também já disse: comece pelo começo. Quando os conheceu?

— Quando os conheci...? Faz muitos anos, na Esade, a escola de negócios a que a elite catalã manda seus cãezinhos para que aprendam a fazer dinheiro. E como mantê-lo... Os três já se conheciam, claro, se conheciam da vida inteira, porque aquelas poucas famílias que mandam na Catalunha se conhecem desde sempre. Casas e Vidal moravam bem perto, na avenida Pearson. Rosell também morava por Pedralbes, não lembro exatamente onde, não fui muito à casa dele. Quer dizer, fui muito menos que à dos outros... De todo modo, os três haviam se cruzado desde crianças por todos os lados, no Clube de Tênis Barcelona, que fica perto de onde moravam, ou na Cerdanya, que era para onde iam no Natal e no verão. Os três têm a mesma idade, nasceram no mesmo ano, o mesmo que eu, e haviam sido alunos da Aula, outra escola de elite. E os três tinham um monte de irmãos e irmãs, enquanto eu sou filho único... Nenhum dos três era bom aluno, isso é verdade, mas Casas e Vidal liam bastante e são inteligentes, muito inteligentes, coisa que nunca se pôde dizer de Rosell, que acabou na política porque a família o considerava bobo demais para os negócios.

— Vidal também é político.

— Sim, mas não se meteu na política por falta de opção, como Rosell. Ele se meteu porque quis, ou seja, porque entendeu que a política é uma extensão dos negócios... Foi assim que essa gente sempre entendeu a política. Ainda que não digam isso em voz alta.

— E Casas?

— Casas é outra história... Se quer saber se ele também está envolvido com política, a resposta é sim. Mas está metido a seu modo, de outro jeito, porque Casas sempre pensou que é melhor fazer política sem sujar as mãos... Na sombra, através de outro...

— Você se refere à prefeita?

— Até se separar dela, sim.

— Isso é dedução sua ou foi ele quem disse?

— Ele me disse. Da última vez que nos vimos, no restaurante Santa Clara, quando não fazia muito que tinha se separado da prefeita.

— Casas me contou que vocês não se viam desde a universidade.

— Então ele mentiu. Já vou contar desse almoço, vai te interessar... Naquele dia, Casas me disse uma coisa que me marcou. Ele me disse que, no mundo de hoje, o que te distingue, o que te dá poder, não é aparecer na mídia. É *não* aparecer, e que por isso as pessoas que mandam de verdade não devem sair em lugar nenhum... "É preciso ser discreto, ficar na penumbra, nos bastidores", me disse. Deixemos os pobres desgraçados que não podem escolher aparecerem nos jornais e na televisão, serem ofuscados pelos holofotes. Enquanto isso, cuidamos dos negócios..." Esperto o filho da puta, não acha?

— Pode ser... Mas me diga, o que estava fazendo na Esade?

— O que mais seria? A mesma coisa que eles: aprendendo a fazer negócios, a sovar a massa, a se tornar rico.

— Mas você não era rico.

— A meu favor: eu já disse que aspirava a ser rico, então precisava aprender a ser. E meu pai também queria que eu fosse rico. Ainda mais que eu... Enfim, você sabe como são os pais... Você tem filhos?

— Uma filha.

— Como se chama?

— Cosette.

— Cosette? Sua mulher é francesa?

— Não. Voltemos ao assunto. Você estava falando do seu pai, se bem que não sei se o seu pai tem muito a ver...

— Tem tudo a ver.

— Então continue.

— Ele morreu há alguns anos, e talvez se não tivesse morrido... Meu pai e eu tivemos uma relação especial, ou talvez nem tanto. A questão é que sempre nos amamos de verdade: ele queria que eu fosse rico e tivesse tudo do melhor, que levasse uma vida como a que ele não pôde levar. É o que querem todos os pais, creio, mas eu acho que ele queria mais, desejava que eu fizesse parte dessa elite catalã que estava fora do alcance dele, dessas poucas famílias que ele, ao mesmo tempo, odiava e admirava... Por isso fez o possível para me convencer a me matricular na Esade, e por isso eu me deixei convencer. Por isso e porque eu era mesmo bom aluno, não tinha frequentado a Aula, mas a Salle Bonanova, que não é um colégio de elite, mas é um bom colégio. Meus professores e meus colegas esperavam o melhor de mim, todo o mundo esperava o melhor de mim, e aqui estou eu, neste fim do mundo, escondido como um verme... Fico feliz por meu pai não ter visto isso.

— Você estava me dizendo que ele é importante na história.

— E é verdade... Meu pai queria que minha vida fosse melhor que a dele, como eu disse, mas no fim não foi assim. No fim, a vida dele foi melhor que a minha. Muito melhor... Por anos. Depois...

"Era um homem especial, o meu pai... Nos Estados Unidos, teria sido considerado um *self-made man*, autossuficiente, essa coisa que os estadunidenses tanto admiram e que nós achamos tão ridícula ou tão mentirosa, não é? Tão falsa e tão brega... Era pobre, isso sim é verdade, nasceu em uma família pobre. Paupérrima, na verdade... Quando criança foi para a Catalunha com meus avós, que em Albacete não tinham onde cair mortos, e no fim da ditadura e durante a Transição esteve metido nas lutas trabalhistas de Hospitalet. Essa foi a melhor época da vida dele, era o que sempre dizia... E eu acredito. Naquela época, ainda era jovem e, além de tudo, tinha o romantismo da militância clandestina, as assembleias proibidas nos porões cheios de fumaça, as fugas diante da polícia franquista, todos os clichês da época, que são fatos, porque meu pai os viveu. Depois, quando conheceu minha mãe e eu nasci, entrou na política sindical e ocupou cargos na UGT, cargos cada vez mais importantes, até que nos anos 1990 foi deputado no Parlamento catalão. Deputado pelo Partido Socialista... Lá ficou por oito anos, duas legislaturas, e se tornou muito conhecido como inimigo da corrupção. Assim ficou marcado.

"O que terá de mau em ficar conhecido como inimigo da corrupção?, você deve estar se perguntando. Teoricamente nada, mas na prática... Veja, era uma época em que ali, na Catalunha, ninguém falava disso. Todos os jornalistas, todo o mundo político e econômico sabia que o governo autônomo estava com merda até o pescoço, mas ninguém ou quase ninguém dizia nada... O erro do meu pai foi se atrever a dizer. Isso fez dele uma pessoa controversa para muitos partidários e muitos detratores, com fama de justiceiro. E o levou a ter muitos inimigos. E lhe acarretou muitos problemas... Para começar, com o próprio partido - em parte porque não compreendiam sua estratégia e pensavam que era uma espécie de camicase, em parte porque tinham medo de que as denúncias respingassem neles... A questão é que, quando entrei na Esade, os socialistas catalães o tiraram do meio, deram um chute na bunda dele e o mandaram para Madri. Talvez por isso ele estivesse tão obcecado com a ideia de que eu aprendesse a ganhar dinheiro e me misturasse à elite. Porque tinha acabado de descobrir que o dinheiro não era só uma forma de poder. O dinheiro é o próprio poder. E porque também tinha descoberto que sem dinheiro só se pode ser escravo... Mas estou desviando do assunto, não é?"

— Sim. Você ainda não contou como conheceu seus amigos.

— Se você está se referindo a como comecei a falar com eles e tal, a como nos tornamos próximos, a verdade é que eu não lembro exatamente... Lembro-me de que, assim que começaram as aulas na Esade, eles chamaram minha atenção. A minha e a de todo o mundo... No começo eu não sabia quem eram, claro, não sabia que faziam parte das poucas famílias das quais meu pai falava, mas reparei neles porque sempre andavam juntos, porque às vezes faltavam aula e, principalmente, porque estavam o tempo todo rindo, como se zombassem de todo mundo ou como se fumassem maconha sem parar. Também reparei neles porque, naquele ambiente da Esade, tão correto, tão formal, os três se vestiam de qualquer jeito, entre hippies e roqueiros: chegavam de cabelo comprido, roupa folgada, tênis esportivos, coisas assim... E tudo isso chamava atenção num curso cheio de filhos de empresários do interior, rapazes calados e formais que dormiam no alojamento da escola ou em apartamentos alugados em Sant Cugat... Pensando bem, talvez tenha sido precisamente isto o que nos uniu: nós quatro estávamos um pouco fora de lugar, deslocados, destoávamos de nossos colegas, embora eles destoassem por cima e eu destoasse por baixo, eles por excesso, e eu por falta. Não sei se deu para entender...

— Perfeitamente.

— Então me aproximei dos três aos poucos, porque eu era bastante tímido e não tinha tanta facilidade de fazer amigos. Além do mais, nenhum dos três parecia muito interessado no que eu e os outros colegas fazíamos ou deixávamos de fazer. A verdade é que se relacionavam pouco conosco, era como se estivessem blindados ou não precisassem de nós... Um dia, contei a meu pai que eles frequentavam o curso. Acho que eu esperava que ele se alegrasse ou que demonstrasse ter se impressionado, mas não... Na realidade, limitou-se a falar, de um jeito bastante frio, bastante asséptico, daquelas famílias, das fortunas e dos privilégios, dos esquemas e das barbaridades, e das falcatruas daquelas famílias. No fim disse uma frase que me marcou: "Aproxime-se dos bons e será um deles"... Não sei de onde tirou isso, não sei se foi de como o criaram ou se tinha lido em algum lugar, mas interpretei como sua forma de me incentivar a ficar amigo daqueles colegas. Se bem que agora já não tenho tanta certeza, talvez ali tivesse uma advertência ou um sarcasmo que na época deixei escapar... Outra coisa que me marcou foi a primeira vez que saímos os quatro juntos... Quer ouvir?

— Claro.

— Foi também a primeira vez que entrei na casa de Vidal. Tínhamos que fazer um trabalho juntos para matemática aplicada à gestão, e combinamos de nos encontrar para terminar. Era sábado à tarde, eu lembro muito bem porque tínhamos de entregar o trabalho na segunda-feira, mas principalmente pelo que aconteceu no fim, disso não vou me esquecer nunca. Foi como meu batismo de fogo, foi quando realmente começou nossa amizade, ou o que quer que fosse, e também quando me dei conta de que tipo de gente era... Se bem que também me lembro disso porque durante aquelas horas por várias vezes tive a impressão de estar em outra dimensão, uma dimensão que eu sequer sabia que existia...

"A questão é que naquele sábado eu cheguei no horário marcado à casa dele, uma torre de três andares rodeada por uma grade de ferro coberta por hera. Através da grade se via um jardim que me pareceu descuidado, mas com o tempo soube que era um jardim inglês... Toquei a campainha, o portão se abriu, percorri um caminho de terra e me deparei com um homem de uniforme e luvas brancas que imaginei ser um mordomo, mas que na realidade era o motorista do pai de Vidal. Eu perguntei pelo meu colega, e o homem me deu várias indicações. Um pouco intimidado, atravessei um grande saguão, subi dois lances de escadas, caminhei por um corredor e, quando já tinha me perdido, apareceram duas gêmeas de doze ou trezes anos. Eram as irmãs mais novas de Vidal... Eu lhes perguntei pelo irmão, e elas me responderam entre risadinhas: 'Tito? Está no quarto dele'. Então me indicaram a última porta de outro corredor."

"Bati, mas ninguém atendeu... Voltei a bater, e nada, mas, quando já ia dar meia-volta, abriu-se a porta ao lado e apareceu o avô de Vidal, um idoso de roupão que arrastava pantufas. O velho nem me olhou, mas, antes que ele saísse, perguntei por meu colega, que naquele momento eu não sabia que era seu neto... Tive de lhe fazer a pergunta duas ou três vezes, até que me indicou por sinais a porta em que eu batia. Achei que tinha me indicado a entrar sem bater, então abri e vi Vidal sentado na cama de pernas cruzadas com uns fones de ouvido bons. Não os tirou quando me viu, mas me fez sinal para esperar a música que ele estava escutando acabar.

"Esperei... Vidal se movia ao ritmo da música que saía de um equipamento espetacular, eu nunca tinha visto algo parecido, só numa festa, e eu olhava o refúgio de adolescente ao redor, um quarto iluminado por uma janela que dava para uma parte do jardim dos fundos, de onde se viam uma pérgola e um pequeno bosque de pinheiros, um cômodo bem grande, com pé-direito muito alto, que ostentava todos os sinais de uma riqueza sólida e antiga, embora tentasse dissimulá-los ou não dar importância a eles, ou precisamente por isso, a magia e a imortalidade do dinheiro se ressaltam ainda mais quando tentam disfarçar, os autênticos ricos nunca se vangloriam do que têm ... Assim que terminou a música, Vidal tirou os fones num puxão e pulou da cama, se desculpou e me disse a faixa e o nome de uma banda que eu nunca tinha ouvido. Ficamos falando um pouco de música, que para Vidal era quase a mesma coisa que falar de rock and roll, e eu tentei parecer menos ignorante do que era, provavelmente com pouco sucesso... Depois Vidal perguntou: 'Bom, vamos começar?'.

"Vidal era bom em matemática e tinha uma boa base, não há nada como ter frequentado uma escola de elite para ter uma boa base. Assim, embora tivesse faltado algumas vezes à aula, não estava muito atrasado, e terminamos o trabalho antes do previsto. Então eu disse que ia embora... Vidal me perguntou: 'Está com pressa? Tem compromisso?'. Eu lhe disse a verdade: não ia encontrar ninguém, não tinha nenhum plano para aquele sábado. E esperei, de coração, que me respondesse o que de fato me respondeu: 'Por que não fica?'.

"Passamos o resto da tarde ouvindo música e conversando, mas só ficamos a sós por um tempo, pois Rosell apareceu. Depois Casas chegou... Nenhum dos dois se admirou de me ver ali, de modo que pensei que Vidal já tinha avisado, que os dois tinham ido para lá sabendo que eu estaria. Continuo achando isso... Ou seja, não acho que tenha sido coincidência, mas que estava planejado. Acho que foi meio que uma cilada: os três me escolheram para fazer o que precisavam que alguém fizesse, pensaram que eu era o colega ou o ajudante ideal para eles, a pessoa perfeita, tenho certeza de que deixei transparecer a vontade que eu tinha de ser amigo deles e o fato de que, para isso, estava disposto a fazer qualquer coisa. E a me calar depois.

"Se isso é realmente o que eles pensaram, acertaram. Em cheio...

"Perto das nove ou nove e meia, quando saímos da casa de Vidal, os três insistiram para eu ir junto comer alguma coisa. Fomos ao Jumilla, na rua Artesa de Segre, perto do passeio de La Bonanova... Desse primeiro jantar eu me lembro principalmente de três coisas. A primeira é de como me senti bem com eles, porque eram quem eram, ou filhos de quem eram, mas principalmente porque eu era um rapaz inseguro, estava uma pilha de nervos, e aqueles três caras da minha idade se comportavam como se tivessem confiança absoluta em si mesmos, como se pudessem fazer o que quisessem ou como se fossem donos e senhores de Barcelona. Ao lado deles minha insegurança e meu nervosismo pareciam evaporar. A segunda coisa de que me lembro é que confirmei algo que já havia intuído de primeira, algo que qualquer um adivinharia só de vê-los: que Casas e Vidal eram os dois fanfarrões do trio – não só os mais espertos, mas também os que mandavam. Naquela noite também descobri que se alfinetavam sem parar e por qualquer motivo. Também competiam entre si, como se quisessem provar o tempo todo quem era o mais engraçado, o mais inteligente, o mais bonito e o que mais coisas sabia. Rosell era um figurante, o espectador de que qualquer dupla artística precisa para que sua apresentação se converta em espetáculo... A terceira coisa de que me lembro foi a que mais me surpreendeu: em determinado momento, eles começaram a falar de política... Fiquei surpreso pelo tema e pelo tom com que falavam. Pelo tema, porque naquela época pessoas da minha idade não eram politizadas, muito menos os alunos da Esade, que só pareciam interessados em fazer dinheiro. Pelo tom, porque, bom, eu tinha ouvido muito meu pai, seus companheiros de partido e seus amigos falarem de política, mas nunca tinha ouvido falar de política assim, como aqueles três faziam, que era como eles sempre tinham ouvido fazer, suponho, como a família deles provavelmente fazia."

— Como?

— Não sei... Com uma ironia depreciativa. Com uma paixão gelada. Algo assim... Como se eles se interessassem pela luta política, mas não deixassem nada nela. Como se tivessem o tipo de curiosidade que sente um aristocrata por seus servos ou um predador por suas vítimas... Enfim, em algum momento, enquanto Casas e Vidal estavam falando de política, eu lhes contei quem era meu pai. Era inevitável, suponho. Por alguns minutos, a notícia me converteu no centro da conversa. Eles sabiam quem era meu pai, claro, naquele momento todo mundo na Catalunha sabia quem era meu pai porque o nome dele estava sempre nos jornais, mas nunca tinham pensado em relacioná-lo comigo... Então perguntaram dele, das denúncias de corrupção, de sua transferência a Madri, de tudo. Quando cansaram de perguntar e o jantar terminou, fomos ao Up&Down, a discoteca que havia na Diagonal...

— A balada top.

— Teve essa fama até ser fechada... Eu sempre ouvia falar dela, mas nunca tinha pisado lá. Para meus amigos, percebi em seguida, estar ali era como estar em casa, ou ainda melhor, porque na Up&Down não precisavam dar explicações para a família... Já eu me sentia um peixe fora d'água e, depois de um tempo, decidi ir embora. Estava prestes a sair quando Casas chegou perto, me segurou pelo braço e me perguntou aonde eu estava indo. "Pra casa", respondi. Ele riu. Tinha bebido bastante, mas Casas não precisava beber para rir à toa, como comentei... Ele me disse: "Não. Ainda é muito cedo". Eu respondi que não era tão cedo e que precisava ir. Casas insistiu para eu ficar. "Deixa de besteira", me disse encantadoramente. Quando quer, eu garanto, Casas pode ser encantador... Então acrescentou: "Fique. É agora que começa a parte boa".

"Pensei que fosse maneira de dizer, mas a insistência dele deve ter me bajulado, deve ter me feito sentir importante, porque eu fiquei. Em seguida, descobri que não era maneira de dizer... Pouco depois saímos da Up&Down, pegamos o carro e deixamos Barcelona em direção ao aeroporto. Perguntei aonde íamos, mas disseram para eu não me preocupar, que já ficaria sabendo. Eu não estava preocupado, estava intrigado. Na verdade, não me importava em continuar a farra, muito pelo contrário, mas não disse nada... Meia hora mais tarde chegamos a Viladecans, nos enfiamos em um centro comercial e estacionamos às vistas de uma multidão amontoada diante de um enorme edifício com um grande letreiro na porta: SUVENIR. Era outra discoteca, na verdade discoteca e *after*, talvez você tenha ouvido falar dela, era muito famosa na época...

"Ficamos um pouco na fila e entramos. O lugar estava tão abarrotado que logo perdi de vista meus amigos. Pensei que não iriam embora sem mim e não me deixariam de madrugada naquele fim de mundo, então não me preocupei em procurá-los. Fui ao balcão, pedi uma cerveja e fiquei contemplando o formigueiro histérico da pista, que fervilhava de gente dançando naquela escuridão metralhada por jatos de luz de todas as cores... Não sei quanto tempo passei ali sozinho, mas pouco depois apareceu Vidal, pediu uma cerveja e ficou ao lado. Nós falávamos no ouvido do outro, era a única forma de se entender com o som tão alto... Depois chegaram Casas e Rosell. Estavam com uma garota. Eu me lembro muito bem dela: morena, baixinha, traços indígenas, com um bom corpo e bem bonita. Não me disseram o nome dela, mas Vidal lhe pediu um drinque no balcão. Enquanto serviam, Casas e a garota estavam se beijando, e Vidal aproveitou para derrubar na bebida um comprimido de Rohypnol triturado... Isso eu sei agora, claro, naquela noite só percebi que Vidal mantinha o copo nas mãos por tempo demais, que talvez estivesse fazendo alguma coisa mesmo. Quando Casas e a garota pararam de se beijar, Vidal entregou o drinque para ela, que sorria sem parar, parecia feliz por estar conosco; quando terminou, Casas voltou a levá-la para a pista, Vidal e Rosell os seguiram, e os quatro ficaram mais um tempo dançando. Desta vez consegui não os perder de vista e tê-los mais ou menos sob controle, ainda que a distância... Até que, pouco depois, não muito, voltaram para o balcão com a garota e fizeram sinais de que era hora de ir embora.

"Entramos no carro outra vez. Vidal dirigia, mas agora era eu quem estava no banco do passageiro; a garota ia atrás, entre Casas e Rosell... Eu os espiava de vez em quando pelo retrovisor, e me pareceu que, além de beijar Casas, a garota também beijava Rosell – ou Rosell a forçava a beijá-lo –, mas pensei que tinha me confundido... Chegamos em a Barcelona e, enquanto subíamos para a parte alta da cidade, pedi a Vidal que me deixasse numa entrada do metrô. Ele não me respondeu, parecia concentrado demais na música, e aproveitei uma pausa da batida para lhe perguntar aonde íamos. Ele me respondeu que encerrar a noite. Disse: "Você vai gostar. Vai ver só". Ou algo assim...

"O lugar onde terminamos era um velho edifício da família Casas. Ficava na León XIII, uma rua paralela à avenida Tibidabo, já bem perto da Ronda de Dalt, e ninguém aparecia por lá exceto eles três, mas disso também só soube mais tarde... Estacionamos num jardim cheio de ervas daninhas, e a primeira coisa que percebi ao sair do carro foi que a garota caminhava em zigue-zague. Subimos umas escadas, entramos naquele casarão que parecia uma antiga fábrica com muitos galpões ou um palácio abandonado às pressas e cruzamos várias salas sem nem parar: algumas estavam praticamente vazias, outras estavam cheias de móveis velhos e tralhas... Até que chegamos a um cômodo que dava a impressão de estar habitado, pelo menos alguém parecia frequentá-lo, ao menos de vez em quando. Era relativamente pequeno, sem janelas, mas com duas luminárias que criavam uma iluminação suave. Tinha muitos colchões, colchonetes e almofadas no chão, e as paredes estavam forradas de pôsteres de roqueiros e astros do cinema... A garota se deixou cair em um colchão, ou a jogaram ali, e ria e murmurava frases incompreensíveis. Notei que falava com sotaque latino-americano (colombiano, peruano ou equatoriano). Vidal e Rosell se deitaram com ela; Casas voltou a pegar meu braço e me pediu que o acompanhasse.

"Eu o segui por um corredor até um cômodo menor ainda, que parecia ter sido uma despensa ou talvez um quarto de empregados; ali só havia um tripé com uma filmadora virada para a parede do fundo. O quarto tinha as paredes descascadas e cheias de manchas de umidade, uma lâmpada acesa pendia do teto e pairava no ar um misto de poeira, de ambiente fechado e de mofo... Casas apontou para a câmera e me disse: 'Vamos fazer um filme. Nós somos os atores e você é o diretor. Bom, o diretor e o câmera. Que tal?'. Sem saber o que dizer, sorri, certamente pensando que era brincadeira... 'Um filme?', perguntei. 'Isso', respondeu. 'Mais fácil, impossível. Você só tem que gravar.' O aparelho tinha o visor grudado num buraco na parede, e Casas se aproximou dele e me mostrou como funcionava. Quando terminou a explicação, perguntou: 'Simples, não é?'. Respondi que sim e perguntei o que ia acontecer do outro lado da parede, o que eu ia gravar. 'Surpresa,' me respondeu. 'Só filme.' Foi o que fiz. Não pedi mais explicações. Não perguntei nada... Eles tinham previsto tudo isso, agora não tenho a menor dúvida. Os três deviam pensar que eu estava encantado de andar com eles e que jamais recusaria a incumbência ou pediria explicações, deviam pensar que eu queria muito ser amigo deles e entrar no mundo mágico do dinheiro e do poder para me negar a fazer algo que me pedissem... E estavam certos, claro. Este é o efeito que o dinheiro exerce em muitas pessoas: ele as escraviza. Casas, Vidal e Rosell sabiam disso desde sempre, sabiam sem a necessidade de alguém lhes ensinar, e tenho certeza de que por isso me convidaram para sair com eles naquela noite. Tinham visto na minha cara que eu era uma dessas pessoas. E sabiam que podiam me usar...

"A questão é que fiquei sozinho naquele quarto e cumpri à risca a missão... Não vou contar o que gravei, porque você pode imaginar. Com a coitada da garota, fizeram de tudo. No começo, achei que ela tinha consciência do que estava acontecendo e fiz o possível para pensar que aceitava, que estava curtindo, mas foi difícil manter essa ilusão por muito tempo e, quando tudo terminou, não tive saída além de aceitar a evidência de que tinha acabado de assistir a um estupro... E que não tinha movido um dedo para impedir aquilo de acontecer.

"Não protestei... Eu me limitei a fingir que não tinha acontecido o que tinha acontecido. Depois nós deixamos a garota em uma das vielas que desembocam no passeio de La Bonanova... Estava consciente e chorava... Eu me despedi de meus amigos na estação de metrô Reina Elisenda. Estava amanhecendo e, antes de entrar em casa, eu vomitei... 'Aproxime-se dos bons e você será um deles', poderia ter pensado enquanto vomitava. Mas só vomitei.

"Naquela noite, tudo mudou. A partir de então o trio de amigos se converteu num quarteto, ou foi o que pareceu durante os dois anos e meio seguintes... Ou foi nisso que eu quis acreditar. Agora sei que não foi isso e que no fundo eles nunca me consideraram amigo. Por que o fariam, se eram de outra estirpe? Mas não importa... Só digo que a partir de então as coisas foram diferentes, e nós nos tornamos inseparáveis. Meu pai soube em seguida. Não sei se estava feliz ou não, mas sempre achei que aquela devia ter sido a melhor época da vida dele: ele no Congresso dos Deputados, em Madri, no centro do poder político, e seu filho na Esade, andando diariamente com a elite catalã, com os filhos daquelas poucas famílias que mandam aqui... O que mais podia esperar um Ramírez de Albacete que tinha chegado a Hospitalet havia pouco tempo, com uma das mãos na frente e a outra atrás?"

— Você disse que se tornou inseparável deles. Como assim inseparável?

— Nós íamos e vínhamos juntos da Esade. Eu tentava me misturar com eles, falar como eles, me vestir como eles, até rir como eles... A única coisa que eu não fazia como eles era não levar os estudos a sério. Continuei sendo bom aluno, nunca faltava à aula, coisa que faziam bastante, porque eu lhes passava anotações, lhes explicava o que não entendiam, conseguia os livros de que precisavam e consultava ou pesquisava ou perguntava por eles. Em troca, saíamos juntos quase todos os sábados à noite.

— Em troca?

— Eu já disse que sentia que o pagamento por fazer tudo o que fazia por eles era ser amigo deles, sair com eles sábado à noite e tal... É nojento, mas é verdade.

— E faziam a mesma coisa que naquele primeiro dia?

— Aos sábados? Mais ou menos... Nos encontrávamos na casa de Vidal ou de Casas, descíamos para jantar no Jumilla, no Bar Bero ou no Flash-Flash, passávamos um tempo na Up&Down e de madrugada íamos a festas ou bares dos arredores. Ou no centro histórico.

— Sempre terminavam a noite escolhendo uma garota e a levando ao estabelecimento da León XIII?

— Nem sempre.

— Do que dependia?

— De termos vontade... E de as garotas se deixarem caçar, claro. Como pode imaginar, nem sempre foi tão fácil quanto naquela primeira noite.

— Você participava da caçada? Diretamente, quero dizer.

— Às vezes.

— E dos estupros?

— Nós os chamávamos de "orgias".

— Foi você quem os chamou assim.

— Porque é o que eram.

— Você participava dos estupros?

— Às vezes.

— Mesmo achando repugnante...

— Sim. Mas a gente se acostuma com tudo, inclusive com o que acha repugnante. Essa é a verdade.

— Quem gravava?

— Na maior parte das vezes, eu... Na verdade, quase sempre.

— E as garotas?

— O que tem as garotas?

— Entendiam o que acontecia?

— Que as estávamos gravando? Claro que não.

— E que as estavam estuprando?

— Nem sempre... Por exemplo, a garota do primeiro dia. Essa, depois de tomar o Rohypnol, não percebia muita coisa. Talvez não tenha percebido nada, ao menos até ser tarde demais. Isso era o mais comum, mas teve de tudo... Algumas, sim, percebiam, e às vezes até começavam se divertindo, mas, quando a coisa ficava pesada, resistiam com unhas e dentes e, então, sofriam... Às vezes sofriam bastante... Outras resistiam desde o começo. E também havia aquelas que, assim que se davam conta de no que tinham se metido, deixavam rolar ou até tentavam nos fazer acreditar que estavam curtindo, porque intuíam que resistir era perigoso e que assim não as machucaríamos... Na maioria, eram garotas humildes, trabalhadoras, empregadas e garçonetes, coisas assim, jovens ou não tão jovens, na maior parte imigrantes, moças que saíam para dançar sábado à noite e que se encantavam conosco. Para elas, devíamos ser como príncipes encantados prestes a resgatá-las de sua vida miserável... Ou algo do tipo.

— Mas estou pensando numa coisa.

— No quê?

— Nenhuma delas os denunciou?

— Como nos denunciariam...? Eu não disse que metade, ou mais da metade, não sabia que as estávamos estuprando?

— E as outras?

— Tinham medo demais para nos denunciar. Algumas nós ameaçávamos antes de libertar, mas com a maioria isso nem era necessário. Elas já tinham se dado conta de como agíamos, de que, se denunciassem, estariam encrencadas... Eu já te disse que esta era a mentalidade de meus amigos: eles eram donos e senhores de Barcelona, podiam fazer o que tinham vontade, desfrutavam de impunidade total. Era o que pensavam, e tinham razão... A prova é que nenhuma das mulheres nos denunciou.

— Outra coisa: vocês gravavam todos os estupros?

— Quase todos. Ou perdia a graça... Pelo menos, parte da graça.

— E o que faziam com as gravações?

— Nós guardávamos ali mesmo, na León XIII. De vez em quando, quando tínhamos tempo e estávamos com vontade, assistíamos. Normalmente, em La Pleta de Bolvir.

— La Pleta de Bolvir?

— O lugar mais top da Cerdanya. A família de Vidal tem uma casinha perto, em plena montanha. Ou tinha... Não fica longe daqui, ao lado de Puigcerdà, e durante anos tinha sido um esconderijo do pai de Vidal. Isso era o que ele dizia. Seja como for, já havia deixado de usá-la, ou talvez a tenha deixado para o filho, a questão é que estava livre e nós íamos de vez em quando, em alguns fins de semana... Era quase um chalé, mas repleto de luxos, como um grande televisor no qual podíamos ver os vídeos. Às vezes dedicávamos noites inteiras a vê-los. Ali... No meio do nada... Os quatro sozinhos... Rodeados de neve... Que loucura, né?

— E um desses vídeos é com a prefeita?

— Claro.

3.

Melchor se identifica na guarita e, uma vez que levantam a barreira de acesso e lhe autorizam a entrada, para no estacionamento, desce do carro e se dirige à fachada de vidro e aço do vasto complexo que sedia o quartel-geral dos Mossos d'Esquadra.

É segunda-feira. Dois dias antes, Blai havia lhe contado na Terra Alta que naquela mesma manhã o delegado Vinebre, novo chefe da unidade, lhe telefonara para relatar que estavam chantageando a prefeita de Barcelona com uma gravação de conteúdo sexual e que, se ela não quisesse que fosse divulgada, deveria desembolsar trezentos mil euros. Blai suspeitava de que a notícia tinha vindo do conselheiro de Justiça do governo autônomo, que, como todos sabiam, tinha uma boa relação com a prefeita, embora militassem em partidos rivais. Isso, de todo modo, era um detalhe. O importante era que Vinebre havia designado o caso a Blai e demandado que o resolvesse quanto antes e com a maior discrição possível. Blai também havia contado a Melchor que delegaria o trabalho à Unidade de Sequestros e Extorsões e que queria que o chefe da unidade, o sargento Vàzquez, o conduzisse pessoalmente; havia reiterado, porém, que não confiava completamente no sargento. "Você o conhece", disse. "Faz o que quer. Além do mais, nesse momento está enrolado com o sequestro da mulher de um traficante, em Santa Coloma de Gramenet. Uma história que, cá entre nós, não parece que vai se desenrolar." Por isso recorria a Melchor, assegurou Blai: para que ficasse na cola de Vàzquez, para se assegurar de que ele tocasse o assunto com a máxima seriedade, para que o mantivesse informado. Quanto ao resto, havia insistido que o caso era fundamental, que não podia confiar em ninguém em Egara e que precisava de Melchor. Este não lhe dissera que sim de imediato, mas o antigo chefe da Unidade de Investigação da Terra Alta deduziu que a resposta seria afirmativa assim que o amigo lhe prometeu que pensaria e que na manhã seguinte lhe daria uma resposta.

Estava certo.

Dois companheiros da Unidade de Combate ao Narcotráfico com os quais trabalhou anos atrás, durante a estadia em Egara, cumprimentam Melchor enquanto ele atravessa o pátio que separa os quatro edifícios do complexo, unidos por passarelas e separados por áreas verdes repletas de arbustos, grama e árvores. Os companheiros lhe perguntam se está de volta à unidade, e Melchor responde que não, que só voltou para um serviço e que não ficará por muito tempo. Então sobe ao gabinete de Blai, que fica perto da Unidade de Sequestros e Extorsões; ao lado da porta, um letreiro anuncia: chefe da área central de investigação de pessoas. A porta está entreaberta. Melchor a empurra: sentado à escrivaninha, Blai usa um telefone fixo.

— Falando no rei de Roma — anuncia e indica para Melchor uma mesa de reuniões. — Não se preocupe, senhor delegado, em seguida ele vai praí. Precisa de algo mais?

Enquanto Blai não desliga, Melchor permanece de pé no meio do gabinete. É muito mais amplo que a sala que Blai costumava ocupar na delegacia da Terra Alta, e segue como Melchor recordava: as duas mesas grandes – uma escrivaninha e a mesa de reuniões –, os arquivos metálicos, os quadros neutros pendurados nas baias e a grande janela que dá para o pátio do complexo, pela qual uma luz estival invade; o único detalhe que Blai parece ter acrescentado àquela decoração pasteurizada é uma fotografia sua ao lado da mulher e dos quatro filhos, todos sorridentes, com roupas de ginástica e com um fundo inconfundível dos rochedos da Terra Alta.

Melchor contempla a fotografia familiar enquanto Blai continua ao telefone.

— Aqui em Egara as notícias voam — diz o inspetor assim que desliga. — Sabe quem era? — Ele se levanta da cadeira e se dirige a Melchor. — O delegado Fuster.

Fuster foi o superior que, em agosto de 2017, após os atentados fundamentalistas islâmicos de Barcelona e Cambrils, encarregou-se da segurança de Melchor, ameaçada devido ao papel que desempenhara no episódio. Foi Fuster quem lhe sugeriu se ocultar por um tempo na Terra Alta e quem, desde então, de tempos em tempos, perguntava por ele. Agora já faz tempo que os dois homens não se falam - e isso apesar de nos últimos anos alguns políticos e meios de comunicação alertarem continuamente sobre o aumento do islamismo radical na Catalunha.

— Ainda está em Informação? — indaga Melchor.

— Firme como um prego — responde Blai. — Ficou sabendo que você está aqui. Não sei quem disse a ele, eu que não fui, é claro. Vá vê-lo quando sair daqui; quer falar com você. — Ele pega Melchor pelos ombros. — Já te agradeci por vir? — Antes que o outro possa responder, acrescenta: — E a propósito, cadê Cosette?

— Com Vivales — responde Melchor. — Estamos hospedados na casa dele. Chegamos ontem à noite, Vivales já encontrou uma atividade para ela. Começa amanhã.

— Maravilha. — Eles se sentam à mesa de reuniões. — Você vai ver: para ela, será como estar de férias. E para você também. Tanta Terra Alta, tanta Terra Alta... Aquilo ali não passa de um amontoado de pedras. Além do mais, aposto que liquidamos esse caso num piscar de olhos.

— Que medo, Blai. — Melchor ouve às costas. — O que vamos liquidar num piscar de olhos?

Reconheceu a voz do sargento Vàzquez e, quando se vira, o chefe de Sequestros e Extorsões não pode ocultar sua surpresa.

— Ora, ora, ora — repete Vàzquez —, o que o herói de Cambrils está fazendo aqui?

O sargento larga o capacete na mesa e os dois se abraçam. Enquanto sente contra seu corpo a musculatura marmórea de Vàzquez, Melchor revive a imagem do sargento sentado num charco de sangue no chão do depósito de Molins de Rei, com a cabeça decapitada da filha do traficante venezuelano no colo, a roupa tingida de sangue e os olhos muito arregalados, gritando como um louco. Quando se afasta do sargento, Melchor já compreendeu que, no sábado, Blai o enganara e que não havia avisado Vàzquez de sua presença temporária. Blai provavelmente adivinha seu pensamento, porque se apressa em esclarecer ao recém-chegado:

— Melchor veio nos dar uma força.

— Aleluia! — exclama Vàzquez, depositando também em cima da mesa a mochila que levava ao ombro. Ao menos fisicamente, quase não mudou naqueles quatro anos: exibe o mesmo ar bravo de buldogue e o mesmo cabelo raspado; tampouco mudou seu perfil informal: jeans gastos, camiseta azul, tênis. — Bem que estamos precisando: está uma confusão do cacete e nós não damos conta. — Dirigindo-se a Melchor, prossegue: — Sentiu falta do rock and roll, né, desgraçado? É o que sempre digo: isto aqui é droga pesada. Quando você começa?

— Agora mesmo — responde Blai, por ele. — Mas não vai ficar muito tempo. Veio emprestado.

O olhar de Vàzquez segue desconcertado de um para o outro, até que Blai lhe indica:

— Sente-se, por favor.

Os três se sentam. O sargento coloca diante de si, em cima da mesa e lado a lado, seus dois celulares, e o inspetor resume a situação: a prefeita de Barcelona está sendo vítima de uma "sextorsão", que é como, na unidade, se referem à chantagem que envolve algo de teor sexual; está sendo ameaçada com a divulgação de um vídeo comprometedor. Os chantagistas exigem trezentos mil euros em troca de não soltarem as imagens; e o delegado Vinebre lhe incumbiu de resolver o caso. Vàzquez escuta Blai com atenção enquanto espia os celulares, que não param de vibrar, ainda que ele não atenda: limita-se a verificar de canto de olho quem está ligando ou mandando mensagem. Melchor nota que o lábio inferior do sargento treme e que seu semblante fica azedo de tempos em tempos. Quando Blai termina de falar, Vàzquez resmunga:

— Merda. — Move a cabeça de um lado para o outro. — Quando há políticos no meio, é muita merda.

— Eu sei — assente Blai.

— Essa gente está enfiada em problema — afirma Vàzquez. — E mente mais do que respira.

— É exatamente por isso que nós mesmos temos de conduzir o caso — argumenta Blai, enchendo-se de razão. — É o que o chefe deve ter pensado. E não está errado. Não dá para resolver isso numa delegacia.

— Não sei por que não — replica o sargento. — E, se não dá na delegacia, que os Vidal Boys o resolvam.

— Quem são os Vidal Boys? — pergunta Melchor.

— Não me diga que não chegaram notícias dos Vidal Boys à Terra Alta? — surpreende-se, ou finge surpreender-se, Vàzquez. — Não sabe a sorte que teve, cara! Por um triz não lhe digo pra voltar pra lá agora.

— Os Vidal Boys são a guarda pretoriana que montaram na Prefeitura com gente da Urbana — explica Blai, num tom didático de que Melchor não recordava. — Foi montada pelo vice-prefeito. Enric Vidal é o nome dele. Por isso o grupo é conhecido como Vidal Boys. Só passam informações a Vidal e fazem o que ele manda, incluindo coisas um pouco obscuras.

— Obscuras? — sorri sarcasticamente Vàzquez. — Coisas obscuríssimas! Que lixo. — Ele se vira para Melchor. — Essa gente é a imundície da Prefeitura, rapaz. Todo mundo sabe, mas não há quem se atreva a combatê-los. Uma gangue.

— Vidal reuniu o pior de cada casa — suspira Blai, racional e pesaroso. — De qualquer forma, um caso como esse não lhes diz respeito.

— Grandes merdas — replica o sargento. — Como se os Vidal Boys só resolvessem o que lhes diz respeito.

— O mais provável é que seja preciso acionar a justiça — insiste Blai. — E eles não são polícia judiciária.

Vàzquez emite uma espécie de grunhido zombeteiro.

— Como se eles se importassem — refuta. — De qualquer forma, não vejo por que Vinebre designou você nem por que você precisa de mim. Por ser a prefeita? Por mim, podia ser o dalai-lama. Tenho coisas muito mais urgentes, você sabe melhor que ninguém. Contou ao Melchor? Contou da mulher do traficante de Santa Coloma? Isso pode explodir aqui a qualquer momento, e eu não pretendo deixar que aconteça. — Sufocado, com uma veia colérica pulsando no pescoço, Vàzquez se põe em pé com seu capacete e sua mochila. — As coisas são assim, chefe. Se a prefeita se deixou gravar dando para um moleque que agora quer tirar proveito, azar o dela. Que tivesse mais cuidado, porra.

Blai se vira para Melchor enquanto o sargento pendura a mochila no ombro. Sua expressão transparente diz: "Viu?". Ou talvez: "Eu avisei".

— Vàzquez — diz Blai, baixinho.

O aludido se vira, expectante.

— Dentro de uma hora temos uma reunião na Prefeitura — notifica Blai, calmo, consultando o relógio. — Vamos ver a prefeita, nós três:

você, Melchor e eu. Eu vou porque o chefe me pediu. Para tranquilizá-la, para que veja que levamos a sério o problema dela. Porque vamos levar a sério. A prova é que quem vai conduzir o caso é você. Pessoalmente. Não precisa abandonar todo o resto, mas vai ser o negociador principal; Melchor será o secundário. Quero resolver isso quanto antes. E me mantenham atualizado o tempo todo. — Por fim, levanta o olhar para o sargento e acrescenta: — Está claro, certo?

— Puta que pariu — reclama Vàzquez no corredor, abrindo a porta do escritório de Sequestros e Extorsões. — Logo essa merda para cima de mim, sem contar todas as que eu já tenho... Pelo menos podia ter deixado você de investigador principal.

— Posso ficar, se você quiser — oferece-se Melchor, admirado de como os dotes de chefia de Blai melhoraram ali em Egara.

— Não — corrige-se Vàzquez de imediato, ainda fora do gabinete. — Faz muito tempo que você está fora. Eu fico, pelo menos a princípio. Depois posso passar para você, com a condição de Blai não ficar sabendo.

Melchor aponta vagamente para o outro extremo do corredor e faz menção de se dirigir para lá. Admirado, o sargento pergunta:

— Aonde vai? Não ia começar agora?

— O delegado Fuster me chamou. Quer falar comigo.

O sargento parece surpreso.

— Ainda estão com isso de Cambrils?

— Não sei. — Melchor dá de ombros. — Depois te conto.

O gabinete de Fuster fica no último andar do edifício, bem perto do gabinete do chefe da unidade, e Melchor quase não precisa esperar pelo delegado. Ele o recebe com um aperto de mãos e uma alegria que Melchor não acha dissimulada.

— Diga-me, Marín, quando chegou?

— A Barcelona? Ontem. A Egara há meia hora.

— Me disseram que veio emprestado.

— Exato.

— A pedido de Blai?

Melchor assente.

— Sente-se, por favor.

Não se acomodam à mesa do gabinete, mas nos sofás de couro. Quando Melchor o conheceu no fim do verão de 2017, naquele mesmo gabinete, Fuster era um jovem delegado recém-promovido à patente mais alta; agora é um veterano, mais antigo que quase todos os colegas, a começar pelo chefe da unidade. Seu aspecto físico, no entanto, segue essencialmente o mesmo: não ganhou peso nem perdeu cabelo, esse cabelo crespo, compacto, ruivo e batidinho, que quase não precisa ser penteado; a idade tampouco desgastou sua cordialidade ou seu dinamismo. Agora, vendo-lhe cruzar as pernas diante dele, Melchor de repente pensa que Fuster o chamou para falar da chantagem à prefeita.

Não é bem isso. De fato, o delegado nem lhe pergunta o motivo de sua presença na central. Começa o discurso que, com mínimas variações, lhe inflige a cada vez que se encontram: garante que ele continua sendo um símbolo vital para a corporação, recorda que está ali para o que ele precisar, repete que não deve confiar.

— Quanto tempo passou desde os atentados? — pergunta Fuster, acariciando a barbicha. — Oito, nove anos? Não importa. Aqui muita gente sabe quem é o senhor e o que fez. Se sua cara se tornasse pública, no dia seguinte sua foto estaria em todos os sites jihadistas e o senhor se tornaria um alvo. Ou seja, se tornaria um troféu. É verdade que agora não há razão para pensar que corre perigo, mas saiba que os jihadistas não o esqueceram.

— Achei que o risco fundamentalista era maior hoje que há cinco ou seis anos.

Uma expressão descrente enruga a cara do delegado.

— É o que dizem alguns políticos.

— Por exemplo, a prefeita de Barcelona — indica Melchor.

— Por exemplo.

— E não é verdade?

— Não que nós saibamos. Pelo contrário. Nunca houve tão pouca imigração muçulmana na Catalunha como nos últimos anos. E nunca tivemos tão poucos indícios de atividade fundamentalista islâmica. E a que acontece está controlada.

— Então?

O delegado pisca várias vezes e volta a torcer a cara, embora, mais que descrença, desta vez expresse indiferença.

— Coisas da política — diz, mas se apressa a acrescentar: — O que não significa que não possa aparecer um lobo solitário e agir... Além do mais, Barcelona não é a Terra Alta. Ali continua havendo poucos muçulmanos. Aqui há muitíssimos. Por isso quis falar com o senhor assim que soube que estava de volta. Quer proteção? Quer proteção para sua filha?

— O senhor acabou de me dizer que não há perigo.

— Não me faça dizer o que eu não disse — corrige-lhe o delegado. — Eu disse que o perigo hoje é menor que em qualquer momento desde 2017. Não que não exista. Também lhe disse que Barcelona não é a Terra Alta e que não posso garantir sua segurança total. Foi isso que eu disse. O que acha, providenciamos segurança?

Melchor reflete por um momento. Diz a si mesmo que o que Fuster acabou de lhe informar não é de fato muito diferente do que lhe informara anos atrás, quando voltou a Barcelona fugindo da Terra Alta ou do fantasma de Olga na Terra Alta, e que não há razão para lhe dar resposta diferente.

— Não precisa — responde.

O delegado faz um gesto de aquiescência e, apoiando as mãos nos joelhos, se levanta.

— Como quiser. — Eles trocam um aperto de mãos. — A verdade é que eu já imaginava que me diria isso. Mas, pelo menos enquanto estiver em Barcelona, faça-me um favor: tome cuidado.

Antes de sair ao corredor, Melchor para ao ouvir:

— A propósito, Marín...

Ele se vira. Fuster ainda se encontra de pé ao lado da mesa, mas agora suas feições revelam contrariedade ou dificuldade, como se estivesse se esforçando para escolher as palavras a pronunciar em seguida.

— Já devem ter lhe dito do romance, não? — pergunta, por fim.

Melchor demora para responder.

— Romance? Que romance?

— O que fala do senhor. — Durante um par de segundos que pareceram eternos, os dois policiais permanecem em silêncio. — *Terra Alta*, se chama. O nome do autor é Javier Cercas.

Embora Melchor tenha ouvido falar de um livro com esse título, não o leu. Ele não lê literatura contemporânea. Por isso não entende. O delegado trata de lhe explicar, mas a explicação é confusa, e Melchor só consegue compreender – enquanto é tomado pela sensação de que já viveu aquele instante, ou de que sonhou aquilo – que se transformou no protagonista de um romance intitulado *Terra Alta*.

— Minha mulher leu — acrescenta Fuster, talvez sem saber mais o que falar. — Disse que não é ruim.

Melchor reconhece que não sabe nada do assunto, e os dois homens voltam a se olhar em silêncio, vítimas da perplexidade, até que, erguendo as sobrancelhas e curvando os lábios, o delegado se despede outra vez:

— Enfim, é isso. Tome cuidado.

O escritório da Unidade Central de Sequestros e Extorsões também não mudou muito desde quando trabalhou ali, exceto pelas pessoas que, entre a atmosfera febril de costume, esmurram teclados de computador, escutam ligações grampeadas, usam internet, estudam documentos, telefonam ou conversam. É uma grande sala retangular ao fundo da qual se esconde o gabinete envidraçado de Vàzquez, com sua mesa, seu computador e seus arquivos metálicos; o resto é um espaço iluminado por uma grande janela horizontal, com as paredes forradas de diagramas arbóreos e fotografias de criminosos e suspeitos, onde naquele momento se sentam diante de computadores quatro homens e uma mulher, três deles usando fones de ouvido. Vàzquez sai de seu cubículo para ir ao encontro de Melchor enquanto chama a atenção de todos, que suspendem suas atividades na hora. Cinco pessoas cravam os olhos nos dois homens.

— Este moleque se chama Melchor Marín — anuncia o sargento em meio ao súbito silêncio, apontando com o polegar para o recém-chegado. — Vocês devem ter ouvido falar dele. Trabalhou aqui faz alguns anos. Quantos?

— Dois e pouco — calcula em voz alta Melchor.

— Dois e pouco — aceita Vàzquez. — Voltou para nos dar uma força, pois estamos precisando. É bom. Chatinho, mas bom. E lembrem-se de não confiar nele: vem da Terra Alta, como Blai. Essa gente é pior que os Corleone.

Há sorrisos, gestos de aprovação, cochichos e, enquanto Vàzquez regressa ao seu posto, os cinco colegas se aproximam de Melchor, dão-lhe as boas-vindas e, um após o outro, se apresentam: Roig, Cortabarría, González, Torrent, Estellés. Depois Melchor entra no gabinete de Vàzquez, que lhe indica uma cadeira.

— Vou te atualizar — anuncia.

Sem mais preâmbulos, o sargento começa a detalhar os casos que a unidade tem em mãos. O principal, lhe adverte de entrada, é um ajuste de contas por drogas no qual estão emperrados há semanas: o sequestro da esposa de um traficante de cocaína de origem árabe, residente em Santa Coloma de Gramenet; além do caso principal, é o que mais o preocupa e no qual concentrou a maior parte da energia da unidade – entre outras razões porque, depois de levar um tempo em contato com os sequestradores, sente que a negociação está prestes a se resolver. Vàzquez também lhe dá detalhes de outras investigações em curso, entre as quais vários casos de extorsão, fala de telefones grampeados, de vigilâncias, de perseguições e de um punhado de agentes de outras unidades que naquele momento estão sob seu comando, colaborando com sua equipe.

— É mais ou menos isso — conclui Vàzquez, ao fim de quase quarenta e cinco minutos. — Se quiser mais detalhes, se vira. De qualquer forma, por enquanto não se afaste do caso da prefeita, que foi para isso que você veio, certo? — Melchor não responde, e Vàzquez deixa escapar um meio sorriso. — E por falar em prefeita... — Consulta a hora em um de seus celulares e, batendo num braço da cadeira, fica em pé. — Vamos lá. Blai deve estar nos esperando.

São eles que têm de esperar Blai, às portas da garagem. Quando por fim chega, os três entram num Seat León e partem para Barcelona. Blai dirige. Vàzquez vai no passageiro e Melchor fica no bando de trás. O antigo chefe da Unidade de Investigação da Terra Alta acaba de sair de uma reunião com os outros chefes da área da DIC, a Divisão de Investigação Criminal. Conta que foram convocados pelo chefe da guarda urbana, que no encontro foram abordados os problemas da falta de funcionários e que o chefe prometeu que no início do outono seriam preenchidos os postos vagos, três deles designados à Sequestros e Extorsões.

— Vamos ver se é verdade — resmunga Vàzquez. — Quando voltei a Egara, me prometeram...

— Eu não te prometi nada — interrompe Blai.

— O delegado me prometeu — replica Vàzquez.

— Eu não sou o delegado — constata Blai. — E não sei por que você sempre tem que reclamar tanto.

— Porque me dá na telha.

Sem nem se incomodar, como se não se deixasse afetar pelas grosserias do sargento, Blai informa a Melchor que o chefe da guarda urbana reestruturou a DIC há alguns meses e que, por isso, tem agora sob seu comando, além da unidade de Vàzquez, outras cinco: a de Pessoas Desaparecidas, a de Crimes Cibernéticos, a de Consumo, a de Homicídios e Crimes Sexuais e a de Grupos Juvenis Organizados. Depois pergunta a Vàzquez como vai o caso do sequestro da esposa do traficante de Santa Coloma.

— Péssimo — responde o sargento.

Vàzquez relata a seu chefe imediato o que minutos antes, em seu escritório, relatou a Melchor: estão quase certos de que, embora quem encomendou o sequestro seja árabe - provavelmente parente da sequestrada -, todos ou quase todos os que têm a vítima sob custódia são romenos. Blai lhe pergunta por que está tão certo disso, e Vàzquez explica: existe uma conversa telefônica captada por acaso e um grupo de WhatsApp, ouviram sotaques, citações, erros de ortografia. Depois lhe garante que o árabe é muito duro negociando.

— Um verdadeiro filho da puta — afirma. — Os romenos são outra coisa.

— Outra coisa? — indaga Blai.

— Mais flexíveis — esclarece Vàzquez. — Para mim, eles só querem receber a grana, se livrar do pacote e ficar de boa quanto antes.

— *Divide et impera* — cita Blai. — Ou seja, esqueça o mouro e negocie com os outros.

— E o que acha que estamos fazendo? — pergunta Vàzquez. — Estamos atacando por aí, tratando de amolecer os romenos. São o elo mais frágil da corrente. Assim que os pegarmos, vamos atrás do verdadeiro bandido. Essa é a ideia.

— Me parece um excelente plano.

— E é, se eu tivesse gente para executá-lo. Como não tenho, porque metade anda trabalhando em bobagens, é um plano péssimo.

— Suponho que entre as bobagens você inclua a chantagem à prefeita.

— O que você acha?

O trânsito na Meridiana flui, mas, assim que viram em direção ao centro pela rua Aragón, pegam um engarrafamento. Só ao retornar em direção à praia por Pau Claris voltam a circular sem problemas. Ao fim, deixam o carro num estacionamento subterrâneo próximo à praça de Sant Jaume, que está em obras: um grande andaime em que trabalha um grupo de pedreiros cobre por completo a fachada do palácio da Generalitat, submetida a restauração há meses. Na porta principal do velho prédio da Prefeitura, eles precisam se identificar, declarar aonde vão e passar por um controle de segurança.

— Disso deviam ter nos poupado — grunhe Vàzquez. — Se alguém reparar em nós, estamos ferrados.

Enquanto sobem do pátio das carruagens até a galeria gótica por uma solene escadaria de pedra, Blai demonstra concordar com o sargento, mas explica que a prefeita só lhes concedera alguns minutos ali. O sargento volta a bufar:

— Maravilha.

Uma secretária anuncia que a anfitriã os atenderá em alguns minutos e os acompanha a um salão. Quando a mulher os deixa a sós, Blai e Vàzquez sentam-se num sofá e se põem a digitar no celular. Melchor permanece de pé. Eles estão numa sala majestosa, iluminada por lustres de cristal e luminárias de chão com cúpulas creme, e as janelas não deixam passar um único raio de luz; o chão é de tacos, e as paredes e o teto são revestidos de madeira e ornados com molduras douradas, exibem grandes afrescos com cenas bíblicas em que dominam, reluzentes, as cores azul e vermelha. No centro, sobre um tapete escarlate, há uma mesinha de madeira, duas poltronas de courvin e dois sofás, num dos quais se sentam o sargento e o inspetor. Melchor repara no afresco que ilustra a abóboda. Tem forma de medalhão e representa uma mulher nua da cintura para cima, sentada em uma nuvem algodonosa, com um minúsculo bergantim no colo. Ao redor pululam outras mulheres; também há erotes, gaivotas. Encolhido em um canto do afresco, quase oculto atrás de umas pedras, um homem semelhante a um sátiro sopra um corno, rodeado de outros homens; parece anunciar o assalto iminente à mulher seminua. A imagem traz à cabeça de Melchor a chantagem que a prefeita sofre; um segundo depois, o assassinato de sua mãe. De imediato, sente um nó de angústia na garganta.

Naquele momento a porta do salão se abre, e a prefeita aparece. Blai e Vàzquez se põem em pé e lhe estendem a mão; Melchor também a cumprimenta.

— Obrigada por virem — diz a mulher, ocupando uma poltrona e deixando em cima da mesa um envelope de papel pardo e uma maleta tamanho notebook, de couro cinza e alças pretas. Blai e Vàzquez voltam a se sentar; Melchor se acomoda diante deles. — Estou com um pouco de pressa, não poderei ficar muito tempo com os senhores. De qualquer forma, tampouco há muito o que dizer.

Sem perder um segundo, a prefeita pega o envelope de papel pardo e o entrega ao inspetor, que, antes de tocá-lo, veste luvas de borracha. Enquanto Blai pega um papel do envelope e o lê, Melchor se concentra em dominar sua angústia e em observar a prefeita. Tem uns quarenta anos, é alta, corpulenta, de olhos verdes e feições finas e marcantes, e Melchor, perto dela, sente o mesmo que sente cada vez que a vê pela televisão: que é uma dessas mulheres às quais é preciso olhar com esmero para descobrir sua beleza. Mas também sente algo em parte contraditório, que ela é aquela mulher inquieta e ansiosa, que mexe sem parar os dedos recém-saídos da manicure, não tem à primeira vista muita relação com a política firme que, ao menos desde que chegou à prefeitura, parece monopolizar os meios de comunicação catalães (e que, a julgar pelos resultados eleitorais que colhe, oculta com sucesso sua altivez natural após uma dispersão incansável de sorrisos). Tem os lábios e as unhas pintados de vermelho e veste um terninho cinza-escuro ajustado, camisa branca que marca os seios fartos e saltos cinza elegantes.

Quando Blai levanta o olhar do papel, a prefeita pega a maleta e, antes de o inspetor pronunciar uma palavra, a entrega a ele.

— Aí está o dinheiro — diz. — Pague a essa gente e faça com que me deixem em paz.

Blai não toca a maleta.

— Quando recebeu isto? — pergunta, agitando o papel.

A prefeita parece não entender. O inspetor repete a pergunta.

— Sexta-feira — responde a mulher.

— Onde o recebeu?

— Aqui. Na Prefeitura.

— Veio neste mesmo envelope?

— Sim.

— Quem pegou nele?

— Não sei. Eu. Minha secretária. Acho que mais ninguém. Por quê?

Blai volta a agitar o papel, agora junto com o envelope.

— Da próxima vez que receber algo assim, não demore tanto para entrar em contato conosco — responde. — Ou, melhor, entre em contato imediatamente.

— Não haverá próxima vez — diz a prefeita. Deixando de mexer os dedos, estica a maleta na direção do inspetor e acrescenta: — Quero que paguem e que acabem com esse assunto quanto antes.

O inspetor encara sua interlocutora sem pegar a maleta. Após um segundo de surpresa, a mulher se vira para Vàzquez e depois para Melchor, buscando nos olhos de ambos a explicação que não recebe de Blai. O nó na garganta de Melchor começa a se dissolver enquanto ele trata de se concentrar no diálogo que presenciou.

— Me parece que não entendeu bem a situação, senhora Oliver — diz Blai, que deixa o envelope e o papel sobre a mesa e tira as luvas. — Se a senhora pagar o que lhe pedem, o mais provável é que lhe peçam mais. E mais ainda, se voltar a pagar. Aliás, a senhora já pagou alguma coisa, não foi? — A prefeita não responde. Deixou de estender a maleta ao inspetor e o escuta com atenção e receio. — Veja — continua Blai —, nesse momento a senhora não tem nenhuma garantia de que o chantagista tenha em mãos o material que diz ter nem de que o entregue caso a senhora lhe pague, tampouco tem como saber que não continuará a extorqui-la até o fim dos dias. Então o melhor é não pagar.

— E o que eu faço? — pergunta a prefeita.

— Deixe conosco — responde o inspetor. — Faça o que dissermos, confie em nós. — Sem olhar para ele, indica Vàzquez, que, ao lado, segura, com luvas, o papel e mantém plena atenção na leitura. — A senhora está passando por isso pela primeira vez, mas o sargento enfrenta casos como o seu todos os dias. Deixe-nos trabalhar, siga nossas instruções e confie em nós. Não se preocupe, vai dar tudo certo.

Agora é a prefeita quem fica olhando para Blai: é notável que está pensando no que foi dito. Por sua vez, Vàzquez entregou a mensagem do chantagista a Melchor, que também colocou luvas. É um papel dobrado ao meio, tamanho A4; na metade superior se lê, escrito à mão, a caneta e em letras maiúsculas:

> *VOCÊ JÁ VIU O QUE ACONTECEU EM GAVÀ. NÃO FAÇA BOBAGEM DE NOVO. SE NÃO QUISER QUE TODO O MUNDO VEJA A GRAVAÇÃO, PAGUE-NOS TREZENTOS MIL EUROS EM MONEROS. AÍ VAI O NÚMERO DA CONTA EM QUE DEVE FAZER O DEPÓSITO:*
>
> *4GdoN7NCTi8a5gZug7PrwZNKjvHFmKeV11L6pNJPgj5QNEHsN6eeX3DaAQFwZ1ufD4LYZKArktt113W7QjWvQ7CWGQvrZnnmQ5ZHduiH.*
>
> *quando recebermos a quantia te devolveremos a gravação. ponto-final. isso se não voltar a fazer bobagem e não falar com ninguém. a começar pela polícia. esteja avisada.*

— E o que acontece se não der certo? — indaga a prefeita. — O que acontece se fizerem o que ameaçam fazer?

— Não vão — responde Blai. — Eles não querem divulgar gravação nenhuma. Querem seu dinheiro: por isso entraram em contato. E a senhora quer a gravação para que a deixem em paz. Então eles têm o que a senhora quer, e a senhora tem o que eles querem. Isso significa que as duas partes são obrigadas a chegar a um acordo. Ou seja, eles precisam negociar. Entendeu?

Enquanto domina pouco a pouco a angústia, Melchor compreende que, embora Blai se explique, a prefeita não compreendeu direito. Ao lado do inspetor, Vàzquez reprime a olhos vistos sua impaciência, pretendendo intervir; segura os dois celulares sobre as coxas, que não deixam de tremer, assim como seu nariz; os músculos da mandíbula parecem prestes a arrebentar. Aproveitando o desconcerto da prefeita, Blai insiste:

— Serei franco com a senhora. O problema, a senhora já tem. O problema é que fez o que fez e se deixou gravar. Isso não podemos consertar. Nem nós nem ninguém. Quer dizer que, cedendo ou não à extorsão, pagando ou não o que lhe pedem, os chantagistas podem a qualquer momento tornar pública a gravação. A qualquer momento. Agora mesmo. Enquanto conversamos. A cagada, me desculpe pela expressão, já está feita. Agora o que a senhora precisa decidir é se confia nas pessoas que sabem limpá-la ou não. E as pessoas que sabem limpar somos nós. Mais ninguém. Nós já resolvemos centenas, milhares, de casos como o da senhora, estamos cansados de fazer isso, somos os melhores, temos 100% de efetividade. Não é para me gabar, mas é assim. Então, se quiser que solucionemos o problema, precisa nos escutar, precisa confiar cegamente em nós. Se fizer isso, o sargento Vàzquez montará uma equipe de investigação, trabalhará no problema da senhora, reunirá provas, descobriremos quem são os bandidos, os pegaremos e eles pagarão pelo que fizeram. Não tenha dúvida. Se fizer o que dissermos, vai resolver seu problema; se não, não vai resolvê-lo, vai multiplicá-lo. A senhora decide.

Um silêncio pesado se seguiu ao ultimato de Blai. Ainda com a maleta de dinheiro na mão, a prefeita tenta assimilar o que acabou de ouvir, o olhar fixo no inspetor e os lábios enrugados e endurecidos pela reflexão. É evidente que está muito mais tranquila do que quando entrou. De repente, se vira para a porta do salão, como se esperasse alguém ou alguém tivesse acabado de entrar, mas em seguida olha outra vez para Blai, respira fundo e, fazendo uma careta aquiescente, deixa a maleta ao pé da mesinha.

— Está bem. Os senhores que mandam.

Blai não precisa dar a palavra a Vàzquez, que deixa seus dois telefones sobre a mesinha e, em tom didático, diz:

— Para começar, o mais importante é fazer o que o inspetor lhe disse. Confie em nós. Em nós e mais ninguém. Ninguém deve saber que estamos trabalhando nisso. Ninguém deve saber que estamos assessorando a senhora. Isso é o principal. Sabe por quê? — A prefeita o escuta sem piscar e sem se recostar no sofá. — Porque o segredo é nossa principal ferramenta de trabalho. Quanto menos gente souber o que está acontecendo com a senhora, melhor. Agora me diga: quem sabe o que está se passando?

— Ninguém, acho. Bom, sim, Gubau, o conselheiro de Justiça. É meu amigo. Foi ele quem falou com o delegado Vinebre.

— E além do conselheiro e do delegado?

— Ninguém.

— Tem certeza?

— Sim.

Vàzquez observa a prefeita por um segundo; depois se vira para o chefe, como se pedisse explicações, e estala a língua, irritado. "E é só o começo", parece dizer.

— É melhor a senhora nos contar a verdade — intervém o inspetor. — Se mentir para nós, não conseguiremos ajudá-la. — Faz uma pausa mínima para que a prefeita reflita e prossegue: — Diga. Quem mais sabe do caso? O que aconteceu em Gavà? Por que a mensagem diz que a senhora fez bobagem? Já pagou alguma vez, não foi?

Alguém chama à porta. Sem afastar o olhar de Blai, a prefeita pede que entrem. É sua secretária, que anuncia que a aguardam no gabinete. Depois de alguns segundos, durante os quais não reage, a prefeita se vira para a secretária e lhe pergunta se podem adiar a reunião por alguns minutos. A secretária diz que sim.

— Contratei uma agência de detetives — confessa a prefeita, uma vez que sua secretária fechou a porta. — Chama-se Sayén. Me disseram que é boa.

— É ruim — sentencia Vàzquez. — Mas há piores.

— A questão é que não funcionou — reconhece a prefeita.

Blai pergunta o que aconteceu, e ela lhes conta. Semanas antes, quando recebeu a primeira mensagem, sem consultar ninguém, decidiu recorrer à agência de detetives. Conta que na mensagem inicial os chantagistas pediam para não divulgar a gravação, além de trezentos mil euros em notas de cinquenta, que ela pessoalmente devia depositar, num dia específico, ao entardecer, em determinado ponto da praia de Gavà, bem perto da beira do mar, onde encontraria uma marmita na qual, em troca do dinheiro, os chantagistas deixariam a gravação. Seguindo instruções dos detetives, fez o que os chantagistas lhe pediam e, após deixar o dinheiro no pote que encontrou na praia, os detetives permaneceram à espreita, à espera de os delinquentes recolherem o dinheiro. Conta que os detetives aguardaram por horas, que passou a noite e a madrugada e ninguém apareceu e que, ao amanhecer, quando o sol raiou na praia, o pote havia desaparecido.

— Foi levado por um mergulhador — adivinha Blai. — O pote estava amarrado a uma corda e o mergulhador o puxou para o mar.

A prefeita olha o inspetor, boquiaberta.

— Como o senhor sabe? — pergunta.

— Porque é um truque mais velho que andar para trás — responde Vàzquez. — Mas lhe garanto uma coisa: esses palermas se deram mal, conosco vai ser diferente.

— Está vendo por que precisa nos dar um voto de confiança? — insiste Blai.

Após hesitar um pouco, a prefeita faz que sim, e Melchor sente que, ainda que o nó de angústia não tenha se dissolvido por completo, o pior passou. A lembrança de sua mãe, ou do assassino de sua mãe, no entanto, continua ali.

— Têm minha confiança — garante a prefeita. — Diga-me o que fazer.

— Quatro coisas — apressa-se a elencar Vàzquez, mostrando quatro dedos firmes, todos os da mão direita, exceto o polegar. — Duas nós já dissemos. A primeira — com a mão esquerda, segura o mindinho —, confiar em nós, somente em nós. A segunda — pega o anelar —, não dizer nada a ninguém. Essas duas são as básicas.

— Qual é a terceira?

— Engolir o medo — responde Vàzquez, pegando o dedo do meio. — A extorsão se baseia em intimidar a vítima. Os chantagistas querem que a senhora sinta medo, querem pressioná-la e isolá-la para perder o controle, para que pire, não consiga pensar e faça o que eles querem. E não me diga que não tem medo. — Vàzquez se adianta à objeção da prefeita: não soltou o dedo, mas já não o exibe com ênfase. — Claro que a senhora tem. Se não tivesse, não teria recorrido a nós. Se não tivesse, não seria valente. Seria inerte. E a senhora não é inerte, é?

A prefeita examina Vàzquez enquanto parece buscar argumento. Melchor nota que a mulher acabou de se dar conta de que o sargento é mais inteligente do que ela imaginava.

— Continue — diz.

— Engolir o medo — repete o sargento, voltando a mostrar o dedo do meio. — É isso que tem que fazer. E, quando ficar nervosa, quando notar que o medo está prestes a dominá-la e que pode fazer besteira, me ligue. De agora em diante, serei seu confidente, seu anjo da guarda. — Indica Melchor e acrescenta: — Se não me encontrar, ligue para meu colega. Anote. — Os três trocam números de telefone. — Ligue para mim quando precisar. Não se acanhe: estarei disponível para a senhora vinte e quatro horas por dia. Combinado?

A prefeita assente.

— O que mais? — pergunta.

— Falta uma coisa — diz Vàzquez. — A quarta e mais importante. — Pega o dedo indicador e estica os lábios em um sorriso ladino. — Precisamos dançar.

A cara da prefeita reflete completo desconcerto.

— Dançar? — pergunta.

— A dança da negociação — esclarece o sargento. — Temos que dançar. É como o inspetor disse antes: o chantagista precisa se entender com a senhora, porque tem algo que lhe interessa muito, e sabe que a senhora está disposta a pagar pelo que ele tem. Portanto, se é verdade que quer receber o dinheiro, vai fazer coisas para consegui-lo. E, quando as fizer, vai se mover. E ao se mover cometerá erros. E, quando cometer erros, deixará pistas. E com essas pistas nós vamos pegá-lo. Pode ter certeza disso, senhora.

— Claro que o chantagista também pode refugar — intervém Blai. — Pode ver que a coisa se complicou, pode ficar com medo, pode parar de extorqui-la.

— E então? — pergunta a prefeita.

— Então terminou — responde Blai. — Se fugir, que vá em paz. A menos que a senhora queira que o persigamos. Mas, de nossa parte, é isto: terminou, não vamos lhe arranjar problemas para pegar o bandido. Nossa função é resolver problemas, e não criar outros.

— Exato — corrobora Vàzquez. — Só que algo me diz que esse bandido não é dos que fogem. Ao menos não sem tirar proveito. Não é amador. Isso de Gavà não foi coisa de amadores. — Ao lado de Vàzquez, Blai fecha os olhos indicando estar de acordo. — Então precisaremos dançar. Nós vamos pressionar os chantagistas, e a senhora deve aguentar, para que possamos provocar um erro deles. Tenha paciência. Se ele não se mover, esperaremos; em algum momento, ele vai agir, vai dizer alguma coisa. É como uma partida de xadrez, uma corrida de longa distância, chame como quiser. Mas no fim o bandido vai se mover e cometer um erro. E então vai cair. Não tenha dúvida. Porque nós somos mais espertos que ele. — Após uma pausa, compõe um sorriso torto e acrescenta: — E, se preciso, somos mais maus. A senhora entende, certo?

A prefeita assente de novo, insegura ao princípio, depois sem reservas. Então pergunta, como se afirmasse, dirigindo-se ao inspetor:

— Isso é tudo?

Vàzquez responde:

— Não — diz. — Isso é só o começo.

Então o sargento submete a prefeita a um interrogatório sistemático, no qual só de vez em quando Blai se mete, a fim de corrigir, ou esclarecer, ou moderar, ou ampliar, ou enfatizar alguma informação. Quanto a Melchor, limita-se a fazer o que fez até então: observar a mulher com atenção.

Vàzquez lhe pergunta se guardou a primeira mensagem dos chantagistas; a prefeita responde que não e acrescenta que se desfez daquilo em seguida, temerosa de que alguém a encontrasse. Então Vàzquez explica que, para eles, as mensagens do chantagista são uma fonte preciosa de informação e lhe pede para recordar quem teve contato com a segunda; a prefeita responde que, tal qual disse a Blai, somente a secretária e ela. Vàzquez faz mais algumas perguntas sobre as mensagens e depois reorienta o interrogatório para o conteúdo da gravação com a qual a estão chantageando, e isso leva a prefeita a novamente mexer os dedos, espremer as mãos, dar sinais redobrados de inquietação. Em algum momento o sargento lhe pergunta como sabe que a gravação contém imagens sexuais, e, depois de repetir a pergunta, a prefeita responde que os chantagistas disseram isso na primeira mensagem. Vàzquez lhe pergunta se tem alguma ideia de que imagens a gravação pode conter, ao que a prefeita responde que não, e então lhe pergunta por que as teme tanto se não sabe quais são.

— Precisamente porque não sei — responde a prefeita. — Se soubesse, poderia temê-las ou não. Como não sei, só posso temê-las.

Vàzquez acata com um leve aceno de cabeça a lógica inquestionável do raciocínio e, em seguida, pergunta à mulher se, antes de tentarem chantageá-la, ela sabia que existiam imagens suas e se existe a possibilidade de haver outras semelhantes; a prefeita responde à primeira pergunta que não e à segunda que não sabe. Então o sargento ensaia uma jogada.

— Está divorciada, né?

Em vez de desconcertá-la, a pergunta parece devolver parte da serenidade à prefeita, que responde que sim.

— Faz tempo que se separaram? — pergunta o sargento.

— Oficialmente, pouco mais de um ano — responde ela.

— O que significa "oficialmente"?

— Significa que faz pouco mais de um ano que não funcionamos como casal.

— Mantém algum relacionamento agora?

— Não.

Vàzquez volta a balançar a cabeça. Na mesinha, perto do envelope de papel pardo, seus dois celulares seguem vibrando de vez em quando com mensagens recebidas, mas, concentrado no interrogatório, o sargento parou de prestar atenção neles, já nem sequer verifica quem lhe escreve ou telefona. Enquanto Melchor e Blai trocam um olhar fugaz, Vàzquez pergunta à prefeita se acredita que as imagens com as quais está sendo chantageada são de seu casamento ou prévias e ela responde que já lhe disse que não sabe. Então o sargento quer saber se, enquanto estava casada, manteve relacionamento extraconjugal. Um pouco incomodada (ou essa é a impressão que Melchor tem), a prefeita pergunta a Blai se deve responder a isso e, com um gesto vagamente pesaroso, o inspetor lhe dá a entender que sim. A mulher hesita.

— Nenhuma — responde.

Após o incômodo inicial, esse momento de reflexão (ou de dúvida) parece eloquente a Melchor.

— E antes de seu casamento? — pergunta Vàzquez.

— O que quer saber?

— Se teve muitos relacionamentos antes.

— Alguns. Eu me casei relativamente tarde.

— Eram relacionamentos normais? Quer dizer...

O sargento não termina o raciocínio, e Melchor sente que o que fez abortar foi o sorriso nos lábios da prefeita.

— Está me perguntando se transei com mulheres? — pergunta ela. — Se participei de orgias? É isso que está me perguntando?

O pomo de adão desce e sobe pelo pescoço de Vàzquez antes que ele consiga responder que sim. A prefeita sorri abertamente: um sorriso irônico, quase zombeteiro, mas não agressivo.

— Veja, sargento — diz, num tom diferente, que, com ou sem razão, Melchor identifica com o que emprega diante dos microfones dos jornalistas. — Na vida, eu cometi muitos erros. Muitos. Mas aprendi com eles. Evoluí. Aos vinte anos eu era um tipo de pessoa; agora sou outro. Aos vinte anos eu acreditava em algumas coisas; agora acredito em outras: naquela época, eu não acreditava no casamento; agora, sim, acredito nele. Naquela época, eu não acreditava na importância da fidelidade conjugal; agora, sim, acredito nela. Naquela época, eu não acreditava que o cristianismo fosse importante; agora, sim, acredito que seja. E muito... É como disse Keynes: "Quando os fatos mudam, eu mudo de opinião. E o senhor, o que faz?". — Após uma pausa, continua: — Eu mudei porque o mundo mudou. As pessoas que pensam sempre do mesmo jeito não pensam. E eu penso muito, então mudei muito. Só tem uma coisa constante em mim: sou uma mulher livre. Fui livre quando jovem e continuo sendo agora, já não tão jovem. O espírito gregário não é meu forte. Nem o politicamente correto. Acredito que em minha vida pública dei mostras de sobra disso. Quanto ao resto, deixe-me lhe dizer que, na sua idade, o senhor já devia saber que tal normalidade não existe. É uma fraude. No sexo e em todo o resto.

Um silêncio denso segue essas palavras. O sorriso da prefeita desapareceu, substituído por uma expressão de superioridade. O sargento limpa a garganta.

— Isso quer dizer...?

— Interprete como quiser.

Um dos celulares de Vàzquez começa a vibrar, na sequência o outro também, mas o sargento nem olha para eles e muda de assunto. Durante um tempo interroga a prefeita sobre seu patrimônio, seus amigos, suas duas filhas e seu ex-marido, Daniel Casas, acionista principal e proprietário de várias empresas, das quais a mais conhecida é a Clave Barcelona, consultoria especializada em reputação, comunicação coorporativa e assessoramento de empresas privadas do setor tecnológico. Ainda não concluiu o interrogatório quando a secretária volta a aparecer e anuncia que a reunião começa em cinco minutos e que não é mais possível adiá-la.

— Já vamos terminar — promete Vàzquez depois que a secretária sai. — Veja, temos dois instrumentos para pegar os bandidos. O primeiro é este. — Volta a segurar a mensagem dos chantagistas e mostrar à prefeita. — Se nos permitir, ficamos com ele. Vamos descobrir a quem pertence a conta de moneros e analisar o papel em busca de pistas. Algo nós encontraremos.

— E se não encontrarem?

— Para isso temos o segundo instrumento. O termo de posse.

A prefeita franze o cenho.

— Os bandidos devem provar que têm o que dizem ter — explica Vàzquez. — Estou me referindo à gravação, claro. Eles precisam provar que a têm, e a senhora precisa pedi-la.

— E como faço isso?

— Não se preocupe. Se não tiver pressa, se tiver paciência, os bandidos entrarão em contato outra vez. Pode ter certeza.

— Como sabe?

— Porque, se não entram em contato, não conseguem o que querem.

— E como vão entrar em contato comigo?

Vàzquez dá de ombros.

— Ah, isso ainda não sabemos — reconhece. — A única coisa que sabemos é que eles vão entrar. E que, quando fizerem isso, teremos mais pistas. E uma dessas pistas nos levará a eles. E nós os pegaremos. Sem dúvida.

A expressão da prefeita voltar a se suavizar: as palavras do sargento a persuadiram de novo. Melchor e Blai voltam a trocar um olhar fugaz. A prefeita pergunta:

— O que faço quando entrarem em contato comigo?

— Entre em contato conosco imediatamente — responde Vàzquez.

— E se eles me telefonarem?

— Então a coisa muda. — O sargento se revira no sofá. — Nesse caso, a primeira coisa a fazer é tentar não ficar nervosa. A segunda é dizer ao criminoso o seguinte: "Veja, faz anos que me ameaçam com vídeos meus com conteúdo sexual, boatos como esse circulam aos montes, então não tenho por que confiar que este não seja mais um. Como posso ter certeza de que existe essa gravação? Como sei que é uma pessoa confiável? Prove e farei o que disser, porque saberei que é a pessoa com quem tenho de negociar para resolver o assunto". Enfim, diga isso ou algo parecido. De qualquer forma, algo que obrigue o bandido a se mover, a entrar em contato outra vez e a cometer um deslize que nos permita pegá-lo. Entendeu?

A prefeita não responde de imediato; tem o olhar fixo na maleta que descansa na mesinha, ao lado dos celulares do sargento, com o dinheiro do resgate.

— O que eu não entendo é como vamos obrigar o chantagista a entrar em contato comigo — insiste, virando-se outra vez para Vàzquez.

— Não vamos obrigá-lo. Se ele não quiser fazer isso, que não faça, mas não receberá mais nenhum tostão. Se fizer isso, se entrar em contato com a senhora, e é muito provável que entre, esperaremos. Não temos pressa. Pelo contrário, temos todo o tempo do mundo, como cantava não sei quem. É por isso que a senhora deve se armar de paciência. De paciência e de confiança em nós. Essa é a chave.

Por fim a prefeita parece se conformar, então assente, acomoda o terninho esticando o colarinho com ambas as mãos e passeia o olhar pelos três policiais, como se quisesse se assegurar de que não têm nada para acrescentar. Está claro que já não é a mulher apreensiva e deslocada que entrou no salão quarenta e cinco minutos atrás.

— Está bem — encerra, pegando a maleta de dinheiro e levantando-se. — Seguirei as instruções ao pé da letra.

Perto da porta, aperta a mão de Vàzquez e de Melchor; quando chega a vez de Blai, este retém a mão da prefeita e aproveita para fazer o que costuma fazer ao fim daquele tipo de entrevistas: recordar à vítima o essencial.

— Não fale com ninguém — reitera. — Não fique nervosa. Ligue para meus homens se precisar de qualquer coisa. Acima de tudo, ligue para eles se os chantagistas telefonarem ou se entrarem em contato. Confie em nós, e dará tudo certo.

A prefeita volta a lhe garantir que fará o que ele disse, agradece e abre a porta para sair com eles; ainda não terminou de abri-la quando volta a fechá-la.

— O que acontece se eu não pagar e publicarem o vídeo? — pergunta, outra vez inquieta.

Melchor pensa que o estranho não é que a prefeita faça aquela pergunta, mas que não a tenha feito antes. De novo, é o sargento Vàzquez quem lhe responde.

— Não farão isso — garante. — Se fizerem, não terão o que querem, que é o dinheiro. No caso improvável de fazerem, sempre se pode derrubar o vídeo.

A expressão da interlocutora muda da inquietude para o interesse, ou para um misto de interesse e surpresa.

— Ah, é? Como?

— De muitas formas — explica Vàzquez. — Depende de onde, quando e quem publica a gravação. Se for on-line, por exemplo, é possível contratar uma empresa para apagar o conteúdo ou mandá-lo ao inferno do Google a fim de ninguém o veja. Se for parar na televisão, é possível mandar gente para que ponha em dúvida a veracidade das imagens, gente que diga que o vídeo é falso e coisas assim. Depende.

— E os senhores fariam isso?

Como única resposta, Vàzquez solta uma gargalhada seca e sem alegria.

— A senhora acha que vamos dedicar dinheiro público a isso? — pergunta. — Está de brincadeira ou o quê?

A prefeita tem um sobressalto.

— O que o sargento quer dizer é que não podemos fazer esse tipo de coisa — explica Blai, indo ao resgate. — Nós só nos dedicamos a perseguir delitos e a proteger as vítimas. Nada mais. E aqui o delito é a extorsão; o outro, de gravarem a senhora e publicarem ou não as imagens, já não podemos evitar, não tem jeito. A cagada, como lhe disse, já está feita. Mas, claro, se for necessário, podemos aconselhá-la a como agir para que a divulgação dessas imagens a prejudique o mínimo possível. A partir daí, tudo dependerá da senhora, de seus recursos. Mas não se preocupe — conclui o inspetor, dando por esclarecido o mal-entendido e indicando a saída do salão com uma espécie de reverência. — Não será necessário. Faça o que instruirmos, e tudo vai se resolver.

— Você é um bocudo, Vàzquez. — Blai o recrimina. — Isso de a prefeita estar de brincadeira ou não você podia ter evitado.

— O que poderíamos ter evitado é essa comitiva — replica Vàzquez, referindo-se ao fato de terem ido os três. — Nem que fosse a rainha de Sabá, porra. Além do mais, essa mulher está maluca. Achou que fôssemos sair por aí limpando a merda dela com o dinheiro público?

— Ela não pediu isso — recorda Blai. — Só perguntou.

— Perguntou coisa nenhuma — replica Vàzquez. — Foi um pedido explícito, foi isso que ela fez. E, a propósito, quem foi a rainha de Sabá?

Blai sobrepõe essa pergunta com outra pergunta:

— E você? O que achou da prefeita, Melchor?

Tinham saído da Prefeitura, atravessado a praça de Sant Jaume e descido ao estacionamento subterrâneo sem trocar palavras enquanto Blai discutia por telefone com o chefe da Área Central de Crime Organizado e Vàzquez mandava mensagens de WhatsApp a uma velocidade supersônica. Só comentaram a reunião com a prefeita ao sair de carro com o sol a pino.

— Bem — responde Melchor. Ele se ajeita no banco de trás, apoia os antebraços nos assentos dianteiros e, observando o trânsito, Vía Layetana acima, acrescenta: — Ela está mentindo.

— Quê? — diz Vàzquez. — Você já viu algum político dizer a verdade?

— Como sabe que está mentindo? — pergunta Blai, buscando os olhos do amigo pelo retrovisor.

— Porque, assim que Vàzquez começou a falar das imagens do vídeo, ela ficou mais nervosa do que já estava. Também acho que mentiu quando disse que não tinha traído o marido.

— Pode ser — opina Blai. — De qualquer forma, me parece que aguenta bem a pressão. Que é uma mulher forte. É o que todo mundo diz dela, não?

— Todos os clichês são mentira — proclama Vàzquez.

— Todos os clichês têm parte de verdade — discorda Blai. — Senão não seriam o clichês.

— Não digo que não aguente a pressão — intercede Melchor. — Só digo que o nervosismo dela dispara quando se fala do vídeo. Me parece que está mentindo sobre isso. E sobre o outro assunto também.

— Acha que ela sabe quem e quando gravou?

— Acho que sabe mais do que nos contou.

— Pensando bem — intervém Vàzquez —, também tive essa impressão.

— Mas tem uma coisa que eu não entendo — acrescenta Melchor.

— Só uma? — pergunta Vàzquez.

— Se a mulher é tão livre como diz — raciocina Melchor —, se não liga para o politicamente correto e tudo o mais, por que está tão preocupada com um vídeo sexual?

Ele questiona, e paira por alguns segundos o silêncio abarrotado de ruídos urbanos.

— Porque não é tão livre como diz — responde, por fim, Vàzquez. — Vocês não viram? A mulher é só pose: mais falsa que nota de três euros.

— Ou porque é verdade que sabe quem e quando gravou o vídeo e tem certeza de que as imagens circulando por aí acabariam com sua carreira política — aventura-se Blai. — Vai saber. Seja como for, você tem razão: as peças não se encaixam nem ferrando.

— Mais uma coisa— diz Vàzquez.

— Manda — incentiva Blai.

— Vamos grampear o telefone dela?

Blai levanta a mão do volante e parece cortar o ar com ela.

— Esquece — sentencia. — Não há juiz que autorize isso, pelo menos por enquanto. E principalmente com a prefeita envolvida.

Quando chegam a Egara, Vàzquez convoca uma reunião no gabinete de Blai. Comparecem todos os efetivos da Sequestros e Extorsões que se encontram no escritório naquele momento: Torrent, González, Cortabarría e Estellés. Blai descreve o caso de maneira sucinta e, em seguida, cede a palavra a Vàzquez, que, sem deixar de escutar seu superior, colocou luvas, tirou da bolsa o envelope com a mensagem do chantagista e o apoiou na mesa. Ele só tem tempo de pronunciar uma frase pronta ("Bom, rapazes, vamos trabalhar duro") antes de um de seus celulares vibrar. Como de costume, verifica de canto de olho quem está ligando ou mandando mensagem; ao contrário do habitual, naquela ocasião pega o aparelho e se levanta da mesa.

— Droga, é a rainha de Sabá — avisa.

A reunião é temporariamente suspensa enquanto Vàzquez dialoga com a prefeita, ou responde a perguntas e tenta tranquilizá-la. Todos ao redor fazem silêncio, tentando deduzir o conteúdo da conversa; como se tratasse de evitar isso, Vàzquez caminha de um lado para o outro pelo gabinete, da porta à janela e da janela à porta.

— Está péssima — informa ao desligar o telefone, com cara de irritação. — Muito pior do que estava quando a deixamos.

— Lógico — entende Blai. — Assim que fica sozinho, você começa a matutar. O que ela contou?

— Bobagens. Mas é como se tivesse ouvido nossa conversa no carro. — Vàzquez volta a se sentar à mesa. — Me perguntou se vamos grampear o telefone dela. Tranquilo: eu disse para não se preocupar, que não vamos grampear, que por enquanto não é necessário... O que é uma merda, porque nos ajudaria bastante.

— Eu já disse para esquecer o assunto — recorda Blai. — Nenhum juiz nos deixaria fazer isso. A menos que ela aceitasse, claro.

— Grampearmos seu telefone? — replica Vàzquez. — Nem pensar. Ela me ligou justamente por isso: com certeza ficou apavorada com a possibilidade de sabermos suas maracutaias. Disso, sim, temos que esquecer.

— Esquecido — resolve Blai, que aponta redor e recorda: — Você estava dizendo que tinham trabalho árduo pela frente.

— É o jeito — lamenta Vàzquez. Sempre com as luvas, tira o papel do envelope e o mostra. — O trabalho é este. González, quero que o pessoal da científica analise o material em minúcias: restos, digitais, DNA, tudo. Além dos chantagistas, as únicas pessoas que tocaram no envelope e no papel foram a prefeita e a secretária, então, hoje à tarde, Ricart, você vai à Prefeitura colher as digitais e o DNA da prefeita e da secretária dela. Vá com ele, Cortabarría. Averigue onde estão as câmeras da Prefeitura; se não tiver nenhuma que controle a caixa de correios, precisamos pôr uma ali, para o caso de voltarem a deixar mensagem. E outra na casa da prefeita, pois vai que decidam enviar algo para lá. Também precisamos pedir ao pessoal da Prefeitura todas as gravações das câmeras na sexta-feira passada, que foi o dia que a prefeita recebeu o envelope. Se preciso, peça todas as gravações dos arredores da Prefeitura nesse mesmo dia; Ricart te ajuda a revisá-las. Vejam se notam algo estranho. E o primeiro e mais importante... — Vàzquez estende a mensagem do chantagista a um policial corpulento e um pouco desalinhado que oculta sua cara de garoto atrás de uns óculos de armação grossa e uma barba grossa. Foi o único que os escutou de pé, apoiado num arquivo, e antes de pegar o papel também coloca luvas. — Os chantagistas querem que a prefeita pague em moneros. Aí está o número da conta em que deveria depositar os trezentos mil euros. Anote-o, Torrent, e peça para descobrirem quanto antes a quem pertence. Melchor, você se encarrega de redigir a denúncia. Capriche, hein? Mostre para o juiz que está de volta. — Vàzquez dá uma cotovelada em Melchor enquanto pisca para os presentes. — Não sei se sabem, o da Terra Alta aqui é meio lenda, não é, Melchor?

— O que mais? — pergunta Blai, que não está para graça.

— De minha parte, mais nada — responde Vàzquez. Enquanto tira as luvas, diz: — Alguma pergunta?

— É prioridade? — pergunta um cara loiro, de olhos verdes e aparência vigoréxica, lábio leporino. Cortabarría. — Estamos até o pescoço de trabalho e...

— Vem dizer isso para mim? — interrompe-o Vàzquez. — De prioridade, nada. Façam o que eu disse e, quando estiver feito, vemos se apareceu alguma pista ou não. Se tiver aparecido, nós a seguimos; se não, esperamos os bandidos voltarem a dar as caras para ver se damos mais sorte. Enquanto isso, continuamos trabalhando, o sequestro de Santa Coloma está quente, quente. Isso aqui não passa de besteira.

— Não é besteira, Vàzquez — retifica Blai, seco, e em seguida se dirige aos demais: — Estamos falando de uma extorsão à prefeita de Barcelona, então sem gracinhas. Não estou dizendo para deixarem tudo de lado e se dedicar a isso. Mas prestem a máxima atenção, por favor. É importante resolvermos o caso quanto antes. — Blai faz uma pausa. Parece irritado de verdade e acrescenta: — Fui claro?

Todo mundo assente, incluindo Vàzquez, que o faz de má vontade, e Blai dá por concluída a reunião ("Amanhã de manhã quero resultados", avisa). Enquanto o grupo sai de seu gabinete, Blai pede que Melchor fique, e ele se senta à mesa.

— Vàzquez é foda — bufa quando ficam a sós, reclinando-se na poltrona e passando a mão na cabeça raspada. — Entendeu agora por que preciso de você aqui?

Em pé diante dele, Melchor lhe lança um olhar inexpressivo. O antigo chefe da Unidade de Investigação da Terra Alta se ergue um pouco na poltrona e entreabre a boca, como se fosse falar algo. Mas desiste.

— Não importa, espanhol de merda. — Faz o gesto de afastar uma mosca. — Não perca Vàzquez de vista e me mantenha informado. Confio em você.

SEGUNDA PARTE

1.

— Bom — diz na manhã seguinte o sargento Vàzquez, depositando seus dois celulares na mesa de trabalho e cravando o olhar em González, um cara de trinta e poucos anos, enxuto e com os braços repletos de tatuagens —, o que descobrimos sobre o caso da prefeita?

São dez horas, e no gabinete do chefe da Unidade Central de Sequestros e Extorsões há seis pessoas: além de González e do próprio Vàzquez, estão Torrent, Ricart, Roig e Cortabarría, e também Melchor: o turno matutino completo. A sala é um quadrilátero de paredes nuas onde reina a ordem obsessiva de uma cela monástica - não há um papel fora de lugar, uma caneta sem tampa, um lápis sem ponta -, como se o inquilino fosse um asceta ou um fanático consagrado a seu dogma; essa é, de fato, a reputação do sargento em Egara, onde se conhece muito pouco de sua vida pessoal. De fato, dele Melchor só sabe que tem dois filhos adolescentes e que, depois da crise de dois anos e meio atrás, desfez a unidade, acabou com sua resistência psíquica e lhe mandou de volta à Seu d'Urgell, separou-se da mulher e mora sozinho. O sol radiante entra pela janela e inunda o gabinete.

— Nós, nada — responde González. — O pessoal da científica estudou a mensagem e só encontrou as digitais da prefeita.

— E no envelope? — pergunta o sargento.

— Ali havia outras duas — aponta Ricart, indicando o relatório que tem diante de si. — Mas são da secretária dela e de um zelador.

— Mais nada — insiste González. — Nem digitais nem resquícios de nada.

— Nós também não tivemos sorte — intervém Cortabarría, antes que o sargento lhe pergunte. — Não há câmeras na caixa de correio da Prefeitura nem na casa da prefeita, mas pedimos para instalar. Também solicitei as gravações das câmeras da Prefeitura e dos arredores durante as horas em que devem ter deixado a mensagem e as dividi com Ricart.

— Aí não tem nada estranho — informa o mencionado.

Vàzquez respira fundo e pronuncia o nome de Torrent, que deixa de cutucar a barba com a ponta do indicador enquanto examina uma caderneta e olha para o sargento.

— A Delitos Econômicos, sim, descobriu algo — anuncia.

— Menos mal — expira Vàzquez. — Algo em que pensar.

Torrent assente.

— O código da conta em que os chantagistas querem que a prefeita deposite o dinheiro está ligado a um chip que leva o número 696519382 e está no nome de um tal Farooq Hoque — assegura.

— Paquistanês — infere Vàzquez.

— Exato — diz Torrent.

— Tem o endereço? — pergunta Vàzquez.

Torrent dá uns endereços do bairro do Raval.

— Também descobri o código IMEI do telefone — acrescenta. — Foi comprado na MediaMarkt do Diagonal Mar.

— Maravilha — celebra Vàzquez. — Mais alguma coisa?

— Não conseguiram identificar o IP do telefone — lamenta Torrent.

— Por quê? — pergunta Vàzquez.

— Porque ocultaram com um aplicativo — responde Torrent. — Tor. Me explicaram como funciona. É complicado, mas se quiser...

— Não é necessário — corta Vàzquez.

— Me disseram que podem tentar de novo — continua Torrent. — Mas, para isso, os bandidos têm de se conectar outra vez à conta.

— Ou seja: se a prefeita pagar, podemos pegá-los.

— Se a prefeita pagar, e eles receberem, podemos tentar — pondera Torrent. — Não é certeza que os pegaremos. Pelo visto os caras são muito bons. Nada amadores. Primeira linha. É o que diz a Delitos Econômicos.

Vàzquez fica observando Torrent enquanto move sua mandíbula de buldogue; é evidente que deixou de ver um subordinado. Há um silêncio. Um dos celulares do sargento vibra, e ele parece voltar a si.

— Está bem — diz, consultando rapidamente o celular. — Comecemos fazendo uma visita ao nosso amigo paquistanês. É com você, Melchor. Vamos puxar esse fio e ver o que acontece. O restante da equipe espera.

Melchor assente e, com uma palmada na mesa, o sargento encerra a reunião. Torrent arranca uma folha da caderneta e a entrega a Melchor. Contém o nome do paquistanês, seu telefone e seu endereço: Joaquín Costa, 13, térreo; há, também, um número de IMEI: 36 866906 620391 3.

Enquanto Melchor dirige até Barcelona, o telefone toca. É Vivales.

— Tudo sob controle? — pergunta.

Melchor responde que sim. Falam de Cosette, que no dia anterior começou a frequentar uma colônia de férias.

— Não parece em nada com o pai — comenta Vivales. — No primeiro dia já tem amigas. Mas não foi por isso que liguei. Puig e Campà podem, sim, vir jantar hoje à noite. O que te parece?

— Perfeito.

— Então nos vemos em casa às nove — decide Vivales. — Eu que busco Cosette à tarde?

— Se puder, eu agradeceria. O mais provável é que eu esteja em Barcelona, mas...

— Não se fala mais nisso. Bom, tenho que desligar, estou prestes a entrar num julgamento.

— Não tinha dito que ia tirar férias?

— A partir de segunda-feira. — Melchor ouve o advogado falar com alguém: "Já vou, já vou". — Então é isso, às nove lá em casa.

Ele deixa o carro num estacionamento subterrâneo perto da Biblioteca da Catalunha, caminha pela rua Hospital e vira à direita na Joaquín Costa. O ar está impregnado de especiarias e, de ambos os lados da via, fervilha uma confusão de lojas administradas por indianos, paquistaneses, árabes e subsaarianos. Faz séculos que Melchor não pisa no Raval, o antigo bairro chinês, no coração de Barcelona. Na realidade, nunca o frequentou muito, nem quando, quase adolescente, distribuía drogas para um cartel de colombianos e de vez em quando passava por ali para supervisionar os traficantes que trabalhavam pela região. Agora se impressiona com a imundície, o barulho e o excesso de turistas e se pergunta se o bairro se degradou nos últimos tempos ou se tudo aquilo o surpreende porque, depois de tantos anos morando na Terra Alta, definitivamente deixou de ser urbano; também acredita que, durante sua juventude de delinquente, teria rido se alguém lhe dissesse que um dia voltaria àquele labirinto de ruas estreitas, vetustas e fétidas transformado em policial.

No térreo do número 13 da Joaquín Costa há uma mercearia. Perto da porta, quase escondida atrás da caixa registradora, uma idosa sorridente e de tez escura usa um sári multicolorido. A mulher o incentiva a entrar com uma espécie de reverência, mas Melchor se limita a tirar do bolso uma folha de caderno e a ler em voz alta o nome que Torrent anotou ali. A idosa se vira para dentro da loja e, em voz ainda mais alta, pronuncia um nome vagamente parecido com aquele. De um extremo bagunçado do negócio brota uma cabeça redonda e raspada, e seu proprietário troca umas palavras incompreensíveis com a mulher. Enquanto isso Melchor recebe uma mensagem de WhatsApp, mas não lê, simplesmente se aproxima da entrada com um gesto de estranheza. É um rapaz de pele tão escura quanto a da idosa; veste camisa azul, calça grená e chinelo. Melchor lhe pergunta se se chama Farooq Hoque; o rapaz diz que sim, e em seguida Melchor lhe pergunta se seu número de telefone é 696519382. Na expressão do rapaz a estranheza se transforma em inquietude.

— Por que quer saber? — pergunta, num castelhano impecável. — Quem é o senhor?

Melchor se identifica e olha a idosa, que junta a palma das mãos, faz uma nova reverência e sorri. O policial deduz que a idosa não entendeu uma palavra sequer e, esticando a mão em direção ao rapaz, lhe pede o celular. O rapaz o entrega sem vacilar, como se o aparelho estivesse em brasa.

— Esse número não é meu — adverte, porém.

Melchor verifica o IMEI do telefone: o rapaz não mentiu.

— Alguém está usando seu nome — explica, devolvendo-o a ele. — Perdeu esse telefone alguma vez?

Visivelmente aliviado, o rapaz diz que não. Melchor lhe pergunta, então, se frequenta algum cibercafé, ao que o rapaz diz que sim e lhe fala que é o que fica no fim da rua. Melchor agradece o rapaz, balança a cabeça em direção à idosa, que continua sorrindo com expressão santa, e vai embora.

Ao sair da mercearia, Melchor confere que a mensagem recebida é de Rosa Adell. "Oi, me disseram que você está em Barcelona", diz. "Amanhã vou para aí a trabalho. Vamos jantar?" Melchor nem sequer se pergunta como Rosa soube que ele está em Barcelona: sabe que na Terra Alta as notícias voam. "Claro", responde Melchor. "A que horas e onde?" A resposta de Rosa chega quando ele já localizou o cibercafé. "Às 21h30 em La Dama", diz. "Diagonal, esquina com Enric Granados. Ok?" Melchor responde de imediato: "Ok".

O cibercafé se chama Internet Begum e fica bem perto da Ronda de Sant Antoni. É um salão estreito, comprido e sem janelas com várias cabines telefônicas, quatro computadores e uma fotocopiadora; só duas das cabines estão ocupadas naquele momento; quatro pessoas se sentam diante dos computadores. De frente para a entrada há um balcão, atrás do qual digita em seu celular um árabe com barba grossa de *mujahid*. O homem levanta o olhar da tela quando Melchor se aproxima.

— Tem chip de celular? — pergunta Melchor.

— Sim — responde o árabe.

— Gostaria de um no nome de outra pessoa.

O árabe termina de digitar, deixa o telefone no balcão e observa com interesse o recém-chegado.

— Não ligo de pagar — adverte Melchor. — Tenho dinheiro.

— Vai custar o triplo do que custa um cartão normal.

— Só? — Melchor muda de tom: — Vejamos, ô da barba, me diz para quem você fez um chip em nome de Farooq Hoque.

Pega de novo o papel que Torrent lhe entregou e o mostra ao árabe, que nem sequer o olha.

— É policial? — pergunta.

— O que acha?

O árabe volta a pegar o celular e finge se concentrar nele. Nesse momento se aproxima do balcão uma mulher com o cabelo coberto por um véu roxo; ela acaba de sair de uma cabine de mão dada com um menino. Melchor lhe cede o lugar e, enquanto ela paga, dá um passeio pelo cibercafé, ao fundo do qual se abre um cubículo onde trabalha, inclinado sobre um computador e alguns papéis, um homenzarrão velho, albino e quase calvo, que nem sequer repara nele. Quando a mulher termina de pagar e vai embora, Melchor volta à entrada.

— Você já não tinha ido? — provoca o árabe.

Melchor se apoia no balcão.

— Posso perguntar uma coisa?

O outro crava a vista no celular e não responde. Melchor pergunta, com delicadeza:

— Você nunca levou uma boa porrada, né?

Alterado, o barbudo levanta o olhar. Melchor o pega e o afasta até um canto do balcão.

— Veja — prossegue, em tom conciliador —, vamos fazer um trato. Você me diz para quem fez esse chip e eu não fecho seu negócio nem mando você pro xadrez. O que acha?

O árabe ainda não tinha decidido sua resposta quando Melchor ouve às costas um sotaque francês.

— Algum problema, Tammam?

Melchor se vira e de imediato reconhece o homenzarrão albino e quase calvo do escritório. Um segundo depois, com um sobressalto de alegria, reconhece também, sob suas feições avelhentadas, Gilles, ou "o Guille", ou "o Francês", o empresário de sucesso que virou bibliotecário da prisão de Quatre Camins e que, mais de quinze anos atrás, quando Melchor ingressou naquele centro penitenciário em que o outro já passara um tempo cumprindo pena por ter assassinado a marteladas a mulher e o amante dela, lhe transformara sem querer em leitor de romances e mudara sua vida para sempre.

— Uh, lá, lá! — exclama o Francês. — Não acredito! Quem temos aqui?

— Cuidado, senhor Feraud — adverte o árabe. — É gambé.

Os olhos sem sobrancelhas do Francês se apertam até se converter em duas ranhuras.

— Quê? — pergunta, incrédulo.

O árabe repete o que acaba de dizer e, sem afastar a vista do antigo colega de prisão, o Francês solta uma gargalhada estrondosa, que mostra seus dentes de tubarão.

— Você se lembra de mim? — pergunta.

Melchor assente, e os dois ainda ficam se observando um segundo diante do desconcerto do árabe. O Francês veste uma camisa branca e folgada que dissimula sua barriga de buda, mas não seus braços moles, leitosos, descomunais; também usa calça de moletom e alpargatas e, a julgar pelos olhos avermelhados, parece cansado. Deve ter setenta e tantos anos: o tempo enrugou um pouco sua cara, mas não atrofiou seu corpo.

— *Allez*, venha, policial — diz enquanto pega Melchor pelo braço. — Vamos tomar um café.

Eles se dirigem ao outro canto do negócio e, assim que entram no cubículo, o Francês prepara dois cafés numa Nespresso, tagarelando alegremente em seu espanhol puro, mas pontuado de erres guturais franceses. O cubículo é seu escritório, um espaço bagunçado por onde o velho ex-presidiário se move como um urso inteligente, sem esbarrar em nada; está separado do resto do cibercafé por uma vidraça brumosa, mal iluminada por uma luminária e mobiliado com uma mesa abarrotada de papéis, uma velha poltrona de couro rachado, um par de cadeiras de madeira e um notebook cuja tela mostra uma planilha Excel. Em cima da mesa, ao lado do teclado e de um par de cadernos abertos em folhas repletas de números à mão, há óculos de leitura e um pedaço de papel alumínio semeado de migalhas.

— Estava fazendo umas contas — diz o Francês, talvez se desculpando pela desordem. — Despedi o contador, era um inútil. Estou procurando outro, então trabalho mais horas que um relógio. Acredite, rapaz: um negócio que não te deixa levantar às onze da manhã não é negócio.

Indica uma cadeira a Melchor, lhe passa um café num copo de plástico, prepara outro para si e, já com ele na mão, se acomoda na poltrona, que range sob suas muitas dezenas de quilos como se fosse se desconjuntar. Durante alguns minutos, os dois antigos presidiários se atualizam da vida um do outro. Melchor é sintético e só em parte sincero: conta que faz anos que mora na Terra Alta e que está apenas de passagem por Barcelona; mas, quando o Francês lhe pergunta como e por que se tornou policial, dá de ombros e não diz a verdade, que decidiu se tornar policial para encontrar os assassinos de sua mãe e que fez isso porque leu *Os miseráveis* enquanto ambos cumpriam pena na Quatre Camins; tampouco conta ao antigo bibliotecário que esse romance se converteu em seu vade-mécum e o transformou em outra pessoa, e que o próprio Francês foi o responsável por essa leitura. Bruscamente curioso, o Francês pergunta:

— Não se casou?

Melchor faz que não com a cabeça.

— Muito bem — felicita o outro, cuja fadiga parece ter se dissolvido com a alegria do reencontro. — Se cometer o equívoco de se casar, pelo menos não cometa o de se divorciar.

— Estive casado, mas minha mulher morreu. — Melchor se sente obrigado a revelar.

— Ah, sinto muito.

— Tenho uma filha. Cosette.

— Como a filha de Jean Valjean?

— Exato. — Melchor volta a dar de ombros. — Minha mulher gostava de *Os miseráveis*.

Refestelado naquela poltrona transbordada por sua imensa humanidade, o Francês balança a cabeça com um misto de admiração e complacência, e, por um momento, Melchor sente que não é fácil vincular aquele setentão cordial ao presidiário esquivo, lacônico e intimidante que conheceu na Quatre Camins, ainda que ambos compartilhem o mesmo ar desengonçado de cachalote. De sua parte, o Francês conta que ganhou a liberdade sete anos antes e que, depois de passar uma longa temporada em Toulon, sua cidade natal, tentando ganhar a vida e se reconciliar com seu país (ambas as coisas sem muito sucesso), voltou a Barcelona. Ali trabalhou em diversos lugares, incluído aquele cibercafé, até que conseguiu comprá-lo do antigo dono; agora tem três estabelecimentos, o segundo também no Raval e o terceiro no Poble Sec, além de uma loja de suvenires e bugigangas infantis.

— Estou voltando a levantar meu império — conclui, com um orgulho genuíno. — O problema é que eu me divorciei há quase um ano e minha mulher suga meu sangue. Ouça o que estou dizendo, Melchor: não volte a se casar.

O Francês fala, então, de sua vida afetiva, ao que parece, intensa e variada – não foi a mulher quem se divorciou dele, mas ele quem se divorciou da mulher, para morar com outra que era trinta anos mais nova e da qual se separou em seguida –, e depois volta aos negócios. Ainda não esgotou o assunto quando se levanta para preparar mais café. Melchor recusa, mas aproveita a pausa para lhe perguntar, com a máxima naturalidade, se no cibercafé falsificam chips.

— Claro — responde o ex-presidiário, com a mesma naturalidade. Sem derramar uma única gota de café, volta a se esparramar na poltrona, que quase enverga sob sua massa corporal. — Sou eu que faço, para essas coisas não confio em ninguém. Para cada cartão falso, cobro o triplo de um normal.

— O cara da entrada me disse.

— É um bom negócio, sabe? — De repente, o Francês hesita. Depois sorri, vagamente. — Ah, é verdade, você é gambé.

Sem deixar de sorrir, toma um gole do café e apoia o copo na mesa, sobre o papel alumínio amassado e sujo. Quando volta a falar, trocou o sorriso por uma careta ranzinza.

— Ei, Melchor — diz, mostrando-lhe a palma das mãos. — Você não vai me ferrar com esse assunto, né? Não faria isso com um amigo.

Como única resposta, Melchor pega outra vez o papel de Torrent e o entrega.

— Claro que não. — Tenta tranquilizá-lo. — Só quero que me conte para quem fez um chip com esse nome.

O Francês pega os óculos de leitura, coloca, lê o papel. Feito isso, apoia outra vez os óculos sobre a mesa, devolve o papel a Melchor e se reclina na poltrona enquanto suspira. Depois dá uma olhada fugaz para o salão através do vidro sujo, ou embaçado, e pergunta a Melchor, com genuína curiosidade:

— Você está mesmo me pedindo para caguetar?

— Só estou pedindo um nome.

— Não enche o saco, rapaz — solta o Francês, e Melchor reconhece o tom exato das primeiras palavras que ouviu o velho pronunciar na Quatre Camins, naquela noite em que, quando ele ainda era novo na prisão, o Francês cortou em seco dois detentos que tentavam provocá-lo: "Julián, Manolito, se não calarem a boca agora, corto o saco de vocês". — Está me pedindo para me tornar um cagueta — insiste o Francês. — Depois de eu ter passado doze anos na cadeia... Quantos anos você passou? Dois? Dois e meio?

— Pouco mais de um e meio.

— Pouco mais de um e meio — resmunga o Francês e, menos irritado que perplexo, acrescenta como se falasse consigo mesmo ou com alguém que não está ali: — O cara aguenta doze anos naquele buraco nojento para que agora venha esse pivete pedir para baixar as calças... *Merde, alors!*

Melchor admite para si mesmo que o Francês tem razão, que violou uma regra tácita de solidariedade entre presidiários, que não foi legal com seu anfitrião. Mas não lhe pede desculpas, e ambos permanecem alguns segundos em silêncio, como dois velhos amigos que não precisam falar para estar à vontade juntos. Ao cabo desse intervalo, Melchor se levanta.

— Bom, tenho que ir — anuncia. — Obrigado pelo café.

Antes de abrir a porta do escritório, ouve às costas:

— Sabe por que não vou dizer a nome da pessoa para quem fiz esse chip?

Melchor se vira.

— Você já me disse — responde. — Porque não é cagueta.

O Francês olha para ele, como se Melchor tivesse tentado se desculpar.

— Mais que isso — diz.

Melchor não sabe o que responder.

— Porque, se eu der esse nome, a notícia se espalha — responde o Francês. — E, se a notícia se espalhar, adeus negócio.

Melchor assente, embora tenha certeza de que o amigo não terminou.

— Além do mais — acrescenta de fato o Francês —, essa pessoa não fez nada de ruim.

— Tem certeza?

— Sim. Eu a conheço do bairro.

— As pessoas desse bairro não fazem nada de ruim?

— Essa, não. Eu já disse que a conheço. Acredite em mim. Você sabe tanto quanto eu: a única coisa boa que a prisão nos dá é a lição de distinguir os filhos da puta de verdade dos que só parecem filhos da puta. E, por mais que haja muito mais filho da puta fora da prisão que dentro dela, essa pessoa não é filha da puta.

O argumento, se é que pode ser um argumento, não convence Melchor, que, ainda assim, volta a assentir. "É uma mulher", pensa. Aparentemente satisfeito, o Francês se levanta da poltrona com um rangido combinado de articulações, couro e madeira.

— Vamos — diz. — Eu o acompanho até a porta.

Ao passar diante do balcão, o árabe, que está atendendo um homem apoiado por duas muletas, lhes lança um olhar de soslaio. Melchor emerge ao sol das duas da tarde enquanto o Francês permanece na soleira do cibercafé, com a porta entreaberta.

— Volte sempre — diz o ex-presidiário. — Agora já sabe onde me encontrar. — De repente, parece vacilar, termina de sair à rua, fecha a porta atrás de si e, em tom confidencial, admite: — Estou curioso, não precisa responder se não quiser.

Melchor faz sinal para que continue.

— Encontraram os filhos da puta que mataram sua mãe?

A pergunta o pega de surpresa e, enquanto se recompõe, o policial recorda que a única vez que o velho o visitou em sua cela da Quatre Camins foi por causa do assassinato de sua mãe; também recorda as duas únicas frases que lhe disse: "Agora você já é um homem, rapaz. Bem-vindo ao clube".

— Por que pergunta? — indaga Melchor.

— Encontraram ou não encontraram?

— Não.

— E você os buscou?

Melchor demora uns segundos para responder.

— Não. — Mente.

Mas percebe que o Francês não acredita nele.

Enquanto almoça sozinho num restaurante barato da rua Pintor Fortuny, diante de uma televisão ligada, Melchor pensa que faz dois dias que está em Barcelona e que é a segunda vez que alguém ou algo lhe recorda o assassinato de sua mãe. Também pensa em Javert, o policial inflexível que inflexivelmente persegue Jean Valjean ao longo de *Os miseráveis*, e no Javert que nasceu em seu interior quando, por causa do Francês, leu *Os miseráveis*. Pensa que em algum momento deu por morto esse Javert íntimo, mas a verdade é que ele regressa de novo e de novo, furioso, indefectível e obsessivo, tão justiceiro como no dia em que o engendrou, feito um alcoólico que tem uma recaída. E pensa que, ainda que o assassinato de sua mãe seja um caso encerrado para todo o mundo (incluindo ele mesmo, que faz anos desistiu de elucidá-lo), para o Javert que leva dentro de si não é – e por isso o acaso ou a necessidade o reabrem a cada vez que regressa a Barcelona, com toda a carga tóxica de culpa, e pus, e angústia, e fetidez.

A imagem da prefeita na televisão lhe tira desses pensamentos. A tela a mostra num estacionamento, ao ar livre, assediada por uma confusão impaciente de microfones. Ela fala, mas, em meio ao burburinho que reina no restaurante, sua voz é inaudível. Sorri, mas aquele sorriso se parece muito pouco com os que ofereceu ontem a Blai, Vàzquez e a ele na Prefeitura: é um sorriso sem sombra, sereno e radiante, o sorriso de uma sedutora profissional, da qual na véspera só tiveram vislumbre, pois aquela mulher estava mais para pilha de nervos. Então, como por um lampejo de lucidez, Melchor conclui que a prefeita não é uma política, é uma atriz. Uma atriz especial. Ainda não conseguiu definir que tipo de atriz é quando sua imagem desaparece da tela, substituída pela da apresentadora do telejornal.

Melchor toma alguns cafés, paga a conta e se dirige à MediaMarkt do Diagonal Mar. Ali, na seção de celulares, no primeiro andar, descobre o nome e o endereço de quem comprou o aparelho associado ao código IMEI que Torrent lhe deu.

— Foi comprado há três semanas — diz o chefe da seção, entregando-lhe o recibo. — O telefone era de sua empresa. O endereço também.

O homem oferece a Melchor verificar a gravação das câmeras de segurança no dia em que o celular foi comprado. Mas, depois de considerar a oferta, o policial decide que verificar a gravação completa pode levar horas e que enquanto isso pode encontrar o proprietário do telefone em seu posto de trabalho.

— Vocês mesmos poderiam fazer isso? — pergunta ao funcionário da loja.

— Se não tiver outro jeito... — resigna-se o homem.

Melchor escreve no recibo seu número de telefone.

— Por favor. — Arranca o papel e o entrega ao chefe de seção. — E, quando o encontrarem, envie-me uma mensagem de WhatsApp ou me ligue.

No número 6 da rua Casp, sede da Rádio Barcelona, Melchor pergunta por Guillem Jarque ao segurança. O segurança pede que se identifique, lhe pergunta se tem horário marcado com aquela pessoa; Melchor responde que não e mostra seu distintivo. O porteiro dá uma olhada no documento e outra em Melchor. Então usa um telefone fixo.

— Aguarde ali um momento, por favor — diz enquanto desliga e aponta para o saguão. — Ele já vem.

Dez minutos depois, cansado de esperar, Melchor pergunta ao segurança se há algum problema, e o segurança responde que entre no escritório e pergunte por Jarque. Seguindo esse conselho, Melchor passa a catraca, desce as escadas, abre uma porta e quase dá de cara com um rapaz de vinte e poucos anos, moreno, esquálido, com óculos de armação grossa e barba por fazer; está usando uma camiseta dos ZZ Top e prestes a sair.

— Perdão — desculpa-se o rapaz, que está ofegante como se corresse. — É você o policial atrás de mim?

Melchor diz que sim.

— Entre, entre — diz o sujeito. — Me desculpe a demora. É que fiquei sozinho e não podia sair. Quer tomar alguma coisa? Só temos água, mas...

Melchor recusa.

— Só quero fazer algumas perguntas ao senhor — acrescenta, sem dispensar a formalidade, ainda que seu interlocutor seja mais jovem.

— Claro, claro — concorda o sujeito, ainda retomando o fôlego. Fala muito depressa, gesticula, pisca, sua cabeça e suas feições parecem em constante agitação. — Pode perguntar o que quiser. Não se acanhe. Está trabalhando num caso? Posso perguntar do que se trata? Não, claro que não. Desculpe. É que sou jornalista, meu trabalho é perguntar.

— O meu também — diz Melchor.

O sujeito ri com propriedade.

— Sim, claro, que bobagem. Desculpe-me outra vez. É que... Bom. Comecei a trabalhar aqui há três semanas, estou em período de experiência, sabe como são essas coisas. E agora vem você, policial, e... Enfim, é isso, pode perguntar o que quiser.

Melchor pergunta se há três semanas comprou um celular na MediaMarkt do Diagonal Mar. O jornalista olha para ele como se tivesse acabado de acertar um número da Bonoloto.

— Caramba, cara, como sabe disso? Era um celular incrível, comprei porque o que tinha era uma merda e pensei que, já que ia trabalhar numa rádio conhecida, tinha que comprar um aparelho bom. Então...

— Onde está?

— Quê?

— O celular.

— Perdi. Ou roubaram.

— Perdeu ou roubaram?

— Perdi.

— Registrou a perda?

— Claro. E bloqueei o aparelho.

— Onde registrou?

— Na delegacia de Sarrià-Sant Gervasi, em Iradier. Perdi na estação de metrô do Putxet. Quer que eu conte como foi?

Melchor assente.

— Olha só. Foi alguns dias depois de começar a trabalhar aqui. Eu estava encantado com o aparelho, mesmo. Então, enquanto esperava o metrô, me sentei num banco, mandei mensagens e li as notícias. Até que, de repente, não sei por que, deixei o celular de lado, no banco, devo ter pensado em alguma coisa ou algo assim. Não sei. A questão é que embarquei e o aparelho ficou. Assim que o metrô andou, me dei conta do que tinha feito e xinguei a Deus e o mundo. Então desci na estação seguinte e voltei correndo; mas, claro, quando cheguei, não estava mais lá. Alguém deve ter levado, eu já te disse que era novo, uma maravilha de última geração, é normal que tenha sido levado pelo primeiro que o encontrou, não iam devolvê-lo na delegacia mais próxima, neste país somos assim... Que desastre, né? É que perco muitas coisas, se houvesse as Olimpíadas de Perdedores, eu seria forte candidato a medalha.

— Obrigado.

— Isso é tudo?

Melchor diz que sim e lhe estende a mão.

— Poxa, pensei que fosse me perguntar mais coisas — reconhece o sujeito, apertando a mão do homem. — Pode me perguntar tudo o que quiser, hein? Agora tenho um tempo livre e sempre adorei ajudar as pessoas. Espero que o que contei tenha sido útil, mas não sei, sou muito bom fazendo perguntas, mas péssimo dando respostas, com os jornalistas isso é frequente, suponho que é por isso que somos jornalistas, né? Tem certeza de que não pode me contar o que está investigando?

Assim que emerge à rua Casp, Melchor liga para Blai, que não atende; depois liga para Vàzquez, que está em outra ligação. Ainda não chegou ao carro quando o sargento retorna a ligação.

— Tudo bem? — pergunta Melchor.

— A mesma merda — responde Vàzquez. — O sequestro da mulher do traficante de Santa Coloma se complicou. Os romenos estão ficando nervosos.

— Quer ajuda?

— Não. Concentre-se no caso da prefeita, que não para de me ligar. Que mulher mais chata, meu deus! Alguma novidade por aí?

Melchor relata a ele o que Guillem Jarque acabou de lhe contar e pergunta qual é a forma mais rápida e simples de assistir às imagens das câmeras da estação do Putxet, para tentar identificar quem levou o celular do jornalista.

— Sabemos o dia e a hora? — pergunta Vàzquez.

— Deve estar na queixa que ele prestou na delegacia de Sarrià-Sant Gervasi — supõe Melchor.

— Então é melhor você mesmo ir lá e ver as imagens — propõe Vàzquez. — Me mande mensagem com o nome do cara e agora mesmo eu telefono para que separem para você. Se eu não disser nada é porque não tem nenhum problema.

— Maravilha — diz Melchor.

— Descobriu algo do chip?

— O paquistanês do Raval não tem nada a ver com o assunto — responde Melchor. — Fizeram o chip em nome dele num cibercafé.

— E você foi ao cibercafé?

— Claro. Tentei arrancar do encarregado metendo-lhe medo, mas não teve jeito.

— Não me admira — lamenta-se Vàzquez. — Como é conveniente, os canalhas dos proprietários escolhem como funcionários caras cada vez mais duros.

— Foi o que pareceu — volta a mentir Melchor, recordando o árabe. — Um cara duro.

Melchor estaciona numa das vagas reservadas para viaturas, na porta da delegacia, e, depois de se identificar na entrada, pergunta ao agente de plantão se já separaram para ele as imagens solicitadas pelo sargento Vàzquez, de Egara. O homem olha para ele sem entender, lhe garante que não sabe de nada e pede um momento. O momento se prolonga por vários minutos, ao fim dos quais – e de várias chamadas internas – o agente comunica a Melchor que as imagens estarão prontas em instantes e lhe convida a esperar ali dentro. Melchor responde que prefere ficar no saguão.

Ele se acomoda numa cadeira e, de novo, espera. Enquanto subia da rua Casp até lá – a delegacia de Iradier fica bem perto da Ronda de Dalt, entre a praça de Sarrià e a da Bonanova –, Blai havia retornado a ligação e ele lhe informou o desenrolar da investigação. Também teve tempo de falar com Cosette, que detalhou seu segundo dia de colônia de férias; ele contou à filha que naquela noite vão jantar com Puig e Campà, amigos de Vivales, e que chegará em casa por volta de nove. Agora, enquanto espera, o policial manda duas outras mensagens de WhatsApp. Uma para Vivales, porque se esqueceu de perguntar por telefone o que leva para o jantar. "Não precisa de nada", responde de imediato Vivales. "Tudo sob controle." E a segunda é uma resposta para o encarregado da seção de telefonia do MediaMarkt, que lhe comunica que já tem localizado, nas gravações de suas câmeras de segurança, o comprador do celular. "Muito obrigado", é sua resposta. "Não é mais necessário".

São mais de sete horas quando um agente uniformizado lhe informa que as imagens estão prontas. Melchor o segue por um corredor, sobem de elevador até o segundo andar, voltam a caminhar por outro corredor e entram num gabinete onde o aguarda um cabo também uniformizado, que cumprimenta Melchor e o convida a se sentar diante de um computador cuja tela mostra a imagem congelada de uma estação de metrô, num canto da qual se vê um relógio indicando 7:40. Melchor explica ao cabo o que está buscando, e o cabo lhe mostra como acelerar, desacelerar, voltar e paralisar as imagens.

— Na denúncia consta que aconteceu perto das oito — comenta o cabo, com o mouse em mãos. — Aí estão as imagens de 19h40 até 20h40. Uma hora completa de gravação. Se precisar de mim, é só chamar, estou no gabinete ao lado.

Melchor agradece e, assim que o deixam a sós, começa a trabalhar. A qualidade das imagens é ruim, mas dá para o gasto. Ao menos basta para reconhecer as pessoas que aparecem. Ele as examina com atenção e, ainda que em alguns trechos acredite reconhecer o jornalista entre a multidão que entra e sai dos vagões, não o identifica com certeza até 20h12. A essa hora, justo quando entram todos os passageiros que aguardam na plataforma e o metrô está prestes a partir de novo, um homem com uma bolsa transversal irrompe apressado e dá um tapa de raiva na porta do vagão, que se fecha diante dele. Melchor, porém, só compreende que é o jornalista quando, após o rapaz recuperar o fôlego com as mãos apoiadas nos joelhos, senta-se num banco de pedra rente à parede da plataforma recém-esvaziada, pega o celular e se põe a ler no aparelho. Não se encontra muito longe da câmera, então é possível vê-lo bastante bem. Pouco a pouco começam a surgir novos passageiros na estação, homens e mulheres sozinhos, casais ou grupos que, a princípio, ficam longe do jornalista, de pé ou sentados. Em algum momento, o jornalista deixa o celular no banco, pega na bolsa uma agenda, ou algo que a Melchor parece uma agenda, e se põe a revisá-la. Pouco depois, uma idosa se senta perto dele, do outro lado do celular; então, duas crianças acompanhadas pelo pai se sentam ao lado da idosa, e, em seguida, aparecem vários adolescentes de uniforme e gravata, que permanecem em pé perto do jornalista e na frente do celular. Melchor tenta ver a cara deles, mas todos estão de costas para a câmera, então não é possível. Mais pessoas chegam, até que, quando a estação está lotada, num canto da imagem aparece a cabine seguida pelo resto do trem. Nesse instante, o jornalista se levanta e, rodeado pelos demais passageiros, embarca. Melchor observa o banco: o celular desapareceu. Compreende, então, que o jornalista está enganado e que o celular não ficou no banco para que alguém o levasse. O jornalista não perdeu o celular: alguém o roubou.

A pergunta é quem.

Voltando a imagem, Melchor congela a cena em que o jornalista deixa o celular ao lado. Volta a ver a idosa e as duas crianças com o pai – não pode ter sido eles: não estão sentados perto do aparelho, estão do outro lado do jornalista. Volta a ver o grupo de estudantes. De imediato lhe chamam a atenção dois detalhes em que não havia reparado de cara: o primeiro é que não chegam da rua, mas do outro canto da plataforma; o segundo é que rodeiam o jornalista pelo lado em que este deixou o celular, e o fazem sem que o jornalista note, nem ele nem ninguém ao redor, o movimento envolvente que, por um segundo, a Melchor parece ensaiado. Continua sem ver a cara deles, ou só consegue vê-las borradas e cortadas, e torna-se impossível identificar alguém, mas tem certeza de que foram eles. Volta as cenas, vê novamente, congelando a imagem várias vezes durante os poucos minutos que lhe interessam. Tudo em vão.

Ele se dirige ao gabinete ao lado, chama à porta entreaberta, e o cabo, que está digitando em seu computador, gesticula para que entre.

— Posso pedir um último favor?

O cabo assente.

— Quero que veja uma coisa.

Voltam à outra sala. Melchor lhe explica o que busca e mostra as imagens pertinentes. O cabo, que tem uns cinquenta anos, é alto, robusto e de cabelo branquíssimo, as examina algumas vezes.

— Típico — conclui, quando se dá por vencido, também incapaz de identificar os estudantes. — O grupo de moleques levou o celular. Depois vendem e dividem o dinheiro. Agem bem, parece uma coreografia, está na moda. A única coisa estranha é ter acontecido num bairro como esse, pois até agora era coisa de Hospitalet, Santa Coloma e lugares assim... Enfim, colega, esqueça. Não vai dar em nada.

Quando chega à casa de Vivales, são mais de dez. O advogado e seu amigo Chicho Campà o esperam sentados no terraço, com a mesa posta; ambos exibem um avental branco na cintura e têm uma taça de vinho na mão. Melchor se desculpa pelo atraso.

— Não se preocupe, rapaz — Campà o tranquiliza, dando-lhe um aperto de mãos e um tapinha no ombro. — Sem pressa.

Melchor pergunta por Cosette, e Vivales responde que jantou às nove e que, como estava morrendo de sono, ia esperá-lo na cama.

— Talvez ainda esteja acordada — acrescenta. — Manel estava lendo para ela.

Melchor entra no quarto que divide com Cosette e vê a filha na cama, dormindo e iluminada apenas pela luz suave do abajur. Ao lado dela, sentado numa poltrona de vime, com o paletó amassado e o nó da gravata frouxo, está Puig, também dormindo e com um exemplar de *Miguel Strogoff* aberto no colo. Melchor ajeita os lençóis sob o queixo de Cosette, os acomoda sob seus pés e então chama Puig com suavidade.

— Quê! Que foi? Que foi?! — O amigo de Vivales tem um sobressalto e arregala os olhos. — Cadê a menina?

— Calma. — Melchor o segura pelo braço. — Sou eu. Cosette está dormindo.

Ainda ofegante, Puig parece se acalmar. Melchor desliga o abajur na mesa de cabeceira e os dois saem do quarto.

— Porra, que susto você me deu — diz Puig.

— Pegou no sono em seguida?

— A menina? — Agora caminham por um longo corredor até o outro lado da casa. — Em seguida e como um anjo. Ela me pediu para ler um pouco, mas na verdade queria falar de você. Sabe o que me disse?

— O quê?

— Que o pai é como Miguel Strogoff, porque os dois perseguem os maus. O que acha? — Melchor não disse nada. — Também perguntou se eu achava que os maus iam pegar você.

— Ela perguntou isso?

— Com todas as letras.

— E o que você respondeu?

— O que vou responder?

— Não encha a cabeça de Melchor com seus problemas, Manel — exige Vivales quando os dois entram na cozinha, onde ele e Campà terminam de preparar o jantar. — Estamos aqui para comer e beber, não para encher o saco das pessoas.

— Só estava falando da Cosette — desculpa-se Puig. — Porra, é cada perguntinha que a menina faz.

— As perguntas das crianças são as únicas que interessam — opina Campà, enquanto mexe castanhas numa frigideira. — Todo o resto é verborreia. Por que as maçãs caem das árvores para baixo, não para cima? É pergunta de criança, né? E você viu como Newton tirou proveito dela. Bom, está pronto.

— Todo mundo para a mesa! — celebra Vivales. — Hoje Chicho se superou. É o que digo, como ajudante de cozinha não tenho adversário.

De fato, Campà passou a tarde na cozinha de Vivales preparando o jantar que agora os espera na mesa do terraço: três tipos de saladas, sendo uma de frutas secas e queijo, outra de tomate de La Pera, anchova de L'Escala e abacate e a última de escarola com gorgonzola; creme de abóbora; tâmara com bacon; *caragols a la llauna*; e canelone de trufa. Não é a primeira vez que organizam um banquete assim desde que Melchor conheceu Puig e Campà. Eles se viram pela primeira vez num amanhecer remoto em que, depois de passar a noite conversando numa suíte do hotel Arts com o magnata mexicano que havia encomendado o assassinato dos Adell (e de, assim, desfazer os últimos ou penúltimos nós do caso), foi buscar Cosette naquele mesmo apartamento para levá-la de volta para casa e encontrou os dois velhos camaradas de Vivales fazendo guarda para proteger sua filha, a quem, após o assassinato de Olga, Melchor quis manter afastada dos perigos da Terra Alta (ou de sua própria paranoia). Puig está divorciado, tem dois filhos já grandes e é um dos três sócios de um renomado escritório de arquitetura, Pere Chimal Arquitetos; além do mais, é professor associado da Universidade de Lérida e da Politécnica, o que o obriga a um frenesi de deslocamentos e atrai os sarcasmos periódicos de Vivales, que sabe que a universidade paga mal e não entende ou diz não entender que trabalhe de graça. Quanto a Campà, é catedrático de ciências políticas na Universidade Autônoma de Barcelona, solteirão convicto e homossexual secreto: ele nunca se assumiu para os amigos, e eles nunca perguntaram. Quanto ao resto, Puig e Campà são, física e metafisicamente, tão opostos como o dia e a noite. Ou ao menos é o que parece. Campà usa óculos fundo de garrafa, é alto, desalinhado e quase tão corpulento quanto Vivales – o que lhes valeu no serviço militar o modesto privilégio de serem designados ao esquadrão de infantaria – e exerce um ceticismo militante e velhaco; Puig é baixinho, inquieto, esquálido, mais para elegante e facilmente inflamável. Vivales defende que nessas diferenças gritantes radica o segredo da amizade sólida que os une.

Quando acabam o primeiro prato, Campà volta a colocar o avental e, enquanto os outros se servem do segundo, finaliza seu preparo da noite: lombinho ao molho de castanha. Os três se acostumaram a ver Melchor tomar Coca-Cola durante as refeições (nas primeiras vezes que o viram fazer isso os amigos de Vivales lhe deram os pêsames), mas preferem acompanhar a carne de duas garrafas de Torres Gran Corona Reserva. Depois passam um café e levam para o terraço um bule cheio e um jogo de xícaras; Vivales deposita também na mesa uma caixa de Montecristo nº 4, uma garrafa de Jameson Black Barrel, três grossos copos de uísque e uma forma de gelo. Enquanto serve a bebida, o advogado revela aos dois parceiros a verdadeira finalidade daquele banquete: Melchor quer falar da prefeita.

— Da nossa? — Buscando o olhar do jovem policial entre duas densas baforadas de fumaça, Campà tirou dos lábios o cachimbo recém-aceso. — Da prefeita de Barcelona?

— De qual seria? — pergunta Vivales, depois de saborear o primeiro gole de uísque e fazer estalar sua língua satisfeita. Dirigindo-se a Melchor, acrescenta: — Os dois sabem muito dela, principalmente Manel: seu escritório costuma trabalhar com a Prefeitura.

— Nós sabemos muito de tudo. —Puig ri e termina de tomar seu café. — Principalmente a partir da quarta dose.

Melchor não contou ao advogado em que consiste o caso que o trouxe a Barcelona, mas mencionou que tem relação com a Prefeitura em geral e com a prefeita em particular e, embora esperasse que em algum momento ele trouxesse o assunto à tona, também esperava que fizesse isso de forma menos direta. Comeu em excesso e se sente pesado, fisicamente um pouco incomodado, mas a noite está fresca e, no terraço de Vivales, acompanhado de amigos e rodeado de altos edifícios e rumores de risos, música e conversa, tudo é agradável; de fato, é como se não estivessem no centro de uma grande cidade, mas na praça de uma cidade de interior. Campà pergunta a Melchor o que lhe interessa sobre a prefeita.

— Me interessa saber que tipo de pessoa é — responde.

— Não sei que tipo de pessoa é — apressa-se a dizer Puig. — Mas sei que tipo de política é.

— Tem diferença? — pergunta Vivales.

— Pois é — responde Puig. — Eu só estive uma vez com ela, e sabe a primeira coisa que fez ao me cumprimentar?

— O quê? — pergunta Campà, com o cachimbo já bem aproveitado, o que faz que a partir de então quase só o tire da boca para falar.

— Olhou para o meu pau — responde Puig.

— Deve ter tido uma baita decepção — opina Vivales.

— Tem certeza de que seu zíper não estava aberto? — volta a perguntar Campà.

— Hoje à tarde, enquanto almoçava, eu a vi na televisão — intervém Melchor.

— Aposto que era no canal dela — garante Puig. — Na televisão municipal, quero dizer. Passa o dia todo aparecendo lá. Antes, em Barcelona, tínhamos um canal público. Agora ele é instrumento de propaganda da prefeita e sua turma. Mas talvez você não a tenha visto no canal municipal, e sim na 12TV. É do ex-marido dela: outro órgão de propaganda a seu serviço.

— Não sei que canal era — reconhece Melchor. — Mas me pareceu uma atriz.

— Acertou em cheio — felicitou-lhe Campà.

— Para mim, todos os políticos parecem atores — afirma Vivales.

— E são — diz Campà, apoiando o copo de uísque pela metade na mesa. — Mas nem todos são bons como ela. Essa mulher é um camaleão. Se fala numa rádio de direita, parece de direita; se fala numa rádio de esquerda, parece de esquerda; e se fala numa rádio de centro, parece de centro. Isto é nossa prefeita: uma mascarada. A pergunta é o que há por trás de todos esses disfarces. E a resposta é: nada. As máscaras que escondem a cara dela são sua verdadeira face. Essa mulher tem menos convicções que um mosquito; a única coisa em que acredita é em acumular poder. Maquiavel teria gostado muito dela.

— Talvez por isso ela diga tanto que direita e esquerda não existem — arrisca Puig.

— Exato — assente Campà. — Dizer que não há direita e esquerda é como dizer que não existe norte ou sul: ou está desorientado, ou tenta desorientar. E, no caso da prefeita, não há dúvida: ela tenta é desorientar. Nunca vi político com habilidade semelhante para dizer sempre o que a audiência gostaria de escutar. Essa mulher sabe o que as pessoas querem antes de que as pessoas saibam o que querem. Basta ver como foi parar na Prefeitura.

— Como ? — pergunta Melchor.

Campà leva alguns segundos para responder, e nesse tempo dá algumas tragadas reflexivas no cachimbo. Veste uma bermuda larga demais e uma camisa justa demais, com várias manchas de gordura aqui e ali e algumas migalhas de pão alojadas nas rugosidades da barriga.

— É incrível — começa, empurrando os óculos com o dedo do meio. — As pessoas esquecem depressa demais, talvez porque os jornalistas se esquecem depressa demais. Vivem o presente apenas. Não têm tempo de olhar para trás e, por isso, não entendem o que acontece no futuro nem o que lhes acontece diante do nariz. Como é possível que ninguém mais lembre que até ontem essa mulher era defensora dos refugiados? E, se alguém se lembra disso, pior ainda. Como ninguém recorda, agora que se converteu na carrasca da imigração? Como ninguém lhe pergunta por que mudou? O que aconteceu para que essa senhora fale do assunto, e de tantos outros, exatamente o contrário do que dizia há alguns anos?

— Porra, é verdade. — Vivales se assombra. — Eu não lembrava.

— Eu também não — confessa Puig, que, assim como o advogado, tem o charuto em uma das mãos e o uísque na outra. — É que parecem duas pessoas diferentes.

— Pois não são — afirma Campà. — São a mesma, só que dizendo coisas diferentes. Ou melhor, opostas. E por quê? — A resposta da prefeita ainda ressoa no cérebro de Melchor: "Eu mudei porque o mundo mudou". — Porque sabe o que as pessoas querem ouvir — responde Campà, que dá outra tragada em seu cachimbo e prossegue: — Eu acho que começou a saber depois dos atentados fundamentalistas islâmicos de 2017. Dizem muito que o que mudou Barcelona foi o Procés, mas não é verdade. O Procés não mudou quase nada. Nem em Barcelona, nem na Catalunha, nem em lugar nenhum. O Procés a única coisa que fez foi mudar algo, bem pouquinho e bem simbólico, para que nada essencial mudasse. Era precisamente disso que se tratava. Por isso os que aqui sempre tiveram poder de decisão o lançaram, usando as pessoas como massa de manobra. Mas não: o que realmente começou a mudar a cidade foram os atentados. Os atentados e a sensação de insegurança que os seguiu. De repente passaram a falar sem parar de assassinatos, roubos e estupros, como se aqui nunca tivesse havido esse tipo de coisa. De repente passaram a dizer que esta era a cidade mais violenta da Europa. De repente começaram a aparecer patrulhas cidadãs contra a delinquência. E, principalmente, de repente nós, que quando criança nunca tínhamos visto um árabe, nos demos conta de que estávamos rodeados de árabes. De árabes, e de africanos, e de chineses, e de paquistaneses, e de outros tantos. E nos demos conta também de que nem todas essas pessoas chegavam com vontade de se adaptar aqui ou estavam dispostas a baixar a cabeça e dizer prefeitura a tudo o que impuséssemos. Ah, meu amigo...! — Campà solta fumaça pela boca, toma um gole de uísque e volta a se recostar na cadeira com o copo apoiado na camisa salpicada de migalhas. — Provavelmente ninguém se deu conta de que naquele momento começava uma mudança muito profunda na mentalidade dos barceloneses, uma mudança que depois, com a crise do coronavírus, se evidenciou ainda mais... Ninguém se deu conta, exceto essa mulher. A prova é que seis ou sete anos depois se plantou na Prefeitura com um discurso duro de segurança, um discurso islamofóbico e anti-imigração que pegou todo mundo desprevenido, principalmente porque não parecia o que era: parecia um discurso progressista, mas valente e politicamente incorreto, que advogava por preservar sem complexos a segurança dos cidadãos. E por isso triunfou. Antes vocês falavam do canal municipal de televisão, e aí está ela a cada dia difundindo imagens de barcos cheios de imigrantes preparados para nos invadir e atemorizando as pessoas com o fantasma da imigração em massa. E aí estão também, no mesmo canal, nas rádios e nos jornais, os ideólogos mantidos pela prefeita, Rabasseda, Boronat e companhia, antigos radicais esquerdistas ou radicais nacionalistas vociferando diariamente de seus palanques midiáticos sobre a urgência de preservar os valores ameaçados da cultura ocidental, as raízes cristãs da Europa e não sei quantas outras bobagens com seu coquetel supremacista feito à base de um pouquinho de Spengler, um pouquinho de Huntington e uma boa dose de Camus – não o filósofo, mas o da teoria da grande substituição, com o devido respeito à palavra "teoria". Enfim, essa mulher se deu conta, antes de todos, por onde a coisa estava indo, e está sabendo usar muito bem o instrumento mais poderoso que um político tem a seu alcance: o medo.

— Essa mulher e seu marido — precisa Puig. — Ou ex-marido. — Voltando-se para Melchor, explica: — Eles se separaram deve fazer um ano, depois que ela ganhou novamente as eleições.

— Daniel Casas — diz Vivales. — É o nome dele. Sua família é uma dessas das quais Chicho falava, uma das que mandam e desmandam desde sempre. Sempre disseram que ele era o cérebro político da prefeita, que estava por trás de todas as decisões importantes dela. E sempre disseram que a prefeita era marionete dele. Dele e da família dele.

— Ou seja, se você tiver razão e a prefeita for uma atriz — raciocina Puig —, nessa peça Casas é o patrocinador e o diretor de cena. E a prefeita é a estrela.

— Você está esquecendo um personagem fundamental — recorda Campà.

— Tem razão — reconhece Puig, apontando vagamente para seu amigo com a ponta incandescente de seu Montecristo. — Enric Vidal. E esse, sim, é um personagem.

— O vice-prefeito? — pergunta Melchor, que segue a conversa com atenção e um quê de assombro.

— O próprio — assente Campà. — Dizem que ele é o poder de verdade na Prefeitura, que é quem manda. Mas eu não acho.

— Não? — pergunta Puig, surpreso.

— Não — responde Campà. — Assim como não acho que a prefeita seja uma marionete de Casas e da família, ou ao menos não mais do que Casas e a família dele são um instrumento dela. E digo o mesmo da Prefeitura. Quem manda ali é a prefeita. Ali e no partido. Não se enganem. Vidal se acha muito esperto, Casas também, mas a esperta de verdade é ela. Tão esperta que os faz achar que os espertos são eles, que são eles que mandam. Tão esperta que sabe como ninguém se fazer de tonta. Ela é o verdadeiro bicho político, que tem o instinto que têm os verdadeiros políticos. Não tenham dúvida... Vejam, não estou dizendo que Vidal não mande em nada, hein? Manda, manda muito. — Campà termina o uísque e explica: — Na Prefeitura de Barcelona, o vice-prefeito sempre mandou muito, era o braço direito do prefeito e a pessoa que conduzia a máquina da Prefeitura. Segue sendo assim, mas ainda mais, porque, entre outras razões, para combater a psicose de insegurança que ela mesma tinha criado e com a qual chegou à Prefeitura, a prefeita desde o começo deu a Vidal algo que, até onde eu sei, um vice-prefeito nunca tinha tido.

— Você se refere às competências de segurança — supõe Puig.

— Exato — responde Campà. — Mas não só. É que, além do mais, Vidal fez essa área crescer de uma forma monstruosa. Vou dar um exemplo interessante. — Vivales pega a garrafa de uísque e começa a abastecer os copos com generosidade. — Tradicionalmente, a Guarda Urbana tinha um serviço de informação bem limitado. Encarregava-se da segurança do prefeito e pouco mais, o resto era com vocês, os Mossos. Bom, agora Vidal criou um serviço potentíssimo, formado por não se sabe exatamente quantos policiais. Uma autêntica guarda a serviço dele e da prefeita. E que se dedica a todo tipo de artimanhas.

— Os Vidal Boys — menciona Melchor.

— Chegaram à Terra Alta notícias deles? — pergunta Vivales, voltando a deixar a garrafa de uísque na mesa.

— Não — reconhece Melchor. — Mas foi quase a primeira coisa de que tomei conhecimento quando cheguei aqui.

— Não me admira — diz Puig. — São gente bem pouco recomendável, capangas de Vidal, da prefeita e do marido. São pau pra toda obra: dão surras, compram policiais, juízes e jornalistas, levantam os podres de qualquer um... Então ninguém tem coragem de se meter com eles. O mais perigoso é o que comanda, Juan María Lomas, o inspetor Lomas, mas todo mundo o chama de Hematomas, não preciso explicar o porquê. Não sei vocês, mas eu não tinha medo da polícia desde a Transição e, com esses caras, voltei a ter.

— Agora só falta você saber que Vidal é amigo íntimo de Casas — adverte Vivales. — Com isso, fecha o círculo.

— Eles se conhecem desde sempre — informa Puig. — A família de Vidal é outra das que sempre mandaram aqui. Aliás — acrescenta, alternando o olhar entre Campà e Vivales —, vocês devem ter ouvido que a prefeita e ele estão brigados...

— Como não? — zomba Vivales. — Está em todos os jornais!

— O que ouvi dizer — explica Puig — é que isso da separação amistosa entre a prefeita e Casas é lorota, que brigam como cão e gato e que ela também se dá mal com o outro. Tão mal que já quase não se falam. Ou só o indispensável.

— É o que todo o mundo diz — concorda Campà.

— Pois querem saber? — pergunta Puig. — Não acredito.

Vivales lhe pergunta por quê.

— Porque são o trio perfeito — responde Puig, levantando-se com o charuto na mão: tirou a gravata, tem as mangas arregaçadas e, com os olhos vidrados pelo álcool, transpira. Resguardados atrás de seus respectivos uísques, Vivales e Campà o escutam com atenção. — Vamos ver. Que Casas e a prefeita se separem, isso é normal. O estranho é que tenham passado tanto tempo juntos, pois todo mundo sabia que os dois tinham outros rolos, principalmente a prefeita...

— Não me venha de novo com essa história de que ela olhou pro seu pau — adverte Vivales. — Isso é alucinação sua, Manel. Essa mulher te excita.

— Principalmente a prefeita — repete Puig, fechando os olhos com força, como se temesse perder o raciocínio. Volta a abri-los. — E isso que agora predica a castidade, o retorno à família tradicional e a necessidade de ter filhos para preservar a civilização cristã e que os muçulmanos não nos invadam e toda essa merda xenófoba.

— Assim como quando era ativista predicava o amor livre e alardeava sobre suas experiências homossexuais — completa Campà. — Essa mulher fez da própria vida um argumento político. Antes, dava lições de moral de esquerda; agora, dá lições de direita. A questão é dar lições de moral.

— É verdade — diz Puig. — Mas esqueçam tudo isso e vejam o que essa mulher e sua dupla de sócios conseguiram em pouquíssimo tempo. Criaram um partido que mudou a política catalã e a agenda da política espanhola, governam com maioria absoluta na Prefeitura e todas as pesquisas dizem que, caso se candidatem às eleições autônomas, ganham. Algum palpite? Por que vão brigar entre si? Por que mudar o que funciona - e funciona superbem?

A pergunta paira por alguns segundos no clima de verão do terraço enquanto Puig deixa de gesticular, com o olhar fixo em Campà.

— Porque a política não é ciência exata, amigo Manel — responde o interpelado, satisfeito de poder, por fim, contrariá-lo. — Se a política fosse racional, você teria razão. Mas não é. Lembra da *hybris*? — Ele se vira para Melchor. — Sabe o que é a *hybris* dos gregos?

— A soberba que leva os homens a enfrentar os deuses — responde Melchor.

— Mais ou menos — aprova Campà. — Por essa soberba os deuses os castigam. É isso que acontece nas tragédias gregas e é isso que costuma acontecer com os políticos que chegam ao poder, sobretudo se o fazem apoiados por maioria esmagadora, como aconteceu com a prefeita.

— Se entendi bem — recapitula Puig, ainda em pé e com seu charuto, ou o que resta dele, na mão —, você quer dizer que, por mais sucessos que a estrela tenha conseguido trabalhando com o diretor patrocinador, por melhor que tenha se saído graças ao apoio deles, o que ela quer é se livrar deles e de todos os que a apoiaram e montar sua própria companhia de teatro.

— Você me entendeu perfeitamente — volta a aprovar Campà. — Exceto que sua metáfora não funciona de todo, porque a prefeita não é só estrela do espetáculo. Pode fazer todo mundo acreditar nisso, a começar pelos jornalistas e pelos analistas políticos. Até Casas e Vidal, porque era do interesse dela que eles acreditassem nisso, porque precisava deles, mesmo que fosse só para conseguir dinheiro, e eles e as famílias tinham dinheiro, enquanto ela não passa de uma garota comum, nascida numa família trabalhadora e criada em La Salut... Mas eu repito que essa mulher é muito mais que uma atriz, ainda que seja uma atriz extraordinária e, se puder e quiser, se livrará deles, supondo que eles não percebam e não se livrem dela antes, claro... De qualquer forma, pensem que isto acontece na política desde que o mundo é mundo: um zé-ninguém chega ao poder levado pelos poderosos, o poder converte o zé-ninguém em líder carismático (é o que o poder quase sempre faz, por mais tonto que seja o zé-ninguém), e o líder carismático se desfaz ou tenta se desfazer dos poderosos que o ergueram. Desde que o mundo é mundo.

Puig se sentou sem perder uma palavra do que disse o amigo, e, enquanto dá fim no uísque e no charuto, Campà cita alguns exemplos do fenômeno que tinha acabado de descrever, alguns remotos, outros próximos. Quando chega a Carles Puigdemont, o presidente acidental do governo autonômico catalão que em 2017 declarou unilateralmente a independência da Catalunha, Puig volta a intervir. Em pouco tempo a conversa descamba, por algum meandro imprevisto, num debate sobre a qualidade da educação democrática na Catalunha, assunto no qual, para variar, os amigos estão completamente de acordo – eles a julgam péssima –, ainda que não pareça, porque Puig se põe em pé várias outras vezes para enfatizar seus pontos de vista, suando em bicas e se dirigindo sobretudo a Campà, que o olha com a sobrancelha arqueada e o cachimbo na boca. Um tempo depois, enquanto repõe o uísque nos copos, Vivales intermedia a discussão acalorada e, apontando para os dois amigos, diz ao policial:

— Eu não falei antes porque tinha vergonha, mas Ortega y Gasset aqui são dois cidadãos honestos que acreditam na democracia.

— E você não? — pergunta Melchor, que nunca ouviu o advogado falar de política, exceto para meter pau nos políticos.

Vivales, surpreso, deixa de servir.

— Está de brincadeira? — pergunta, por sua vez, olhando para Melchor com sua inconfundível cara de idiota. — Como quer que eu acredite num sistema político que dá direito de voto a um indivíduo como eu?

Atônitos, Puig e Campà se olham por um segundo e, no segundo seguinte, celebram a tirada de Vivales brindando com uma dupla gargalhada. Vivales se junta ao brinde, de má vontade. Puig é o primeiro a falar de novo.

— Voltando à prefeita — diz, em tom reflexivo, como se tivesse passado de repente o efeito de todo o álcool que tomou —, eu percebi o desastre em seguida. Sabem quando? Quando chegou à Prefeitura e a primeira coisa que fez foi abolir a Lei Colau sobre moradia. A lei que dizia que toda construtora devia reservar 30% dos nossos empreendimentos para habitação social. Eu nunca fui fã de Ada Colau, que também era uma atriz de primeira, como vocês sabem; mas isso dos 30% era justo. E, quando essa mulher acabou com a lei, eu pensei: eis uma política *business friendly*. Ou seja, prepare-se para um governo de ladrões.

— Como está vendo — Vivales se vira de novo para Melchor —, além de acreditar na democracia, Manel é um vermelho perigoso.

— Comedor de criancinhas! — Puig se enfurece de novo, agarrando--se aos braços da cadeira como para frear o impulso de se lançar sobre o advogado. — Vermelho, sim, e com muita honra; agora… perigoso? Sou um pobre social-democrata, cara, que é o mais inofensivo que se pode ser. Hoje, porém, até social-democratas parecem vermelhos perigosos.

— Desta vez, e sem querer abrir precedente, tenho que dar razão a Manel — intercede Campà, que passou quase a noite toda dando razão ao amigo. — A Prefeitura é governada por uma quadrilha.

— Está falando sério? — pergunta Melchor.

— Claro — responde Campà. — Antes, em Barcelona, ou na Catalunha em geral, quem roubava sem parar era a Generalitat; agora a Prefeitura também rouba. — Como o cachimbo deixou de fumegar, tira de alguma parte uma espécie de flechinha metálica e, usando-a como colher, começa a esvaziar as cinzas do fornilho no cinzeiro enquanto, dirigindo-se a Melchor, segue, em tom professoral: — Veja, o que aconteceu foi o seguinte. No começo da democracia, o nacionalismo instaurou na Catalunha uma cleptocracia clientelar. Ou seja, o governo autonômico roubava dos cidadãos, e o que fora roubado era repartido entre o partido do governo e as famílias do partido do governo, a começar pela família do presidente. Quanto ao restante do país, metade era comprada com favores, benefícios e chantagem. Enfim, a velha ladainha: tudo pela pátria e outras bobagens. — Termina de cavoucar o fornilho e prossegue: — Quanto à outra metade do país, não sabia de nada ou não queria saber. A maioria era de imigrantes do resto da Espanha que, enquanto eram roubados, achavam que nada daquilo tinha a ver com eles, que isso da Generalitat era coisa dos catalães nascidos aqui, que eles só estavam de passagem. Baita cagada… Mas assim funcionaram as coisas até o Procés e assim continuam funcionando, porque, como eu estava dizendo, o Procés foi organizado precisamente para isso, para que as coisas seguissem como sempre. O problema é que agora a Prefeitura também funciona assim.

— Antes não era assim? — pergunta Vivales, com expressão descrente.

— Não — responde Campà, que deixou o cachimbo e o limpador metálico na mesa, ao lado de uma bolsa de couro cheia de tabaco e fechada com um cordão. — Ou não exatamente. Claro que havia corrupção, mas não como agora, que é sistemática e generalizada, tal qual desde o começo na Generalitat. Além do mais, a administração municipal sempre foi bastante competente e funcionava bem. Agora, em bem pouco tempo se burocratizou e se politizou tanto quanto a da Generalitat. Ou mais.

— Sou testemunha — garante Puig.

— É verdade o que Vivales diz? — pergunta Melchor. — Vocês trabalham muito com a Prefeitura?

— Em meu escritório, bastante. As pessoas nos conhecem principalmente por isso. Fazemos muita habitação social, embora bem menos que o necessário.

— Ah, me poupe! — roga Vivales, tapando os ouvidos com os indicadores. — Seu sermão sobre moradia não, por favor. Prefiro morrer de outras causas.

Puig sorri como um menino enquanto se empanturra de guloseimas.

— É verdade que o assunto me interessa — desculpa-se o arquiteto. — De fato, faz anos que estou tentando escrever uma tese de doutorado sobre habitação social no pós-guerra e...

Vivales o interrompe, fingindo sussurrar com Melchor:

— Agora ele vai falar bem de Franco.

— Ei, Chicho, como era a frase de Machado? — pergunta Puig, ao que ele mesmo responde: — "A verdade é a verdade, diga-a Agamenon ou seu porqueiro". Era assim?

Campà assente, absorto na cerimônia de encher de tabaco o fornilho de seu cachimbo e acendê-lo.

— Veja — continua Puig, dirigindo-se outra vez a Melchor —, uma coisa que a ditadura fez bem foi criar moradia pública. É a mais pura verdade, gostemos ou não. Criou muita moradia e, às vezes, bem boa. Aqui mesmo, em Barcelona. Emigrantes da Espanha, gente miserável que morava em cavernas, no Somorrostro ou Montjuïc, passou a ter casa. Bem precária, às vezes de baixa qualidade, em ambientes inadequados, mas casa. Assim, salvaram a vida muitos infelizes. E uma das coisas ruins que a democracia fez foi esquecer o assunto moradia. E isso que o direito à moradia está na Constituição, porra! — Puig ameaça se exaltar de novo, mas permanece em seu assento. Secou o suor da testa e do pescoço. — É muito simples, Melchor. Na Espanha temos saúde e educação públicas que funcionam razoavelmente bem, mas não temos moradia pública digna de tal nome. O que você acha?

— Péssimo — responde Vivales, com expressão de tédio infinito, com o rosto apoiado na mão direita.

— E o que é mais importante? — volta a perguntar Puig. — Curar as pessoas e ensiná-las a ler e escrever ou ter um teto para se proteger e um lugar onde cair morto?

— Ter onde cair morto — repete Vivales, como se repetisse um salmo.

— E por culpa de quem não temos neste país moradia pública comparável à saúde ou à educação pública? — pergunta Puig.

— Por culpa do capitalismo selvagem — responde Vivales. — Isto é, por culpa dos construtores, que só pensam em dinheiro. — O advogado parece acordar de repente de sua letargia e abre os braços em clemência: — Viu como sei de cor seu maldito sermão comunista sobre moradia pública?

— Lamento dizer que Manel tem razão nisso — intervém Campà, cujo cachimbo volta a funcionar. — A moradia pública neste país é uma vergonha, isso todo mundo sabe. Mas no fundo a culpa não é dos construtores. É dos políticos, que não se atrevem a enfrentar os construtores, principalmente porque entre eles estão os bancos, e os partidos estão até o pescoço de dívidas com os bancos. E como deter alguém a quem você deve? Como conseguir que perdoe suas dívidas astronômicas, se não for lhe facilitando as coisas e lhe fazendo favores?

— Outro vermelho desenfreado — lamenta-se Vivales. — O rapaz aqui lhes pediu para falar da prefeita, não para contar como consertar o mundo.

Puig e Campà ignoram a reprimenda do advogado e mergulham numa discussão sobre o financiamento dos partidos políticos, o que, segundo ambos, é a origem e o fim da corrupção na Espanha - uma corrupção sem conserto, também segundo ambos, porque só poderia consertá-la quem vive dela, ou seja, os próprios partidos -, até que o advogado volta a chamá-los à ordem.

— Repito — diz a Puig, enquanto serve mais uísque. — O que interessa a Melchor é sua relação com a Prefeitura.

— Chicho resumiu muito bem antes — responde Puig, tomando um gole de Jameson enquanto encara novamente Melchor. — O que aconteceu é que, com esta prefeita, a Prefeitura começou a funcionar como a Generalitat funcionava. Quase como o franquismo funcionava. Meu pai também era arquiteto e me contava que nos anos 1960, com o prefeito Porcioles, havia uma história sobre dois técnicos que assinavam as licenças de construção: "Se quiser construir na calçada, ligue para o Soteras que não pega nada. Se rápido quiser a obra acabar, ligue para o Bordoy que ele não vai negar". — A rima provoca a gargalhada de Campà e arranca um meio sorriso de Vivales. — Hoje não é assim, mas quase. No escritório, vemos isso diariamente. Antes as licitações eram limpas, agora estão arranjadas; sempre ganham os mesmos, os amigos da prefeita e seus seguidores, os que financiam o partido dela. Os cargos de designação política se multiplicaram e foram ocupados por gente incompetente, mas fiel aos que mandam, e que substituíram funcionários que conduziam a Prefeitura, gente valiosa. Isso não é nostalgia de sessentão, hein, Melchor? É a realidade. O resultado é que a Prefeitura está colapsada, não funciona, e a cidade se degrada a passos largos. Corrija-me se eu estiver errado, Chicho.

— Não está errado — diz Campà, negando com a cabeça enquanto afasta o cachimbo dos lábios. — Em política, fazer as coisas funcionarem é muito difícil, mas destruí-las é bem fácil. A prova é que, em menos de quatro anos, essa gente eliminou uma coisa que todo mundo dava por certo que funcionava e que, estivesse quem estivesse no poder, continuaria funcionando. É o problema da democracia: quando você a dá por certa, já a colocou em risco.

Vivales serve a quarta dose de uísque e, depois de voltarem à corrupção ("A culpa não é toda dos políticos", enfatiza Campà. "É claro que não", volta a exaltar Puig. "É nossa. Neste país, quem paga impostos podendo não pagar parece idiota." "E é", diz Vivales. "Fala sério."), a conversa passa para o serviço militar. Melchor não se surpreende: sabe que, em papos noturnos como aqueles, os amigos sempre terminam falando da época em que se conheceram. Também sabe que é o momento de deixá-los à vontade.

Então se despede, se dirige ao quarto, se enfia na cama e se põe a ler materiais do concurso literário do Instituto Terra Alta, mas se entedia e pega *A ilustre casa de Ramires*, romance de Eça de Queirós. Passa meia hora, abandona o livro sobre a mesa de cabeceira e, após dar uma última olhada na filha, que dorme tranquila ao lado dele, apaga a luz.

Depois de um bom tempo, continua se revirando no colchão enquanto frases e imagens giram insones em sua cabeça, retalhos desconexos de um dia que insiste em não terminar. Quando, por fim, começa a pegar no sono, vozes procedentes do outro lado da casa voltam a despertá-lo. Ele se levanta, percorre o corredor sem acender a luz e fica na porta da sala, protegido pela escuridão, espiando o terraço, onde os três velhos amigos cantam em alto e bom som, desafinando sem dó, indiferentes ao silêncio que os rodeia. Puig e Vivales estão sentados e abraçados, Campà fica em pé diante deles, brandindo seu cachimbo como um diretor de orquestra brande sua batuta. A canção diz:

Eres alta y delgada,
como tu madre,
morená saladá,
como tu madre.

Melchor sente inveja.

No outro dia se levanta às sete e quinze da manhã e, depois de tomar café com Cosette e levá-la de carro à colônia de férias (Vivales ficou na cama negociando com a ressaca), dirige-se a Egara. Ao passar pelo gabinete de Blai, ouve através da porta entreaberta a voz do antigo chefe da Unidade de Investigação da Terra Alta e bate na porta antes de espiar. Ali dentro, sentado diante de Blai, está o sargento Vàzquez.

— Entre — ordena o inspetor. — Chegou bem a tempo.

Algo ruim aconteceu, a expressão de seus dois superiores demonstra.

— Ontem à noite a prefeita me ligou de novo — comunica Vàzquez, sem rodeios. — Os bandidos entraram novamente em contato com ela.

— Por carta? — pergunta Melchor.

— Não — responde o sargento. — Desta vez foi por telefone.

— E?

— Já não querem só dinheiro.

Melchor espera Vàzquez completar, mas quem o faz é Blai:

— Querem que renuncie.

2.

— Ao vídeo da prefeita provavelmente assistimos no chalé de La Pleta de Bolvir, era ali que costumávamos ver o que gravávamos no estabelecimento da León XIII... Mas a verdade é que não me lembro de tê-lo visto até pouco tempo atrás. Pode ser que eu esteja enganado, mas não me lembro. Só sei que isso da prefeita aconteceu pouco antes de uma coisa que nos fez parar de ir atrás das garotas e de filmarmos com elas.

— Que coisa?

— Um incidente... que aconteceu... Na realidade, não tem nada a ver com o assunto.

— Tem a ver com você e seus amigos da Esade?

— Sim. E com as gravações da León XIII, mas...

— Então tem a ver com o que estamos falando.

— Eu não devia ter mencionado que algo aconteceu.

— Combinamos que você me contaria tudo.

— E vou contar, não se preocupe... Tem certeza de que não aceita um uísque?

— Tenho.

— Bom, vou me servir mais um pouco. E, antes de continuar, deixe-me dizer uma coisa. Uma coisa importante... Desde que cheguei aqui, eu me interessei por ler, estava sozinho, longe de Barcelona, e a única visita que recebi foi de Marga, duas ou três vezes, então praticamente não fiz outra coisa além de ler, ler, passar tempo na internet e ver tevê... Bom, pois faz pouco tempo, numa antologia de ensaios que comprei num supermercado, li uma frase que adorei. Não lembro quem é o autor, mas diz mais ou menos o seguinte: "Há tanta diferença entre nós e nós mesmos como entre nós e os outros". Algo assim... O que acha? Eu acho que é verdade... Achamos que somos únicos, mas somos multidão.

— Sua mulher me disse mais ou menos a mesma coisa.

— Hermínia? Você falou com ela?

— Anteontem. E disse algo parecido com o que você acabou de me dizer.

— O que ela disse?

— Que o fracasso o transformou em outra pessoa, uma pessoa diferente da que ela tinha conhecido. Que o envenenou.

— Tem razão. Hermínia quase sempre tem razão... Eu não sou a mesma pessoa que se casou com ela nem a mesma que estudou na Esade e ficou amigo de Casas, Vidal e Rosell e saía com eles sábado à noite em busca de garotas para levar à León XIII... Não sou. Tenho o mesmo nome e mais ou menos a mesma cara, mas não sou a mesma pessoa. Nem sou aquele sujeito, nem aquele sujeito era o que eu tinha sido até então, e a prova é que pouco depois de chegar à Esade abandonei meus velhos amigos de La Salle e não voltei a vê-los. Não é que tivesse muitos amigos, mas... Na realidade, acho que, naquela época, na época da Esade, eu almejada ser diferente, queria parecer com meus novos amigos, isso com certeza, queria me misturar com eles... Eu queria isso, ou meu pai queria e eu queria por ele ou ele queria por mim... Não sei se deu para entender... Coitado do meu pai, que morria de vontade de que eu fizesse parte da elite catalã a que meus amigos da Esade pertenciam, ou isso era o que eu achava, a elite que tinha a magia imortal e o verdadeiro poder do dinheiro, aquela gente que ele odiava e admirava porque era a única soberana, independente, os demais éramos só um bando de escravizados, e era isso que o meu pai não queria de jeito nenhum, que eu fosse um servo como os demais, queria que eu fosse um homem livre... Mas sabe, naquela época, em segredo, eu me sentia um impostor, também me sentia um canalha, sem dúvida, mas principalmente me sentia um impostor, um farsante, por isso agora sinto nojo do que eu era, me parece incrível que tenha querido ser assim, e por isso no fundo quase me alegro de precisar te contar essa história que não contei a ninguém, para ver se me livro de uma vez por todas daquilo que fui... Por isso e porque é a única possibilidade de que esses filhos da puta paguem pelo que fizeram... Ainda que eu saiba que é muito difícil de isso acontecer.

— Eu já disse que farei o que puder para que paguem.

— Essa gente nunca paga, sempre se livra, sempre fica de boa... É uma lei universal.

— Vamos ver... Diga-me uma coisa: em que ano você conheceu esses amigos?

— Em 2007, quando comecei a estudar na Esade. Por quê?

— Porque os delitos não prescreveram.

— Espero que paguem por eles. Espero que ferrem a vida deles como eles ferraram a minha... Mas não acredito que vá acontecer.

— Você ia me contar o que houve com a prefeita. Tinha me dito que foi um pouco antes de um incidente...

— Sim, deve ter sido no outono, no terceiro ano, o último que estudei na Esade. Com certeza foi antes das provas de dezembro, porque, quando começavam essas provas, eu parava de sair aos fins de semana e me trancava para estudar... Meus amigos também se trancavam, e com mais razão do que eu, porque eu não tinha disciplinas pendentes dos semestres anteriores, e eles, sim, principalmente Rosell, que sempre foi o pior aluno dos três. Então todos de fato tinham de estudar mais que eu...

"Naquela época, os hábitos do grupo, aqueles de caçadores de sábado à noite, tinham mudado um pouco... Vidal e Rosell estavam namorando Carme e Eva, garotas de boa família. Eles as conheciam desde sempre, e as duas costumavam jantar conosco e então ir à Sutton, na rua Tuset, pois a Up&Down tinha fechado no ano anterior, quando nós estávamos no segundo ano. Ao sair da balada, tentávamos nos livrar delas, mas nem sempre era fácil, às vezes conseguíamos e às vezes não... Quando conseguíamos, íamos à caça, mas os lugares que frequentávamos já não eram os mesmos. Continuávamos indo aonde nos parecia mais fácil pegar mulher e onde nos sentíamos mais seguros, principalmente a festas na periferia, mas também íamos a discotecas, barzinhos e *after hours* na Ciutat Vella, no centro, no bairro de Gràcia ou em Sants, locais que ficavam abertos até mais tarde, até o amanhecer ou até o meio-dia do dia seguinte, e onde a clientela era bem diferente daquela das festas da periferia... Daquela noite eu lembro que, depois que

Vidal e Rosell deixaram Carme e Eva em casa com alguma desculpa, combinamos de nos encontrar os quatro na Bikini, na Diagonal. Ali não caçamos nada, não era fácil para isso, então fomos de bar em bar pelo centro histórico, pela praça do Pi, a praça Real e a Rambla e, quando já estávamos resignados a voltar para casa sem nada, fomos até o Paralelo para tomar a saideira num boteco.

"Não me pergunte como se chamava porque só estive ali naquela noite e não lembro... Só lembro que ficava bem perto do velho teatro Arnau e que, quando chegamos, a porta já estava baixada até a metade. Também lembro que o local era pequeno e estreito, parecia uma lata de sardinha, e que a música estava alta... Ali dentro nos juntamos a um grupo, todos (ou quase todos) estudantes da Universidade de Barcelona, jovens de classe média, ainda que disso só tenhamos ficado sabendo mais tarde. Em seguida, Casas e Vidal notaram uma garota, ou talvez tenha sido ela quem os notou... A questão é que começaram a conversar e flertar enquanto Rosell e eu também nos entrosávamos com o grupo... Era tarde, o lugar em teoria estava fechado, aos poucos o pessoal começou a ir embora e, um tempo depois, no bar quase vazio e sem música, só restávamos nós quatro, a garota e uma amiga dela, que estava bastante bêbada e com a qual eu estava conversando havia um tempo. As duas pareciam dispostas a seguir conosco, mas nem sequer pensamos na possibilidade... Nunca tínhamos levado duas garotas ao mesmo tempo para a León XIII – afinal de contas, é muito mais difícil dominar duas mulheres.

"Então fizemos o que tínhamos feito outras vezes em situações parecidas... Era uma estratégia que tínhamos tão ensaiada que só precisávamos nos entreolhar para colocá-la em prática. Casas saiu com a garota e nós nos despedimos da amiga dela e fomos pegar o carro. Não precisamos esperar muito tempo... Em seguida chegaram Casas e a acompanhante, que não pareceu surpresa de nos ver ali, sozinhos e sem sua amiga. Perguntou por ela, e mentimos dizendo que tínhamos tentado convencê-la a ir junto, mas ela foi para casa porque estava cansada e tonta e já não aguentava mais. Então a garota entrou no carro sem nem perguntar aonde estávamos indo... Até aí, tudo mais ou menos normal, mais ou menos como em tantas outras noites. As garotas nunca ou quase nunca suspeitavam de nós, e ela também não tinha razão para isso. Quem podia imaginar que aqueles quatro boyzinhos perdidos no Paralelo, jovens, agradáveis e educados, representariam perigo para alguém...?

"O que nenhum de nós imaginava foi o que aconteceu em seguida.

"A garota se comportou com absoluta serenidade desde que entrou no estabelecimento da León XIII ou desde que entrou no carro conosco... Ao menos eu lembro assim, ela com domínio total de si mesma, como se não tivesse tomado um único drinque ou como se os que tomou não tivessem feito efeito."

— Vocês colocaram alguma coisa na bebida dela?

— Não. A ideia era fazer isso na León XIII e esperar. Era o protocolo que seguíamos quando as garotas não chegavam entregues, bêbadas ou drogadas e corríamos o risco de que a coisa se complicasse... A questão é que, enquanto meus amigos davam uma volta com a garota e preparavam o terreno, fui até meu esconderijo. Ainda não estava pronto para gravar quando, bem antes do esperado, eles entraram no quarto com as paredes forradas de pôsteres de roqueiros e estrelas de cinema, o quarto de sempre. Não me pergunte por que foram para lá tão rápido. Eu não sei... A única coisa que sei é que, segundo eles me disseram depois, a garota mal provou a bebida com Rohypnol. E também não me peça para entrar em detalhes sobre o que aconteceu depois, julgue por si mesmo quando assistir à gravação. Como eu estava dizendo, só me lembro de tê-la visto há pouco tempo, e realmente me parece estranha, pois, se por um lado é mais ou menos como as outras gravações que fiz – e é uma dessas coisas que dá profunda vergonha alheia, uma dessas coisas que se prefere nunca ter visto porque contaminam quem vê –, por outro essas imagens têm algo estranho, uma espécie de obscenidade, de escárnio ou de perversão a mais, um acréscimo penoso de degradação e indecência, além de – por que mentiria para você? –, algo excitante, algo tremendamente excitante... Talvez seja coisa minha, não sei, a questão é que, se eu fosse descrever numa única frase o que esse vídeo contém, diria que não é o estupro de uma mulher por três homens, mas o estupro de três homens por uma mulher... Eu sei que soa loucura, entre outras razões porque nas imagens não há nem rastro de violência, ao menos da violência que se costuma associar a um estupro. Mas você que é policial sabe muito bem que, para que haja estupro, não é preciso violência, basta que haja intimidação, e esse foi o sentimento que eu tive ao gravar e o mesmo que tive muitos anos depois, quando vi as imagens, ou voltei a vê-las. Estou me referindo ao sentimento de que aquela mulher intimidava meus amigos, de que, enquanto ela os beijava e os despia e os acariciava e os chupava e os incentivava a penetrá-la, meus amigos estavam paralisados, desconcertados, sem saber o que fazer exceto se deixar levar, exceto desfrutar mansamente do que estava fazendo com eles, que nem sequer eram capazes de olhar uns aos outros, de pronunciar palavra ou quase de se mexer sem que ela os guiasse, como se estivessem prestes a cair de um precipício ou fossem três palhaços que tiveram um lapso no palco, em plena apresentação, e que querem fugir dali, mas não sabem como... Enfim, eu nunca tinha visto algo parecido e nunca voltei a ver... Bom, adivinhe quem era a garota.

— Não me diga que era a prefeita.

— Surpreso?

— Um pouco. Acha que isso que você me contou também explica por que ela tem tanta preocupação de que alguém veja a gravação?

— Não sei. Mas, se eu fosse ela, não gostaria nem um pouco de que a vissem.

— E se você fosse algum de seus amigos? Eles não parecem se importar...

— Se eu fosse um desses amigos não gostaria que vissem nenhuma daquelas gravações, exceto essa... Essa não parece fazer diferença. Ali eles ficam como marionetes, por vezes como se estivessem enfeitiçados, mas nada de mais; parecem vítimas, não algozes. No caso dela, é diferente, julgue por si mesmo quando assistir ao vídeo. Qualquer coisa que eu contar é insignificante... Bom, tudo exceto uma coisa, que até então eu nunca tinha feito o que fiz aquela noite.

— O quê?

— Me masturbei enquanto gravava.

— Nunca tinha feito isso? Antes você não se excitava gravando os estupros coletivos?

— Não... Como eu tinha dito, pelo menos não como dessa vez ... Ou seja, até então, existia excitação, mas não era o sexo o que me excitava, era a violência. Não me excitava ao ver meus amigos fodendo aquelas desconhecidas, o que me excitava era vê-los fodendo aquelas desconhecidas que resistiam ou que nem tinham consciência de que estavam trepando com eles... Algo parecido. Mas daquela vez, com a prefeita, não foi assim, o importante naquela vez era o sexo, não a violência, por isso comecei a me tocar e acabei gozando na parede quase ao mesmo tempo que os meus amigos gozavam na prefeita... É a última coisa de que me lembro daquela noite... Não... Minto... Tem outra coisa: quando fomos embora, a prefeita pareceu surpresa por me ver outra vez. Já tinha amanhecido e, ao me reconhecer, ela sorriu em tom zombeteiro e perguntou: 'E você, onde tinha se metido?'.

"Durante a semana seguinte, nenhum de nós falou do que tinha acontecido na León XIII, ninguém mencionou a prefeita. O que era normal... Nós nunca falávamos daquelas farras de fim de semana, ou só falávamos delas quando nos fechávamos no chalé de La Pleta de Bolvir para ver os vídeos, coisa que, como eu disse, só acontecia de vez em quando, em sessões que podiam durar fins de semana inteiros e das quais não me lembro muito bem, ou só lembro como se fossem uma alucinação ou um sonho. No resto do tempo, estou dizendo, aquilo não existia, na realidade era como se ocorresse num tempo paralelo ou num planeta diferente, num lugar sem as mesmas convenções sociais... Essa era a impressão que eu tinha, isso é o que acho que meus amigos sentiam e, em certo sentido, talvez fosse verdade. O que não significa que o que acontecia nesse outro lugar não nos afetasse... Às vezes nos afetava, mas nos afetava de um modo particular, de forma lenta e sutil, quase secreta, que só com o tempo se fazia perceber.

"Para mim, foi que aconteceu com aquela noite... De cara, tudo continuou mais ou menos como antes, mas após as férias de fim de ano comecei a notar coisas estranhas. No começo não percebi ou não dei importância a elas, ou as atribuí ao acaso, até que compreendi que algo estava acontecendo... Não sei se eu já disse que esses amigos iam de carro para a Esade todo dia de manhã e que, quando me aproximei deles, começaram a me pegar no cruzamento do passeio da Bonanova com a via Augusta. De lá, pelo túnel de Vallvidrera, chegávamos a Sant Cugat em quinze minutos (até ali eu ia de metrô e descia na estação de Sarrià)... Bom, de repente Casas e Vidal começaram a ir a Sant Cugat separados, cada um em seu carro. Às vezes apareciam Vidal e Rosell sozinhos para me buscar no cruzamento do passeio da Bonanova com a Augusta, e às vezes quem passava para me buscar eram Casas e Rosell. Havia manhãs em que só Casas passava, ou Vidal, ou até mesmo Rosell, e outras manhãs em que eu seguia a Sant Cugat como fazia até me tornar amigo dos três, nos trens da FGC, depois caminhando até a Esade, onde, para piorar, Casas e Vidal começaram a se sentar separados na sala, pararam de ir juntos para todos os lados, se evitavam... E eu me via numa situação complicada, porque não sabia com qual dos dois ficar. Se me reunia com Vidal, sentia como se fosse desleal a Casas. Se me juntava a Casas, parecia que estava traindo Vidal... Rosell tinha o mesmo problema, ao menos eu acho, embora ele nunca tenha comentado comigo e eu nunca tenha comentado com ele, provavelmente porque nós dois intuíssemos que um problema não existe de verdade até ser nomeado e que, enquanto não é nomeado, só é um problema fantasmal, um falso problema... Não preciso dizer que aos sábados à noite deixamos de sair os quatro, de repente e sem nenhuma explicação terminaram as farras de fim de semana. No começo, várias vezes questionei o que estava acontecendo, mas não me respondiam ou me davam evasivas, imprecisões ou mentiras, até que parei de perguntar. Por fim, num sábado à noite antes da Semana Santa, voltamos a sair juntos. Não lembro quem, nem como se organizou a saída, mas a questão é que pensei que, fosse qual fosse o problema entre Casas e Vidal, tinha se resolvido.

"Que engano... A noite foi curtíssima. Durante o jantar, Casas e Vidal se engalfinharam numa dessas discussões absurdas que teorizam uma coisa quando salta à vista que na verdade estão discutindo outra, ainda que, tirando quem discute – e às vezes nem essas pessoas – ninguém saiba sobre o que exatamente... Rosell e eu tentamos intermediar, botar panos quentes, mudar de assunto, mas não teve jeito e, ao fim do jantar, o clima estava tão pesado que só Casas, Rosell, Carme e eu fomos à Sutton. Vidal foi embora com Eva, e eu não voltei a vê-lo até depois do feriado.

"Só então soube o que estava acontecendo... Foi Rosell quem me contou, numa tarde que voltávamos de Sant Cugat os dois sozinhos no carro dele. O que ele me disse me deixou atônito. Primeiro, perguntou se eu me lembrava da prefeita – não a chamou assim, claro, não sei como a chamou, mas eu lhe disse que sim, lembrava, como não ia lembrar... Então ele contou que, depois da noite em que a conhecemos e a levamos à León XIII, Casas e ela começaram a sair em segredo. Eu perguntei como ele sabia disso, e ele respondeu que o próprio Casas tinha lhe contado... 'É estranho, né?', me perguntou Rosell. 'Um pouco', eu disse, mas na verdade eu não tinha achado tão estranho. Rosell falou: 'Mas não para por aí'. Então ele me contou que, depois de sair várias vezes com a prefeita, Casas a deixou, mas depois de alguns dias ou semanas se arrependeu, voltou a ligar para ela e voltaram a sair... 'E é agora que vem a parte boa', disse Rosell. A parte boa era que, quando começou a sair com a prefeita pela segunda vez, Casas descobriu que Vidal e ela também saíram algumas vezes, ou talvez tenha sido a própria prefeita quem lhe contou... Ou seja, Casas soube que Vidal e a prefeita estavam saindo enquanto ele saía com a prefeita, de que tinham continuado juntos quando ele a deixou e que continuavam saindo então, quando ele voltava a sair com a prefeita... No começo, Casas não se incomodou, segundo Rosell até achou graça, pelo menos foi o que ele lhe disse. Mas, com o tempo, deixou de gostar da situação, principalmente porque era com Vidal que tinha de dividir aquela mulher e porque, além do mais, tinha certeza de que Vidal também sabia, ou seja, achava que os dois sabiam, mas nenhum dos dois tinha coragem de contar ao outro. Isso Casas não tinha dito a Rosell, mas para Rosell não havia dúvida... Eu não perguntei se Casas tinha falado do assunto com Vidal, muito menos se pensava que os dois estavam apaixonados pela prefeita: primeiro porque tinha certeza de que, se tivesse falado com Vidal, Rosell teria me contado; depois, porque me pareceu evidente. Mas naquela tarde, quando Rosell me deixou na parada de Sarrià e eu peguei o metrô para casa, estava convencido de que a amizade entre Casas e Vidal tinha se estraçalhado e de que, sem essa amizade, tudo ia ser diferente.

"Outro engano... Poucos dias depois, numa manhã em que eu tinha combinado a hora de sempre com Vidal e Rosell no cruzamento do passeio da Bonanova com a via Augusta, em vez de os dois aparecerem sozinhos, apareceram com Casas, como nos velhos tempos. Fiquei sem palavras, mas entrei no carro como se não tivesse acontecido nada, e como se não tivesse acontecido nada fizemos o trajeto até Sant Cugat e entramos na Esade. A partir daquela manhã, voltamos a ser inseparáveis, voltaram a camaradagem e as piadas e as risadas e as alfinetadas e a cumplicidade de antes, também entre Casas e Vidal, ou principalmente entre eles, que de repente pareciam se entender melhor que nunca. Sem que eu soubesse o motivo, o problema tinha desaparecido da noite para o dia, e nos dias que se seguiram eu perguntei várias vezes a Rosell o que tinha acontecido, mas ele sempre me respondeu que não sabia de nada e que tinha ficado tão surpreso quanto eu... Mais tarde soubemos, ou deduzimos, que Casas e Vidal tinham terminado com a prefeita, que os dois tinham deixado de vê-la quase ao mesmo tempo, mas eu nunca soube se isso foi coincidência ou se foi algum tipo de acordo entre os dois, que era o que às vezes eu achava. Outras vezes pensava o contrário. E outras não sabia o que pensar... A questão é que as águas voltaram ao curso, tudo voltou a ser mais ou menos como tinha sido até o aparecimento da prefeita, incluindo as farras de sábado à noite, incluindo as caçadas ao fim das farras de sábado à noite... Se bem que nada disso durou muito mais, as caçadas e as farras, acho que duraram mais um ou dois meses, no máximo. Depois paramos de ir ao estabelecimento da León XIII, pouco antes de começarmos a nos preparar para os exames de fim de curso..."

— E pouco depois do incidente que você tinha comentado, né? Que fez vocês não voltarem a caçar garotas e a se filmar com elas.

— Sim.

— Vai me contar o que foi?

— Eu já disse que não tem nada a ver com a prefeita.

— Eu vou decidir se tem a ver ou não. Se você não me contar, não há trato.

— Eu vou contar. Calma... Antes, quero contar uma coisa que lhe interessa mais... Aconteceu naquela época, e isso, sim, mudou tudo, pelo menos para mim, a começar por minha relação com esses amigos. Isso foi muito mais decisivo para o que lhe interessa. Lembra o caso dos cartões fantasmas?

— Cartões fantasmas?

— Foi assim que um jornalista o batizou. E assim ficou conhecido... Não ouviu falar?

— Vagamente.

— É incrível. Mas no fundo não sei por que me assombro, as coisas são assim... Um dia um escândalo estampa a primeira página dos jornais, enche noticiário da rádio e da televisão, satura as redes sociais, e no dia seguinte ninguém mais se lembra dele. Só quem foi destroçado e teve a vida destruída, claro... Essas pessoas, sim, lembram, essas lembram pra sempre. Mas as demais, a malta, não, essas esquecem de imediato, estão impacientes demais para pular no pescoço da próxima vítima.

— O escândalo afetou a prefeita?

— O dos cartões fantasmas? Não. Afetou meu pai... E a mim, tanto quanto a ele. Ou mais... Quer que eu conte como?

— Se tiver a ver com a chantagem à prefeita...

— Eu acho que tem a ver.

— Vá em frente.

— Tudo começou antes do meu último ano na Esade, não sei exatamente a data, talvez um ano antes ou até no anterior. A primeira faísca do caso se deu quando um jornal madrilenho publicou uns e-mails do gerente de um banco falando de uns cartões de crédito que, segundo o jornalista, serviam para cobrir gastos privados de executivos e conselheiros da entidade. Naquela época, acho que já te contei, meu pai era deputado no Parlamento de Madri, deputado socialista, e o partido o tinha nomeado conselheiro do banco, que era uma instituição com conselheiros de partidos e sindicatos de direita e de esquerda. Não estou falando de executivos, mas de conselheiros, ou seja, membros da administração, gente que tomava decisões estratégicas sobre caixa e tal: quanto investir neste ou naquele setor econômico, na saúde, coisas desse tipo... A questão é que, quando perguntei a meu pai por aqueles e-mails, ele disse para eu não me preocupar, que era verdade, que, como todos os demais conselheiros do banco, ele tinha um cartão para gastos profissionais e para gastos pessoais, mas que isso fazia parte de seu salário como conselheiro, que era uma prática habitual no mundo financeiro e que o vazamento dos e-mails e sua publicação na imprensa era só uma tentativa de desgastar o governo, que havia nomeado o diretor daquele banco, e de criar escândalo político-econômico onde não havia nenhum escândalo nem econômico nem político. Não se preocupe, ele repetiu. O assunto vai morrer na praia. Vão acabar nos pedindo desculpa.

"Não sei se ele se enganava ou se tentava me enganar... Meu pai, como eu já disse, não era banqueiro; era sindicalista, esse era o mundo dele. Não conhecia os esquemas do banco, suas práticas habituais ou não tão habituais, não sabia nada de tudo isso e pagou caríssimo por sua ignorância... Pouco depois dessa conversa, a Promotoria Anticorrupção pediu para um juiz do Tribunal Nacional investigar os setenta e oito gerentes e conselheiros que haviam usado cartões corporativos para cobrir gastos privados e, quase ao mesmo tempo, informaram que o banco estava quebrando. Fazia tempo que todo mundo sabia dos sérios problemas, mas então anunciaram que precisaria ser salvo com dinheiro público, que muitos clientes perderiam suas economias e que centenas de trabalhadores ficariam sem emprego.

"Assim começou o calvário do meu pai, que foi também o calvário da minha família e o meu. Esse foi o princípio do caos... Meu pai devolveu assim que pôde até o último euro que tinha gastado e jurou por tudo, a todos aqueles que lhe perguntaram, que ele não tinha cometido nenhuma irregularidade, que a gerência do banco lhes garantira que aqueles cartões haviam sido aprovados pelo governo, que eram regulados pela instituição e que, segundo lhe dissera o secretário, eram uma forma de pagar os conselheiros em espécie, que ele sempre tinha respeitado os limites de gasto que lhe impuseram e que tinha certeza de que o banco declarava imposto, porque assim lhe disseram os responsáveis técnicos.

"Jurou a todos aqueles que lhe perguntaram, por todos os meios, dos jornalistas que o interrogaram aos juízes diante dos quais teve de se pronunciar, mas em vão... Durante o verão do meu último ano na Esade, meu pai se viu obrigado a renunciar a todos os cargos, abandonou sua cadeira no Parlamento e foi expulso do partido. Meses depois, quando o julgamento terminou, foi condenado a dois anos e meio de prisão, ainda que só tenha cumprido dez meses... Tudo isso foi espantoso, mas não foi o pior. O pior foi o linchamento político... Como os acusados eram de todos, ou de quase todos, os partidos e sindicatos, o caso dos cartões fantasmas foi apresentado na mídia como demonstração flagrante da corrupção generalizada das elites políticas, econômicas e sindicais de uma democracia corrupta, e os acusados foram condenados pela imprensa muito antes de serem condenados pelo juiz. Ninguém estava interessado nas nuances, em distinguir entre os executivos do banco e os conselheiros, entre quem tinha usado os cartões de acordo com as instruções recebidas e quem tinha feito o que bem entendeu e os usado como deu na telha. Só se falava do dinheiro que um executivo tinha gastado em puteiros e outro torrara numa viagem de lazer a Bora Bora, como se todos os outros acusados tivessem feito a mesma coisa... Quanto a meu pai, já te contei que nos anos anteriores ele tinha ficado conhecido na Catalunha como carrasco da corrupção da direita nacionalista, então a mídia (sobretudo a mídia nacionalista e de direita, paga pelo governo nacionalista e de direita) exibiu sua condenação feito um troféu, símbolo insuperável da hipocrisia de uma esquerda que com uma das mãos denunciava o roubo e com a outra roubava.

"Foi uma fase terrível, a pior da minha vida, e olha que tive fase ruins... Eu me lembro, por exemplo, das duas vezes que acompanhei meu pai durante o julgamento no tribunal nacional. Uma multidão o esperava na porta - a ele e aos demais condenados que iam desfilando, quase todos depressa e cabisbaixos... Não sei quem era essa gente que esperava na porta - prejudicados ou supostos prejudicados pela quebra da caixa, imagino, ou simples curiosos, gente que não tinha nada pra fazer além de insultar e jogar ovos e tomates em meu pai e nos outros acusados, sei lá... Mas juro que não pareciam pessoas, pareciam bestas, hienas sedentas de sangue. Naqueles dias, aprendi uma coisa que nunca vou esquecer: não há nada mais perigoso que alguém que é ou se acha vítima. Ninguém se converte com mais facilidade em carrasco que uma vítima, supondo que aquelas pessoas tivessem sido vítimas mesmo. Me parecia que não estavam ali para pedir justiça, e sim para pedir vingança, e que não vociferavam e jogavam coisas nos acusados para envergonhá-los ou porque os desprezassem, e sim porque não tinham podido fazer a mesma coisa que os acusados tinham feito, a mesma coisa que imaginavam que eles tinham feito, e isso as deixava furiosas...

"Para piorar, minha mãe caiu numa depressão profunda desde que estourou o escândalo, e, pouco antes de o juiz decidir o caso, ela teve um AVC e foi internada, com a metade do corpo paralisado. Assim passou os anos que lhe restaram, deprimida, paralítica e sem sair de casa, primeiro sob meus cuidados e, depois, quando meu pai saiu da cadeia, sob os cuidados dele. Como pode imaginar, deixei a Esade... O que ia fazer? Minha mãe doente, meu pai primeiro condenado e perseguido e depois na prisão, minha família arruinada. Eu nem sequer tinha dinheiro para pagar a mensalidade... Não me pergunte se alguém me ajudou, por favor, porque vai me fazer rir. Nessas circunstâncias, ninguém te dá a mão, a menos que seja para acabar de te afundar. Meu pai tinha se transformado num leproso, um leproso do qual todo mundo queria distância. Dele e da família dele... E, mais que isso, não me pergunte se meus amigos me ajudaram... Eles podiam fazer isso, você dirá... Quem, senão eles, né? Eles e a família deles, que tinha a magia do dinheiro e o poder e poderia facilmente nos ajudar... Depois de tudo o que eu tinha feito por eles, podiam ao menos me perguntar se precisávamos de ajuda, demonstrar interesse... Se eles me perguntaram? Se quiseram saber de nossa situação? Do meu pai, da minha mãe, de mim? Não me faça rir... Claro que não... Óbvio que não... As pessoas são assim; os ricos, principalmente, são assim. Eu já disse que são feitos de outro material. Para eles, os outros são invisíveis, não existem, ou só existem em função dos interesses deles. Quando deixamos de interessar, deixamos de existir. Acabou. Se conheci você, não lembro. Ponto-final.

"Foi o que aconteceu... Ainda que meus amigos tenham ficado sabendo do caos desde o começo (não tinha como não ficarem sabendo, todo mundo ficou), não abriram a boca, não disseram palavra nem fizeram comentário, não moveram um único dedo por mim, nem sequer me ligaram ao ver que, em setembro, quando as aulas recomeçaram, eu não apareci na faculdade. Agiram como se não soubessem de nada, se comportaram, estou dizendo, como se eu não existisse, como se nunca tivesse existido... Como eu gostaria que pagassem por isso."

— Ingratidão não é crime.

— Não, mas deveria ser... De qualquer forma, não vão pagar nem pelos crimes.

— Isso nós vamos ver.

— Está tarde. Não está com sono?

— Não.

— Não está cansado?

— Não.

— Eu, sim.

— Temos que continuar.

— Está certo... Tudo bem... Me dê um minuto. Preciso ir ao banheiro.

3.

A prefeita os convocou às quatro da tarde no Botafumeiro, um restaurante de elite que fica bem no meio de um bairro popular: o bairro de Gràcia. A ideia de se encontrar longe da Prefeitura, porém, não tinha sido dela, e sim de Vàzquez, que não quer mais ficar pela região. "Quanto menos gente nos vir por aquele pulgueiro, melhor", disse o sargento. "Vai que algum espertinho fareja alguma coisa."

O Botafumeiro ainda está bem cheio quando chegam. Um dos dois guarda-costas da prefeita lhes avisa que a chefa não terminou, e, como não tem mais lugar no balcão, eles optam por esperar do lado de fora, sob o toldo azul que faz sombra na entrada do restaurante, ladeado por duas lâmpadas douradas em forma de incensário. Ali permanecem um tempo, abstraídos e em silêncio, contemplando a multidão que transborda das calçadas de Gran de Gràcia e o mar de carros, ônibus, motos, bicicletas e patinetes que sobe ruidosamente para a praça Lesseps; em meio àquele barulho, Melchor acredita, por um momento, adivinhar o pensamento de Vàzquez: sabe que está obcecado e nervoso pelo sequestro da mulher do traficante de Santa Coloma e, por um instante, volta a pensar nele no depósito de Molins de Rei, sentado no chão encharcado de sangue, com a cabeça da filha do traficante venezuelano no colo, a cara banhada em lágrimas e gritando a pleno pulmão, e sente vontade de lhe dizer que não foi ele quem falhou, que não se torture mais, que enquanto dura o remorso, a culpa persiste.

Nesse momento toca um dos telefones de Vàzquez, que o atende e se afasta alguns passos pela calçada ensolarada, abrindo mão da proteção do toldo do Botafumeiro.

— Era Verónica — informa mais tarde o sargento, de volta ao lado de Melchor. — A garota da imprensa. Quer nos ver em seguida.

— Nós dois?

— Nós dois. Combinamos aqui perto, no bar Roure. Vamos assim que terminar com a prefeita. Ela tem um escritório em Les Corts, mas vem para cá. Diz que também tem que falar com você. Vocês se conhecem, né?

Conhecem. Verónica é a assessora de imprensa do corpo e, alguns meses após os ataques fundamentalistas islâmicos de 2017, foi até a Terra Alta para lhe pedir um favor: a rede pública catalã de televisão estava preparando uma reportagem sobre os atentados, e os responsáveis queriam entrevistá-lo; é claro, ele apareceria de costas para a câmera, e os técnicos distorceriam sua voz até deixá-la irreconhecível; ela já havia falado com o delegado Fuster, que aprovara a proposta, desde que Melchor também a aprovasse. Melchor não aprovou. A assessora de imprensa insistiu: argumentou que naquele momento, com o chefe do corpo, o major Trapero, selecionado por um juiz da Audiência Nacional pelo papel exercido na tentativa de secessão do outono de 2017, e com a instituição completa deprimida e posta em xeque pelos acontecimentos que conduziram à declaração de independência de outubro daquele ano, a reportagem era fundamental para eles. Garantiu que nada poderia levantar mais a moral de seus companheiros que a lembrança de sua atuação nos atentados e que ninguém representava como ele o ponto alto daquela atuação. Sem sucesso: Melchor se recusou a aparecer na reportagem.

— Eu disse à Cosette que a buscaria às cinco — alega.

— Peça para alguém ir em seu lugar — diz Vàzquez. — O assunto é urgente. Foi o que Verónica disse.

Melchor telefona para Vivales, falam um momento sobre o jantar da noite anterior (o advogado conta que seus amigos foram embora ao amanhecer), e, pela segunda vez nos últimos três dias, lhe pede para buscar Cosette. Vivales aceita.

— Resolvido — diz Melchor.

A essa altura já tem lugar no balcão do Botafumeiro, que pouco a pouco vai esvaziando enquanto eles tomam um café. Em determinado momento, um assistente da prefeita os conduz até um ambiente reservado onde restam apenas dois garçons uniformizados que se apressam para liberar a toalha de uma mesa grande e alongada, escoltada por nove assentos acolchoados e sobrevoada por um lustre do qual pende um cacho de lágrimas de metal dourado. É uma sala sem janelas, com um grande espelho ao fundo e vários quadros de paisagens marinhas enfeitando as paredes forradas de papel grená. O assistente pergunta aos dois policiais se desejam tomar alguma coisa.

— Acabamos de tomar — responde Vàzquez.

Então o assistente pede aos garçons outro café para a prefeita, uma garrafa de água mineral e três copos, e indica para que Melchor e Vàzquez aguardem. Alguns minutos depois aparece a chefa.

— Me desculpem pela demora. — Ela os cumprimenta. — Fazia mais de duas horas que estava trancada com o pessoal da Câmara de Comércio e precisava de um tempo.

Aperta a mão de Vàzquez e retém a de Melchor, que recorda que, em sua entrevista inicial, a prefeita os tratava por "senhores".

— Anteontem eu não tinha ideia de quem você era — reconhece a mulher. — Se soubesse...

— Disse a alguém que esteve conosco? — alarma-se Vàzquez.

— Não se preocupe, sargento — a prefeita o tranquiliza. — De seu colega, quem me contou foi o delegado Vinebre, que fez a gentileza de me ligar para saber como andam as coisas.

A prefeita elogia a atuação de Melchor no atentado de Cambrils e, enquanto emenda dois ou três lugares-comuns sobre a crescente ameaça do terrorismo, Melchor sente que aquela mulher fala como se tivesse uma imensa admiração por ele, uma gratidão imensa, como se ele fosse naquele momento, para ela, a pessoa mais importante do mundo; de repente acredita que daí deriva grande parte de sua atração: não pelo que ela é, mas pelo que consegue fazer com que os outros acreditem que são para ela. Também recorda uma das coisas que Chicho Campà disse na véspera no terraço de Vivales: "uma mascarada. A pergunta é o que há por trás de todos esses disfarces. E a resposta é nada". A prefeita ainda não tinha terminado seu discurso anti-islamista quando chamam à porta: é um garçom, com o café e a água.

— Sentem-se, por favor — ela lhes pede.

Melchor e Vàzquez se ajeitam diante da mulher, que mexe em seu celular até que o garçom sai e os três voltam a ficar a sós. Então a prefeita entrega o aparelho ao sargento.

— Aí está o número que me ligou — diz. — E a hora. Vou lhes dizer a verdade: estou muito preocupada.

— Eu sei — garante o sargento, devorando a tela do celular com a vista.

— Não, você não entende — replica a prefeita. — Me deram dez dias para entregar os trezentos mil euros e renunciar. Se eu não fizer isso, vão divulgar o vídeo.

Vàzquez levanta a vista do celular.

— Dez dias? — pergunta.

— Até sábado — concorda ela. — Não o que vem. O outro.

O sargento mostra a Melchor a tela do celular.

— Parece ser um telefone público — comenta. — Escreva a Cortabarría e peça para ele identificar. Não, melhor não lhe diga nada... Eu faço isso. — Em seguida se vira para a prefeita: — Se tivéssemos grampeado seu telefone, tudo seria mais fácil.

Vàzquez logo tenta se explicar, fundamentar esse pedido, mas a mulher o corta de uma vez, ao que o sargento mostra a palma de suas mãos num gesto de desculpa. A prefeita anuncia:

— É preciso pagar tudo e liquidar esse assunto quanto antes.

— Pagando não liquidamos nada — objeta Vàzquez. — Eu já disse. E lhe peço que não fique nervosa. É o que os chantagistas querem.

— Não estou nervosa. Estou assustada.

— Eu sei — garante Vàzquez.

— Não volte a me dizer que sabe.

A réplica da prefeita provoca um silêncio embaraçoso. Vàzquez pisca várias vezes, faz ranger os dentes, tensiona o maxilar; Melchor volta a recordar o sequestro da mulher do traficante de Santa Coloma e, por um segundo, teme que seu companheiro estoure. Por sorte, a mulher retifica em seguida:

— Me perdoe. Já disse que estou assustada.

— Não se preocupe. — Vàzquez aponta para a xícara de café. — Tome isso e conte-nos do telefonema, por favor.

A prefeita inspira e expira profundamente, pega a xícara de café e toma um gole. Está usando um terninho marfim e uma camisa de seda lilás, uma corrente lavrada de cujo extremo pende um camafeu de ônix que lhe oculta o decote; salta à vista que, além de se refrescar, no banheiro retocou a maquiagem. Atrás dela, há um quadro de pescadores trabalhando em seus barcos sob um estranho crepúsculo prateado, enquanto um bando de gaivotas como uma esquadrilha de caçadas em miniatura plaina sobre o mar.

— Me ligaram ontem à noite — conta a prefeita. — Em casa. Era tarde, eu estava prestes a me deitar... Não costumo atender ao telefone se não identifico quem é, muito menos a uma hora dessas. Mas tive um pressentimento.

— Reconheceu a voz da pessoa que telefonou? — pergunta Vàzquez.

— Não.

— Era homem ou mulher?

— Mulher.

— Espanhola ou estrangeira?

— Espanhola.

— Alguma ideia da idade que podia ter?

— Nenhuma.

— Continue, por favor.

Num só gole, a prefeita termina o café.

— Tentei manter a calma — continua, cruzando as mãos sobre a mesa: mãos finas, ossudas, de dedos longos e unhas pintadas de roxo. — Disse a ela o que vocês me pediram para dizer. Que muita gente anda por aí afirmando que tem vídeos sexuais meus e ameaçando publicá-los. Como eu teria certeza de que ela tinha algo? Que só estava disposta a negociar se ela provasse. — Hesitou. — Sabe o que me respondeu?

— O quê? — pergunta Vàzquez.

— Disse que eu estava tentando enganá-la, que tudo o que tinha lhe dito era mentira e que ninguém tinha tentado me chantagear com vídeo sexual. Então provou que tem, sim, o vídeo.

— Como?

— Me contou o que há nele.

— Descreveu as cenas?

— E me disse quando e onde foi filmado.

— A mulher poderia saber tudo isso e não ter o vídeo.

— Sim. Mas ela tem.

— Tem certeza?

— Absoluta.

Vàzquez e a prefeita se encaram como se estivessem medindo em silêncio o intelecto ou a capacidade de resistência um do outro. Melchor compreende que verbalizar sua inquietação está dissipando o nervosismo inicial da mulher e devolvendo-lhe o prumo. Um dos celulares de Vàzquez vibra na mesa; o sargento dá uma ligeira olhada nele.

— Conte-me o que há no vídeo — pede.

Um pouco desconcertada, a prefeita se vira para Melchor e, em seguida, outra vez para o sargento. Então suspira, se serve um pouco de água e bebe. Melchor nota que as mãos dela não tremem.

— A gravação é de quando conheci meu ex-marido — diz a mulher.

— Quando foi isso? — pergunta Vàzquez.

— Faz quase vinte anos. Nós ainda éramos estudantes, eu estava terminando a faculdade, sou alguns anos mais velha que ele. Tinha ido jantar com uns colegas de curso e, como era sábado, saímos para beber e a noite foi se esticando. Em um bar apareceu Dani, tarde da noite. Estava com amigos. E, enfim, uma coisa levou à outra e acabamos num estabelecimento da família dele, pela avenida Tibidabo. Devem ter nos gravado lá.

— Como sabe?

— Porque a mulher me contou.

— A chantagista?

A prefeita assente.

— A senhora percebeu que estava sendo gravada?

— Claro que não.

— E seu marido?

— Não. Acho que não. Não sei. De qualquer forma, ele nunca me disse nada.

— Só gravaram a senhora e seu marido?

— Não.

— Quem mais estava com vocês?

— Eu já disse: amigos de meu marido.

— Que amigos?

A prefeita não responde de imediato; indecisa, volta a olhar para Melchor, como se buscasse nele refúgio ou escapatória. Não encontra uma coisa nem outra.

— Enric — diz por fim. — Enric Vidal.

Vàzquez também demora a reagir.

— O vice-prefeito? — pergunta, perplexo.

A prefeita volta a assentir.

— Era muito amigo de meu marido. — E acrescenta: — Assim como Gonzalo Rosell. O porta-voz do PP...

— Na Prefeitura.

— Sim.

— Rosell também era amigo do seu marido ou aparece na gravação?

— As duas coisas.

Vàzquez parece não acreditar no que está ouvindo. Evidentemente incomodado, pigarreia, e, de canto de olho, Melchor nota que se vira com discrição para ele, que evita fazer o mesmo.

— Mais alguém? — pergunta o sargento.

— Mais alguém o quê? — responde a prefeita.

— Mais alguém aparece na gravação?

— Não.

— Isso também foi a chantagista que lhe disse?

— Isso eu vivi, ninguém precisa me dizer. — De novo impaciente, a prefeita bufa, volta a cruzar e descruzar as mãos, fazendo-as voltear à altura da marina pendurada às suas costas. — Vejam, não me venham com melindres, pois são coisas de jovem — prossegue, dando por certo que todos sabem a que se refere. — No outro dia eu os adverti que à época fiz muitas bobagens, todos nós fizemos e, se alguém não fez, problema seu. Mas nada de mais. A questão é que...

— Não somos nós que damos importância — Vàzquez a interrompe. — É a senhora.

— É que para uma pessoa comum não tem importância — replica ela —, mas para mim, sim. Era o que eu queria dizer: que a carreira política de um homem pode sobreviver a uma gravação com essa, mas a de uma mulher, não. Muito menos se a mulher sou eu. Vocês não entendem?

O interrogante silencia o ambiente por alguns segundos, durante os quais Melchor volta a recordar o jantar da véspera na casa de Vivales: "E isso que agora defende a castidade", havia dito Manel Puig, referindo-se à prefeita, "o retorno à família tradicional e a necessidade de ter filhos para preservar a civilização cristã e que os muçulmanos não nos invadam e toda essa merda xenófoba". O sargento não parece muito convencido dos argumentos da prefeita e, após responder muito brevemente à mensagem que acaba de receber em seu celular, muda de assunto.

— Quanto tempo durou a ligação com o chantagista?

— A chantagista: era uma mulher — corrige a prefeita. — Quatro ou cinco minutos, não mais que isso. O suficiente para saber que não está blefando. E para outra coisa. — O sargento a interroga com o olhar. — Tive a impressão de que a parte da renúncia é só para me pressionar. Que não é o mais importante. Que o mais importante é o dinheiro.

— De onde tirou isso? — pergunta Vàzquez.

— Não sei. Do modo como aquela mulher falava, suponho. Não falava no mesmo tom das coisas. Foi o que me pareceu. Por isso acho que o melhor é pagar de uma vez por todas e negociar para que me entreguem a gravação em troca de dinheiro e me deixem em paz. Para as coisas não piorarem ainda mais.

Nas duas reuniões com a prefeita, Melchor se obrigou a manter silêncio e se concentrar em decifrar a linguagem não verbal. Agora, porém, não conseguiu se conter.

— As coisas não estão piorando — discorda.

A mulher o observa com menos interesse que espanto: aquela é a primeira frase um pouco mais articulada que vem dele.

— Há quatro dias, essa gente me pedia trezentos mil euros — recorda-lhe a prefeita. — Agora me pedem os mesmos trezentos mil euros e que deixe a prefeitura. Diga-me como as coisas não pioraram.

— Porque o mais provável é que, desde o começo, os chantagistas quisessem que a senhora renunciasse — explica Melchor.

— E por que não pediram antes? — pergunta a prefeita.

— Não sei — admite Melchor, mas arrisca: — Para desorientar. Para não dar pistas. Para que não suspeitássemos de sua identidade.

— É possível — apoia Vàzquez. — Também é possível que haja dois chantagistas diferentes: um que quer o dinheiro e outro que quer a renúncia. Isso explicaria a impressão que a senhora teve por telefone. E isso seria bom para nós, porque provocaria conflitos entre os chantagistas e nós poderíamos nos aproveitar disso. Diga-me, há alguém interessado em que a senhora deixe o cargo?

Na expressão da mulher, o interesse e o espanto de repente se transformam em incredulidade.

— Está de brincadeira? — pergunta, com uma risada um pouco forçada. — Tem alguma ideia de como funciona a política?

— Estou me referindo a alguém relacionado à gravação — indica Vàzquez.

O riso da prefeita congela, e ela leva a mão direita ao camafeu de ônix e o acaricia com a ponta do indicador e do polegar, deixando vislumbrar por um segundo a profundidade do desfiladeiro que separa seus seios.

— Não sei — afirma, soltando o camafeu.

— Mas eu gostaria que esclarecesse algo — volta a intervir Melchor. — Se seu marido e dois amigos participaram da orgia, quem gravou?

Como se não tivesse entendido a pergunta ou precisasse de tempo para processá-la, a prefeita o faz repetir; Melchor a reformula, substituindo a palavra "orgia" pela palavra "festa".

— Havia outra pessoa — diz a prefeita. — Outro amigo do meu marido. Fazia parte do grupo, mas não participou daquilo.

— Ele pode ter gravado? — indaga Vàzquez.

— Pode ser — reconhece. Ninguém entra no ambiente, mas ela olha para a porta e permanece um momento com a vista ali. Depois, dirigindo-se outra vez aos dois investigadores, continua: — Não sei quem era, só estive com ele naquela noite, Dani nunca me falou dele, que eu lembre... — Estende os braços num gesto resignado ou impotente. — Enfim, insisto em pagar.

— Não descarto isso — aceita Vàzquez. — Mas talvez seja cedo. Veja, como sabe, os chantagistas nos pedem que paguemos com moneros, e o pessoal de Delitos Econômicos garante que, assim, temos chance de pegá-los. Não é certeza, mas a chance existe. De qualquer forma, deveríamos esgotar outras alternativas.

— Por exemplo?

O sargento mostra o número do chantagista na tela do celular da prefeita e, enquanto o anota, diz:

— Vamos ver se isso dá em alguma coisa. — Devolve o aparelho à mulher e acrescenta: — Claro que, se tivéssemos grampeado seu telefone...

— Não insista — ela o interrompe. — Não vai me convencer.

A prefeita consulta o relógio.

— Mais alguma coisa?

— Sim — intervém outra vez Melchor. — Como é sua relação com seu ex-marido hoje?

Os olhos da prefeita o fuzilam com um misto de estranheza e contrariedade, como se tivesse acabado de ter uma imensa decepção. Em seguida, inesperadamente, lhe dirige um sorriso encantador.

— Nós nos damos bem — garante. — Muito bem, eu diria. Passamos cinco anos casados, temos uma filha, nos damos bem. Foi uma separação de comum acordo.

Dizendo para si que três afirmações equivalem a uma negação, Melchor pergunta:

— E com Enric Vidal?

— O que tem?

— Também se dá bem com ele?

— Também.

— Não é o que dizem.

A mulher dá de ombros sem deixar de sorrir.

— Não acredite em tudo que o dizem por aí — recomenda. Após uma pausa, anuncia: — Bom, preciso ir.

Ela se levanta, e os dois policiais a seguem.

— É melhor a senhora sair primeiro — aconselha Vàzquez, que se despede com um aperto de mão. — Não convém que nos vejam juntos.

— Como quiserem. — Ela se despede também de Melchor, vai até a porta, segura a maçaneta e olha para os dois. — Lembrem que só restam dez dias.

— Não se preocupe — diz Vàzquez. — Confie em nós.

A prefeita volta a assentir.

Assim que a mulher sai, Melchor solta:

— Vidal está metido no assunto.

— O quê? — pergunta Vàzquez, piscando muito.

— O vice-prefeito está extorquindo a prefeita — esclarece Melchor. — Ou está envolvido com os que a estão extorquindo.

— Como você sabe?

— Eu não sei, mas intuo. E a prefeita também. Por que acha que encomendou o caso primeiro a uns detetives e depois a nós?

O sargento volta a se sentar e, após alguns segundos de silêncio, parece se dar conta.

— Claro — diz. — Se não intuísse que Vidal está envolvido, ela teria encomendado o caso à sua gente.

— Exato. Encomendou a nós porque não confia neles. E não confia neles porque pensa que seu chefe está no meio.

Vàzquez dá um murro na mesa e dois copos vazios caem sobre a toalha.

— Puta que pariu — resmunga o sargento. — É verdade.

— Ou pelo menos é possível — modera Melchor, levantando um dos copos. — Eu acho que a prefeita só suspeitava, mas agora tem certeza.

— Por que diz isso?

— Pela cara que fez quando você perguntou se alguém que aparece no vídeo está interessado na renúncia dela. Foi aí que ela atinou.

Como se pensasse em voz alta, Vàzquez conclui:

— Ou seja, que o próprio vice-prefeito quer a renúncia dela.

— Se está no meio, com certeza.

— Não estamos alucinando? — reconsidera de repente o sargento. — Não estamos vendo coisa onde não há?

— Claro que não — insiste Melchor. — Há quem pense que Vidal queira substituir sua chefa. E tem boas razões para pensar isso. É possível até que o ex-marido, que também aparece na gravação, esteja interessado na renúncia.

— O que significa que talvez o ex-marido também seja um dos bandidos — raciocina o sargento, abandonando seu efêmero papel de advogado do diabo.

— Talvez. Afinal de contas, ele e Vidal são amigos da vida toda. Assim como o outro. Como se chama?

— Rosell. — Os dois policiais fazem silêncio, e Melchor nota que a bochecha esquerda de Vàzquez treme de forma quase imperceptível, como se tivesse disparado um tique. — Tem algo que não encaixa

— admite o sargento. — Se a prefeita intuía desde o começo que Vidal está metido no assunto, por que não nos disse? Por que não nos diz agora? Por medo? Vidal e sua gente não têm rodeios, isso é certeza. Mas...

— Não sei — admite Melchor. — Seja como for, precisamos falar com ele quanto antes.

Vàzquez arregala os olhos.

— Com Vidal?

— Com ele, com o ex-marido e com o outro.

— Para saberem que estamos atrás deles? Nem pensar.

— Não têm por que saberem que andamos atrás deles. Só que andamos atrás de quem está extorquindo a prefeita.

— E se os que estiverem extorquindo a prefeita forem eles?

— É um risco. Prefiro perder o segredo e ganhar uma boa conversa com esses três.

— Lembre-se de que há um quarto homem. Por mais que ainda não saibamos quem é.

— Com esses quatro, então.

Vàzquez parece refletir: tem o maxilar tenso e, sob as olheiras de cansaço ou insônia, a bochecha esquerda continua tremendo.

— Tenha paciência — diz a Melchor, recusando sua proposta. — Vamos explorar primeiro esse caminho.

— Pelo menos vigiemos esses três.

— Está louco? Não tenho gente nem para o básico e vou pôr gente para trabalhar nisso?

— Peça a Blai. Ele fornecerá. Eu me ocupo de Vidal. Encarregue alguém para ficar de olho nos outros dois.

Vàzquez não se dá tempo para pensar na proposta de Melchor.

— Bom, vejo isso depois. — Levanta-se da cadeira. — Vamos, Verónica deve estar cansada de esperar.

O encontro é no Roure, um bar tradicional próximo ao Botafumeiro. Então, depois de sair outra vez para a confusão de Gran de Gràcia e de caminhar alguns metros até a Diagonal, viram à primeira direita e seguem até a pracinha onde fica o estabelecimento. Não avistam a assessora de imprensa entre os escassos casais que conversam sob os velhos ventiladores - uns artefatos aposentados como instrumentos de refrigeração e reciclados como relíquias que dão crédito à antiguidade do local -, mas, ao passarem pelo balcão repleto de aperitivos tradicionais, a notam sentada ao fundo do salão, balançando os braços para chamar a atenção deles.

— Que coincidência, Vàzquez! — Verónica se dirige ao sargento, mas aponta para Melchor. — Fazia tempo que eu queria falar com esse cara, aí ligo pra você e estão juntos. — Dá um par de beijos nas bochechas de cada policial e, enquanto abre espaço em sua mesa transbordante de papéis, acrescenta: — Sentem-se, por favor. E desculpem a bagunça: é que eu ando sempre carregando meu escritório.

É uma mulher de trinta e tantos anos, miúda, morena e vivaz, veste jeans gasto e camiseta verde escura, o cabelo está preso num coque e gesticula profusamente com seus braços de bailarina. Mal se sentou diante dos dois policiais, aparece o garçom. Melchor e Vàzquez não pedem nada; ela, que acabou de tomar um pingado, pede outro.

— Bom, conte-me. — Agora Verónica se dirige a Melchor com um sorriso sem reservas. — O que faz em Barcelona?

— Estava com saudade de nós — brinca Vàzquez.

— Mesmo? — pergunta Verónica.

— Só vim emprestado para um caso — explica Melchor. — Vou ficar pouco tempo.

— E vai voltar à Terra Alta? — pergunta Verónica.

Melchor assente. A assessora de imprensa bufa e demonstra uma expressão de tédio infinito.

— Não entendo o que você vê nesse lugar, rapaz. Já esteve lá, Vàzquez?

— Não.

— Olha, não está perdendo nada. É o fim do mundo! — Tentando se amistar com Melchor, especifica: — Ah, não digo que não sirva para um fim de semana romântico, hein? — Em seguida, corrige: — Claro que, para um fim de semana romântico, até um bunker serve... Mas pense em como você se divertiria aqui em Barcelona. Além do mais, nós o trataríamos superbem. Você sabe, né?

A chegada do garçom poupa Melchor da resposta. Sem deixar de ponderar as vantagens que a transferência à capital lhe traria, Verónica tira da bolsa uma caixinha de stevia, coloca no café dois comprimidos do tamanho de uma lentilha, devolve a caixinha à bolsa e mexe o café com uma colherinha.

— Enfim, o assunto é: você conhece Isaki Lacuesta? — Melchor faz que não. — Não viu nenhum filme dele? — Diante da incredulidade de Verónica, Vàzquez também diz que não. — Vocês não sabem o que estão perdendo, queridos. É um diretor fantástico, que faz uns filmes fantásticos... Enfim, não tenho palavras. Eu o conheci na pré-história, quando trabalhava no *Diari de Girona*. Tivemos um rolo e tal. Nada sério, infelizmente. Bom, sem mais detalhes. — Passa a mão pelo rosto, como num passe de mágica ou num passo de flamenco. — Resumindo, ele quer rodar um filme sobre os atentados de 2017.

Talvez tentando avaliar a reação de Melchor, Verónica faz uma pausa e toma um gole de sua bebida. O policial não move um único músculo da face.

— Mas, claro — termina a assessora de imprensa —, só vai fazer isso se puder contar com você.

Melchor ensaia um sorriso cortês.

— Eu já disse que não quero aparecer na televisão — recorda.

— Mas não é para a televisão, rapaz! — exclama Verónica, pegando a mão dele e dando-lhe tapinhas. — É para o cinema. Vai ser um documentário, nada inventado. E será fantástico. Você vai ver. Você não conhece Isaki, é um craque, se alguém pode transformar essa história em algo incrível, é ele.

Verónica empreende um elogio apaixonado ao cineasta e pondera a importância que o filme pode ter para a corporação ou para o moral da corporação: repete, refinados e atualizados, os argumentos que esgrimou anos atrás, quando tentou convencer Melchor a aparecer na reportagem da televisão catalã. Acrescenta outro: com os anos, Melchor se converteu num símbolo "transversal e suprapartidário" do melhor que a polícia catalã pode dar de si.

— Você não entende? — insiste Verónica: havia soltado a mão de Melchor, mas volta a segurá-la. — Há garotos que chegam à academia de polícia e a primeira coisa que fazem é perguntar por você.

— Não brinca — diz Vàzquez, cujo tique facial se acelerou.

— É verdade — reafirma Verónica, dando outro tapinha em Melchor. — E isso precisa ser aproveitado. Depois de tudo o que padecemos nesses anos...

A responsável volta a insistir, como se estivesse diante da última oportunidade de convencer Melchor. Ainda não esgotou seus argumentos quando Vàzquez a interrompe, apontando para o companheiro.

— Se for fazer um boquete nesse aí, me diz e eu os deixo a sós, hein? Tenho mesmo muito trabalho.

— Estou falando sério, Vàzquez — repreende Verónica.

— Eu também — garante Vàzquez.

Verónica dá risada enquanto simula afastar o comentário do sargento ("Você está com ciúmes, moço"), mas leva um segundo para recuperar a seriedade, toma outro gole do café e reinicia a ofensiva.

— Tem outra razão para você aceitar — dirige-se outra vez a Melchor. — Você poderia dar sua versão dos fatos.

— Eu já dei ao juiz — diz Melchor.

— Não estou me referindo só aos fatos do atentado — esclarece Verónica. — Mas aos fatos em geral.

Melchor, então, a encara sem entender. A mulher apoia o tórax na borda da mesa, e seus peitos se derramam sobre a superfície de madeira. Vàzquez luta em vão para impedir que seus olhos se dirijam a eles. A assessora de imprensa pergunta a Melchor:

— Não me diga que não leu o último romance de Javier Cercas.

O interpelado está prestes a se desculpar, com o argumento de que não lê romances atuais, quando Vàzquez intervém:

— Que romance?

— Não acredito — suspira Verónica. — Vocês não veem os filmes do Isaki nem leem os romances que falam de vocês. Em que mundo vivem, meus queridos?

Vàzquez repete a pergunta.

— Um que fala do Melchor — explica Verónica. — Bom, do Melchor ou de um cara que tem o nome Melchor e se parece bastante com Melchor... O título é *Terra Alta*. Sério que não ouviram falar disso? — Os dois policiais mantêm um silêncio um pouco envergonhado, e a mulher prossegue, dirigindo-se ao sargento: — Cercas diz que se baseou na história de Melchor, mas também diz que tudo o que conta no romance é falso, que inventou a história do começo ao fim. Mas há quem diga que isso é mentira e que é tudo verdade, ou seja, que seu colega aqui contou sua história a Cercas e que ele não fez mais que escrevê-la. Você conhece esse cara, Melchor?

Melchor garante que não.

— Porra, que confusão — diz Vàzquez, coçando a careca.

— Viu? — reitera Verónica. — Por isso também seria bom que você ajudasse Isaki a fazer o filme dele: para desmentir o que é mentira e confirmar o que é verdade. No livro do Cercas, quero dizer. Porque alguma coisa deve ser verdade, né?

Melchor não responde.

— Estou ficando tonto — reconhece Vàzquez. — Se não estivesse em serviço, tomaria uma agora mesmo. — Impaciente, um pouco irritado, acrescenta: — Diga-me, Verónica, era só para isso que queria falar conosco?

Endireitando-se na cadeira, a mulher volta a suspirar, pede a Melchor que repense a oferta e alisa a camiseta, que acabou amassada pelo contato com a mesa.

— Não, meu bem, essa é a parte boa. — A assessora de imprensa termina o café e pergunta, direta: — Vocês estão investigando uma chantagem à prefeita?

O sargento tem um sobressalto.

— Quem disse isso?

— Roger Galí — responde Verónica. — Um jornalista do *Ara*. Não me pergunte de onde tirou a informação, porque não tenho ideia. A única coisa que me disse é que correm rumores de que estão chantageando a prefeita com um vídeo sexual e que vocês estão atrás dos responsáveis. É verdade?

— Puta que pariu — xinga Vàzquez. — Só faltava essa.

— É verdade ou não é verdade? — insiste Verónica.

— Claro que é verdade, porra. O que não entendo é como isso chegou a um jornalista. A menos que...

— A menos que alguém tenha nos visto entrar na Prefeitura na segunda-feira e tenha começado a bisbilhotar — conclui Melchor.

— Merda — lamenta-se o sargento.

Há um silêncio.

— Vai ver é só um teste — supõe Melchor. — Vai ver tem alguém interessado em lançar o tema. Ou em nós sabermos que pode lançá-lo.

A hipótese paira enquanto Melchor e Vàzquez trocam olhares. Verónica pergunta:

— Posso saber em que diabos vocês estão pensando?

O sargento responde com outra pergunta:

— O que você disse ao jornalista?

— O que queria que eu dissesse? A verdade: que não tinha ideia. Que ia tentar descobrir. Que depois lhe diria algo.

— Você precisa detê-lo — pede Vàzquez. — Se ele publicar essa informação, acaba conosco. Se os criminosos descobrirem que estamos atrás deles...

— Farei o possível — promete Verónica. — Mas não vai ser fácil. Para variar, o *Ara* está em decadência, dizem que a ponto de fechar, só que agora parece que é sério. Então uma exclusiva como esta lhes cairia muito bem.

— Você precisa detê-lo — repete Vàzquez. — Dê um jeito.

— Vou dar — assente Verónica. — Mas se apressem, por favor, pois a coisa está fervendo. E, milagres, só no Vaticano. Vocês entendem, né?

Vàzquez também assente. Vagamente satisfeita, Verónica observa por um segundo o caos de papéis que reina na mesa e parece um pouco perdida, como se não soubesse por onde começar a cumprir sua promessa. Vàzquez aproveita a indecisão para anunciar:

— Bom, se não tem mais nada, vamos embora. A água bateu na bunda, e tenho que voltar para Egara voando.

Encerram e, enquanto os dois policiais saem no calor das seis da tarde, Verónica paga o que consumiu. Eles se despedem na praça, onde a assessora de imprensa estacionou sua moto. Com o capacete na mão e a postos, Verónica recupera o bom humor com que os recebeu. Ao fim, volta a falar de Isaki Lacuesta e pede a Melchor que reflita sobre o projeto.

— Em setembro, eu te ligo ou vou te ver na Terra Alta — anuncia. — Capaz de eu me animar e até aparecer com um peguete. Está solteiro, Vàzquez?

— E sem compromisso — responde, em seguida, o sargento.

Verónica pisca para Melchor e coloca o capacete.

— Então capaz que eu vá te ver com esse machão. — Ela ri. — Enquanto isso, não se esqueça de mim.

Vàzquez lhe responde que não se esqueça deles e, enquanto a vê se afastar Riera de Sant Miquel abaixo, comenta:

— Simpática, né?

Ao entrar em casa, encontra Vivales lendo um calhamaço de documentos e Cosette brincando com uma colega da colônia de férias, uma menina chamada Sandra que usa aparelho fixo e cuja mãe é bonita e animada a ponto de não passar despercebida entre a confusão da entrada e da saída da colônia. A mulher aparece para buscar Sandra pouco depois, e o policial conversa com ela por alguns minutos. Depois, enquanto Cosette se distrai vendo um pouco de televisão, Melchor prepara o jantar com Vivales e, quando termina, deixa a filha e o advogado jantando sozinhos e vai caminhando até La Dama, um restaurante escondido num velho edifício modernista da Diagonal.

Uma garçonete o acompanha ao salão em que Rosa Adell o espera sentada num sofá de veludo vermelho, com um martíni na mão. Eles se cumprimentam com um beijo, e Melchor se senta diante da amiga enquanto a garçonete lhe pergunta se deseja algo. Pede uma Coca-Cola e, quando a funcionária se retira, comenta:

— Você não deveria ter reservado num lugar tão caro.

— Quem paga manda — alega Rosa.

— Há algo para comemorar?

A mulher ergue o martíni num brinde solitário, toma um gole e pergunta:

— Que tal a volta para casa?

— Barcelona não é minha casa — corrige Melchor. — Minha casa é a Terra Alta.

Rosa sorri. Estão sentados ao fundo de um elegante salão. Atrás de Melchor, um casal de elegantes idosos japoneses janta; à esquerda se abre uma janela sobre a Diagonal, embora as cortinas só deixem transparecer uma luminária disforme. Rosa Adell veste uma blusa branca de algodão, com um broche preto que representa uma águia com asas abertas: o logotipo da gráfica Adell; pôs uma pincelada discreta de cor em seus lábios carnudos e em seus olhos profundos e amendoados, e a luz de uma arandela às suas costas empresta à sua pele madura um tom dourado. Olhando para ela, Melchor se sente muito sortudo de ter aquela mulher bonita, culta e educada como amiga, e de que tenha relegado os compromissos que a levaram a Barcelona para jantar com ele, um simples policial quinze anos mais novo que ela. Também pensa aquilo em que pensa com frequência quando a vê: que Rosa tem a mesma idade que Olga teria se estivesse viva.

— E que tal a cidade grande? — pergunta ela.

Melchor explica como possível por que está em Barcelona, a garçonete traz a Coca-Cola e dois cardápios, e Rosa lhe pede com um gesto outra taça de martíni. O pedido estranha Melchor. Rosa bebe álcool, mas muito pouco e quase sempre vinho, e o policial se pergunta se pediu dois coquetéis antes da comida porque precisa de coragem. Para quê? Também se pergunta se ela descobriu alguma coisa desde sábado ou se aconteceu algo (algo relacionado com seu ex-marido ou com Salom, por exemplo; algo relacionado com o caso Adell ou com os culpados pelo caso Adell) e se esse é o real motivo do jantar.

— E você? — pergunta Melchor.

— Eu o quê?

— O que está fazendo aqui?

A mulher suspira com um ar entre entediada e cansada.

— Coisas de trabalho — responde.

Enquanto dividem o primeiro prato (anchovas de Santoña e *zamburiñas* gratinadas), Rosa fala de um romance de Don Winslow intitulado *O cartel*. É um costume deles: leitora de romances contemporâneos (sobretudo policiais), Rosa tenta contagiar Melchor com seu entusiasmo por alguma obra. Sem muito sucesso. Após a morte de Olga, os gostos literários de Melchor experimentaram uma espécie de regressão, e desde então o policial voltara a se alimentar exclusivamente de romances do século XIX, como antes de conhecer Olga. Nunca disse a Rosa que, para histórias policiais, seu trabalho é mais que suficiente e se esforça para escutá-la, também sem muito sucesso. Então, enquanto ela fala do agente da DEA Art Keller e do imperador do tráfico Adán Barrera, Melchor se distrai pensando na chantagem da prefeita, mas só repara que foi para longe quando surpreende Rosa Adell espiando-o com um meio-sorriso.

— No que estava pensando? — pergunta-lhe Rosa.

— Em nada.

— É impossível não pensar em nada. Além do mais, ninguém lhe disse que você mente muito mal?

"Claro", está prestes a responder Melchor. "Olga."

Mas não responde.

Chegam os segundos pratos (também os dividem: robalo mediterrâneo com *ratatouille* e vieiras com purê de couve-flor e caldo de carne), e, enquanto Rosa começa a porcioná-los, Melchor pergunta:

— Você conhece a prefeita?

— A de Barcelona?

Melchor assente.

— O caso tem a ver com ela? — pergunta Rosa, por sua vez.

— Que caso?

— Como que caso? O que o trouxe para cá, o caso no qual você estava pensando enquanto eu falava de *O cartel*.

Sem deixar de servir, Rosa olha para ele com ironia.

— Você a conhece ou não? — insiste Melchor.

— Uma vez almocei com ela. Numa reunião de empresários, algo assim. Eu tinha acabado de assumir a gráfica Adell.

— E?

A resposta só chega depois de que Rosa degustou o robalo.

— Francamente, me pareceu uma embromeira.

Melchor recorda Chicho Campà e pergunta:

— Isso significa que só diz o que as pessoas querem ouvir?

— Mais ou menos. E que não tem nada sério para dizer, mas o diz muito bem. São os segredos do sucesso na política, né?

Depois a conversa deriva a Cosette e às quatro filhas de Rosa, todas bem mais velhas que Cosette e todas independentes, mas todas assíduas da casa familiar na Terra Alta. Também esse é um tema de conversa frequente entre eles e, ainda que lhe interesse mais que os romances policiais, Melchor precisa se esforçar para não devanear outra vez. Só então repara que nunca viu a amiga tão contente desde que a conheceu, justo no dia seguinte ao assassinato de seus pais, no escritório de seu marido. Ele se pergunta se Rosa começou a vencer a infelicidade que cinco anos atrás se abateu sobre ela; então se pergunta se ele também está começando a vencer a tristeza e, como se já soubesse a resposta, aproveita a primeira chance de lhe dar uma notícia: assim que abrir uma vaga de bibliotecário na Terra Alta, ou nos arredores da Terra Alta, vai se candidatar.

— Se conseguir, deixo a delegacia — garante Melchor.

Rosa o observa, surpresa. Sabe que faz três anos que Melchor estuda biblioteconomia, mas sempre pensou que o fizesse por hobby ou pelo mesmo motivo que vai, a cada sábado, pôr flores frescas no túmulo de Olga: como uma forma de prolongar a lealdade à sua esposa morta. No entanto ela nunca havia imaginado que ele tivesse a intenção de trabalhar como bibliotecário.

— Tem certeza?

— Absoluta.

Também dividem a sobremesa: uma tarte tatin.

Assim que saem do restaurante, Rosa se pendura no braço de Melchor e lhe pede que a acompanhe. Tomou quase uma garrafa inteira de vinho (um verdejo de Rueda recomendado pelo sommelier), mas não está bêbada, ou não parece. Caminham pela Diagonal, viram à direita no passeio de Gràcia e descem em direção ao mar. A noite é cálida, e a conversa flui com facilidade entre ambos. Em algum momento, Melchor pensa que a intuição lhe falhou e que a amiga não o convidou para jantar a fim de lhe dar uma má notícia.

Não se engana. Rosa Adell se detém à entrada do hotel Majestic, no chanfro da esquina do passeio de Gràcia com València.

— Eu fico aqui — adverte.

Um pouco admirado, Melchor olha a fachada do hotel, com seus três arcos de pedra ladeados de grandes vasos metálicos com ciprestes-anões e sua marquise modernista de ferro e vidro. Não tem ninguém por lá, só o porteiro negro, com chapéu-coco e libré, perambulando com as mãos às costas, fingindo não reparar neles. Melchor dera por certo que desceriam ao apartamento das filhas de Rosa, na rua Pau Claris, onde ela costuma pernoitar quando visita Barcelona.

— Não vai dormir com suas filhas? — pergunta.

— Não — responde Rosa. Seus lábios se dobram numa careta travessa, quase infantil, enquanto desce a vista até os hexágonos enfeitados com motivos florais que pavimentam a calçada. — A verdade é que eu não estou em Barcelona a trabalho. — Levantando a vista, acrescenta: — Eu menti. Na verdade, vim ver você.

Então se aproxima de Melchor e, como uma adolescente apaixonada, indiferente à agitação metropolitana que os rodeia, pega suas bochechas, busca sua boca e o beija. Quando se separa dele, seus olhos brilham na noite iluminada.

— Quer subir? — pergunta ela.

Melchor compreende então que aquela é a notícia que Rosa tinha guardado, a última notícia sobre o caso Adell, e compreende também que Rosa bebeu para lhe contar. Desvia o olhar e encontra o do porteiro, que de imediato afasta o dele. Então olha outra vez para Rosa. "Olga está morta", lê em seus olhos. E também: "Morreu faz cinco anos". E também: "Eu estou viva". Melchor compreende que Rosa tem razão. De repente, recorda: "Enquanto dura o remorso, a culpa persiste ".

— Não posso — ele se ouve dizer. — Não ia funcionar. Eu ia te decepcionar. — Ele se cala, hesita um momento e acrescenta: — Além do mais, você merece algo melhor.

Logo que diz isso, lamenta ter dito, porque sente que, para Rosa, aquelas palavras equivalem a uma injúria acrescentada à injúria da negativa; contudo, não sabe consertar. A proprietária da gráfica Adell suspira e volta a sorrir.

— Melhor que você não existe, Melchor — diz ela, e seus olhos já não brilham como antes. — Mas talvez você tenha razão. Eu não deveria ter proposto.

Rosa lhe dá boa-noite e segue para o hotel. Ainda não entrou quando, passando pelo porteiro, se vira para o policial, que permaneceu imóvel no chanfro, observando-a se afastar. O porteiro olha para eles como que preso entre dois fogos.

— Posso dizer uma coisa? — pergunta a mulher.

Para alívio do porteiro, Rosa dá alguns passos, se afasta dele e se detém a poucos metros do amigo.

— Não se engane, Melchor — diz ela, apontando-lhe um indicador admonitório. — Você sempre será policial.

Ao chegar em casa, ele encontra Vivales afundado em seu sofá favorito, perto da porta aberta do terraço. A televisão está ligada e ele vê um filme em preto e branco, do Velho Oeste. Melchor se senta ao lado e pergunta por Cosette.

— Tudo sob controle — responde Vivales. — Desmaiada há horas.

Usa um boxer folgadíssimo e camiseta branca de bolinhas vermelhas que destaca a proeminência de sua barriga. Suas pernas, grossas, pálidas e peludas, repousam em um pufe; à esquerda, sobre uma mesinha, há um uísque aguado. Na televisão, James Stewart dá aula a um grupo de alunos compostos de meninos e meninas, incluindo Vera Miles, um escravizado negro e vários peões, diante do olhar satisfeito de um xerife obeso. O escravizado negro recita, a pedido de Stewart, o segundo parágrafo da Declaração de Independência dos Estados Unidos: "Todos os homens são criados iguais".

— Que filho da puta — murmura o advogado, como se discutisse consigo mesmo. — Depois dizem que Ford era racista.

Melchor não é grande fã de cinema, mas, graças a Vivales, que adora um bangue-bangue (e que tem o costume de ver filme toda noite), sabe quem é John Ford; também sabe que é *O homem que matou o facínora*.

— Como foi com a herdeira rica? — pergunta o advogado.

— Bem.

Vivales fala sem perder um detalhe do que acontece na tela, e Melchor recorda uma cena de outro faroeste. Um caubói acredita descobrir, atônito, que gosta de uma mulher e, para esclarecer seus sentimentos, pergunta ao encarregado do *saloon*: "Você esteve apaixonado alguma vez?". "Não", responde o encarregado. "Eu sempre fui garçom." Passados alguns segundos, Melchor pergunta a Vivales se ouviu falar de um romance intitulado *Terra Alta*.

— Quê? — responde Vivales.

John Wayne acaba de aparecer na escola, coberto de pó e com más notícias - Liberty Valance e seus homens se dirigem ao povoado com a intenção de matar James Stewart -, e este suspende a aula e sai às pressas para o campo, montado numa carroça puxada por cavalos, disposto a atirar. Acompanhado de seu escravizado negro, John Wayne o segue, freia a carroça, se oferece para ensiná-lo a usar a pistola. Melchor volta a formular a pergunta e acrescenta o nome do autor do romance. Vivales responde que não ouviu falar.

— É sobre mim — explica Melchor.

Por indicação de John Wayne, James Stewart coloca uma lata cheia de tinta em cima de cada um dos três postes. Quando coloca a última, John Wayne atira e derruba as três enquanto se burla da ingenuidade de James Stewart, que sai disparado para John Wayne e, furioso e banhado de tinta, o derruba no chão com um soco que provoca a gargalhada de Pompey, o escravizado negro. Vivales, que não ri nunca, ri. Melchor se pergunta se está rindo de John Wayne ou dele. O advogado desfaz a dúvida em seguida.

— Quê? — pergunta de novo.

— É sobre mim — explica Melchor.

Vivales se vira para ele pela primeira vez, ainda com um rastro de riso.

— O romance — repete Melchor. — É sobre mim. Foi o que me disseram.

O advogado tenta, sem sucesso, assimilar as palavras.

— Um romance sobre você?

— Sim — responde Melchor. — Chama-se *Terra Alta*.

Vivales balança a cabeça, cético, enquanto seus lábios adotam a forma de um acento circunflexo e entra pela porta do terraço uma brisa que alivia por um segundo o calor da sala; em seguida, o advogado toma um gole de uísque e o filme monopoliza novamente sua atenção. Melchor confere a hora em seu telefone: quase uma da manhã. Olha de novo para a televisão e tenta decifrar o que acontece ali. Antes de conseguir, Vivales se vira para ele outra vez.

— Quer que o processemos? — pergunta.

— Quem? — responde Melchor.

— O tal do Cercas.

— Processar? Por quê?

— Como por quê? — admira-se Vivales. — Por calúnia. Por danos morais. Sei lá. Qualquer desculpa é boa para um processo. Esse Cercas deve ser um morto de fome, mas, enfim, alguma coisa podemos tirar dele. É o que eu acho.

Melchor observa Vivales, pensando que ele está brincando.

— E aí, vamos processá-lo ou não? — insiste o advogado.

Compreende que não é o caso.

— Está tarde — diz Melchor. — Vou para a cama.

Enquanto se levanta do sofá, reconhece a cena na tela: desesperada, com lágrimas nos olhos, Vera Miles suplica a John Wayne que salve

James Stewart, quem se dispõe a se enfrentar em duelo com Liberty Valance sem saber atirar.

— Espere. — Vivales se levanta para pegar o controle remoto. — Eu também vou dormir.

— Não vai terminar o filme?

— Eu já sei de cor. Além do mais, sexta-feira tenho um julgamento e amanhã de manhã preciso prepará-lo.

O advogado desliga a televisão e, com um gemido, se levanta do sofá. Os dois homens arrumam um pouco a sala, apagam as luzes e deixam os copos sujos na pia da cozinha. Enquanto caminham para o quarto, Melchor pergunta a Vivales sobre o julgamento de sexta-feira, e o advogado explica que tem que defender um cara acusado de maltratar a mulher. Melchor pergunta como se chama o cara, Vivales responde que Alexis Rosa.

— Não entendo como você pode defender gente assim — deixa escapar Melchor.

Estão na porta do quarto que ele divide com Cosette. Na penumbra do corredor, Melchor sente o hálito de uísque de Vivales e ouve o rumor pedregoso de sua respiração. O advogado baixa a voz para não acordar a menina:

— E eu não entendo por que um policial como você vem me fazer uma pergunta como essa.

— Não me diga que o cara é inocente.

Como única resposta, Vivales põe a mão piedosa no ombro de Melchor e, com verdadeira curiosidade, pergunta:

— Inocente de quê? — Depois explica: — Pelo que eu sei, isso aí é pior que veneno. Mas a essa altura você já devia saber que eu sou capaz de defender Jack, o Estripador. O que digo a Jack, o Estripador; a Liberty Valance. E sabe por quê? — Não espera resposta. — Porque até o maior filho da puta do mundo tem direito a defesa. Se não for assim, não há justiça. — Faz-se um silêncio, e Melchor compreende que o advogado busca seus olhos. Alegra-se de que esteja escuro demais para que os encontre. — Ou você era inocente quando eu o defendi? — Tirando a mão de seu ombro, Vivales conclui: — Cada um com seu trabalho, filho: você, dedique-se a perseguir criminosos; enquanto isso, eu me dedico a defendê-los.

Melchor se enfia na cama pensando que é a primeira vez na vida que Vivales o chama de "filho".

Às oito e meia da manhã, deixa Cosette na colônia de férias e está pronto para entrar no carro e se dirigir a Egara quando pensa que deveria mandar uma mensagem de WhatsApp para Rosa Adell. Contudo, não sabe o que escrever e não escreve nada. Nesse momento, Vàzquez liga e lhe ordena que fique em Barcelona.

— Já sei de onde ligaram para a prefeita — anuncia. — Não disse que era um telefone público? — Então lhe dá um endereço do Raval. — Passe por ali, veremos o que consegue descobrir.

— Vou sozinho?

— Com sua sombra — responde Vàzquez, que cada vez fala mais depressa, ou é o que parece a Melchor. — Há novidades sobre o sequestro de Santa Coloma, a coisa está fervendo, estou desde ontem à noite me preparando para intervir.

— Quer que eu ajude?

— Nem pensar — responde Vàzquez. — Blai está fazendo isso, pela primeira vez tenho a equipe de que preciso. Continue com o caso da prefeita você, também não podemos abandoná-lo, ainda mais com o pouco tempo que resta. Precisa de alguma coisa?

— Não — diz Melchor. Em seguida, retifica: — Bom, sim. Quando puder, me consegue o endereço de um cara. Alexis Rosa.

Vàzquez pede que repita o nome; depois pergunta:

— Quem é?

— Depois eu conto.

Caminha até a Rambla desfrutando do frescor da manhã e, ao chegar à estação de metrô do Liceo, vira à direita pela rua Sant Pau, continua em frente e, justo na esquina da Rambla del Raval, nota o telefone público na parede.

O resto da manhã ele passa vasculhando pelo bairro. De início, explora os arredores do telefone até encontrar dois estabelecimentos que dispõem de câmeras de segurança orientadas para a rua: o primeiro é uma empresa de segurança; o segundo, o caixa eletrônico de uma agência do Santander. Nenhuma das duas câmeras focam diretamente o telefone, mas Melchor quer assistir às imagens que ambas gravaram dias atrás, na hora em que a chantagista ligou para a prefeita. O diretor da agência do Santander não faz objeção; o responsável pela empresa de segurança, por sua vez, se mostra relutante, mas também acata. Melchor examina com cuidado as gravações, mas não detecta nada suspeito. Também não descobre nada ao interrogar os funcionários e proprietários de lojas, bares e restaurantes da região, além de vários vizinhos do imóvel onde se encontra o telefone e um sem-teto que dorme numa esquina, embolado num saco de dormir acompanhado de seu cachorro. Percorre algumas vezes de cima abaixo a rua Sant Pau e as esquinas adjacentes, tratando de reconstruir o trajeto hipotético da chantagista. Em algum momento se vê tentado a regressar ao cibercafé do Francês, que fica bem perto, e a lhe perguntar pelo cliente para quem duplicou o chip do celular de Farooq Hoque, mas em seguida decide que seria inútil ou contraproducente e descarta a ideia.

Ao meio-dia lhe mandam de Egara o endereço de Alexis Rosa. Uma hora mais tarde, telefona algumas vezes consecutivas a Vàzquez e lhe envia mensagens, mas o sargento não responde. Blai também não responde às suas mensagens. Decide, então, resolver outro assunto.

Sobe ao metrô na praça de Catalunha e pega a linha 1 rumo ao hospital de Bellvitge. Nove paradas depois, desce na estação de Torrassa e caminha até a rua Orient. Ali busca o número 7, encontra, chama pelo interfone a uma porta do terceiro andar. Ninguém atende, e ele se enfia numa cafeteria em frente.

É hora do almoço, e ele sente uma fome de leão, então se acomoda à janela e pede uma salada, uma bisteca e uma Coca-Cola. Come sem perder de vista a entrada do número 7, de onde vê sair um casal maduro, uma garota com ar punk, uma idosa que arrasta um carrinho. Perto das quatro horas, quando já está prestes a ligar para Vivales, lhe explicar que surgiu outro imprevisto e lhe perguntar se pode buscar Cosette, vê entrar no prédio um cinquentão robusto e ruivo. Sem se apressar, paga o que consumiu, sai da cafeteria, atravessa a rua e volta a tocar a campainha. Desta vez, sim, atendem.

— Alexis Rosa? — pergunta Melchor.

— Sou eu — diz uma voz masculina.

— Venho em nome de Domingo Vivales — mente Melchor.

— De quem? — pergunta o homem.

— Domingo Vivales — repete Melchor. — Seu advogado. Abra, por favor. É importante.

A porta se abre.

Naquela noite, depois de ler um pouco de *Miguel Strogoff* para a filha, a menina lhe pergunta se vão ficar muito tempo em Barcelona. Melchor lhe responde que não muito.

— Quanto? — insiste Cosette.

— Não sei — reconhece Melchor. — Você não está bem aqui?

— Muito bem.

— E então?

Aninhada junto a ele, Cosette dá de ombros e faz charme. Melchor pergunta:

— Quer passar este fim de semana em casa?

— Quero.

Combinam de passar o fim de semana na Terra Alta e, pouco depois de Cosette pegar no sono, Melchor recebe uma mensagem cheia de maiúsculas e pontos de exclamação na qual Vàzquez lhe informa que à tarde liberaram a mulher do traficante de Santa Coloma, lhe diz que estão comemorando no Nicosia, um barzinho de Sabadell, e o anima a festejar com eles. Melchor lhe dá os parabéns e responde que eles se encontrarão na manhã seguinte em Egara.

Na manhã seguinte, em Egara, a festa continua, ou essa é a impressão que Melchor tem ao chegar ali. A Unidade de Sequestros e Extorsões está abarrotada de colegas que praticamente não dormiram e que tomam suco de laranja e café e devoram croissants, roscas e muffins; entre eles há vários guardas civis e policiais nacionais. No centro da confusão, sorrindo de orelha a orelha, eufórico e extenuado, Vàzquez exibe uma hiperatividade verborreica e, ao avistar Melchor, lhe dá um abraço e lhe explica, com uma dicção prejudicada, que a operação da véspera se precipitou em questão de horas, que, sob a supervisão de Blai, improvisou um dispositivo integrado por mais de cinquenta pessoas, que irromperam às cinco da tarde num chalé de Sant Vicenç dels Horts, perto de Barcelona, onde encontraram a mulher do traficante aterrorizada, mas fisicamente bem, e que haviam detido cinco indivíduos, quatro deles no chalé de Sant Vicenç - dois romenos e dois espanhóis - e outro - um argelino - num apartamento de Sant Joan Despí. Em determinado momento, Vàzquez interrompe o relato para atender a uma ligação.

— Chegam os cumprimentos das mulheres, rapazes — anuncia o sargento, dando uma piscadela cúmplice aos presentes e buscando um lugar tranquilo para falar. — É Verónica, a gata da imprensa.

Quando o sargento volta, o sorriso se apagou, substituído por uma expressão insossa.

— Como dura pouco a alegria de pobre! — lamenta-se. — Deu no *Ara* o caso da prefeita.

Os funcionários da unidade conferiram computadores e celulares. A notícia, assinada por Roger Galí, ocupa a primeira página inteira na edição digital do jornal. Galí, para justificar a manchete que encabeça seu artigo de quatro colunas ("Sextorsão na praça de Sant Jaume"), o inflou com fofocas sobre a vida sexual da prefeita e de politicagem sobre os segredos da Prefeitura: a única notícia tangível trazida pelo charlatão é que a prefeita da cidade está sendo vítima de uma chantagem e que os Mossos d'Esquadra abriram uma investigação. Melchor ainda não terminou de ler o texto quando seu telefone toca, e fica consciente do silêncio no gabinete. É Blai.

— Viu o *Ara*? — pergunta.

— Estou vendo — responde Melchor.

— O chefe da guarda urbana está furiosíssimo — grunhe o amigo. — Quero agora mesmo você e Vàzquez em meu gabinete.

O sargento não se incomoda de receber através de um subordinado a ordem de um superior, que saltou assim a hierarquia, e, enquanto a festa se desintegra e Vàzquez e Melchor saem do escritório, o primeiro pergunta ao último se ontem descobriu alguma coisa sobre o telefone público que os chantagistas usaram para ligar para a prefeita.

— Nada — responde Melchor, pensando que Cosette ficará sem seu fim de semana na Terra Alta.

Quem está furiosíssimo é Blai, que os recebe feito uma fera enjaulada, cruzando de um lado para o outro diante da janela que se abre sobre o pátio central de Egara.

— Bom — diz, quando deixa de xingar a imprensa, o chefe da guarda urbana, seu azar, o mundo em geral. — E agora?

Ajudado por Melchor, Vàzquez improvisa uma síntese apressada da situação. O tique de sua bochecha disparou, seus lábios tremem, e Blai precisa lhe pedir algumas vezes para falar mais devagar. Quando o sargento conclui a explicação, faz-se um silêncio e, antes que alguém reaja, seu telefone toca.

— Aqui está ela — anuncia Vàzquez, após consultar sua tela.

O sargento respira fundo antes de atender e, durante alguns minutos, Melchor e Blai veem como, refém de súbita serenidade, o companheiro escuta, concorda, tenta tranquilizar a prefeita, lhe pede alguns minutos para refletir e promete retornar em seguida.

— Agora, sim, ela está assustada — constata Vàzquez ao desligar. — Quer pagar de qualquer jeito.

Volta a pairar o silêncio no gabinete do chefe da Área Central de Investigação de Pessoas, mas desta vez é Melchor quem o rompe.

— Não me parece má ideia — diz, certo de traduzir o pensamento de seus companheiros. — Se o pessoal de Delitos Econômicos tiver razão, ao pagarmos temos uma chance de pegar os caras. É hora de tentar.

Blai observa Melchor, depois se vira para Vàzquez e pede a opinião dele. O sargento demora alguns segundos para responder, durante os quais pisca como se suas pálpebras tivessem se contagiado do tique da bochecha.

— Eu também não acho má ideia — confessa. — Seja como for, precisamos mudar de estratégia. Não nos resta muito tempo, e a vantagem do segredo nós já perdemos. Sem dúvida, poderíamos interrogar os três tenores agora mesmo. Afinal de contas...

— Os três tenores? — interrompe Blai.

— Os três suspeitos — esclarece Vàzquez. — Os três frangotes que aparecem no vídeo: o marido, Vidal e o outro.

— Rosell — ajuda Melchor.

— Esse — diz Vàzquez. — Poderíamos procurá-los, pois já sabem que andamos atrás dos chantagistas. Mas eu não faria isso. Ainda não. Eu usaria a chance do pagamento. É mais simples e mais rápido. Talvez seja o momento, como diz Melchor. Se acertamos, muito foda. Se não, interrogamos os três.

Blai escutou a argumentação do sargento ao voltar a caminhar a passos largos diante da janela do gabinete, pela qual entra um sol deslumbrante. Uma vez que Vàzquez deixa de falar, o inspetor se detém, fixa a vista nele e então na parede da direita, justo onde se encontra pendurada a fotografia com sua mulher e seus quatro filhos vestidos de turistas e trepados num monte rochoso da Terra Alta; contemplando essa paisagem bucólica, o inspetor parece se distanciar por um momento.

— Assunto encerrado — decide, por fim, saindo da abstração. — Vamos tentar o pagamento. Melchor, vá agora mesmo a Delitos Econômicos: diga-lhes que busquem os moneros e que, assim que tiverem o dinheiro da prefeita, os comprem e paguem o que for preciso. Se possível, ainda hoje à tarde. Peça-lhes que me avisem quando souberem de alguma coisa. — Indica o sargento. — E você, diga à prefeita que providencie o dinheiro. E que me ligue assim que o tiver. Se não me encontrar, que ligue para Melchor. Então, após falar com ela, vá para casa, tome um banho e se enfie na cama, pois parece que está sem dormir há uma semana. — Vàzquez tenta protestar quando Blai o interrompe: — É uma ordem.

Melchor passa o resto da manhã com três funcionários da Área Central de Investigação de Delitos Econômicos, os quais pouco depois de meio-dia confirmam que, antes de quarenta e oito horas, será muito difícil conseguir os moneros necessários para o pagamento da chantagem. A notícia o irrita e o alivia: irrita porque paralisará o caso durante o fim de semana; e alivia porque, a menos que Blai diga o contrário, Cosette e ele poderão passar esses dias na Terra Alta. Blai não diz o contrário.

— Não se preocupe — é o que diz o inspetor depois de, como de costume, meter o pau na Delitos Econômicos. — Vá tranquilo. Neste fim de semana estou de plantão. Assim que souber de alguma coisa, eu ligo.

Melchor pega Cosette na saída da colônia de férias, compram um lanche e comem enquanto viajam de carro para a Terra Alta. Ao saírem da autoestrada do Mediterrâneo e pegarem a rodovia geral, Vivales liga. Os três falam um tempo por viva-voz e, antes de desligar, Melchor pergunta ao advogado pelo julgamento daquela manhã.

— Foi suspenso — responde Vivales. — Ontem o cara caiu da escada de casa e está no hospital, destruído, com as costelas quebradas. Baita tombo.

Passa o fim de semana hesitando entre ligar ou não para Rosa Adell, mas acaba não ligando. Cosette quase não para em casa: com as amigas, joga futebol, aproveita a piscina municipal, vê filmes e, no sábado à noite, dorme na casa de Elisa Climent. Já Melchor sai para correr pelo campo de manhã e o resto do tempo se dedica a ler em casa ou sentado na porta do bar da praça, com um café ou uma Coca-Cola. No domingo ao meio-dia, enquanto termina *A ilustre casa de Ramires* depois de ter passado a manhã lendo os manuscritos do concurso literário, Blai lhe telefona e conta que o pessoal da Delitos Econômicos conseguiu os moneros à noite e pagou o resgate logo cedo pela manhã.

— E? — pergunta Melchor, impaciente.

Afastou-se do bar buscando se resguardar do sol assassino de julho sob a proteção das amoreiras que sombreiam o centro da praça.

— Nada de nada — responde Blai. — Pelo visto, são uns hackers dos infernos: eles conectaram o telefone para levar o dinheiro, mas camuflaram o IP graças a um aplicativo que se chama TOR. Para piorar se conectaram a esse aplicativo por uma VPN.

— Uma o quê?

— *Virtual private network*, rede privada virtual. Uma espécie de tubo ou túnel que o conecta diretamente ao servidor sem que ninguém tenha acesso às transações, de modo que a comunicação se converte em privada. É o que me contaram. Em resumo, os caras estão blindados, e por esse caminho não vamos chegar a lugar nenhum.

Blai se cala e, enquanto Melchor observa de longe o movimento animado do meio-dia no terraço do bar, imagina seu companheiro, só e abatido pelas más notícias na desolação dominical do complexo Egara, com a mulher e os filhos a duzentos quilômetros dele, na Terra Alta. Pergunta:

— Você contou a Vàzquez?

— Eu liguei algumas vezes, mas ele não me atende. Ligue você. Diga que amanhã mesmo começamos a entrevistar os três tenores.

— Vou ligar agora.

Silêncio. Por um momento, Melchor pensa que Blai desligou, mas, em seguida, ouve:

— Restam seis dias, espanhol. Precisamos consertar isso antes. Não vamos tolerar que uns ladrões de merda decidam quem vai ser prefeito de Barcelona e quem não vai, não acha?

Melchor se despede.

TERCEIRA PARTE

1.

Na segunda-feira pela manhã, depois de deixar Cosette na colônia de férias, Melchor se enfia numa cafeteria da rua Córcega, pede um espresso duplo e inicia uma série de chamadas telefônicas. Primeiro liga para Vàzquez, que não atende; perdeu a conta das vezes que tentou falar com ele para lhe transmitir a ordem dada por Blai no dia anterior: precisam entrevistar quanto antes os únicos suspeitos com que contam. Então, depois de telefonar sem sucesso para Vàzquez, Melchor liga para Casas, Vidal e Rosell.

Não consegue falar com nenhum dos três, somente com as secretárias. A de Casas lhe diz que ele ainda não chegou ao escritório, pergunta o nome e o motivo da ligação, pede o número de telefone e garante que retornará a ligação. As de Vidal e Rosell são menos certeiras; assim que Melchor se identifica como policial, ambas abrem um espaço na agenda do chefe: Vidal o receberá na terça-feira ao meio-dia na Prefeitura, e Rosell, que está fora de Barcelona, na quinta-feira pela tarde. Está se despedindo da secretária de Rosell quando recebe uma ligação de Vàzquez.

— Já era hora — reclama Melchor. — Passei o fim de semana todo te ligando. Onde você se meteu?

Ninguém responde, e Melchor ouve alguém respirando com dificuldade do outro lado da linha.

— Vàzquez?

— Estou aqui — diz o sargento.

Fala com um fio de voz. Alarmado, Melchor pergunta:

— Está se sentindo bem?

— Não muito.

— O que foi?

A resposta de Vàzquez demora alguns segundos; Melchor compreende que aconteceu alguma coisa. O sargento lhe pede:

— Você pode vir até aqui?

— Onde você está?

Vàzquez passa o endereço de sua casa em Cerdanyola.

— Estou indo.

— Melchor — corta o sargento, antes que ele desligue. Faz-se um silêncio. — Prometa-me que não vai contar nada disso para ninguém.

— Nada do quê?

— Nada de nada. Explico depois. Prometa.

Melchor lhe promete.

Demora quase quarenta e cinco minutos para chegar a Cerdanyola e, no caminho, passa por Nou Barris e Santa Coloma de Gramenet. Durante a viagem, Blai e Cortabarría lhe telefonam, mas não atende a nenhum dos dois, porque pensa que vão lhe perguntar por Vàzquez e ele não saberá o que responder; a secretária do ex-marido da prefeita também lhe telefona e diz que ele está com sorte: o chefe pode recebê-lo naquela mesma tarde, às quatro, na sede de Clave Barcelona.

— Perfeito — celebra Melchor. — Estarei lá.

Vàzquez mora em um edifício de esquina, numa rua de pedestres no centro de Cerdanyola, a San Ramón, sobre uma loja de roupa para bebês. Melchor toca o interfone; ninguém atende, mas a porta se abre num clique. Sobe de escada e, ao chegar ao terceiro andar, vê uma porta entreaberta, tem um mal pressentimento e tira a pistola do coldre. Segurando a arma com as duas mãos, empurra a porta e entra. No hall reina um breu quase hermético, mas à medida que avança pelo corredor nota alguma iluminação, até que, já na sala, uns raios de luz o transformam em sombra. Melchor apalpa a parede em busca do interruptor quando ouve:

— Não acenda a luz.

É Vàzquez. Brotou de um vulto e, enquanto Melchor volta a guardar a pistola no coldre, distingue o sargento no escuro: está sentado no chão, ao fundo da sala, nu da cintura para cima, com as costas encostadas na parede e as pernas esticadas, como se estivesse exausto. A persiana deixa passar uma claridade incerta, e tudo cheira a um misto de clausura e imundície. Melchor se aproxima de Vàzquez, cuja cabeça parece desabada sobre seu ombro esquerdo, e se agacha diante dele.

— Tranquilo, Melchor — murmura o sargento, encolhendo-se um pouco. — Não se preocupe. Estou bem.

Não parece. De fato, sua aparência é horrível: está ofegante, tremendo e suando, com os lábios ressecados e a barba por fazer que lhe toma a cara; seus olhos reluzem, febris e avermelhados.

— O que aconteceu? — pergunta Melchor.

— Nada — responde Vàzquez. — Não se preocupe. Às vezes acontece. Vou ficar bem. Só preciso tomar meu remédio e...

Vàzquez não consegue terminar, pois um pranto convulsivo se apodera dele. Sem saber o que fazer, Melchor tenta lhe tocar um ombro, mas, antes desse gesto, o sargento se lança em seu pescoço. Permanece um tempo ali, agarrado a ele e chorando. Fede. Transcorrido um tempo que para Melchor parece eterno (durante o qual trata de digerir o assombro de ver o cara mais firme que conhece soluçando em seus braços como uma criança assustada), o sargento se afasta dele, deixando-lhe as mãos úmidas e a camisa ensopada. Vàzquez o encara com os olhos bem abertos, ainda tremendo, mas se esforçando para parecer mais tranquilo, e volta a lhe dizer para não se preocupar.

— Faz quanto tempo que você está assim? — pergunta Melchor.

— Só uns dias.

— Quantos?

— Não sei. Dois ou três.

A última vez que Melchor viu Vàzquez foi há três dias, na Unidade de Sequestros e Extorsões, quando, após uma noite de farra, ele comemorava com sua equipe o encerramento do sequestro da esposa do traficante de Santa Coloma. Melchor recorda o sargento muito nervoso, agitado, falando depressa, e lhe pergunta se durante o fim de semana dormiu e comeu; o sargento responde com balbucios, e Melchor não quer imaginar o que pode ter acontecido durante as últimas cinquenta ou sessenta horas naquele apartamento tenebroso, fedorento e desolado. Ele se levanta.

— Vamos — diz, pegando Vàzquez pelo braço.

Vàzquez o afasta com a mão.

— Aonde? — pergunta.

— Ao hospital — responde Melchor. — Você precisa ver um médico.

Vàzquez nega, taxativo.

— Você não entende — resmunga.

— O que eu não entendo? — pergunta Melchor.

Vàzquez segura a cabeça com as mãos e as passa pela cara, como se quisesse se limpar; então, com os olhos arregalados, olha para Melchor.

— Eu sou bipolar — diz. — Fui diagnosticado quando estive no hospital depois de Molins de Rei.

Melchor volta a se agachar diante de Vàzquez.

— Tenho picos de euforia e picos de depressão — explica o sargento. Seus lábios e suas narinas vibram, tensos como cabos sacudidos pelo vento. — Pra cima e pra baixo, pra cima e pra baixo, primeiro uma coisa e depois a outra. Eu já sei como funciona, estou acostumado, então normalmente controlo, mas desta vez... Não sei, desandou. Na semana passada, começou a euforia, eu percebia, a coisa foi escalando, mas eu tinha certeza de que conseguiria controlar e não tomei o remédio... É que medicado eu não trabalho bem, sabe? Fico tonto, não consigo raciocinar. E com a confusão do sequestro... Não queria que acontecesse outra vez, não podia deixar que acontecesse outra vez. Você consegue entender, Melchor. Você entende, né?

Melchor rememora Vàzquez sentado numa poça de sangue, no chão de cimento do depósito de Molins de Rei, com a cabeça da filha do traficante venezuelano no colo, a cara banhada em lágrimas e gritando como um louco. "Enquanto dura o remorso, a culpa persiste", pensa.

— A única coisa que entendo é que você está péssimo — diz Melchor. — E que eu deveria levá-lo ao hospital.

— Ficou louco? Se me levar ao hospital, vão me internar. E, se me internarem, as pessoas em Egara vão ficar sabendo. E se ficarem sabendo em Egara já era: ou você acha que vão deixar a unidade nas mãos de um maluco?

Melchor não tem alternativa senão reconhecer que a lógica do sargento é impecável.

— Vão me afastar — responde a si mesmo Vàzquez. — Vão me mandar para casa. E o que eu vou fazer em casa, hein? O que vou fazer? Vou dar de comer para as pombas? Vou me dar um tiro. Eu juro que, se me mandarem para casa, eu me dou um tiro. Em vez disso… — Ele se ergue um pouco, se apressa em limpar as lágrimas do rosto, em engolir o muco. — Em vez disso, se você me ajudar… Acredite em mim, Melchor, eu sei sair dessa sem médico nem hospital, já aconteceu outras vezes, só preciso tomar meu remédio e comer e dormir bem por dois ou três dias. Confie em mim.

Sem saber o que dizer, durante alguns segundos Melchor fica olhando para o homem sujo e destruído diante dele, que implora por ajuda sentado no chão. Seus olhos já se acostumaram à penumbra; seu olfato, à pestilência.

— O que quer que eu faça? — pergunta.

Melchor passa o resto da manhã trabalhando na casa de Vàzquez, entrando e saindo dali. A primeira coisa que faz é espremer umas laranjas meio secas que encontra na geladeira, fazer um suco, preparar leite com cereais e conseguir que o sargento tome ambas as coisas junto com um comprimido de Lithobid de trezentos miligramas, um de Zyprexa de dez e um de Trankimazin de dois miligramas; em seguida, depois de lavá-lo pouco com uma esponja, ventila o quarto, o arruma, troca os lençóis da cama, o ajuda a se deitar nela e permanece a seu lado até que o homem adormeça. Então termina de arrumar o apartamento - deixa os dois celulares do sargento bem longe, em modo silencioso -, liga para Blai e avisa que Vàzquez teve que ir a Seu d'Urgell porque a mãe ficou doente.

— Puta que pariu — protesta Blai. — Depois de dar férias à metade da equipe? E por que ele mesmo não ligou para me dizer?

— Não sei, só sei é que a mãe dele mora numa chácara sem sinal, então nem adianta ligar — recomenda Melchor, que se apressa em mudar de assunto. — A propósito, hoje à tarde vou me encontrar com o ex da prefeita.

— Com Casas?

— E amanhã com Vidal.

— Maravilha. Só falta Rosell.

— Marquei com ele na quinta-feira. Está viajando.

— Você vai falar com todos sozinho?

— Claro. Mas me faça um favor.

— Que favor?

— Acha que poderíamos grampear o telefone dos três?

— Nem pensar. Nenhum juiz autoriza isso.

— Então os coloque sob vigilância. Até Rosell chegar, são só dois.

— Combinado. Não sei de onde vou tirar gente, mas conte com isso.

— Se for preciso, me chame.

— Vai ser preciso. E, falando nisso, onde você está agora? Também não o vi hoje de manhã em...

— Blai? Blai? Que merda, também estou ficando sem sinal.

Melchor sai do apartamento de Vàzquez com vários sacos de lixo, os deixa nos contêineres, vai até a farmácia e, com as receitas que o sargento lhe deu, adquire três potes de comprimidos, um de cada um dos medicamentos que ele tomou, aos quais acrescenta uma caixa de Symbyax de 25 miligramas. Então vai até um supermercado, compra água, cereais, frutas, verduras, hortaliças, pão, leite, queijo, sopas de saquinho e latas de comida, volta para casa, prepara salada e sopa e deixa tudo na geladeira.

São quase três da tarde quando termina. Vàzquez continua dormindo profundamente.

Encontra uma vaga para estacionar numa viela escondida entre a igreja da Bonanova e a Ronda de Dalt, desce até a praça da Bonanova e continua pelo passeio até a travessa Güell. É uma ruazinha privada, isolada e protegida por uma grande cancela de ferro, naquele momento aberta. Melchor a atravessa e reconhece, bem à esquerda, encaixado numa parede ao lado da porta, o logotipo da consultora de Casas, um quadrado vermelho-sangue percorrido por catorze letras brancas: clave barcelona.

Quem abre a porta é uma jovem com óculos de intelectual e minissaia de couro marrom, que o leva a uma sala de espera e, indicando-lhe alguns sofás, lhe pede para esperar um momento e lhe pergunta se gostaria de um café. Nesse instante Melchor se dá conta de que não comeu nada desde o café da manhã, aceita e se senta no sofá. À direita, em um biombo, o logotipo da consultora se repete infatigavelmente, como que preso entre a vertigem de dois espelhos confrontados; à esquerda, a parede está quase que ocupada por uma única frase escrita em inglês: "*It is likely that something unlikely will happen*".

Ainda não lhe serviram o café quando Casas aparece.

— Sinto muito por tê-lo feito esperar — ele se desculpa, sorridente e estendendo-lhe a mão. — Agora no verão as pessoas só pensam nas férias... Mas, me diga, ofereceram alguma coisa para beber?

Apertando sua mão, Melchor responde que sim. Casas pede à secretária que sirva o café em seu escritório e, enquanto os dois homens percorrem o corredor, lamenta não ter tanto tempo quanto gostaria, ao que Melchor responde que só precisa de alguns minutos.

— A propósito — diz o outro, seco, já em seu gabinete e olhando-o nos olhos —, deixe-me dizer que é uma honra recebê-lo. Não é todo dia que encontramos o herói de Cambrils.

O que choca o policial não é que Casas tenha adivinhado o motivo da visita - após a reportagem do *Ara*, a extorsão da prefeita já não é segredo, tampouco o é o fato de que a estão investigando -, mas que conheça sua identidade. Como a descobriu? Pela própria prefeita?

— Sabe de uma coisa? — O anfitrião lhe oferece uma cadeira diante de uma escrivaninha de design na qual se destacam um abajur halógeno e um notebook e se acomoda diante dele. — Eu sou o tipo de gente que pensa que todas as sociedades precisam de heróis, e a nossa mais que qualquer uma: sujeitos dos quais as pessoas possam se sentir orgulhosas, em que se espelhar. E aqui, na Catalunha, temos tão poucos... Mas me diga, você não morava na Terra Alta? O que está fazendo em Barcelona?

— Vim por alguns dias — explica Melchor. — Estou em comissão de serviço.

— Pois devia ficar. O que você vê na Terra Alta? É aqui que as coisas acontecem, homem. Morar em um povoado é enterrar-se em vida. — Chamam à porta, a secretária entra e, a um gesto de Casas, deposita na escrivaninha uma bandeja com um conjunto de xícaras de alpaca e um bule. — Claro que, levando em conta como o trataram... E não me refiro só ao governo, que deveria ter feito um monumento para você. Estou me referindo à Catalunha em geral. Se fôssemos os Estados Unidos, já teriam estreado algumas séries e filmes sobre o que aconteceu em Cambrils, e David Fincher e Christopher Nolan teriam disputado a direção aos tapas. Nós, pelo contrário, temos que nos conformar com o livrinho de Javier Cercas. Que desastre, Deus santo, que falta de autoestima. E depois há quem queira que nós, catalães, sejamos independentes. Açúcar?

Melchor diz que não. A secretária se retirou depois de servir o café.

— Aliás, suponho que você deve estar cansado de que perguntem — prossegue Casas, erguendo sua xícara a Melchor —, mas o que achou do romance? O de Cercas, claro.

Melchor toma seu café de um gole e devolve a xícara à bandeja enquanto nota o golpe da cafeína no estômago vazio.

— Eu não li — reconhece.

Casas olha para ele como se estivesse levitando. É só alguns anos mais velho que Melchor, bem magro, de estatura média e porte atlético, com olhos claros, vivos e inquietos e um desses sorrisos um pouco zombeteiros de eterno adolescente, certo de estar agradando; exibe uma pele bronzeada e se veste com uma informalidade de marca: polo Hermès branca, jeans J Brand e mocassins Lotusse. Embasbacado, passa a mão pelo cabelo bem curto e bem escuro.

— Não acredito — garante. — Escrevem um romance em que você é o protagonista e você nem sequer o lê? Se bem que não está perdendo grande coisa, para falar a verdade. A única coisa é que quem leu está morrendo de curiosidade, queremos saber o que é verdade e o que é mentira. É lógico, né? Eu tive algumas discussões sobre o assunto... Já ouviu falar de Lluís Bassets? É um velho amigo do meu pai, jornalista do *El País*, com certeza já leu algo dele. Bom, pois Lluís conhece o tal Cercas e diz que é um enrolão de merda. Ou seja, quando diz que tudo o que conta nos livros é verdade, é tudo mentira; quando diz que é tudo mentira, é tudo verdade. Então, como Cercas disse que nesse romance é tudo mentira, todo mundo pensa que é tudo verdade. — Ri um riso franco, que exibe sua dentição perfeita. — Mas eu não acredito. Acho que há coisas no livro que não são reais. Não sei. Isso de que antes de ser policial você esteve na prisão por pertencer a uma quadrilha de traficantes, por exemplo. Ou de que foi você quem resolveu o caso Adell. E acredito menos ainda no que ele diz de sua mãe...

Um nó de angústia volta a fechar a garganta de Melchor.

— O que diz dela?

— Que era puta — relata Casas. — E que uma noite a mataram e deixaram o corpo num descampado de Sant Andreu. Isso aconteceu, claro, eu me lembro muito bem porque foi um crime famoso, do qual se falou muito. Mas aquela mulher... Enfim, tenho certeza de que não era sua mãe. Ou era?

Casas aguarda a resposta. Melchor respira fundo e balança a cabeça.

— Eu sabia! — exclama Casas, dando um tapa exultante na escrivaninha. — O cara deve ter seguido o caso pela imprensa, como todo mundo, e, quando se pôs a escrever o livro, decidiu atribuir a sua mãe a história da pobre mulher. Que figura esse Cercas, que maneira de enganar as pessoas... Bom, mas suponho que você não veio aqui falar de romances, e sim do que saiu no *Ara*. Quer mais café?

Melchor recorda o impacto da bebida no estômago, mas está com tanta fome que aceita. Casas lhe serve e, então, serve a si mesmo. Em outro tom, previne o policial:

— Já aviso que desse assunto eu não sei nada.

O nó na garganta de Melchor se dilui pouco a pouco, e ele trata de se concentrar no interrogatório.

— Não é o que diz sua ex-mulher, senhor.

— Trate-me de você, por favor. Não temos tanta diferença de idade assim.

— Bom, não é o que diz sua ex-mulher.

— O que diz minha ex-mulher?

— Diz que você aparece na gravação com que a estão chantageando. Tem certeza de que é do dia em que se conheceram. Pelo visto, nas imagens aparecem você, Enric Vidal e Gonzalo Rosell. Além dela, claro.

Casas assente sem convicção.

— Ela disse isso?

— Sim.

— Como pode ter tanta certeza?

— Não sei, mas tem. Você sabe de que gravação ela está falando, né?

Casas mexe os lábios numa careta desdenhosa.

— Tenho uma ideia. Isso me torna suspeito da chantagem?

— Quem disse que você é suspeito de alguma coisa?

Os dois homens se olham por um segundo, Casas força um sorriso incômodo e toma um gole de café. Além do notebook e do abajur halógeno, em sua escrivaninha só há um porta-treco metálico repleto de lápis, caneta e marca-textos e um bloco imaculado de folhas; atrás dele, pendurado na parede há um Tàpies grande, presidido por uma meia de verdade, enrugada e colada a uma tela dominada por vastas pinceladas de cor cinza, preta e marrom, que sugerem uma paisagem vulcânica, intergaláctica ou pós-nuclear, ou talvez uma paisagem periférica de uma grande metrópole; à direita, a janela que dá para a travessa Güell deixa entrar uma luz quente no aposento refrigerado. Enquanto toma café e volta a sentir o golpe no estômago, Melchor pergunta:

— Você viu o vídeo?

Casas assente de novo.

— Uma vez, faz séculos, pouco depois de gravarmos. É uma bobagem. Não sei por que Virginia se preocupa tanto.

— Você falou desse assunto com ela?

— Não. Mas fomos casados e a conheço bem. Diga-me, o que você acha que tem no vídeo? — Casas abre bem os braços, como se clamasse ao céu, e desdramatiza: — O que teria? Uma maldita orgia de jovens. É só entrar no YouPorn para ver um monte delas. E você acha que uma coisa assim pode acabar com a carreira de um político?

— A prefeita acredita que sim.

— Pois está enganada.

— Os que a chantageiam também?

— Também. Veja, Virginia não é uma pessoa política, não tem talento para política. Nunca teve. Na realidade, ela se meteu na política porque se casou comigo, porque eu a convenci a fazer isso, porque era meu interesse; senão teria feito outra coisa, teria seguido com a ladainha de refugiados ou algo assim. Essa é a verdade. — Acaba de tomar o café de um gole, passa a língua pelos lábios, finos e bem desenhados, e acrescenta: — Digo mais. Nós, catalães, não sabemos fazer política. Sabemos fazer algumas coisas, mas política, não. Somos péssimos nisso. E sabe por quê? Porque faz séculos que o poder não está na Catalunha. Isso significa que estamos pouco familiarizados com ele, que não sabemos lidar com ele, que no fundo o poder nos dá medo. E significa que, quando o temos, nos deixamos levar por ele. Claro, o poder sempre mexe conosco, mas, se você nunca o provou, sobe muito mais à cabeça. Você se lembra do Procés? Parece que faz séculos tudo aquilo, não é? Bom, pois o Procés foi em parte, em grandíssima parte, resultado de o poder subir à cabeça... Mas estávamos falando de outra coisa, né?

— Estávamos falando de sua ex-mulher — relembra Melchor. — O poder subiu à cabeça dela também?

— Totalmente — responde Casas. — E isso que poder municipal não é poder de verdade. O poder de verdade continua onde esteve sempre, e Virginia não sabe o que é. Talvez esteja começando a intuir, mas ainda não sabe. De todo jeito, se deixou levar. Enfim. Com vídeo ou sem vídeo, minha ex-mulher tem pouco futuro na política. É o que quero dizer.

—Tem pouco futuro porque se separou de você?

— Exato.

Casas ergue as sobrancelhas duas vezes seguidas, como se não quisesse que Melchor levasse a sério o que acaba de dizer, ou não demais.

— A situação inebriada de sua esposa teve a ver com a separação de vocês? — prossegue o policial.

— Pode ser. — Casas dá de ombros. — Na vida de um casal, tudo tem a ver com tudo. Mas, se o que você está me perguntando é se isso foi o motivo de nossa separação, a resposta é não.

— As traições também não?

Agora Casas sorri, embora seja evidente que não gostou da pergunta.

— Que traições? — Antes de Melchor responder, seu anfitrião estala a língua e explica: — Veja, Virginia e eu nos divertimos muito juntos e fizemos muitas coisas juntos. Incluindo uma filha. Incluindo montar um partido político e chegar à Prefeitura de Barcelona. Nada mal, não acha? Em determinado momento, decidimos nos separar. Por quê? Porque tudo termina e, quando um casal termina, a melhor coisa é que se separe. Sem culpa. Sem ressentimento. Sem mais. Ou seja, se acha que tenho algo contra minha ex-mulher e quero destruí-la, esqueça. Eu não odeio a Virginia. — Casas desvia o olhar para a janela e fica observando a rua castigada pelo sol vespertino. Por um segundo, parece ensimesmado; então volta a olhar Melchor. — E mesmo que a odiasse.

Como diz Michael Corleone, nunca odeie seus inimigos, pois atrapalha o raciocínio.

— Isso significa que a prefeita se tornou sua inimiga?

A resposta ronda os lábios de Casas quando seu celular toca. Ele o pega sem se desculpar e, com o cenho meio franzido, escuta por alguns segundos. "Estou com visita", diz. "Preciso de cinco minutos." E desliga.

— Isso significa que, ainda que Virginia fosse minha inimiga, eu não a odiaria — corrige, retomando o interrogatório como se ninguém os tivesse interrompido. — Mas não é minha inimiga. Na vida, é preciso escolher inimigos que estejam à nossa altura, e Virginia, francamente... Enfim. O que é verdade é que ela não é mais minha aliada.

— Quem é seu aliado agora?

A pergunta parece desconcertar Casas.

— Isso também interessa para a investigação?

— Depende. Seu aliado agora é Vidal?

Casas volta a rir, mas desta vez soa um pouco forçado.

— Que ideia! — exclama. — Como se Enric precisasse de alguém! Mas se o que você está perguntando é se vou apoiar a carreira política dele...

— É isso que eu estou perguntando.

— Não sei. — Casas dá de ombros; o rastro do riso ainda perdura. — Ele não pediu. E, se pedisse, não sei o que eu faria. Só sei que saí do partido, e ele, não. Também sei que, até nova ordem, Enric continua sendo braço direito de Virginia, e ela, por sua vez, não sei o que faria sem ele... Entenda, Enric e eu nos conhecemos desde sempre, somos como irmãos. É claro que ele tem ambições políticas; era só o que faltava: um político que não é ambicioso não é político. Mas, cá entre nós, não sei se é a pessoa mais adequada para substituir Virginia, eu acho que não, faz muito tempo que ele está na Prefeitura, está muito batido na política municipal... Se eu pudesse escolher alguém agora mesmo, escolheria sem hesitar alguém novo, mais fresco e mais maleável, alguém como Virgínia era há alguns anos. Se houvesse uma reviravolta, a própria Virginia poderia... — Casas volta a ficar pensativo por um momento, durante o qual a tela pendurada na parede atrás dele atrai novamente a atenção de Melchor: de repente lhe parece que a meia de

Tàpies caiu um pouco, que escorregou sobre a superfície do quadro e já não está onde estava, e sim mais abaixo. — Enfim, a questão é que neste momento Virginia não é nem sequer minha adversária política. Não tenho nada contra ela. Além do mais, continua sendo mãe da minha filha. Continuo gostando dela. E, como continuo gostando dela, nunca lhe faria nada de mau. Você compreende?

Melchor assente, mas, enquanto faz isso, se dá conta de que não acredita em uma única palavra do que Casas diz. Tratando de não entregar a própria desconfiança, pergunta:

— Conhece alguém que faria? Algo de mau, quero dizer.

Casas volta a dar de ombros.

— Muita gente, suponho. Quanto mais poder você tem, mais gente te odeia. É a vida. Mas, voltando à gravação, isso parece piada. Acredite em mim. E agora você vai me desculpar porque...

— Ainda tenho algumas perguntas.

Casas fez menção de se levantar, mas se mantém na cadeira. É a primeira vez que parece incomodado desde o começo da conversa. Em seguida, porém, dá um sorriso obsequioso e incentiva Melchor a continuar.

— Sabe quem fez? — continua o policial.

— O vídeo?

— Sim. Se você, Vidal, Rosell e a prefeita aparecem, mas alguém deve tê-los gravado. A prefeita nos falou de um amigo...

— Claro. Ricky Ramírez. Virginia tem razão: foi ele quem gravou. Era um colega da Esade.

— A prefeita disse que só esteve com ele naquela noite.

— Pode ser. Na verdade, eu também não fui tão amigo dele, no máximo durante dois ou três anos, não mais. Depois não nos vimos mais. E há alguns meses soube que morreu. Quem me contou foi Enric, que manteve contato com Ricky. Pergunte a ele.

— Sabe o que houve com a gravação? Tem ideia de quem a guardou?

— Não. Sempre achei que tivesse se perdido.

— Todos sabiam que estavam sendo gravados?

— Sim.

— Todos?

— Bom, todos menos Virginia.

— Ela soube depois? Quer dizer, soube que a tinham gravado?

— Não. Não sei. É possível que eu tenha lhe dito algum tempo depois, mas não lembro, estou dizendo que não é algo a que déssemos importância.

— Vocês fizeram outros vídeos desse tipo?

— Não, claro que não. Para quê? Aquilo foi improvisado, um experimento de jovens, uma libertinagem, se é que chega a isso... — Abre as mãos num gesto que combina impaciência com desculpa. — Enfim. Terminamos?

Melchor não terminou, mas compreende que não vai tirar mais nada daquela conversa e diz que sim.

Casas o acompanha até a saída e, no corredor, recupera a alegre desenvoltura com que o acolheu, volta a se desculpar pelo pouco tempo que pôde dedicar a ele, insiste na urgência que toda sociedade tem de heróis e na ingratidão que a sua demonstrou para com Melchor, o convida novamente a regressar a Barcelona e, já na recepção, lhe deseja sorte e lhe passa seu celular pessoal.

— Ligue quando quiser — despede-se, apertando com entusiasmo a mão do policial. — Estou aqui para o que precisar.

Diz mais alguma coisa, que Melchor não entende porque se distrai com a frase que, repetida várias vezes, satura a parede diante dele: "*It is likely that something unlikely will happen*".

Telefona para Vàzquez assim que sai para o passeio da Bonanova e se põe a andar para a viela onde estacionou. O sol ainda está alto, faz muito calor e sua fome passou. O sargento atende após alguns segundos. Melchor pergunta:

— Como você está?

— Melhor. Acabei de acordar.

Não é a voz de sempre, mas não é a voz do além-mundo daquela manhã. Melchor pensa nisso e lhe vem à mente a suspeita de que está sendo seguido.

— Dormiu até agora? — pergunta.

— Sim.

— Porra, que surra que você deu na cama.

— É disso que eu preciso. Dormir, comer e tomar remédio.

Melchor se detém à altura do colégio La Salle, olha para a esquerda, em direção ao pátio, e então para a fachada neogótica e as palmeiras que em parte a ocultam, e converte sua suspeita em certeza. Continua andando.

— Já comeu? — pergunta.

— Não.

— Eu enchi a geladeira. Também preparei salada. Quer que eu passe aí?

— Não precisa. Vá buscar sua filha. Ela não sai a essa hora?

— Sim.

— Falou com Blai?

— Eu disse que você está na Seu d'Urgell, com sua mãe, que ficou doente. Ele acreditou.

— Maravilha. E de resto?

— Ótimo. Acabei de falar com um psicopata e tem um filho da puta me seguindo.

— Quê?

— Calma, homem. É brincadeira. Faça-me o favor de ficar bem, combinado?

Quando ia tirar o telefone do ouvido para desligar, ouve:

— Melchor.

Vàzquez não responde em seguida. Ao fim, diz:

— Obrigado, cara.

Sobe pela rua lateral da igreja da Bonanova, vira à esquerda, depois à direita e, ao virar à esquerda outra vez, fica à espreita na esquina, com o corpo grudado à parede, imóvel. Alguns segundos depois, seu perseguidor aparece. Melchor, sem dizer nada, dá uma rasteira nele, o joga no chão, lhe torce um braço nas costas e o agarra pelo pescoço, prensando sua cabeça contra a calçada. O sujeito profere um grito sufocado, e Melchor volta a bater a cara dele na calçada: uma, duas vezes. Depois vira a vítima e lhe apoia um joelho no peito, sem deixar de segurá-lo pelo pescoço: tem a cara ensanguentada e o nariz machucado. Melchor pergunta:

— Quem é você? O que quer? Por que está me seguindo?

Gaguejando, o homem trata de se proteger com os braços, mas Melchor interpreta esse gesto defensivo como um gesto ofensivo e lhe desfere um soco na cara.

— Chega, porra! — geme o sujeito. — Pare de me bater! Eu também sou policial.

Melchor o olha nos olhos, sem acreditar. Tem o punho fechado a um palmo de seu rosto, como um martelo disposto a cair em cima dele outra vez.

— Estou dizendo que sou policial, puta que pariu — repete o cara, exasperado. — Da Urbana.

Melchor abaixa o braço, mas seu olhar continua pedindo explicações. Ofegante, mais tranquilo, o sujeito cospe sangue na calçada.

— Somos colegas, merda — explica, com expressão de dor. — Recebi ordens para seguir você.

— Ordens de quem?

— Meu chefe. O inspetor Lomas.

Melchor acredita que o sujeito está dizendo a verdade. Solta o pescoço dele, tira o joelho de seu peito, se levanta. Ainda no chão, o homem apalpa a própria cara, resmungando.

— Merda — reclama. — Você destroçou meu nariz.

— Trabalha para o Hematomas? — pergunta Melchor. — O chefe dos Vidal Boys?

O guarda se ergue sobre um cotovelo e volta a cuspir sangue. É bem mais velho que Melchor; está pálido e é praticamente calvo. Parece exausto, sem forças sequer para se levantar.

— É como nos chamam — grunhe, resignado. — E como o chamam. Nessa merda de trabalho ninguém se livra de apelido.

— Ele explicou por que me seguir?

— O que você acha?

— Responda, ou te dou uma bela surra.

— Claro que ele não disse, porra! Também não perguntei. Eu me limito a fazer o meu trabalho.

Melchor volta a acreditar nele. Bruscamente consciente de que estão no meio da rua, olha para um lado e para o outro, mas não vê ninguém. Ele se agacha de novo perto de seu perseguidor.

— Escute aqui — pede a ele. — Diga a seu chefe que não mande mais ninguém atrás de mim. Diga que, se quiser falar comigo, sabe onde me encontrar. Você vai lhe dizer, né?

O sujeito assente.

— Perfeito. — Melchor se levanta de novo. — E você, não volte a espiar um colega.

— Eu só cumpro ordens — replica o sujeito. — Assim como você.

Melchor pensa que ele tem razão; depois pensa que não tem.

— Vá fazer um curativo nessa cara, vamos — diz, apontando para o rosto do homem. — Está uma belezura.

Na manhã seguinte, na porta da colônia de férias, a mãe de Sandra insiste em buscar Cosette e levá-la para a casa dela, para que as amigas brinquem juntas; como pela tarde marcou com Vidal um papo que pode se prolongar, Melchor aceita a oferta.

Enquanto dirige para Egara, se segura para não ligar para Vàzquez, porque pensa que ainda deve estar dormindo e que só precisa descansar. Na Sequestros e Extorsões encontra Torrent, que acabou de chegar; Cortabarría aparece pouco depois. São os dois únicos funcionários da unidade em expediente - González e Estellés estão de férias, assim como outros dois do turno da tarde -, e Melchor lhes conta que, por problemas familiares, Vàzquez precisou ir com urgência a Seu d'Urgell, que vai ficar lá alguns dias e que antes de partir lhe telefonou para pedir que ajudasse a cobrir aquela semana em que a unidade ficou reduzida, desguarnecida e descabeçada, e para lhe dar instruções. Então, no decorrer de uma reunião improvisada, redistribuem as pendências, e Melchor compreende em seguida que não poderá dedicar mais de dois funcionários ao caso da prefeita, o que é inclusive insuficiente para cobrir os turnos de vigilância de Casas e Vidal. Durante a reunião, recebe duas ligações. Não atende a primeira, que é de Vàzquez, mas a segunda, sim. Era a secretária de Vidal, que se desculpa porque o vice-prefeito não poderá recebê-lo em seu gabinete da Prefeitura às três e meia da tarde, como combinado.

— Surgiu um imprevisto — alega. — Uma entrevista com o correspondente de um jornal estrangeiro. Ele a dará depois de um almoço de trabalho, no próprio restaurante. Não sei a que horas termina. Às quatro ou quatro e meia. Se o senhor não se incomodar de esperar, talvez possa lhe conceder alguns minutos depois.

— Não me incomodo — diz Melchor. — Em qual restaurante?

A secretária dá o nome do estabelecimento, e Melchor garante que estará lá às quatro. Então, ao terminar a reunião com Torrent e Cortabarría, se fecha no gabinete de Vàzquez e telefona para o sargento, que lhe garante que está melhor e que em poucos dias estará de volta a Egara.

— Sem pressa — mente Melchor. — Ninguém aqui está com saudades de você, não imagina como o pessoal está feliz sem chefe.

Melchor ouve uma espécie de grasnido, que tanto pode ser uma tosse quanto uma risada. Supõe que é uma tosse.

— Você é um filho da puta — diz Vàzquez.

— E você é um fracote.

Ele se dirige ao gabinete de Blai, mas o encontra fechado e telefona ao dono da sala, que não atende. Manda uma mensagem de WhatsApp: "Está na ativa?". Blai responde em seguida: "Engarrafamento total. Almoçamos juntos?". "Combinado", escreve Melchor. "Mas cedo. Às quatro preciso estar em Barcelona." Marcam às duas num restaurante chamado Clotilda.

Passa o resto da manhã despachando e lendo sobre Daniel Casas, Enric Vidal e Gonzalo Rosell. Por volta de uma e meia, deixa a repartição, e antes das duas está no Clotilda, um restaurante de Sabadell em que, anos atrás, durante sua primeira época em Egara, às vezes almoçava com Vàzquez e outros colegas da unidade. Blai reservou uma mesa no porão, numa espécie de ambiente reservado sem cobertura telefônica, e, quando se senta ali, Melchor compreende que o amigo fez isso de propósito, para desconectar um pouco da agitação. O antigo chefe da Unidade de Investigação da Terra Alta aparece depois das duas e meia.

— Desculpe, espanhol de merda — cumprimenta, com um tapinha no rosto. — Tive uma manhã insana.

Atrai de imediato a atenção do garçom, lhe pede uma cerveja urgente, aponta para a Coca-Cola vazia de Melchor e lhe pergunta se quer outra; Melchor diz que sim.

— Uma Coca-Cola e um chope — resume Blai. — E traga o cardápio em seguida, por favor. Estamos com pressa.

— Pode deixar — murmura o garçom.

— Você não sabe quem acabei de encontrar — diz Blai, assim que ficam a sós. Ele deixa transparecer a alegria.

— Gomà? — arrisca Melchor.

Blai arregala os olhos.

— Porra, como adivinhou?

— Você só faz essa cara de felicidade quando encontra Gomà.

O inspetor solta uma gargalhada. Melchor sente que ali, na central de Egara, Blai veste um uniforme de seriedade hiper-responsável, obcecado por estar à altura do cargo, e que quando fica a sós com ele relaxa e volta a ser quem é - ou ao menos quem era na Terra Alta.

— Fala sério — responde Blai, encantado.

O garçom aparece com as bebidas e os cardápios. Blai consegue retê-lo enquanto saboreia a cerveja e dá uma olhada no menu do dia. Finalmente, ambos pedem o mesmo prato: salada verde, bisteca e batata.

— Pois não vou mentir para você, garoto — diz Blai, com uma voz de satisfação exagerada, encaixando os polegares nas axilas e movendo o resto dos dedos como se tocasse com velocidade vertiginosa um piano invisível. — Adoro tê-lo aí, travado, morrendo de inveja ao me ver de chefe da Área Central de Investigação de Pessoas enquanto passa raiva na unidade de carros roubados. Do jeito que era metido, o desgraçado... Mas, espere, eu não contei a melhor parte. Você se lembra da Pires?

Quatro anos atrás, a sargento Pires era ajudante do subinspetor Gomà na Unidade de Investigação Territorial de Tortosa e, por isso, havia sido encarregada de redigir o atestado do caso Adell. Melchor diz que sim, que lembra.

— E você deve lembrar que Gomà largou a mulher por causa dela, né? — Sem dar tempo de Melchor responder, Blai continua: — Pois agora foi ela quem o largou. Foi Pires que largou Gomà. Você tem noção? Gomà larga a mulher pela Pires e a Pires larga Gomà por... Bom, aí já não sei. Deve ser porque é medíocre, fracassado, idiota, devia pensar que seguiria uma baita carreira e aí está ele, que nem sequer foi capaz de passar no concurso de inspetor. Não dá para acreditar, né?

Blai continua execrando o subinspetor Gomà até que o garçom aparece com as saladas.

— Bom — muda de assunto enquanto tempera e começa a comer —, do que você queria falar? Como vai o caso da prefeita? Que tal foi ontem com Casas?

— Bem — responde Melchor. — Quando me despedi dele, disse a um amigo que tinha acabado de estar com um psicopata.

Blai engasga com a alface. Melchor o socorre dando-lhe um par de tapas nas costas.

— Um psicopata? — repete Blai. Limpa a boca com um guardanapo e olha com desconfiança ao subordinado.

— Foi o que disse a meu amigo — repete Melchor. — Falei sem pensar.

— E?

Melchor faz uma careta de incerteza e desgosto.

— Não sei. — E, contradizendo-se, explica: — É um cara muito cheio de si. Acha que a ex-mulher é prefeita graças a ele e que sem ele ela não seria ninguém. Diz que ainda gosta dela e que não lhe deseja mal, mas eu não acredito. Também não acredito que não tenha nada a ver com a chantagem. Em resumo, precisamos vigiá-lo quanto antes.

— Você tem gente?

Melchor responde que não.

— Estamos com a água no pescoço. Tenho no máximo dois homens. De qualquer forma, até Rosell entrar na história me bastam esses dois.

— Vou ver o que posso fazer.

— Ontem você me disse para contar com isso.

— Ontem era ontem, hoje é hoje. Mas, tranquilo, vou dar um jeito.

Durante alguns segundos permanecem em silêncio, mastigando as respectivas saladas. Do outro extremo do restaurante, ouve-se um denso rumor de talheres e conversas, mas nenhum dos dois ergue o olhar.

— Tem outra coisa — diz Melchor.

— Que coisa?

A alegria inicial se eclipsou da cara do inspetor, que agora exibe uma expressão absorta. Melchor toma um gole de Coca-Cola e limpa os lábios com o guardanapo.

— Ontem tinha um cara me seguindo — conta. — Da Urbana. Um dos Vidal Boys.

A expressão de Blai volta a mudar para uma evidente preocupação.

— Como você sabe?

— Porque falei com ele.

— Com o cara que o seguia?

— Sim. Trocamos uma ideia. Ele disse que estava me vigiando por ordens de seu chefe.

— Hematomas.

Melchor assente. O garçom aparece com as bistecas com batatas e leva os pratos de salada vazios. Uma vez que se foi, Blai resmunga.

— Porra, cara, isso está se complicando. Essa gente é perigosa.

— Não pareceu.

— Mas é. Além do mais, se eu denunciar isso lá em cima, pode virar uma confusão do caralho: a Urbana vigiando os Mossos d'Esquadra. Puta merda.

Atacam com fome imparcial as bistecas.

— Não os denuncie e veja pelo lado bom — propõe Melchor, depois de um tempo. — Isso significa que Vidal quer saber o que estamos fazendo. E, se Vidal quer saber o que estamos fazendo, é porque está metido na coisa.

— Não necessariamente — objeta Blai; fala, engole e corta ao mesmo tempo. — Não seria a primeira vez de Hematomas agindo por conta.

— Em um caso que tem a ver com a prefeita? — pergunta-se Melchor. — Não acredito.

— Vindo desse aí, acredito em qualquer coisa.

Voltam a comer num silêncio absorto. Quando Melchor termina, confere a hora.

— Tenho que ir — anuncia. — Marquei às quatro com Vidal. — Diz a Blai que termine sem pressa, deixa uma nota de vinte euros sobre a mesa e se levanta enquanto acrescenta: — Vamos ver se hoje à tarde você consegue resolver a questão da vigilância.

— Não se preocupe.

— E diga aos encarregados de seguir esses dois que queremos um relatório completo de seus passos.

— Pode deixar.

Ao passar ao lado do amigo, Melchor lhe toca o ombro em despedida. Blai segura a mão dele por um segundo.

— E você... faça-me um favor — pede, levantando-lhe um olhar firme. — Tome cuidado.

*

Dois homens montam guarda no terreno em frente ao restaurante La Balsa. Melchor reconhece um deles de fotografias: forte, baixo, descorado, com bigodão e barriguinha.

— Ora, ora, veja quem está aqui — diz o homem. — Marín, não é?

Melchor se aproxima.

— E você é Hematomas, não é?

O semblante do cara se fecha.

— Não é esse seu nome? — diz Melchor. — Desculpe, devem ter me informado mal.

— Aonde vai? — o interpela o inspetor Lomas.

— Ver seu chefe — responde Melchor. — Não te disse?

Lomas se esquiva da pergunta.

— Está ocupado — anuncia.

— Tranquilo. — Melchor segue seu caminho. — Tenho tempo, posso esperar.

O chefe dos Vidal Boys o detém com a mão; Melchor olha para a mão, não para o inspetor. Também, pela primeira vez, repara em seu acompanhante, um sujeito bem mais jovem e dois palmos mais alto que Lomas; parece concentrado e tenso, vigilante.

— Ontem você deu uma surra em um de meus homens — repreende-o o inspetor.

— Que coisa! — exclama Melchor. — Aqui na capital vocês chamam qualquer contato de surra.

— Está com o nariz quebrado.

— Sério? Sinto muito. Mas a culpa é sua: se não tivesse lhe dado a ordem de me seguir, teria passado ileso.

Lomas o observa com um misto de irritação e estranheza enquanto sobrepõe o lábio inferior no superior e acaricia com ele as pontas do bigode, refletindo.

— Vou te dar um conselho — diz, por fim. — Gratuito.

— Agradeço — diz Melchor. — Sabe? Sou muito ruim em dar conselhos, mas muito bom em recebê-los.

— Não se faça o engraçadinho comigo.

— Desculpe — disse Melchor, sabendo que, quanto mais superficialmente lidar com o homem que tem diante de si, mais perigoso será; não obstante, acrescenta, sem poder evitar: — E o conselho?

Lomas parece desconcertado. Olha de soslaio para o homem que o acompanha, como se temesse passar vergonha; depois se vira outra vez para Melchor.

— Esse é o conselho — esclarece.

— Que não me faça de engraçadinho com você? — Melchor sorri. — Ah, não tinha entendido.

Antes que o inspetor possa replicar, afasta a mão dele e segue. Subindo a escada do restaurante, ouve às costas:

— Marín.

Ele se vira enquanto Lomas chega ao pé da escada; o acompanhante o segue.

— Você está se metendo em problemas — constata o inspetor. — Sabe disso, não é?

Melchor semicerra os olhos com ar fatalista ou resignado.

— Depois não diga que não avisei — ameaça Lomas.

O restaurante fica ao pé do Tibidabo e foi construído sobre uma antiga balsa. Melchor entra em um vasto salão elevado, de ar tropical, com um balcão e uma chaminé de mármore, iluminado por grandes janelas e cujo teto de madeira está sustentado por vigas de madeira. Àquela hora, o salão se esvaziou, mas no terraço, sob uma cobertura branca, restam algumas mesas ocupadas; de uma delas, alguém lhe faz sinal.

— O senhor Vidal me aguarda — explica a um garçom que se aproxima com olhar interrogador.

O vice-prefeito de Barcelona se encontra sentado num canto do terraço, com um charuto fumegante numa das mãos e um copo de uísque na outra; diante dele há um homem alto e esguio, loiro e sorridente, que se levanta quando Melchor chega e lhe estende a mão.

— Sente-se, sente-se — convida Vidal, indicando com seu charuto uma cadeira ao lado do homem. Meu amigo, o senhor Burton, e eu já terminamos. Agora estávamos conversando em *off*, que sempre é a melhor parte, né, Denis?

— É verdade — diz Burton.

— Quer tomar alguma coisa? — Vidal se dirige a Melchor. — Um café? Um uísque?

— Nada, obrigado — diz o policial.

Vidal faz um gesto dissuasivo em direção ao salão do restaurante.

— O senhor Burton é correspondente do jornal *The Guardian* na Espanha e está escrevendo um livro sobre Barcelona — conta Vidal. — Acabei de dizer a ele uma coisa que meu pai sempre repetia: "O catalão que não quer a independência não tem coração; o que a quer não tem razão".

— Não posso mesmo citá-la? — pergunta Burton, com uma caderneta fechada diante de si.

— Cite, se quiser — concede Vidal, magnânimo. — Mas não a atribua a meu pai, que em paz descanse. Vão pensar que era um cínico consumado. Ele era, claro, mas... — Vidal dá um gole no uísque. — Veja, Denis, nós não podemos ter ideais, nem sequer ideias. Ideias políticas, digo. Esse é um luxo que não podemos nos permitir.

— Quando você diz "nós", a quem está se referindo? — pergunta o correspondente.

— A quem seria? — responde o vice-prefeito. — A nós. Os que mandamos. Os que temos o dinheiro e o poder, supondo que sejam duas coisas diferentes. As ideias são para os intelectuais, e os ideais são para as pessoas humildes; no nosso caso, ambos seriam uma irresponsabilidade. Ainda mais num lugar como este.

— Receio não acompanhar — reconhece o jornalista, que, depois de anotar algo na caderneta, analisa Vidal.

Melchor também o observa. Tem a mesma idade que Casas, mas parece bem mais velho. Em parte, talvez, pela forma de se vestir, que a Melchor sugere um ar diplomático um pouco antiquado, com terno cinza muito escuro, folgado e de bom tecido, camisa azul listrada e gravata de seda grená; em parte, também, por seu falar sossegado e formoso, por seu sobrepeso e por sua barba frondosa e meio grisalha. Não parece se importar com o calor úmido que se adensa sob a lona branca, só de vez em quando removido por uma brisa morna, porque nem sequer tirou o paletó. Uma mancha de suor macula sua camisa, o nó da gravata está frouxo, e o cabelo, um pouco bagunçado.

Vidal acaricia a barba com a mesma mão que segura o charuto e saboreia outro gole de uísque, vislumbrando pensativamente, para além de seus interlocutores, o resto do terraço, que parece tomado de uma vegetação selvática.

— Antes falávamos do Procés — recorda ao jornalista, que aprova com um enfático gesto de cabeça. — Bom, o Procés é um bom exemplo do que quero dizer. — Em seguida, retoma: — Em 2012, vivíamos uma crise tremenda, a pior do século, e estávamos sofrendo. Bastante. O que fizemos? O que devíamos fazer: levamos as pessoas às ruas, com nossos próprios meios e com a ajuda inestimável de nosso governo, para meter toda a pressão possível no governo de Madri, prensando-o e o obrigando a resolver o problema. Não preciso dizer que nós não somos independentistas, claro, nem nunca fomos, porque sempre tivemos cabeça; o independentismo é outro desses luxos que não podemos nos permitir. Mas qual era a melhor forma de pressionar Madri? A nossa. E qual é a maneira mais rápida e mais fácil de levar as pessoas às ruas? A nossa também.

— Quer dizer que vocês montaram o movimento independentista?

— O movimento independentista, não. Independentistas, na Catalunha, sempre houve: gente com muito coração e pouca cabeça, diria o meu pai. O que nós montamos foi o Procés, isto é, transformamos uma reivindicação da minoria em uma reivindicação de quase metade do país.

O correspondente do jornal britânico arqueia a boca numa expressão duvidosa.

— Francamente, não creio que, durante quase uma década, vocês sozinhos conseguiram levar um milhão de pessoas às ruas para pedir a independência — reconhece. — Como se fossem idiotas.

— Mas são idiotas — afirma Vidal. — Não tenha dúvida. Um ou outro não. Mas poucos. Nas massas, arrastados pelos sentimentos, as paixões e as emoções das bandeiras, todos sem exceção. Incluídos provavelmente você e eu, querido amigo, se fosse o caso. Mas não será. De qualquer forma, para me manter são, tive o cuidado de não comparecer a nenhuma manifestação na vida, se é que as do Procés foram manifestações.

— Não foram?

— Está de brincadeira? É claro que não. Eram desfiles. Você não lembra? Todo mundo uniformizado, todo mundo em seu lugar, preparado para o que os organizadores ordenassem, todo mundo sabendo o que fazer, tudo pronto para que as câmeras filmassem... Como seria uma manifestação? E por isso nos foram tão úteis. As pessoas fazem o que mandam, principalmente se você tem o dinheiro e o poder político, como nós tínhamos, e além do mais há televisões, rádios, jornais, redes sociais e tudo o que é preciso ter. Tirar as pessoas de casa é facilíssimo, principalmente agora. O problema é enfiá-las de volta.

— Esse foi o problema do Procés?

— Exatamente. O problema foi que saiu do controle. Veja. — Dá outro gole de uísque, outra tragada no charuto e solta uma nuvenzinha de fumaça que fica flutuando no calor estival do terraço. — Nós tínhamos na Generalitat nosso homem, Artur Mas. Um bom rapaz. O herdeiro do patriarca Pujol e o garoto de recados de sua família. Um dos nossos, até falava castelhano em casa, como nós. Mas as coisas se enrolaram, e Mas foi expulso da presidência e deixou Puigdemont, um zé-ninguém do interior que não fazia nada e não tinha poder nem prestígio. Todos dávamos por certo que Mas o controlaria, mas nos enganamos. Porque Puigdemont era um fiel, um talibã que levava a sério o que para nós era apenas um jogo, uma arapuca, um estratagema destinado a sair bem da crise. Para ele não era assim: ele estava disposto a chegar aonde fosse preciso; tinha mais medo de não fazer isso que de fazer. Resumindo, um desastre.

— Para vocês não foi tão ruim.

— É verdade, mas poderia ter sido melhor. Não se esqueça de que nossos interesses são os da Catalunha. Os da Catalunha em geral e os de Barcelona em particular. E, se Barcelona e Catalunha vão mal, nós vamos mal, ainda que tenha sido relativamente bom. Não sei se deu para entender. De qualquer forma, a ideia do Procés, como eu estava dizendo, era boa. Boa e necessária. Indispensável, eu diria. E precisamente por isso é tão importante o que estamos fazendo agora na Prefeitura de Barcelona e vamos fazer amanhã na Generalitat, ou na Prefeitura e na Generalitat ao mesmo tempo: consertar o desastre. Nós o provocamos e nós vamos consertá-lo. Você não acha que isso é ser responsável?

O jornalista do *The Guardian* parece refletir por um momento, lança a Melchor um olhar fugaz, entre irônico e interrogante, e se vira de novo para Vidal.

— Pode ser — aceita. — Embora tenha gente que pense o contrário.

— Sempre tem gente que pensa o contrário — constata Vidal.

— Tem gente que pensa que o que vocês estão fazendo agora é substituir um culpado por outro — apressa-se a esclarecer o jornalista.

— Antes, a culpa de todos os males era de Madri; agora, a culpa de todos os males é dos imigrantes.

A observação de seu interlocutor parece pegar Vidal desprevenido, e ele, durante alguns segundos, faz girar um resto de uísque em seu copo, concentrado nesse gesto.

— Que injusto, não acha? — Levanta um olhar entre ardiloso e doído e saboreia outro gole de uísque sem afastar os olhos do correspondente, como se tentasse lhe informar o que não pode dizer com palavras. — Enfim, neste país, há gente para tudo.

Vidal leva o charuto à boca e, enquanto o jornalista sorri como se tivesse entendido, a coluna de cinzas que se formou em seu extremo desaba sobre a brancura da toalha de mesa.

— Bom. — O jornalista se levanta. — Vocês devem ter outros assuntos. Eu preciso ir.

Pega sua caderneta, agradece a Vidal o tempo que lhe concedeu e aperta a mão do policial. Está prestes a apertar a do vice-prefeito quando este também se levanta.

— Eu o acompanho até a saída, Denis — diz.

O correspondente responde que não precisa, mas o político insiste, e os dois se afastam até a saída do restaurante, a mão do político pousada no ombro do jornalista. Melchor revisa seu celular, com as várias mensagens de WhatsApp recebidas. Uma é de Vivales, que lhe pergunta se deve buscar Cosette na colônia de férias. "Não se preocupe", responde Melchor. "Combinei de buscá-la mais tarde na casa de uma amiga." Outras das mensagens é de Blai. "Sobre a vigilância, tudo certo, ao menos até Rosell. Amanhã à tarde, você começa com Vidal, ok?" "Ok", responde Melchor, acrescentando: "Ainda estou com ele". "E?", escreve Blai. "Um gângster", escreve Melchor. "Um psicopata gângster", resume Blai. "Atenção, capitão." Melchor olha o restaurante e distingue Vidal na entrada do salão, dialogando com o inspetor Lomas. Escreve a Vàzquez: "Como vai?". Logo que envia, ouve a voz de Vidal às costas:

— Baita idiota, hein?

O vice-prefeito volta a se sentar do outro lado da mesa.

— Está falando do Hematomas? — pergunta Melchor, sabendo perfeitamente de quem está falando.

— Estou falando do jornalista — responde Vidal, como se não tivesse ouvido o apelido do subordinado. Está na cara que foi ao banheiro, lavou o rosto, arrumou o cabelo e ajustou um pouco o nó da gravata; a mancha de suor, porém, continua na camisa, grande e escura. — Esses ingleses estão há séculos nos dizendo como somos e agora acreditam que sabem melhor que nós. Já vêm com as respostas prontas, então você lhes diz uma coisa e eles escrevem o contrário. Você pode dizer o que for, eles escrevem o que querem. É assim com todos os jornalistas, não acha?

— Não sei — admite Melchor, que nesse momento recebe uma mensagem de WhatsApp de Vàzquez. "De primeira", lê, de canto de olho. — Nunca me entrevistaram.

— Pois você não sabe a sorte que tem — parabeniza Vidal. — Dar uma entrevista é como dar a bunda: você abre as pernas e seja o que Deus quiser. Se o jornalista for esperto, você parece esperto; se for tonto, você sai tonto. Como a maioria dos jornalistas são tontos... Acredite em mim: não há nada pior que jornalista. Só político, claro.

Um garçom traz na bandeja uma garrafa de Lagavulin, um balde de gelo e uma garrafa de água mineral.

— Não quer tomar nada mesmo? — pergunta Vidal enquanto o garçom lhe serve uma dose generosa de uísque.

— Não, obrigado — responde Melchor. — Se não se importa, vou direto ao ponto; não quero fazer o senhor perder tempo.

— Não se preocupe — diz Vidal. — Não vou perder tempo. Além do mais, estou mais interessado em falar com você do que você está em falar comigo.

— Por isso mandou me seguirem?

O vice-prefeito arqueia a sobrancelha, mas não olha para Melchor, e sim para o garçom, um homem de pele mais escura e feições orientais que prendeu um cubinho de gelo com uma pinça e o segura justo na borda do copo de uísque. Vidal assente com um gesto, o garçom coloca o gelo e vai embora.

— Dei ordens para o seguirem porque informação é poder — responde Vidal. — E meu trabalho consiste em lidar com o poder. — Toma um gole de uísque e espia a reação de Melchor; como se suspeitasse que não compreendeu, deixa o copo na mesa e se inclina para a frente, apoiando os braços na toalha suja de cinzas, então cruza os dedos e crava os olhos nos do policial. — Veja, Melchor, entendo muito bem o que acontece com você. Você ouviu o que as pessoas dizem de mim, o que os jornalistas escrevem de mim, meu passado lendário, e acreditou. Acreditou que estou metido na chantagem à Virginia.

— Quem lhe disse isso? Casas?

— Ninguém precisa me dizer nada, homem. Eu sei. Assim que você soube que eu aparecia no vídeo, pensou isso. Pois eu vou dizer uma coisa: não é verdade. Eu não estou metido, nem Dani, muito menos Gonzalo. De fato, nós poderíamos ser chantageados, assim como Virginia.

— E por que não foram?

— Ah, não sei. Talvez porque sabem que não nos deixaríamos, pelo menos com esse vídeo. Mas, antes de mais perguntas, permita-me dizer uma coisa: meu passado lendário é verdade. Melhor dizendo, em parte. As lendas sempre são assim, não? Um misto de verdades e mentiras. Só que, se você soma uma verdade e uma mentira, o resultado é sempre mentira. Não sei se deu para entender.

— Perfeitamente. E qual é a verdade nessa mentira?

Das pupilas de Vidal brota um lampejo que Melchor não sabe se atribui ao álcool ou à súbita e inocultável alegria que provoca em determinadas pessoas a pergunta exata de que precisam para vencer uma discussão ou simplesmente para se exibir. O vice-prefeito esmaga o charuto no cinzeiro repleto de cinzas, onde jaz morta outra bituca.

— Você leu Montaigne? — pergunta.

Melchor faz que não.

— É verdade, você só lê romances — diz o outro. — Pois eu leio Montaigne todos os dias. Um pouco, duas ou três páginas, não mais. Mas todo dia. E é foda. Parece que só fala dele, mas na verdade fala de tudo, e faz isso como ninguém. Claro que eu leio pouco, porque não tenho muito tempo, mas... Quando se trata de política, sem ir longe, todo mundo cita Maquiavel, e eu não digo que esteja errado. Mas Montaigne é muito mais sério, muito mais radical, muito melhor. Por exemplo, ele diz que o bem público exige que se traia, que se minta e que se assassine, que por isso a política deve estar nas mãos das pessoas mais fortes e com menos escrúpulos, pessoas capazes de sacrificar sua honra e sua consciência pelo bem-estar do país. O que você acha, hein? Eu nunca assassinei ninguém, é claro, mas o resto mais ou menos já fiz, sim. E sabe por quê? Porque eu não me engano, porque sei muito bem que na política é preciso fazer coisas que ninguém quer fazer, é preciso sujar as mãos, pactuar com o diabo se for preciso. Por isso, se o inferno existe, nós, políticos, iremos todos para lá. Essa é a realidade, e quem não a conhece não deveria se dedicar à política, porque não sabe o que é o poder. — Melchor tenta intervir, mas Vidal se adianta: — E, sim, sei que há quem diga que nós, catalães, não sabemos lidar com o poder, que não sabemos o que é o poder, que temos medo dele e que por isso somos ruins de política.

— Foi o que me disse Casas ontem — consegue intercalar Melchor.

— Ele diz isso sempre — zomba Vidal. — E sabe por quê? Porque era o que o pai dele dizia. E o meu também. E o que toda a elite econômica catalã diz há mais de um século. Mas não é verdade. Talvez tenha sido, mas não é mais. Agora o poder não está só nos estados, também está nas cidades. Quase principalmente nas cidades. Diga-me, o que é mais importante, Barcelona ou Catalunha, que não é um estado, mas quase, porque tem quase tanto poder quanto um estado? Mil vezes mais Barcelona. E nós lidamos com poder, ora se lidamos. Poder de verdade. Ou pelo menos estamos aprendendo a lidar. Quem entendeu isso primeiro foi Margaret Thatcher, que por isso cancelou a área metropolitana de Londres: não queria que a cidade voasse sozinha, à margem do país, e levou a rédeas curtas, para que não lhe fizesse sombra. E é o que Jordi Pujol fez com Barcelona. Ou o que tentou fazer.

— Por que está me dizendo isso? — O policial faz a pergunta que está tentando fazer há algum tempo.

— Para acabar com esse assunto e passar ao que interessa — responde Vidal. Como Melchor não parece entender, o vice-prefeito descruza as mãos e se ergue ligeiramente, mas não tira os cotovelos da mesa. — Quero dizer é que posso ser um filho da puta. Não digo que não. Mas não estou chantageando Virginia. Pense bem. O que eu ganharia com isso?

— Conseguir que renuncie e assim assumir seu lugar — responde Melchor, depressa. — E, de quebra, acabar com a carreira política dela.

Vidal estala a língua, balançando a cabeça com um meio-sorriso condescendente.

— Estou decepcionado — garante. — Tinham me dito que você era esperto e sensato, mas vejo que estavam enganados. Você não percebe que isso não tem o menor sentido?

— Então por que a prefeita não encomendou a investigação da extorsão ao senhor?

— Isso você deveria perguntar a ela. Mas, já que está perguntando para mim, posso dar várias respostas, entre elas o fato de que não somos polícia judiciária e não estamos autorizados a investigar essas coisas.

— Não me faça rir.

— Não era a intenção. — Vidal se esforça para soar sincero. — E não me interprete mal: não estou dizendo que nossa relação esteja em seu melhor momento. Minha relação com Virginia, quero dizer. Todo mundo sabe. Algumas coisas se complicaram desnecessariamente, e o divórcio dela estragou outras... Mas daí a chantageá-la para que abandone a política é um abismo. Além do mais, se quisesse chantageá-la, acredite em mim, não o faria com esse vídeo. Não passa de uma molecagem, uma dessas idiotices que se fazem quando jovem... — Um lampejo de patifaria dilata as pupilas do vice-prefeito, e Melchor adivinha o que vem em seguida. — Você também fez dessas, né?

— Não sei do que está falando.

— Claro que sabe! — Vidal o contradiz, reacomodando-se na cadeira; pega o copo de uísque e remexe o líquido, no qual quase se dissolveu o gelo. — Falo do romance de Javier Cercas.

Melchor dá de ombros.

— Não li — confessa. — Mas, pelo que dizem, é tudo inventado.

Vidal arregala os olhos e, em seguida, ri; então leva o copo aos lábios, grossos e úmidos, e toma um longo gole.

— É o que você diz às pessoas? — pergunta, ainda saboreando o uísque. — Entendo. Mas não me venha com essa, por favor. Me soa quase falta de respeito.

Durante alguns segundos, Melchor sustenta o olhar do vice-prefeito.

— Está me ameaçando? — pergunta, por sua vez.

— Como pode pensar isso, homem? — Vidal se escandaliza, ou finge se escandalizar. — Só estou dizendo a verdade. Diga-me uma coisa, você se lembra de Isaías Cabrera? Até bem pouco tempo, era sargento de Assuntos Internos nos Mossos, e me falaram que vocês se conhecem.

Melchor não precisa buscar muito fundo em sua memória; Vidal, por sua vez, não precisa escutar a resposta de Melchor: deve ter visto em sua cara.

— Já faz um tempo que trabalha para mim — informa-lhe o vice-prefeito. — E está adorando. Pode conferir com ele, se quiser. Foi ele quem me disse que a parte da prisão é verdade. E que você trabalhou como atirador para os traficantes colombianos. E mais algumas coisas que seus chefes e colegas não sabem, ou sabem, mas preferem não saber, e que provam que o tal Cercas, veja só, tem menos imaginação do que dizem. Mas, enfim, não era disso que eu queria falar. Acredite: não ligo para o que você fez ou não quando garoto. O que eu queria era explicar outra coisa. Se é que já terminou o interrogatório, claro.

— Eu ainda não comecei — diz Melchor.

Vidal abre os braços em sinal de hospitalidade.

— E o que está esperando?

Durante alguns minutos, falam sobre a gravação com a qual estão extorquindo a prefeita. Melchor faz ao vice-prefeito as mesmas, ou quase as mesmas, perguntas que fez a Casas na segunda-feira e recebe as mesmas, ou quase as mesmas, respostas, só que carregadas de menos dúvidas e hesitações, o que gera no policial a suspeita (na verdade, a convicção) de que, no tempo transcorrido entre ambos os interrogatórios, os dois velhos amigos combinaram a mesma versão dos fatos, entre eles e quem sabe se com Rosell, supondo que este esteja igualmente envolvido na operação, o que *a priori* não lhe parece de todo improvável. Melchor, em algum momento, menciona quem filmou:

— Casas me contou que ao terminar os estudos o perdeu de vista, mas que o senhor manteve contato com ele.

— Exagero. Ou você entendeu mal: na verdade, só voltei a vê-lo nos últimos meses. — Vidal suspira, semicerrando os olhos. — Ricky é um caso à parte. Dramático, eu diria. Nós o conhecemos naquela época, quando estudávamos. Era inteligente, brilhante até, ainda que um pouco infantil. Largou os estudos antes de terminar e desapareceu do mapa, não voltamos a saber dele. Até que, de repente, há pouco tempo, reapareceu, entrou em contato conosco, primeiro com Dani, depois comigo. Veio nos pedir ajuda. Eu o ajudei, ou tentei; Dani, não. Isso ele não disse? Pois é verdade. E não repreendo Dani por não o ajudar, porque Ricky era um cara autodestrutivo, uma dessas pessoas que pedem ajuda, mas é evidente que o odeiam por terem de pedir ajuda e que o odeiam ainda mais se você as ajuda… Enfim, um clássico. Não sei se sempre foi assim ou se foi o fracasso que o deixou assim. A verdade é que, quando Ricky reapareceu, estava arruinado e desesperado, o caso dele foi um fracasso completo, sem solução. E eu fiz o que pude para ajudá-lo, acredite em mim, tentei agir da melhor forma possível. Pelos velhos tempos. Porque tinha afeto por ele. Porque no fundo sou um sentimental. Seja qual for o motivo, tentei ajudá-lo. — O homem corta horizontalmente o calor imóvel do terraço com a mão plana, taxativa. — Em vão. Mas continuei a vê-lo e, ao fim, ao menos pude ajudá-lo a morrer. Ou melhor, quando soube de sua morte, me encarreguei dos gastos do funeral e do enterro, porque ele não tinha onde cair morto. Literalmente. O forense disse que teve uma parada cardíaca, mas eu não estranharia que tivesse se matado. Se fosse eu, era o que teria feito.

— Seu amigo tinha família?

— Não. Não que eu saiba. Ao funeral só compareceram alguns vizinhos. Uma história triste, estou dizendo.

O vice-prefeito se deixou contaminar pelo amargo fim de seu amigo de juventude. Ou deu essa impressão, com o olhar fixo na toalha sobre a mesa, como se estivesse indagando, em sua brancura suja de cinzas, a justificativa ou o consolo daquele destino ruinoso. Até que parece despertar, repara em seu interlocutor, leva outra vez o copo de uísque aos lábios e pergunta, num tom distinto:

— Bom, já acabou? Mais alguma pergunta?

— Não. De minha parte, terminamos.

— Maravilha — diz, satisfeito, como se precisasse se recompor de uma fraqueza momentânea. — Agora é minha vez. Quero fazer uma proposta.

Antes das sete, vai buscar Cosette na casa de Sandra. Quem abre a porta é a mãe, agitada, despenteada e cheirando a álcool. A mulher o convida a entrar e, depois de lhe permitir trocar umas palavras com Cosette, que está brincando com Sandra no quarto, lhe convida a tomar alguma coisa. Melchor recusa, mas a mulher se perde na cozinha, regressa com um copo de gim até a metade e se põe a falar do marido, de quem, segundo deduz Melchor (que só entende pela metade o que ela tenta lhe dizer), está se separando. Depois de a mulher passar um tempo amaldiçoando o companheiro, Melchor lhe pergunta se ele bate nela. "Bater em mim?", pergunta ela, surpresa, mas sem deixar de berrar e sem se importar que as meninas a ouçam. "Se ele me bater, eu corto as bolas dele com uma motosserra! Mas me trai com qualquer uma que vê pela frente. Grande filho da puta!" Nesse momento, a mulher desaba a chorar, ao que Melchor tenta consolá-la, até que, sem saber como, se vê em seu quatro; ela aproveita para meter a mão no meio de suas pernas enquanto ensaia um sorriso sedutor, que em Melchor provoca uma pena indissimulável. Ao ver sua reação, a mulher tira a mão, se afasta dele, balbucia uma desculpa e, num misto de desespero e vergonha, sufoca um grito e se deixa cair na cama, resmungando censuras ininteligíveis e maldições autopiedosas enquanto chora de soluçar. Sem saber o que fazer, incapaz de ir embora e abandoná-la naquele estado lamentável, Melchor se senta numa cadeira e aguarda em silêncio. A mulher começa a se acalmar aos poucos, mas em algum momento deixa escapar um pum flagrante que ressoa no ambiente, entre soluço e soluço, como o toque de uma corneta.

— Bom — diz Melchor, fazendo muito barulho ao se levantar da cadeira, para, na medida do possível, tapar o escândalo do peido e poupar a mulher daquela última humilhação —, Cosette e eu precisamos ir embora.

Pai e filha já estão preparando o jantar quando Vivales chega. Jantam no terraço e, depois que os dois homens arrumam a cozinha enquanto Cosette vê desenho animado na televisão, Melchor passa um tempo lendo *Miguel Strogoff* para a garota. Então a espera adormecer e, depois, volta para a sala de estar. Vivales descansa no sofá de sempre diante da televisão desligada.

— Hoje não tem filme? — pergunta Melchor.

— Hoje, não — responde Vivales, apontando para uma pilha de documentos no chão. — Tenho coisas para fazer.

— Achei que estivesse de férias.

— Eu também achei. — Vivales se levanta. — Tinha esquecido que nós, escravos, não temos férias.

O advogado sai da sala enquanto o policial, com o iPad na mão, se acomoda ao lado do sofá. Vivales regressa em seguida, com uma garrafa de uísque, um copo de vidro grosso e uma tigela abarrotada de gelo. Melchor está concentrado no iPad, pesquisando sobre Ricky Ramírez. Não tira da cabeça o fato de que Casas mentiu sobre o homem: disse que não havia voltado a vê-lo desde a época de estudante, mas, segundo Vidal, isso não é verdade: em algum momento, Ramírez lhe pediu ajuda e ele negou. Por que Casas tentou enganá-lo? Ou simplesmente se esqueceu daquele pedido de socorro? Quem foi Ricky Ramírez? Foi ele quem guardou a gravação com que agora extorquem a prefeita? E, se for isso, quem ficou com o vídeo após sua morte e agora faz isso? Apesar de ter morrido alguns meses atrás, Ramírez teria alguma relação direta com a chantagem, além de gravar as cenas? E sua morte? Tem relação com o caso?

— Hoje recebi um cliente no escritório — diz Vivales, sentado de novo ao lado de Melchor, enquanto pega entre os dedos um cubo de gelo e o coloca no copo com um tilintar. — Um ladrão considerável, acabou de ganhar liberdade provisória. Graças a mim, modéstia à parte. Bom, pois para comemorar, lhe ofereci uísque e perguntei como preferia. Sabe o que me respondeu? — Vivales emite uma voz ainda mais rouca que a sua: — Com muita fumaça e muitas putas!

Murmurando para si ("Esta é a parte boa do meu trabalho: você sempre aprende coisas novas"), o advogado se serve uma boa dose de uísque; Melchor não se altera, demasiado absorto no iPad para registrar a anedota do advogado. Este, afundado de novo no sofá, pergunta:

— Que tal o dia?

Um pouco impaciente, Melchor olha para Vivales e está prestes a pedir que se cale e o deixe seguir com a leitura.

— Recebi uma proposta de emprego — diz, porém.

O advogado franze o cenho.

— De Enric Vidal — continua Melchor.

— O cão sarnento da prefeita?

— O próprio. Para trabalhar para ele.

— Está brincando.

— Ele insinuou que em quatro dias estarei dirigindo os Vidal Boys. Em dois, melhor dizendo.

— Você deve ter dito para chupar seu pau.

— Eu disse que vou pensar.

Vivales o encara com incredulidade e sarcasmo e se reacomoda atento enquanto Melchor deixa o iPad no chão. Não quer preocupar o advogado além da conta, então não acrescenta que disse a Vidal que vai pensar em troca de que os homens de Hematomas parem de segui-lo e que Vidal aceitou o trato.

— Lembra o que Campà disse outro dia? — pergunta Melchor. — Bom, não sei se foi Campà ou Puig.

— Dá na mesma — diz Vivales. — O que diz Ortega também diz Gasset. O que ele disse?

— Que é possível que Vidal e Casas quisessem dar uma rasteira na prefeita. Lembra?

Vivales assente.

— Pois é verdade.

— Por acaso você está falando da história da chantagem que saiu no *Ara*?

Melchor responde que sim, explica a Vivales por que o mandaram a Barcelona a trabalho e lhe faz um resumo do que descobriu desde que chegou à capital. O advogado o escuta com máxima atenção. Quando Melchor termina de falar, Vivales reflete por alguns segundos.

— Tem certeza de que Casas e Vidal estão por trás disso? — pergunta.

— Não — responde Melchor, pegando o iPad do chão. — Mas acho que estão. E talvez mais gente. Rosell, por exemplo. Pelo visto, também aparece no vídeo.

— E você falou com ele?

— Não. Vou falar na quinta.

Vivales volta a assentir, mas não parece tão convencido. Melchor pensa outra vez em Ricky Ramírez.

— Tome cuidado — adverte-lhe o advogado. — Essa gente é perigosa.

— É a segunda vez que me dizem isso hoje.

— Viu só?

O policial também assente. Depois olha para a tela do iPad, que se apagou; toca-a com a ponta do dedo e ela se ilumina.

— Bom — encerra o assunto. — Chega de papo.

2.

— Do que estávamos falando?

— Do caso dos cartões fantasmas. Mas continuo sem ver a relação disso com a chantagem da prefeita.

— Pois tem.

— Você estava me dizendo que, quando seu pai se deu mal por causa disso, ninguém os ajudou.

— Você se admira? Eu, não. Se alguém está se afundando, ninguém lhe dá a mão; se dá, é para terminar de afundá-lo. É assim que as coisas funcionam... Na realidade, meus amigos só fizeram o que qualquer um teria feito: saíram correndo, se afastaram quanto antes. E eu estava tão na merda quanto meu pai. É verdade que, em setembro, quando não apareci na Esade, eles poderiam ter me ligado, perguntado por que eu não estava indo, demonstrar interesse em meu pai ou em mim... Mas não fizeram nada. Não tinham feito nada até então nem fizeram nesse momento. Tínhamos sido inseparáveis, mas não moveram um dedo... Claro que eu também não fiz nada para revê-los. E sabe por quê? Porque o pior de virar pária é aceitar sem protestar sua condição de pária. Temos vergonha de nós mesmos, nos isolamos, a única coisa que queremos é nos esconder num canto e lamber nossas feridas como um cão espancado... Então talvez eu não devesse julgar meus amigos. Mas os julgo, acho que os julgo, e naquele momento os julguei ainda mais, talvez porque tenha me dado conta de que não tinha enxergado o óbvio, que eu nunca tinha sido um deles, que só fingiram que eu era, que sempre tinham me visto como subalterno, nem sequer como espectador ou testemunha, que era como Casas e Vidal viam Rosell; para eles, eu só era um servidor, um lacaio, então me dei conta de repente, e o pior é que foi assim porque eu quis, ninguém me obrigou, tinha sido empregado deles porque queria ser como eles, com a esperança de me integrar, de pertencer de alguma forma à elite mágica do poder e do dinheiro... E por isso fiz tantas coisas que me repugnavam ou que me repugnaram quando já estavam feitas e não tinha volta. E foi quando me dei conta de tudo isso que comecei a sentir nojo, um nojo enorme. E quando jurei a mim mesmo que me vingaria deles por terem extraído de mim meu pior lado, por terem me transformado num monstro... Foi o que tentei fazer agora, mas deu errado.

— Talvez não tenha dado tão errado.

— Deu errado pra caralho.

— Eles ainda podem pagar pelo que fizeram.

— Talvez, mas não acredito... Acho que quem vai pagar sou eu, não eles. Quem paga pelas coisas é sempre o lado mais fraco. Eu te disse que é uma lei universal.

— E eu disse que vou fazer o possível para eles pagarem.

— Claro. É por isso que estou te contando essa história toda ainda que... Ei, tem certeza de que não quer um pouco de uísque?

— Tenho. Continue.

— Você deveria me acompanhar, se eu tomo acompanhado falo mais... Mas vamos nessa. Como estava dizendo, quando estourou o caso dos cartões fantasmas, minha família de um dia para o outro se viu na pior, meu pai deixou de receber seu salário e precisou devolver o dinheiro que tinha gastado e começar a pagar advogados, então eu deixei a Esade e transferi minha matrícula para a Universidade de Barcelona, que era muitíssimo mais barata. Também comecei a dar aulas de matemática na escola de um cara que devia favores a meu pai, aí, sim, tive um pouco de sorte, pelo menos consegui um trabalho, pois, ainda que fosse um trabalho de merda, deu para minha mãe e eu vivermos até meu pai ser solto depois de dez meses de prisão. A trancos e barrancos, mas deu. Mais ou menos nessa época, comecei a buscar formas de ganhar dinheiro e foi então que ouvi falar pela primeira vez em bitcoins e comecei a mexer com isso. Enfim, depois entro nesse assunto, agora vou continuar com meu pai...

"Sua volta para casa melhorou e piorou as coisas. Por um lado, melhorou, porque ao menos ele não estava preso e eu não precisava mais vê-lo em Madri, na prisão de Soto del Real, gastar com transporte, hotel e comida, sem contar a cuidadora que tinha que ficar com minha mãe enquanto eu estava fora, e que recebia por isso… Por outro lado, o regresso do meu pai também piorou as coisas. Porque ele saiu da prisão outra pessoa, uma sombra do que tinha sido, uma espécie de fantasma. E, embora tenha batido em todas as portas, e pedido, e se humilhado, e suplicado, demorou muito tempo para conseguir emprego… Talvez não tenha sido tanto tempo, mas para mim pareceu, na verdade aquela época me pareceu eterna. Primeiro porque eu tinha que bancar meu pai, além de minha mãe. Segundo porque o cara que devia favores a meu pai deve ter considerado que já tinha quitado a dívida e não renovou meu contrato na escola, e eu tive que ganhar a vida dando aulas particulares de todas as matérias imagináveis na minha casa (minha sorte tinha terminado, para mim ela dura pouco). Terceiro porque, até então havia sido um pesadelo conviver sozinho com minha mãe, que não podia consigo mesma e não fazia outra coisa, coitada, além de ver a televisão desligada e gemer, mas, com meu pai em casa, o pesadelo se multiplicou, imagine o que era morar com os dois, ver o tempo todo aquele homem que até pouco tempo atrás tinha sido tudo para mim, como se fosse Deus onipotente, e que passou a ser, estou dizendo, uma sombra de si mesmo, um velho deprimido e quebrado, acovardado, que não parava de se lamentar e quase não se atrevia a sair na rua… Foram uns meses terríveis, os três trancados naquele apartamento claustrofóbico do Ensanche, um apartamento sobre o qual para piorar pesava uma hipoteca que já não podíamos pagar, os três cozinhando em fogo baixo nosso próprio infortúnio… Até que um antigo colega do meu pai, um vereador socialista da Prefeitura de Torredembarra, se compadeceu dele e lhe conseguiu um emprego administrativo no departamento de Assuntos Sociais de seu povoado, e meu pai foi trabalhar lá, com o salário que recebia, alugou um apartamento e levou minha mãe com ele.

"Eu protestei, ou fingi protestar, e não muito… No fundo, eu me alegrei de me livrar dos dois; isso soa horrível, eu sei, mas a verdade quase sempre soa horrível. Não é que eu tenha deixado de vê-los de repente, de fato eu telefonava de vez em quando e uma vez por mês ia visitá-los em Torredembarra, passava o dia com eles. Então não os abandonei, ao menos não completamente, mas pude tirar de cima de mim o peso agoniante de sustentá-los e conviver com eles, que eram a pura imagem da derrota, uma imagem com a qual é difícil conviver… Além do mais, as coisas começaram a se endireitar um pouco. Consegui vender a um bom preço o apartamento dos meus pais, quitei a hipoteca e aluguei um apartamentinho perto da praça Joanic, em Gràcia. Depois consegui emprego numa empresa alimentícia, larguei as aulas particulares, me apaixonei por uma colega de trabalho e pouco tempo depois me casei com ela, numa cerimônia religiosa em que meu pai, que não era praticante, passou o tempo inteiro chorando enquanto segurava a cadeira de rodas de minha mãe… Enfim… Os anos seguintes foram bons. O casamento me fez bem, minha mulher… Você disse que falou com ela anteontem, né?

— Sim.

— Deve dizer horrores de mim, pois no fim sofremos muito. Mas, no começo, não, naquela época fomos felizes, eu pelo menos fui muito feliz, não sei o que ela disse… Herminia é uma mulher maravilhosa, que gostava muito de mim, guardo lembranças maravilhosas dela. Era economista. Como eu disse, trabalhávamos juntos, eu gostava mais do meu trabalho que ela do dela, mas ela não reclamava, eu fui promovido na empresa e comecei a ganhar mais. Tudo ia bem, mas para mim isso não bastava. Sempre tinha sonhado em montar meu próprio negócio, porque pensava que essa era a única forma de ser independente, então, depois de passar muito tempo pensando no assunto, decidi montar uma empresa de embalagens… Por que de embalagens?, você deve estar se perguntando. Bom, porque era um negócio que estava no auge, e além do mais porque um primo da minha mulher tinha sido gerente de uma empresa do ramo e me animou a montá-la. A minha mulher também me apoiou, e até meus sogros, que investiram parte de suas economias no negócio e foram meus fiadores em vários créditos. Além do mais, a crise econômica de 2008 parecia águas passadas e se respirava um otimismo renovado e, como eu confiava na minha capacidade de gestor (foi o que sempre quis ser, para isso tinha estudado), logo cheguei à conclusão de que aquela empresa podia funcionar…

"Acertei. Durante os dois ou três primeiros anos, o negócio funcionou, na realidade bastante melhor do que todos esperávamos. De cara, isso foi uma bênção, claro, mas em seguida transformamos a bênção em inconveniente, porque a euforia nos encorajou e nos levou a cometer alguns erros que no começo pareciam irrelevantes, mas que não eram. Logo as coisas azedaram – em parte por esses erros, em parte porque o primo da minha mulher e eu não nos entendíamos, e passado um tempo, depois de lutar por meses para nos salvar, veio a ruína. Primeiro nos vimos obrigados a suspender pagamentos; depois a empresa quebrou; e ao fim a impressão que tive foi que minha casa tinha pegado fogo, caído em cima de mim em chamas e me soterrado sob um monte de escombros.

"Foi então que compreendi o real significado de fracassar... Eu tinha vivido a desgraça do meu pai como fracasso meu, mas não tinha sido um fracasso meu; tinha sido um fracasso dele. Por isso meu pai não se recuperou, e eu, sim (ainda que só tenha me levantado para fracassar mais e melhor, para fracassar completamente). O que eu quero dizer é que o fracasso não se herda nem se compartilha: é uma coisa própria e exclusiva, intransferível. Além do mais, na Espanha só se fracassa uma vez. Não há segundas chances para nós. A menos que você esteja blindado pelo dinheiro imortal de sua família, em nosso país quem fracassa de verdade fracassa para sempre. O fracasso espanhol é assim: um fracasso sério, sujo e sem glória, um fracasso sem redenção. É por isso que me dá náuseas toda essa mitologia romântica sobre o fracasso que os filmes vendem, todo esse lixo sentimental sobre a dignidade e o glamour e o fracasso... No fracasso não há dignidade, glamour nem nada que alguém possa querer comprar, e quem o compra, assim como quem o vende, não sabe o que é fracassar de verdade, ao menos fracassar de verdade na Espanha. É assim, pode acreditar, e o resto é papinho.

"Tudo isso para dizer que a minha vida acabou na merda. Tivemos que fechar a empresa e despedir os empregados, que nos processaram; alguns dos fornecedores nos acusaram de falência fraudulenta. Fui a julgamento e, ainda que tenha me livrado por milagre da prisão, quando terminou o processo estava até o pescoço de dívidas, umas dívidas tão grandes que nunca vou conseguir pagar e que não pagaria nem se pudesse: seria como dar de comer aos tubarões, que nunca se cansam de comer e que no fim acabam comendo você... Aposto que deve ter ouvido dizer isso muitas vezes, não? Que o mundo dos negócios é assim, um mundo de tubarões. Pois é a verdade: se você não devora, é devorado; nesse mundo não há compaixão. As pessoas deviam saber essas coisas e deixar de fantasias, e então tudo seria muito melhor... Enfim, me perdi outra vez. Onde estávamos?"

— Na falência da empresa de embalagens.

— Ah, sim. Eu estava dizendo que me livrei da prisão por um triz. Mas terminei afogado em dívidas. De qualquer forma, consegui, com grandes sacrifícios, que minha mulher não fosse processada... Tenho orgulho disso, ainda que não tenha servido para salvar meu casamento. Da minha mulher, não tenho o que reclamar: seus pais ficaram sem um tostão, os bancos embargaram seus bens e ela sofreu tanto que o amor que me tinha se secou como uva-passa e só deve ter deixado o gosto azedo e fedido que o fracasso deixa... Em resumo, eu estava desesperado, e quando estamos desesperados cometemos as maiores estupidezes. Uma das várias que cometi foi me lembrar dos meus velhos amigos da Esade.

"Vou te contar por quê.

"Durante o julgamento, eu conheci muita gente que vivia em tribunais e escritórios de advogados, tinha ouvido falar de novos tipos de negócios, negócios muito promissores, diziam, criptomoedas, apostas on-line e coisas do tipo... Eu queria compensar o desastre da empresa de embalagens e fiquei obcecado com a ideia de provar que não era um fracassado... Naquela época, o negócio das apostas on-line já estava regularizado na Espanha, mas continuava dando muito dinheiro, de modo que comecei a pesquisar para valer. Fiz amizade com uns caras, dois funcionários de banco bem jovens que no tempo livre trabalhavam para uma rede de apostas on-line, mas tinham ideias próprias, tinham certeza de que aquilo podia render muito mais e queriam montar alguma coisa por conta para se meter no negócio para valer... Me contaram seu plano, me propuseram participar, e eu me convenci de que era uma boa ideia e de que só precisávamos de um sócio investidor que pusesse o dinheiro inicial, um investimento não muito grande, mas suficiente para começar."

— E você pensou que esse sócio podia ser um de seus amigos.

— Exato.

— Você não tinha tido notícias deles em todo aquele tempo?

— Não tinha voltado a falar com eles, mas claro que soube deles... Em Barcelona, é impossível não saber. O dinheiro é discreto, e o catalão mais ainda, mas essas famílias são grandes demais para se esconder. Então, claro, de vez em quando eu ouvia falar deles... E, para ser sincero, nada do que ouvia ou lia me surpreendia muito, nem sequer me surpreendeu que tivessem terminado fazendo política direta ou indiretamente. Eu disse que eles sempre se interessaram pela política como se interessam sempre os de sua classe, ou seja, como extensão dos negócios. De qualquer forma, quando tentei retomar contato com eles, só Vidal tinha mergulhado na política, naquela época já estava na Prefeitura, acho que era vereador socialista do distrito de Sant Gervasi, enquanto Rosell tinha deixado os negócios da família, acabavam de nomeá-lo presidente da Barcelona Global, não sei se você ouviu falar disso, é um pequeno empreendimento que os ricos de Barcelona montaram para promover a cidade e que mais tarde se converteu num *lobby* para evitar sua decadência depois da fuga de empresas que seguiu a tentativa de independência de 2017... Se bem que, para ser exato, não era Rosell quem tinha deixado os negócios da família, foram os negócios da família que o deixaram, pois, naquela época, seu irmão mais novo, Martín, tinha acabado de assumir o controle da *holding* familiar e tinham lhe dado um chute no traseiro, então a presidência da Barcelona Global era um desses cargos decorativos em que vão parar pessoas com as quais não se sabe o que fazer.

"Rosell foi o primeiro para quem eu liguei, mas nem sequer consegui falar com ele. Na Barcelona Global me disseram que estava fora da Espanha e que demoraria para voltar... Com Vidal aconteceu coisa parecida. Eu lembro que liguei várias vezes para seu gabinete na Prefeitura, mas ou não estava ou tinha acabado de sair ou estava em outra ligação ou em reunião, e ainda que eu tenha deixado meu nome e telefone, pedido que me ligasse, não me ligou. A essa altura, já devia ter entendido que nenhum de meus antigos camaradas queria me ver ou falar comigo, mas estava obcecado e liguei para Casas... Desta vez, minha obsessão teve recompensa. Eu tinha ouvido falar muito de Casas naqueles anos, muito mais que de Vidal e de Rosell, porque era o que mais aparecia na mídia, embora fosse o que mais tratasse de evitá-la, ou precisamente por isso... Casas tinha morado bastante tempo em Nova York, se casado com uma japonesa, se divorciado e voltado para Barcelona, onde fundou um jornal e andava atrás das concessões de rádio e televisão que logo obteve da Generalitat. Além do mais, já fazia bastante tempo que tinha fundado sua consultoria, Clave Barcelona, ou como quer que se chame, e graças a ela tinha uma aura de cabeça pensante ou de promotor de alguns políticos relevantes."

— Já tinha se casado com a prefeita?

— Tinham acabado de se casar. Na realidade, eram o casal do momento em Barcelona, e isso que ela ainda não tinha chegado à Prefeitura. Nem à Prefeitura nem quase à política. Não precisava disso para que os dois se transformassem nos queridinhos da imprensa... Aí, pronto, um empresário de sucesso, herdeiro de uma das fortunas do país, bonito, inteligente e jovem, casado com uma garota de família humilde e ativista dos direitos humanos... Lembre-se de que naquela época a prefeita já tinha fundado a Home Refugees e se convertido numa estrela midiática, pouco menos que em uma madre Teresa de Calcutá jovem, sexy, laica, catalã e bem de esquerda. Você lembra?

— Não. Mas quem te viu, quem te vê.

— Claro, as pessoas já não lembram, mas naquela época ela era assim. E os que se lembram disso devem pensar que sua mudança foi coisa do marido, influência dele.

— E não foi?

— Não sei. E, francamente, não dou a mínima. Só sei que os políticos não são de direita nem de esquerda: são só políticos. A única coisa que lhes interessa é o poder. Estão cagando para todo o resto.

— Seu pai também era assim?

— Meu pai era exceção... Por isso acabou como acabou... Além do mais, já disse que ele não era político: era sindicalista.

— Voltemos à prefeita. Diga-me uma coisa: você a reconheceu? Quer dizer, quando voltou a vê-la a identificou com uma das garotas da León XIII?

— De cara, não... Veja, eu não tenho uma memória tão boa, mas das caras daquelas garotas eu não me esqueço, acho que poderia reconhecer todas elas... Talvez esteja exagerando. Seja como for, como ia identificar aquela ativista famosa com uma daquelas coitadas? É verdade que, na noite que passou na León XIII, a prefeita foi uma coitada bastante especial, tão especial que a ela a palavra "coitada" não encaixa, muito menos a palavra "vítima"... Mas também é verdade que desde a primeira vez que voltei a vê-la, não lembro onde, deve ter sido na tevê ou no jornal, achei que havia algo familiar nela, que era uma dessas pessoas que você conhece, ou com as quais cruza, mas não sabe de onde as conhece nem como cruzou com elas.

"Até que se enrolou com meu velho amigo e, da noite para o dia, se transformou numa estrela das revistas de fofoca. De repente, tudo se encaixou, eu me lembrei da noite da León XIII e do que aconteceu depois entre ela, Casas e Vidal, ou do que Rosell me contou que tinha acontecido... E é curioso: isso também não me surpreendeu. Pelo contrário, senti que aquela coincidência, que parecia tão inverossímil ou tão absurda, não era absurda nem inverossímil, talvez nem sequer fosse coincidência, ou seja, que talvez fizesse todo o sentido do mundo que aqueles dois acabassem juntos, justamente porque pareciam tão diferentes e porque tinham se conhecido de maneira tão única... Enfim, sei que é um pensamento bobo e aproveitador e que, depois que aconteceu, é fácil encontrar lógica até para o mais ilógico, mas foi exatamente o que senti. Se não te dissesse, mentiria. Mas ia falar de outra coisa...

— Você contou que estava buscando um sócio para sua empresa de apostas on-line e que com Casas teve mais sorte que com Vidal e com Rosell.

— Pelo menos consegui falar com ele... Claro que para ele liguei no telefone pessoal, não no escritório, pois alguém tinha me dado o número. De cara, não lembrou, não reconheceu meu nome, ou fez que não reconheceu, mas em seguida lembrou ou fingiu lembrar, trocamos duas ou três frases amáveis e ao fim me perguntou o que eu queria... Eu menti. Disse que não queria nada, que de vez em quando sabia dele pela imprensa, que fazia tempo que queria ligar para ele, que tinha conseguido seu celular por acaso e pensei que talvez quisesse tomar um café comigo para recordar os velhos tempos. A princípio, titubeou, mas, quando eu já pensava que ia me enrolar, me convidou para almoçar dali umas semanas em um restaurante, Santa Clara se chama, fica em Pedralbes, perto do Clube de Tênis Barcelona...

"Passei os dias esperando o almoço, mas no dia cheguei atrasado. Fiz isso de propósito, queria que Casas pensasse que eu era ocupado e que não estava ansioso por vê-lo... Aliás, não sei se já disse que Casas pode ser uma pessoa encantadora, um cara alegre, afetuoso e divertido. Pode ser, e naquela tarde foi, me recebeu de braços abertos, tinha a aparência saudável e estava de bom humor, parecia contente de me ver... Em algum momento lamentou que eu tivesse desaparecido sem explicações de sua vida e pôs a culpa de não ter me ligado ou tentado entrar em contato comigo quando, no começo do último ano, sem mais nem menos, não voltei à Esade, na correria da juventude. Não mencionou o calvário de meu pai, como se não tivesse ficado sabendo, e eu menti quando me perguntou de minha vida depois da Esade... Mas isso foi só um momento, o resto do tempo nos dedicamos a brincar e contar histórias e, enquanto eu ria com boa vontade, senti que tínhamos sido amigos de verdade e que no fundo eu tinha sentido saudade dele, saudade da nossa relação, disse a mim mesmo que tinha sido muito injusto com meus velhos amigos, que durante todos aqueles anos tinha me iludido sozinho, tinha me enganado, meus amigos não eram responsáveis por meus fracassos e minhas decepções, tampouco por minhas más condutas, o único responsável era eu, que era injusto que os culpasse por todos os meus males e muito mais que tivesse querido me vingar deles... Pensar isso me fez bem, tão bem que tive o pressentimento de que aquele encontro podia ser uma mudança repentina capaz de abrir uma etapa nova em minha vida. Algo assim... Também adorei que Casas durante todo o almoço evitou falar de seus sucessos, ou diminuiu a importância deles, me tratou como se ele não fosse o protótipo do triunfador, e eu, o do perdedor.

— Falaram de sua mulher?

— Não. Não que eu lembre... E não me admira: aposto que ele tinha esquecido que na noite em que a conhecemos eu estava junto... Enfim. Na hora do café, pedimos dois uísques, e enquanto bebíamos me lembrei do conselho de meu pai: "Aproxime-se dos bons e você será um deles". E foi então que decidi falar do negócio. Eu não ia com essa ideia, pelo menos não exatamente, na verdade queria sondar Casas, ver como falava e tal, mas naquele momento o vi tão disposto que devo ter sentido que não podia deixar passar a oportunidade... Dito e feito. Falei das apostas on-line, expliquei como funcionavam, mencionei meus dois sócios (acho que os chamei de "especialistas"), expus a ideia de criar uma nova casa de apostas, disse que só precisávamos de um quarto sócio disposto a investir uma quantidade modesta de dinheiro (modesta para ele, mas isso eu não disse) e garanti que nós faríamos o trabalho e que, em troca desse pequeno investimento, ele receberia alguns benefícios que ao princípio não seriam espetaculares, porque não queríamos correr riscos desnecessários, mas que com o tempo e à medida que sua confiança no projeto aumentasse estava convencido de que seriam ao menos substanciosos... Eu me lembro de que, enquanto falava, tinha a impressão de que o álcool me tornava eloquente. Pedi um guardanapo, anotei alguns números e, ao terminar, o entreguei a ele. "Não pode falhar", eu disse, com toda a ênfase do uísque. "É um negócio seguro. É por isso que eu quis oferecê-lo a você." Me calei e arrematei: "Por isso e porque adoro a ideia de que sejamos sócios e voltemos a ser amigos".

"Terminei de falar convencido de que era impossível que Casas recusasse a proposta. O homem pegou o guardanapo e ficou um tempo olhando para ele, como se quisesse se assegurar de que os números estavam corretos ou como se o que eu tinha rabiscado ali não fossem números, mas um enigma ou o mapa do tesouro... Então comecei a duvidar, me angustiei, devo ter sentido que tinha me deixado levar outra vez pelo meu maldito otimismo. Perguntei: 'Bom, o que você acha?'. 'Quer que eu diga a verdade?', respondeu. Eu lhe disse que sim. Então ele disse: 'A verdade é que me parece uma ideia genial'. 'Sério?', perguntei. 'Sério', ele respondeu. Dei um soco de euforia na mesa e me pus a elogiar as virtudes do projeto, elogiei a mim mesmo, de pura alegria me embaralhei um pouco... Por fim, disse: 'Então contamos com você?'. Era uma pergunta retórica, claro. Mas só para mim, não para Casas, que, como prova disso, respondeu que não. Achei que estivesse de brincadeira... Perguntei: 'Como não? Você não disse que acha uma ideia genial?'. 'E é', disse ele. 'Mas não para mim. É uma ideia genial se o objetivo for só fazer dinheiro.' Tentei sorrir e voltei a perguntar: 'E para que servem os negócios?'. E ele me respondeu: 'Para fazer dinheiro. Mas não de qualquer jeito. Não a qualquer preço'. Foi isso o que disse, literalmente, e depois veio me dizer que, embora o negócio do jogo fosse bom, uma boa chance, também era um negócio sujo e que não estava disposto a sujar as mãos nisso.

"O que você acha...? Incrível, né? Não sei de onde vem a fortuna dos Casas. Do tráfico de escravizados, imagino. Ou da guerra, da exploração e do crime, que é de onde vêm as grandes fortunas. Mas aí vem esse grande filho da puta, que pertence a uma dessas famílias de criminosos e que passou a juventude estuprando mulheres, me acusar de falta de ética por querer ganhar a vida com o negócio legal do jogo... Eu tinha aprendido havia muito tempo que os ricos são os únicos que não dão importância ao dinheiro, porque já o têm. O que não sabia era que, além do mais, adoram dar lições de moral.

"Esqueci o resto da conversa... Bom, na verdade preferi esquecer. Só lembro que, ao terminar, um motorista esperava Casas na porta do restaurante e que, quando nos despedimos, eu estava bêbado e tinha um pedaço de papel na mão e uma sensação de imundície absoluta, como se alguém tivesse acabado de vomitar em cima de mim... No pedaço de papel estava escrito o nome, o endereço e o telefone da filial barcelonesa de uma marca de chocolate com sede em Berna, uma empresa da família Casas, ou na qual a família Casas tinha participação majoritária. Meu amigo tinha me animado a ligar para esse número porque, segundo me disse, ali podiam precisar de alguém como eu, então suponho que, depois de Casas recusar minha proposta, devemos ter falado de minha situação econômica ou de minha situação profissional... A bebedeira durou o que dura uma bebedeira, mas a sensação de imundície ficou por muito mais tempo, me acompanhou enquanto eu me odiava durante os dias ou as semanas seguintes, por ter recorrido a Casas, por ter me deixado envolver outra vez por ele e ter permitido que tirasse outra vez à luz meu velho eu com seu instinto servil, aquele antigo eu repugnante que queria se dar bem com a elite mágica e transcendental do poder e do dinheiro, me odiei por ter sido idiota o bastante para dar a Casas a oportunidade de me humilhar três vezes seguidas da maneira mais selvagem possível: primeiro, esfregando na minha cara seu sucesso e meu fracasso, tão evidentes que nem sequer era preciso falar deles (ainda que só bem depois eu tenha me dado conta disso); segundo, dando-me uma aula de ética aplicada; terceiro, demonstrando-me como podia chegar a ser caridoso com seus amigos arruinados... Seja como for, durante aquelas semanas hesitei muitas vezes em telefonar ao número que Casas tinha me dado. Mas, embora estivesse ainda mais desesperado que antes, cheguei à conclusão de que o emprego que me esperava na filial da empresa de chocolate só seria outra forma de humilhação. No fim, o orgulho falou mais alto que a necessidade, e eu não liguei.

"Aquela foi a última vez que estive com Casas. Já deve fazer uns cinco anos, calculo que deve ter sido para meados de 2020, em plena pandemia do coronavírus, pouco antes de ter passado uma temporada no hospital e no fundo do poço... O que me levou ao fundo do poço foi o Bitcoin, aquilo foi o que acabou de me afundar completamente. Lembra que contei que tinha começado a mexer com bitcoins quando meu pai estava na cadeia?"

— Sim.

— Naquela época, estávamos na merda, eu já te contei, então precisava fazer dinheiro de qualquer jeito, e o Bitcoin me pareceu uma boa forma de fazer isso... Era um momento em que as criptomoedas ainda eram pouco conhecidas na Espanha. De fato, comecei a lidar com bitcoins com uma ingenuidade total, nem sabia muito bem o que era, ninguém ou quase ninguém sabia na realidade, só se falava que era um projeto de longo prazo, que era o dinheiro do futuro, que se fariam grandes fortunas com ele... Outra coisa muito atraente era que naquela época você podia mexer com bitcoins de casa, com seu computador e bem pouco dinheiro, simplesmente se conectando à rede, que te pagava uma comissão por contribuir para seu funcionamento. Chamavam isso de "minerar". Assim, enquanto morava com meu pai e minha mãe e ganhava a vida dando aulas particulares, me pus a mexer com bitcoins e em bem pouco tempo "minerei" mais de mil. Sabe quanto dinheiro seria isso no câmbio atual? Milhões de euros. Mas naquela época os bitcoins não tinham nenhum valor nem se sabia se com o tempo teriam algum... A questão é que, após alguns meses minerando, meu computador morreu e eu deixei de ter acesso aos bitcoins, que se converteram em bitcoins adormecidos, bitcoins que existem, mas dos quais você não pode dispor. Isso me ferrou, claro. Mas o que me ferrou de verdade foi descobrir, anos mais tarde, quando já estava casado, que o bitcoin já podia ser trocado por euros... Isso, sim, foi uma sacanagem; isso, sim, me ferrou de verdade. De repente compreendi que tinha uma fortuna em bitcoins, só que era como se não tivesse porque estava enterrada em meu velho computador. Então me pus a tentar desenterrá-la, até que me dei conta de que não podia, de que era totalmente impossível recuperar meus bitcoins.

"Estou dizendo que aquilo, sim, me ferrou de verdade – e, se não me ferrou mais, se não me ferrou completamente, foi porque estava entusiasmado demais com o projeto da empresa de embalagens e absorvido demais por ele… A loucura começou depois, quando a empresa quebrou e tudo foi à merda. Como eu te dizia, quis me recuperar do desastre a todo custo, provar para todo mundo que podia triunfar e me perdi dando tiros no escuro em busca de um bom negócio, ainda que, nesse meio-tempo, não deixasse nem por um momento de me lembrar dos bitcoins enterrados, cada vez mais furioso por não ter o que era meu, tão furioso que, pouco depois da tentativa fracassada das apostas on-line, decidi me dedicar a sério ao bitcoin e recuperar do jeito que fosse a fortuna que tinha perdido.

"Esse foi o maior erro de todos, o erro definitivo… Durante os anos que seguiram, vivi preso por uma obsessão doentia, girando num turbilhão sem saída: virei um frequentador dos fóruns especializados em criptomoedas, me fiz um nome como guru do Bitcoin, comprei nos Estados Unidos, para voltar a minerar, máquinas que nunca chegavam ou que, quando chegavam, já estavam obsoletas. Fiz investimentos ruins, levei calote não sei quantas vezes… Sei lá… Mas o pior foi que, enquanto tudo isso acontecia, o preço do Bitcoin subia sem parar e eu me ofuscava com a ideia venenosa de que tinha um monte de filho da puta se enchendo de grana ao redor e de que a galinha dos ovos de ouro escapava de minhas mãos… A ansiedade daquela montanha-russa era viciante, mas me esgotava e estava destruindo meus nervos, então, em determinado momento, consegui sair dela e comecei a operar como intermediário, que era muito mais simples e mais tranquilo, além de muito menos arriscado: eu me limitava a comprar e vender bitcoins, a cobrar uma comissão dos compradores e outra dos vendedores. Eu sabia que assim não ia ficar rico, claro, mas ao menos levava uma vida mais tranquila enquanto não surgia a oportunidade que eu estava esperando.

"A oportunidade veio quando conheci o intermediário de um traficante galego que usava bitcoins e comecei a trabalhar com ele… Eu o conheci num fórum da internet, o Bitcointalk. O trabalho consistia no de sempre, só que, como o intermediário não podia me dizer de onde saíam os bitcoins, todas as operações deviam ser feitas em dinheiro sujo e minha margem de lucro era bem mais alta. O negócio funcionava às mil maravilhas, até que um dia, quando estava prestes a fechar uma transação para aquele cliente, o preço oficial do bitcoin sofreu uma queda brutal, em questão de segundos, passou de doze mil a seis mil euros, e os compradores deram para trás... Eu expliquei ao intermediário do traficante que a operação tinha ido por água abaixo e que eu não podia lhe pagar o que tínhamos combinado; ele respondeu que não queria saber, que eu me virasse. "Eu já disse ao cliente que seus bitcoins valem cento e cinquenta mil euros", advertiu. "Se agora eu lhe disser que valem a metade, ele mata nós dois. Então fique esperto e encontre esses cento e cinquenta mil que faltam." Não os encontrei, claro, e um dia, ao chegar em casa, dei de cara com três homens que levaram meu dinheiro, destruíram tudo o que conseguiram e me deram uma surra que me custou duas semanas no hospital.

"Assim acabou minha relação com os bitcoins. E assim cheguei ao fundo do poço... Deixei meu apartamento de Gràcia, aluguei outro mais barato no Raval e conheci Marga, que me deu a mão e me ajudou a me virar... Não muito tempo depois, meu pai morreu. Minha mãe tinha morrido anos antes, e desde então ele estava deprimido e doente, ou mais deprimido e doente que quando saiu da prisão. Continuava morando em Torredembarra, mas sua aposentadoria não dava para pagar uma diarista que limpasse seu apartamento e cozinhasse para ele duas vezes por semana, então eu o ajudava com o que podia. Foi por isso que fiquei tão admirado ao descobrir, quando ele morreu, que durante todos aqueles anos tinha pagado o aluguel de um cofre do Santander em Barcelona. Achei que tinha sido um esquecimento ou um erro.

"Mas não era uma coisa nem outra... Soube disso quando fui cancelar o aluguel do cofre depois de resolver os assuntos de meu pai, esvaziar o apartamento dele e levar duas ou três coisas que quis para mim. O cofre estava em uma agência do Santander na rua Calabria, bem perto de nosso antigo apartamento do Ensanche, e, ao abri-lo, tive a maior surpresa da vida. Sabe o que encontrei lá dentro?"

— O quê?

— Minha herança.

— Sua herança?

— Isso. O que havia naquele cofre, adivinhei só de olhar para ele, eram todos os vídeos que tínhamos gravado na León XIII... Imagine minha surpresa, durante um tempo fui incapaz de acreditar no que tinha diante do nariz. Eu tinha me esquecido completamente daquilo, acreditava que as fitas tivessem desaparecido anos antes. Como ia pensar que estavam com meu pai...? Isso, sim, assim que saí de meu assombro, pensei que, se meu pai tinha conservado aquele material durante tanto tempo, pagando o dinheiro que não tinha para manter aquele cofre, era porque sabia que era valioso, porque pensava que podia tirar um proveito dele.

— Foi quando você decidiu chantagear a prefeita?

— Não, foi quando decidi chantagear todos eles. Casas, Vidal, Rosell. Todos... Bom, todos menos a prefeita, isso não foi ideia minha.

— De quem foi ideia?

— Já vou contar. Mas antes quero que entenda como me senti com aquela descoberta. Pense bem... Meu pai tinha morrido, eu tinha acabado de levar uma surra tremenda, abandonado a ideia de levar uma bolada e me encher de grana da noite para o dia, inclusive tinha deixado de comprar e vender bitcoins e sobrevivia fazendo bico com maconha e ajudando um par de conhecidos do bairro a bancar seus negócios. E então, no pior momento da vida, quando eu pensava que já não podia me afundar mais, meu pai me dava, depois de morto, a possibilidade de ficar rico de repente, pelo menos de solucionar minha vida, e também a possibilidade de ajustar as contas com meus velhos amigos da Esade... Pensei que finalmente se faria justiça, que tinha nas mãos o que precisava para realizar meus sonhos... Imagine como me senti...

"De qualquer forma, naquela altura eu estava muito ressabiado e consciente dos riscos, então tentei me precaver... Minha intenção era chantagear os três, um após o outro, mas comecei por Casas, porque era o único que não tinha cargo político e me pareceu o mais vulnerável: Rosell era vereador do PP na Prefeitura depois de passar pela Barcelona Global e ter construído ali o tipo de reputação que costumam construir em política as pessoas que não servem para nada (reputação de homem prudente, razoável, conciliador), e fazia tempo que Vidal deixara de ser líder do grupo socialista da Prefeitura, tinha se integrado ao partido da prefeita e ocupava o cargo que ocupa agora... Então consegui o e-mail de Casas, criei uma conta anônima e de um cibercafé mandei mensagem dizendo que, se não queria que fosse a público um vídeo gravado na Leão XIII, deixasse trezentos mil euros em notas de cem num lugar concreto da Carretera de las Aguas. Eu tinha certeza de que meus amigos pensavam que aquelas gravações tinham desaparecido havia anos, assim como pensei até a morte de meu pai, e, embora contasse com a possibilidade de Casas suspeitar de quem era o chantagista, também achava que não poderia provar e, principalmente, achava que pagaria para se livrar do problema quanto antes...

"Só não contava com o que aconteceu.

"Uma tarde, pouco depois de mandar aquela mensagem a Casas, me deparei com dois caras à porta do edifício onde eu morava. Eles me obrigaram a subir, com violência, começaram a me bater e pensei que o traficante galego tinha descoberto meu esconderijo e mandado seus capangas para terminar o trabalho... Ainda estavam me batendo quando apareceram outros dois caras e mandaram eles pararem. Os dois que me batiam foram embora e os outros dois ficaram. Um deles era Hematomas, o outro era Vidal.

"Fazia quase vinte anos que Vidal e eu não nos víamos, e ele nem sequer fingiu que se alegrava pelo reencontro... Eu lhe agradeci. 'O que houve, Ricky?', perguntou. 'Quanto tempo, não? Lembra de mim?' Eu estava no sofá da sala, estragado, e Vidal pediu para Hematomas buscar um copo d'água. O inspetor trouxe a água e, enquanto eu me erguia e tomava, Vidal voltou a me perguntar se me lembrava dele. Eu lhe disse que sim. Também devo ter perguntado o que estava fazendo em minha casa ou por que tinha ido me ver, algo do tipo, ao que me respondeu: 'Não se faça de bobo, Ricky. Estou aqui porque você não se contenta com se aproveitar das pessoas vendendo bitcoins e maconha. Também quer chantagear velhos amigos.' Eu tentei me defender. 'Não sei do que você está falando', disse. Vidal estalou a língua e fez cara de desgosto, e Hematomas começou a bater em mim. Quando cansou, Vidal me perguntou se agora eu sabia do que ele estava falando, e eu cuspi sangue e lhe disse que sim. 'Que desastre, Ricky!', disse ele, então. Falava como se cumprisse uma missão desagradável ou um dever doloroso. 'Nos encontrarmos assim, na nossa idade, depois de tantos anos...' Estava gordo e tinha a cara inflada e vermelha, como se estivesse vindo de um banquete onde se empanturrara de tudo... Já era maio, mas estava de casaco e, por baixo, terno e gravata. Ao lado dele, Hematomas ainda secava o suor por ter me dado uma surra, mas não parecia furioso nem cansado, e sim entediado. Enquanto deixava eu me recuperar, Vidal continuou falando:

'O que eu não entendo é que como pode acreditar que conseguiria o que queria.' 'Como se não fosse a coisa mais fácil do mundo rastrear um e-mail, por mais anônimo que seja, e o cibercafé de onde mandou, por mais público que seja. Você é um incompetente, Ricky, igual seu pai... Veja o que aconteceu com ele. E olhe bem para você.'

"Lembrar-me de meu pai naquele momento foi uma punhalada nas costas... Senti vontade de chorar, mas não quis dar esse gosto para aquele filho da puta e aguentei firme. 'Veja, Ricky', disse, quando pensou que eu já tinha condições de processar o que ia dizer. 'Tenho muito trabalho e pouco tempo, então peço o favor de não desperdiçá-lo. Combinado?' Assenti com a cabeça: que remédio... 'Maravilha', disse, então. Pegou uma cadeira, sentou-se na minha frente e foi direto ao ponto enquanto Hematomas escutava, de pé com as mãos nos bolsos da calça, às costas dele, sem olhar para nós, como se nada daquilo fosse com ele. 'Tranquilo', começou Vidal. 'Não vou perguntar quantos vídeos daquela época você tem. Nem como os tem. Nem onde os tem... Nada disso me importa. Só me interessa uma coisa: você tem o vídeo da Virginia?' A pergunta me pegou de surpresa, mas naturalmente soube imediatamente a que vídeo se referia e, como eu já não estava em condições de me fazer de bobo, respondi que sim. 'Maravilha', voltou a dizer. 'Meus parabéns. Você ganhou na loteria. Vou te fazer uma proposta para que saia do buraco onde você, sozinho, se meteu. Escute-me bem.' Vidal me explicou, então, que eu tinha me enganado de vítima, que não devia ter tentado chantagear Casas, e sim a prefeita, e que deveria ameaçá-la com aquele vídeo caso não me pagasse o dobro do dinheiro que eu tinha pedido a Casas. Foi mais ou menos isso que me disse.

"A cara que eu fiz deve ter sido um poema... Como você pode imaginar, o que eu menos esperava era que o vice-prefeito de Barcelona, o braço direito da prefeita, em pessoa, me pedisse o que estava me pedindo... Vidal me disse, então: 'Suponho que você deve estar se perguntando várias coisas. A primeira é que interesse tenho em você chantagear minha chefe. A segunda é que garantias há de que vá receber o resgate. E a terceira é que garantias você tem de Virginia, ou seja lá quem for, não te pegar tentando chantageá-la como eu te peguei tentando chantagear Casas. Não é verdade?'. Eu não disse nada, mas meu silêncio era fácil de interpretar... Vidal continuou: 'À primeira pergunta, não vou te responder, porque não é da sua conta, mas às outras duas, sim.' Para responder à segunda pergunta, Vidal me explicou que, uma vez que a prefeita recebesse a ameaça, podiam acontecer três coisas. 'A primeira,' disse, 'é que pague sem chiar, acreditando que assim vai resolver o problema. Cá entre nós: conhecendo-a, parece a mais provável.' A segunda era que a prefeita o encarregasse de resolver o problema, como Casas tinha feito, e com isso o problema estaria resolvido, porque ele a convenceria de que a melhor coisa seria pagar e ponto. E a terceira possibilidade era que encarregasse de resolver o problema aos Mossos d'Esquadra, que eram os que, segundo disse, deviam se ocupar de um caso assim. Vidal me garantiu também que a segunda opção não era muito provável, porque fazia um tempo que a prefeita e ele não se davam bem e porque era provável que ela suspeitasse de sua participação, de perto ou de longe, na chantagem... Restava a terceira opção, os Mossos, e Vidal me disse que, se a prefeita falasse com vocês, também não tinha que me preocupar, porque ele e sua gente me ajudariam. 'Nós te pegamos em seguida,' disse, 'mas os Mossos não vão te pegar, porque te mostraremos como fazer as coisas, supervisionaremos tudo para que não te peguem. E nós não somos incompetentes, não é verdade, Lomas?' O inspetor cansara de ficar de pé e tinha se sentado atrás dele, estava tristonho e cabisbaixo e disse que não: foi a única palavra que lhe ouvi pronunciar naquela tarde... Vidal me encarou e pensei que estava calculando se tinha me convencido. Eu sustentei o olhar nele, até que usou o argumento que tinha reservado para o fim. 'Tem outra coisa que me faz ter certeza de que ninguém vai te pegar,' disse. Eu lhe perguntei a que se referia, Vidal sorriu, e de repente reconheci naquele sorriso de lobo meu amigo de vinte anos atrás. 'É impossível pegar um morto,' respondeu."

3.

Sentado ao volante, Melchor busca no navegador do celular um endereço: Passeig de les Acàcies, 18, Rupià, e sai de Egara.

Na noite anterior ficara até bem tarde pesquisando na internet informações sobre Ricky Ramírez. Não encontrou muita coisa. Basicamente averiguou que em 2015 fundou uma empresa de embalagens chamada Mercurio, da qual se tornara diretor-executivo, e que em 2019 teve de decretar falência; que se casou com uma mulher chamada Herminia Prat; que mais tarde se dedicou à compra e venda de bitcoins; e que por todo lado figurava como bacharel em administração de empresas pela Esade, embora Vidal tivesse lhe garantido (e não havia nenhuma razão para mentir) que abandonou os estudos sem concluí-los. Eram raras as ocorrências sobre ele em relação aos últimos anos, e não encontrou menção alguma a sua morte, o que não lhe admirou. Também tinha buscado notícias sobre Herminia Prat, e só encontrara duas. Uma sobre ter sido professora na escola de artes de Torroella de Montgrí, um povoado do Ampurdán; a outra sobre ter criado ou contribuído para criar, nessa mesma comarca que faz fronteira com a França, uma associação chamada Artistes a Cel Obert, que promovia a relação entre ceramistas e criadores de outras artes.

Naquela manhã, assim que chegou a Egara, havia telefonado à escola de artes de Torroella de Montgrí, mas ninguém atendeu e imaginou que estivesse fechada por causa das férias. Contudo, voltou a telefonar por volta das dez, e uma mulher atendeu. Melchor perguntou por Herminia Prat; a mulher disse que não estava ali e que era provável que não voltasse até setembro, quando as aulas fossem retomadas. Melchor pediu o telefone de contato, e a mulher respondeu que não estava autorizada a compartilhar dados dos docentes. Melchor revelou, então, que era policial. "Aconteceu alguma coisa?", indagou a mulher, alarmada. "Não", ele a tranquilizou. "Só preciso falar com a senhora Prat." Sem mais perguntas, a mulher lhe ditou um número de telefone, um e-mail e um endereço. "Agora no verão ela sai pouco", informou. "Se o senhor for hoje de manhã, com certeza a encontrará." Melchor agradeceu, desligou e resolveu ligar para o número que tinha acabado de anotar. Ninguém atendeu. Passado um tempo, voltou a telefonar, e nada. Por fim, foi ver Blai, avisou que não poderia vigiar Vidal e pediu que conseguisse um substituto. "Fala sério, espanhol de merda", protestou Blai. "Não tínhamos combinado que o segundo turno era seu?" Melchor explicou que localizara a ex-mulher do suposto autor do vídeo da prefeita, mas não conseguira falar com ela por telefone. "Só que tenho seu endereço", prosseguiu. "Mora num povoado do Ampurdán. Me disseram que, se for vê-la hoje de manhã, a encontrarei." Não sem antes xingar Deus e o mundo, Blai aceitou buscar um substituto para ele, mas, antes mesmo de sair de seu gabinete, lhe perguntou: "Não passa por sua cabeça que talvez esses três não tenham nada a ver com isso?". "Muitas vezes", admitiu Melchor. "Mas não acredito." "Por quê?", perguntou Blai. "Porque quase sempre a explicação mais simples é a melhor", respondeu Melchor. "E quero ao menos descartá-la. Além do mais, já é quarta-feira, faltam três dias para o prazo que esses canalhas nos deram e não tenho outra pista." Acrescentou: "E você?". Blai o olhou por um segundo em silêncio; depois, de má vontade, indicou a porta. "Vamos, vá embora de uma vez", alfinetou. "Antes que eu me arrependa."

Ainda não é meio-dia e meia quando Melchor entra na autoestrada em terras francesas. Quarenta e cinco minutos mais tarde, pega a saída de Gerona Norte, passa à estrada geral, atravessa Celrà e Bordils e, pouco depois do cruzamento de La Pera, vira à esquerda por uma estrada secundária e quase em seguida vira à direita para entrar em Rupià, um povoado de casas velhas de pedra, amontoadas ao redor de uma igreja românica, ao qual se chega por uma via longa e reta que desemboca em uma encruzilhada. Guiado pelo GPS,

Melchor toma a rua da esquerda, percorre um passeio ladeado pelo curso seco de um riacho e, diante de uns balanços, identifica a casa que busca: a última.

Faltam poucos minutos para as duas, e o povoado está deserto sob o sol cruel de julho. Melchor espia por cima de uma portinhola que dá para um jardim: grama recém-regada, uma acácia, uma oliveira, uma bignônia, jasmins e trepadeiras, uma horta pequena e bem-cuidada; duas construções de tamanho desigual, e, na pequena, para além de uma porta entreaberta, uma mulher que, como se tivesse notado que está sendo observada, se vira para Melchor. Ela para o que estava fazendo, pega um pano e, enquanto limpa as mãos, com um gesto o convida a entrar. Melchor atravessa o jardim por um caminho de tábuas (uma densa baforada de perfume o envolve enquanto passa ao lado de um arbusto de jasmins) e, ao chegar à porta da pequena construção, cumprimenta, pede desculpas pela intromissão e pergunta à mulher se é quem acredita que ela seja. Ela responde que sim.

— Sou policial — apresenta-se. — Posso falar um momento com a senhora?

Herminia Prat deixa de se limpar. Sorri vagamente, como ofuscada pelo reflexo do sol; mais que surpresa, seu sorriso denuncia curiosidade.

— É sobre seu ex-marido — explica Melchor, aproximando-se. — Sobre Ricky Ramírez.

O esclarecimento altera a expressão da mulher, cujas feições parecem desmoronar. Não é muito mais velha que ele, mas parece: tem cabelo comprido e grisalho, quase branco, o rosto sardento e sulcado de rugas e um ar de abatida fragilidade. É pequena, magérrima, com um olhar sem brilho e peitos que pouco sobressaem do estampado de flores vermelhas de seu vestido manchado de barro e pintura. Uma pulseira de pedras azuis rodeia seu pulso esquerdo.

— Morreu há alguns meses — informa Herminia.

— Eu sei — replica Melchor. — Por isso quero falar com a senhora.

A mulher se limpa outra vez com o pano, talvez não tanto por higiene quanto para apaziguar seu desassossego. Supõe:

— Se for sobre dinheiro...

— Não é isso — interrompe-a Melchor. — É sobre um caso que estou investigando. Um caso importante.

Na cara da mulher volta a haver mais curiosidade que preocupação; seus olhos opacos já não examinam Melchor como a um intruso.

— Desde que nos divorciamos nos vimos pouquíssimo — explica. — De fato, quando morreu fazia quase um ano que eu não sabia nada dele.

— Não importa.

Com um gesto de indiferença ou desânimo, a mulher o convida a entrar.

Melchor se vê num retângulo iluminado por janelas que dão a uma vasta extensão de árvores e trigais, onde reina a ordem bagunçada de um ateliê de ceramista. Ocupam o centro duas mesas de trabalho sobrevoadas cada qual por uma lâmpada e rodeadas de cadeiras diferentes; mais adiante se erguem dois grandes fornos, um azul e outro cinza, e um cilindro manual, feito para amassar e moldar argila. À esquerda da entrada, perto de uma velha geladeira com um rádio empoeirado em cima, há um torno de metal, um armário com inúmeras gavetas transbordantes de amostras de cores e uma estante cheia de pratos, jarras, tigelas espetadas em pontas de aço e esculturas um pouco dalinianas, que representam seres de pesadelo: bruxas, dragões, centauros, unicórnios, hipogrifos. Outras duas estantes ocupam a parede da frente. Uma delas contém peças de argila cruas, sem assar (canecas, tigelas, chaleiras, pratos fundos); a outra, potes de plástico repletos de tintas. Só um ventilador orientado para as mesas de trabalho mitiga um pouco o mormaço do aposento.

— A senhora vive disto? — pergunta Melchor. — Da cerâmica, quero dizer.

— Claro — responde Herminia, lavando as mãos na torneira da pia. — Acha estranho?

Melchor não diz nada; continua observando, quase fascinado, a exuberância artesanal que o rodeia. À direita e à esquerda da pia, num banco de pedra encostado na parede, há duas balanças para medir tintas, pigmentos, óxidos e corantes com que se fabricam as cores, e várias tigelas repletas de instrumentos de trabalho: facas, tesouras, pincéis, pinças, estiletes, canetas, lápis, esponjas, réguas, esquadros, panos, agulhas.

— Eu já vivi melhor — garante Herminia, como se o silêncio de Melchor tivesse servido de resposta. — Esta é uma região de ceramistas, na comarca sempre teve muita concorrência. A cerâmica de La Bisbal, o senhor sabe... Não vim morar aqui por isso, mas já gostava de cerâmica desde a escola, e este é um lugar ideal para aprender. Há alguns anos fazia muitas peças e as vendia muito bem, em lojas de suvenires, feiras populares e mercados de rua, por todos os lados. Mas as coisas mudaram. Já não há tanta gente que compre, e quem compra faz isso na Ikea e lojas assim, a uns preços ridículos. Eu não posso competir com isso, então produzo bem pouco. Durante anos ganhei bastante dinheiro com essas figurinhas que se põem em bolos de batizado, primeiras comunhões e casamentos, sabe?

Melchor, que nunca viu essas figurinhas ou não reparou nelas, faz um gesto mínimo que parece de assentimento, ainda que não seja.

— Fiz milhares delas, recebia encomenda de um atacadista. Mas isso também acabou. Ou quase. Agora só faço figurinhas para bolos de bodas de casais que estão juntos há vinte e cinco ou cinquenta anos. Quando essa gente morrer, adeus.

Herminia fecha a torneira, pega um pano limpo e volta a se secar.

— Então de que vive agora? — pergunta Melchor.

— O senhor está interessado de verdade ou só pergunta para conquistar minha confiança, como fazem os policiais dos filmes?

Melchor não se anima a responder com uma mentira, e Herminia desliga o ventilador.

— Venha.

Atrás dela, Melchor sai do ateliê pelo mesmo caminho de tábuas e entra na casa, cujo térreo é um cômodo sem divisórias, de ar hippie e paredes completamente brancas, que faz as vezes de sala de estar e cozinha. Herminia lhe indica um sofá coberto com uma manta marfim, abre a geladeira e lhe oferece uma cerveja. Melchor recusa, e a mulher pergunta o que gostaria de tomar.

— Água — responde o policial.

Herminia tira da geladeira uma jarra de água gelada e serve um copo para Melchor; depois abre uma cerveja para si, senta-se num sofá diante dele e, dispensando as formalidades, pede que fale.

— Quero saber que relação seu marido teve com Virginia Oliver — diz Melchor, passando também a tratá-la por "você".

A mulher toma um gole de cerveja direto do gargalo, e Melchor também bebe.

— A prefeita? — pergunta Herminia.

— Sim.

— Nenhuma, que eu saiba.

— Nunca lhe falou dela?

— Não. — Hesita um segundo. — Não que eu lembre.

— E de Enric Vidal?

— Se você se refere ao político...

Melchor assente.

— Sim, dele, sim — reconhece Herminia. — Dele e seus amigos.

— Daniel Casas e Gonzalo Rosell?

— Sim.

— Também foram amigos de seu marido, né?

— Era o que ele dizia, só que nunca os vi. Mas, sim, falava muito deles, principalmente no fim, quando ... — A mulher move a mão como quem limpa o ar de teias de aranha. — Ele os conheceu quando estudava na Esade, mas, pelo que sei, depois perdeu contato. Por que pergunta?

Melchor se desculpa por não poder explicar.

— Você disse que seu marido falava muito dos amigos — prossegue. — O que contava deles?

Antes de responder, Herminia encolhe as pernas, as sobe no sofá e, com os pés descalços e a garrafa de cerveja úmida em mãos, se enrola como uma gata. Tem as unhas dos pés pintadas de rosa, e há em seu rosto uma irônica expressão de abatimento, como se Melchor a interrogasse sobre um infortúnio amortizado. Atrás dela, uma porta aberta para o jardim deixa entrar uma brisa morna, o que explica o fato de, ainda que não haja aparelhos de refrigeração no aposento, ali faça bem menos calor que no ateliê. Herminia toma outro gole de cerveja.

— Depende da época — explica. — No começo, falava maravilhas. Deles e de seus anos na Esade. Ele tinha muito orgulho de ter estudado lá e de ter tido esses amigos. Ao menos era minha impressão. Claro que naquela época eu era bastante ingênua... Mas não, é verdade, quando nos conhecemos qualquer coisa lhe parecia uma boa desculpa para falar de seus amigos, contar histórias deles... Todos sabíamos mais ou menos quem eram, claro, eles ou as famílias. Suponho que, em parte, foi assim que deixou meus pais deslumbrados, e é claro que também foi assim que me deixou deslumbrada: parecia um príncipe que chegava de uma galáxia desconhecida, de um lugar onde as coisas eram melhores, não sei, mais brilhantes e mais fáceis. Eu imagino que todo mundo que se apaixona sente algo assim, né? Mas isso foi só no começo, quando nos conhecemos.

— Como se conheceram?

— Trabalhávamos juntos numa empresa alimentícia. — Herminia pronuncia um nome que não diz nada a Melchor e se ajeita em busca de uma postura mais confortável. — Fabricava pão de forma. Foi meu primeiro trabalho assim que terminei a faculdade. Estudei economia, sabe? Eu realmente não dava a mínima para a economia, mas minha família insistiu em que estudasse algo útil e... Enfim, naquela época eu era muito ingênua. A questão é que nos casamos e montamos por nossa conta outra empresa, uma empresa de embalagens que chamava Mercurio. No começo foi bastante bem, mas depois as coisas se enrolaram e tudo foi por água abaixo. E quando digo "tudo", quero dizer tudo mesmo. — Neste ponto a voz da mulher parece sumir e ela desvia o olhar para a janela da cozinha. A janela enquadra uma extensão de trigo maduro e, adiante, o suave perfil de uma sucessão de colinas cobertas de vegetação. A mulher pigarreia e volta a olhar para Melchor: não chorou, ao menos não tem os olhos marejados. — Mais cedo você me perguntou do que eu vivo agora... Eu dou aulas para crianças. Faço outras coisas, mas essa é a de que mais gosto. E sabe por quê?

Melchor se controla para não dizer que estão desviando do assunto.

— Porque nunca aprendi tanto sobre cerâmica quanto ensinando. Sobre cerâmica e sobre todo o resto. As crianças, claro, também aprendem, e aprendem coisas que muitos adultos não aprendem nunca. Por exemplo, que uma coisa é o que você tenta fazer, o que você imagina, e outra é a que sai. E que é preciso aceitar o que sai, é preciso ver a parte boa e pensar que talvez não seja o que você queria, mas pode ser melhor que o que você queria, porque o que você queria não era bom. Foi o que aconteceu comigo: nunca pensei que levaria a vida que levo.

— E o que aconteceu com seu marido?

— A cerâmica explica isso também — responde Herminia, e Melchor por um momento tem a suspeita de que está falando com uma louca, tão louca que é quase impossível detectar a loucura. — Fazer uma peça de cerâmica consiste em pegar um pedaço de argila e transformá-lo em outra coisa — continua a mulher. — A argila é a mesma, mas a coisa é diferente. E é isso que acontece muitas vezes com as pessoas. No começo, somos de um jeito, mas depois nos transformamos. Temos o mesmo nome e a mesma cara, mas não somos as mesmas.

— Foi o que aconteceu com Ricky?

— Exatamente. O que aconteceu foi que o fracasso o envenenou, o transformou em outra pessoa. Uma pessoa horrível, obcecada por dinheiro, doente por dinheiro, ou pela falta dele. Isso também é comum, não acha? Enquanto as coisas vão bem, as pessoas não costumam ser más; elas se tornam más quando as coisas vão mal. E, além de ficarem más, começam a responsabilizar todo o mundo pelo que dá errado com elas.

— Você está dizendo que, embora já não tivesse nenhuma relação com os amigos da Esade, seu marido os culpava pelo fracasso?

— A eles e a todo mundo, menos a si próprio, claro. Pôs a culpa em mim, pôs a culpa em minha família, pôs a culpa nos poucos amigos que ainda tinha e até nos que já não tinha. Você não imagina. Quem não viu não pode imaginar.

A fim de ajudar Melchor a imaginar, Herminia fala de processos judiciais, advogados trapaceiros, dívidas não pagas, trabalhadores demitidos, conflitos familiares e agiotas batendo à porta, insultando-os por telefone e perseguindo-os aos gritos pela rua.

— Um pesadelo — resume. — Eu estava grávida, perdi o bebê, e depois os médicos disseram que eu não podia mais ter filhos. Me afundei em depressão por dois anos. Por sorte tinha uns primos morando aqui perto, em Verges, que me tiraram daquele inferno. Se não fosse por eles...

A voz da mulher some ou parece sumir de novo, e ela desvia outra vez o olhar de Melchor, que sente que Herminia não superou seu infortúnio, que há infortúnios que demoram eternidades para serem superados.

— Desde que saí de Barcelona, eu o vi bem pouco — continua a mulher, ao cabo de alguns segundos, sem ressentimento, voltando a olhar para Melchor; termina a cerveja num gole e deposita a garrafa vazia no chão, perto do sofá. — Quando nos separamos, eu já quase não reconhecia em Ricky o homem pelo qual tinha me apaixonado. Era, estou dizendo, como se fosse outra pessoa. Um homem destruído, egoísta, obcecado pelo fracasso e cego pelo dinheiro, um homem que falava mal de todo mundo.

— Dos amigos da Esade também? — insiste Melchor.

— Deles, principalmente. Filhinhos de papai, medíocres mimados, almofadinhas de merda que nunca tinham precisado se esforçar, que tinham recebido tudo pronto. Começou a dizer isso deles quando as coisas passaram a ir mal. Bom, isso era o mais suave. Ele os odiava como se realmente tivessem feito alguma coisa. Para piorar, bebia muito... Enfim, eu quase nem ligava mais para ele, àquela altura, estava esgotada.

— Sabe se Ricky voltou a vê-los?

— Esses amigos? Não. Acho que não. Não sei. — Fica alguns segundos com olhar fixo em Melchor, mas este compreende que não o vê, que só vê os próprios pensamentos. Depois, regressando à realidade, continua: — O que sei é que se meteu com criptomoedas. Bom, na verdade já tinha se metido quando ainda estávamos juntos, era um velho projeto dele, naquela época eu via isso como uma espécie de entretenimento, mas então mergulhou de cabeça... Comprava e vendia bitcoins. Fazia negócios estranhos. Ou tentava... Não queria emprego fixo, queria fazer dinheiro fácil, ganhar uma bolada, como costumava dizer. Mas a questão é que nunca saiu do buraco. De vez em quando ele me ligava, e às vezes combinávamos de tomar um café quando eu ia a Barcelona visitar meus pais. Lembro-me da última vez que o vi. — Abaixa os pés, pega a garrafa no chão e parece que vai se levantar; mas não se levanta. — Foi há quase um ano. Um dia ele me ligou, disse que estava internado no hospital do Valle Hebrón e que precisava de mim. Então fui vê-lo. Eu o encontrei na cama, com a cara vendada e uma perna e um braço quebrados. Perguntei o que tinha acontecido e ele me contou de um acidente. Eu acreditei, claro, mas depois fiquei sabendo que era mentira. Na verdade, tinha levado uma surra. Naquele dia, eu conheci a namorada dele.

— Tinha uma namorada?

— Eu conheci uma. Talvez tenha tido outras. A questão é que disse que estava apertado e me pediu dinheiro. Não foi a primeira vez que me pediu, mas parecia tão mal que eu dei. Não que fosse muito, mas para minha economia de subsistência era bastante. Depois não o vi mais.

— Ele devolveu o dinheiro?

— Não.

— Sabe como se chamava a namorada?

— Também não. — Herminia parece vacilar. — Se bem que... Espere um pouco.

Ela se levanta com a garrafa na mão, a deixa na cozinha e sobe ao andar de cima por uma escada de madeira. Melchor consulta seu WhatsApp, onde se acumulam mensagens de Vivales, Blai, Cortabarría e Vàzquez, que lhe avisa que está pronto para voltar a trabalhar no dia seguinte. Já respondeu a três delas quando ouve que Herminia desce a escada enquanto anuncia:

— Você está com sorte.

Entrega a Melchor uma folha arrancada de um caderno com espiral, e lá vê um nome, um número de telefone e uma conta bancária do Banco de Sabadell. O nome é de mulher: Marga Isern.

— Posso pegar? — pergunta Melchor, agitando o papel.

— Claro — responde Herminia. — Ricky me deu para que eu depositasse o dinheiro nessa conta e para que ligasse para sua namorada se tivesse algum problema. Estava em minha agenda.

Melchor guarda o papel, mas Herminia não volta a se sentar.

— Bom — diz a mulher —, vou preparar o almoço. Quer me acompanhar?

Melchor pensa que Herminia faz o convite por pura educação e que já a incomodou o suficiente. Então, levantando-se do sofá, agradece e diz que precisa ir embora. A mulher não insiste e, enquanto o acompanha até a porta, lhe diz que volte a vê-la ou telefone se precisar dela. Melchor fala o número de telefone que lhe deram na escola de Torroella de Montgrí e pergunta se é dela.

— Sim — diz Herminia. — Mas eu o desligo quando estou trabalhando.

Chegaram ao fim do caminho de tábuas, e a mulher abre a portinhola do jardim. Enquanto trocam um aperto de mãos, o cheiro de jasmim traz uma lembrança ao policial.

— Corre o boato de que seu marido se suicidou — diz, escolhendo com cuidado as palavras. — Você sabe disso, né?

Inesperadamente, Herminia ri, e Melchor vislumbra por um momento, nessa risada clara e sem malícia, num par de covinhas idênticas naquelas bochechas consteladas de sardas, a moça que deve ter sido antes do calvário que padeceu ao lado de Ricky Ramírez.

— Que loucura! — exclama. — Eu não fui ao funeral, soube de sua morte quando já o tinham cremado, mas garanto uma coisa: Ricky não era desses. Era um sobrevivente. Teria sido capaz de morar debaixo da ponte antes de se suicidar. Isso eu garanto.

Enquanto sai de Rupià, Melchor digita o telefone de Marga Isern, mas uma voz robótica lhe comunica que o número não existe mais. Então liga para Cortabarría e pede que busque duas coisas: os dados de Marga Isern e o atestado de óbito de Ricky Ramírez. Depois passa um tempo pensando na conversa com Herminia Prat e, já na autoestrada de Barcelona, decide ligar para Vàzquez, mas de última hora muda de ideia e liga para Blai.

— Fala sério, espanhol de merda — exclama o antigo chefe da Unidade de Investigação da Terra Alta quando Melchor expõe sua teoria.

— Não digo que seja verdade — esclarece. — Digo que é possível. — Em seguida, resume: — Ricky Ramírez os odiava, tentou chantageá-los e foi pego. Isso lhes deu a ideia de chantagear a prefeita e o material com o qual chantageá-la. Quanto a Ramírez, o tiraram da frente.

— Brilhante — reconhece Blai. — Pena que você não tem uma única prova do que está afirmando.

— Isso é verdade — aceita Melchor. — Mas foi Ramírez quem gravou o vídeo, então, se alguém podia guardá-lo, era ele. Além do mais, ele morre e o cremam às pressas, e para piorar Vidal tenta me vender a história de que se suicidou. A mulher dele achou uma piada quando contei... Enfim. Acho que faz sentido.

Blai não diz que sim nem que não. Melchor lhe dá tempo para refletir; passados alguns segundos, pergunta:

— Blai, continua aí?

— Falta uma coisa — reage o inspetor.

— O quê?

— A mulher que ligou para a prefeita.

Melchor reduz bruscamente a velocidade, pega o papel que recebeu de Herminia Prat e verifica no celular se o número de Marga Isern é o mesmo do qual os chantagistas ligaram para a prefeita, ou o do chip que o Francês fez em nome de Farooq Hoque. Não é um nem o outro.

— Não se preocupe — diz, por fim, Melchor. — Estou atrás dela.

Antes de chegar a Barcelona, recebe uma ligação de Cortabarría, que lhe informa que localizou o endereço de Marga Isern.

— Anote aí — diz.

Melchor grava na memória. Cortabarría acrescenta.

— Também temos uma foto dela. Há alguns anos foi pega vendendo maconha. Te interessa?

— Claro. Pode me enviar por WhatsApp?

— Agora mesmo.

— Maravilha. E o atestado de óbito?

— Estamos trabalhando nisso — responde Cortabarría.

Marga Isern mora num edifício da Ronda de Sant Antoni. Melchor estaciona quase em frente, em fila dupla, sai do carro e interfona para o apartamento da mulher, mas ninguém atende. Caminhando de volta ao carro, vê outro carro liberar uma vaga e se apressa para ocupá-la. É um observatório perfeito, e, sentado ao volante, o policial examina dali, ao mesmo tempo, a entrada do prédio e a foto que acaba de receber de Cortabarría, um instantâneo de uma mulher de uns quarenta anos, muito magra e com moletom, cara de susto e olhos avermelhados. Faz um tempo que a está examinando quando sente uma pontada de fome. Vai até um bar próximo, pede um cachorro-quente e uma garrafa d'água e volta para o carro. Enquanto come, recorda que o cibercafé do Francês fica bem perto e tem, ao mesmo tempo, um palpite e uma ideia. Termina de comer a caminho do cibercafé e, antes de entrar, joga a garrafa vazia numa lata de lixo.

O árabe está atrás do balcão, absorto em seu celular, mas levanta o olhar e diz algo quando Melchor passa diante dele. Melchor finge que não o ouviu: vai direto ao escritório do Francês, entra sem bater e o cumprimenta com a primeira coisa que lhe passa pela cabeça ("Não tínhamos combinado que um negócio que não te deixa levantar às onze da manhã não é negócio? E a sesta, então?"). O Francês levanta o olhar com cara de mau humor. Ao reconhecer Melchor, no entanto, a expressão do antigo bibliotecário da prisão de Quatre Camins se ilumina e, tirando os óculos de leitura, solta uma gargalhada feroz e o convida a se sentar. Melchor se deixa cair numa cadeira enquanto o Francês reclama de seus clientes e prepara dois cafés em sua Nespresso. Quando entrega o do policial, lhe pergunta:

— Bom, o que o traz aqui?

— Nada. — Melchor dá de ombros e leva o copo de papel aos lábios. — Estava trabalhando perto e tinha um tempo livre.

— Vá enganar outro, rapaz — zomba o Francês, relaxando na poltrona com o café em mãos. Acrescenta: — Descobriu aquilo do outro dia?

É a pergunta que esperava, embora tenha sido feita antes do esperado, o que ele, então, interpreta como uma confirmação antecipada de seu palpite. Responde:

— O quê?

— Por favor, não se faça de bobo comigo, hein? — repreende-lhe o Francês. — É falta de respeito.

Melchor esboça um gesto de desculpa.

— Foi mal — diz. — O que queria saber?

— Se descobriu sobre o chip no nome daquele paquistanês.

— Ah, é verdade — finge recordar Melchor. — Claro. Era uma idiotice. Vocês fizeram para uma mulher que mora aqui do lado, em Ronda de Sant Antoni. Marga Isern.

Petrificado, o Francês olha um segundo para Melchor com o copo suspenso a um centímetro da boca; depois, sem deixar de encarar o antigo colega de prisão, toma o café de um gole, deixa o copo na mesa abarrotada de papéis e pergunta:

— Como descobriu?

Melchor encara o Francês e pisca para ele.

— Porque você acaba de me dizer.

Termina de tomar sua bebida e se levanta da cadeira enquanto o Francês solta outra gargalhada.

— Que filho da puta! — exclama. — Me enganou direitinho.

— Tranquilo, amigo — diz Melchor, que busca na mesa um espaço onde deixar seu copo vazio e acaba o encaixando no copo vazio do Francês. — Isso fica entre você e eu.

Agradece o café, mas, antes de abrir a porta do escritório, o Francês pronuncia seu nome. Melchor se vira: seu velho amigo e mentor continua acomodado na poltrona, com seu ar eterno de cetáceo; não sobrou nem rastro de risada em sua cara, dominada agora por uma expressão severa.

— Essa garota não fez nada de errado — garante.

— Como você sabe?

— Porque eu sei. Eu já disse que sei distinguir quem é filho da puta e quem não é. E essa mulher não é filha da puta. É uma infeliz. Uma transtornada que ganha a vida como pode. Só isso. Além do mais, faz uns meses que o namorado dela morreu.

— Você o conhecia?

— O suficiente para saber que, esse, sim, era perigoso.

— Sabe do que morreu?

— Nem ideia. Você acha que estou por dentro de todas as fofocas do bairro? Morreu e ponto. De um dia para o outro. É a única coisa de que sei. Isso e que essa mulher é incapaz de fazer mal a alguém.

Melchor observa o Francês por um instante e se pergunta se Marga Isern também foi namorada dele ou algo do tipo; está prestes a dar voz ao pensamento, mas pensa que esse é um assunto que, ao menos por enquanto, não lhe diz respeito.

— Não se preocupe — tenta acalmá-lo de novo.

E, antes de se despedir do Francês, este o surpreende com outra pergunta:

— Está ocupado hoje à noite?

Melchor o olha sem entender.

— Ia convidá-lo para jantar — esclarece o Francês.

— Sinto muito — diz Melchor, com sinceridade. — Minha filha está me esperando.

— Tenho certeza de que você tem com quem deixá-la. — Unindo à suposição um sinal de súplica, insiste: — Vamos, rapaz, pelos velhos tempos.

De regresso à Ronda de Sant Antoni, volta a tocar a campainha de Marga Isern. Desta vez o atendem. Pergunta por ela.

— Sou eu — diz a mulher.

— Polícia — diz ele. — Abra, por favor.

Faz-se um silêncio.

— Alô? — pergunta Melchor.

— O que quer?

— Falar com a senhora.

Outro silêncio.

— Tem um mandado de busca?

— Não quero revistar sua casa. Só quero conversar por um momento. Já disse.

— Eu não fiz nada. Não tenho o que falar com a polícia.

— Está enganada. Abra, por favor.

— Qual seria o assunto?

— Ricky Ramírez.

— Não sei quem é.

— Claro que sabe.

— Está morto.

— Por isso quero falar com a senhora. Também quero falar de um chip que fez no nome de um vendedor paquistanês no cibercafé do bairro.

Desta vez o silêncio é mais prolongado. São sete e pouca da noite, a luz do dia começou a baixar e pela calçada oposta da Ronda de Sant Antoni cruza um bando de turistas orientais, chineses ou japoneses, com uma guia à frente.

— Marga? — pergunta Melchor.

A porta se abre com um estalido metálico, e ele sobe por uma escada estreita e escura até o terceiro andar, onde encontra uma porta encostada. Ele a abre, cruza um pequeno ambiente e, em seguida, vê a mulher, que está na cozinha, de pé junto a uma pia transbordante de louça suja, fumando. Visivelmente nervosa, a mulher indica Melchor com a cabeça e pergunta.

— O que quer?

Melchor entra na cozinha, bem pequena e iluminada por uma lâmpada que pisca de forma quase imperceptível; no ar flutua um odor insalubre, como queijo podre ou chulé. Ao lado da pia há um fogão a gás e uma geladeira minúscula; encostada na parede, uma mesa com uma garrafa de um litro e meio de Coca-Cola, vários copos usados, um cinzeiro lotado de bitucas (onde se lê: LEMBRANÇA DE CALATAYUD), um envelope de seda para enrolar tabaco e um pacote de fumo aberto. Não se vê cadeira em nenhuma parte, mas Melchor pergunta:

— Podemos nos sentar?

— Não — responde a mulher, dando uma tragada intranquila em seu cigarro. — Pergunte o que tiver que perguntar e vá embora de uma vez.

É tão miserável quanto na foto e tem o mesmo cabelo amarelado, embora mais curto; sua cara continua sendo de susto, mas um susto que tenta se disfarçar de desagrado, quase de indignação, por tê-lo ali, na cozinha de sua casa. Também não usa moletom; veste jeans folgado e uma camiseta vermelha que lhe marca os seios flácidos e abundantes. Não é atraente, mas Melchor pensa que o foi, ou pode ter sido, e toma a decisão de enfrentá-la.

— A senhora está metida numa confusão — adverte.

— Ah, é? — responde Marga. Move a perna esquerda a uma velocidade histérica. — Que confusão? Se está falando do chip...

— É disso que estou falando.

A mulher põe a mão no bolso de trás da calça, tira o celular e, com um olhar desafiador, o entrega a Melchor, que em um par de segundos o desmonta e comprova que o chip não é o que busca.

— Contente? — pergunta a mulher. — Agora abra a porta e vá embora.

Melchor monta outra vez o celular e o devolve à dona.

— Nós dois sabemos que foi a senhora quem fez o chip — adverte.

— Quem disse? — volta a perguntar. — O Francês?

Melchor se cala. Então, mente:

— Não sei quem é o Francês.

— Sabe, sim — diz a mulher. — O dono do cibercafé. Foi ele, não foi?

Melchor volta a se calar.

— Pois eu vou lhe contar por que ele disse isso: porque é um velho sujo que queria se meter na minha cama e eu não deixei. Por isso. O desgraçado está se vingando de mim.

Melchor não acredita nela, mas finge hesitar.

— Do celular com esse chip estão chantageando a prefeita de Barcelona — afirma.

— E eu com isso? — replica Marga.

Melchor avança um passo na direção dela, que se põe em guarda. A perna esquerda da mulher deixa de se mover. Melchor mostra a palma de suas mãos: está armado, mas é como se quisesse demonstrar à interlocutora que está desarmado.

— Está equivocada — reitera. — Se me ajudar, posso te ajudar.

Talvez por compreender que Melchor não pretende agredi-la, a mulher esboça um sorriso, dá uma rápida tragada em seu cigarro e, quase sem expulsar fumaça, se vira para a pia a fim de bater as cinzas.

— Não diga — pergunta, virando-se outra vez para ele.

Melchor deixa vagar a vista pela cozinha: se dá conta de que há um gato encolhido num canto, ao lado de uma tigela de plástico vazia, espreitando-o com olhos incandescentes.

— Posso provar que foi a senhora que fez o chip — diz. — Isso basta para prendê-la. Sabe por que não vou fazer isso?

— Por quê?

— Porque não acredito que tenha se metido nisso sozinha. Tem mais alguém. A senhora está protegendo alguém. Diga quem está protegendo e a ajudarei.

Marga Isern examina Melchor, que sente que a mulher tenta calibrar seu grau de sinceridade. Após alguns segundos, ela sorri outra vez, dá outra tragada em seu cigarro, o apaga sob torneira aberta, deixa a bituca ensopada em cima da pia e volta a enfrentar o policial.

— Já terminou?

— Não. — Melchor improvisa uma mudança de estratégia. — Fale-me de Ricky Ramírez.

— Já disse que está morto.

— De onde o conhecia?

— Do bairro. Morava bem perto daqui.

— Que relação tinha com ele?

— A mesma que o Francês queria ter comigo.

— Sabe do que morreu?

— De ataque cardíaco.

— Tem certeza?

— Foi o que disse o médico.

— E se eu lhe dissesse que não é verdade?

A mulher se cala como se um calafrio lhe percorresse o corpo. Sua perna esquerda se mexe ainda mais rápido que antes.

— O quê? — pergunta.

— Tenho razões para pensar que o mataram — explica Melchor. — E que sem querer a senhora está protegendo quem fez isso.

Agora a mulher o observa com ar incrédulo, talvez desorientado. Ela se afasta da pia, pega uma banqueta debaixo da mesa e se senta nela. Parece um pouco atordoada.

— Por que pensa isso? — pergunta a mulher.

— Não posso explicar — responde Melchor. — Mas estou dizendo que tenho minhas razões. Razões embasadas. E, se for verdade que essa gente matou seu namorado, também pode matar a senhora assim que deixar de lhes ser útil. Por isso precisa que eu a proteja.

A mulher tirou fumo do pacote em cima da mesa e se pôs a tocá-lo, como se preparasse um cigarro. Tudo indica que segue em estado de choque. Tudo indica que está tentando assimilar a notícia, ou a hipótese, e por um momento Melchor analisa a possibilidade de lhe dizer que tem certeza de que foi ela quem telefonou à prefeita exigindo dinheiro e sua renúncia, mas no instante seguinte decide que já a pressionou o bastante e que agora o melhor é deixá-la pensar um pouco. Então pega uma seda do envelope e anota seu celular.

— Pense bem — pede, entregando-lhe o papel. — E me avise quando tomar uma decisão.

Ao sair à Ronda de Sant Antoni, liga para Blai, conta como estão as coisas e lhe pergunta se podem grampear imediatamente o telefone de Marga Isern.

— Nem ferrando — responde Blai. — Não vou ligar para o juiz agora por uma coisa assim. Esqueça o grampo até amanhã de manhã. Isso se ele nos conceder, claro.

— Você acha que não vai conceder?

— Não, eu acho que vai, mas...

— Amanhã de manhã talvez seja tarde — reflete em voz alta Melchor. — Aposto o que for que essa mulher está telefonando agora mesmo para algum dos responsáveis.

— Pode ser — admite Blai. — Mas aposto o que quiser que nenhum dos criminosos vai falar com ela sobre esse assunto por telefone. Ao menos não por muito tempo. Por que você não fica aí para controlá-la? Se não ficar, busco alguém.

— Eu fico. Tenho um jantar hoje aqui no bairro.

— Joia. Se ficar muito tarde, me avise e mando um substituto.

Melchor entra no carro e espera. Quando já faz um tempo que está lá, sem perder de vista por um segundo o portão de Marga Isern, liga para Vivales e lhe diz que não o esperem para jantar.

— Você se meteu numa confusão ou tem um encontro? — pergunta Vivales.

— Nenhuma das duas coisas — responde Melchor. — Vamos, chame Cosette.

— Está brincando com uma amiga — replica Vivales. — Deixe-a tranquila. A propósito, a mãe da amiga perguntou de você. Disse que queria se desculpar, mas não me disse por quê. Quer que eu diga algo quando ela vier buscar a menina?

Melchor pede a Vivales que diga à mãe que não se preocupe, que não tem por que se desculpar, desliga e se põe a esperar de novo, mas ainda não encontrou na rádio uma emissora que queira escutar quando vê Marga Isern sair. Desce do carro e a segue. Caminhando depressa, a mulher entra no Raval pela rua Joaquín Costa, e Melchor pressente que vai ao cibercafé do Francês. Mas, não: passa direto pelo estabelecimento com o letreiro INTERNET BEGUM e continua em direção à Rambla e ao bairro gótico. À altura da rua Ferlandina, o telefone de Melchor toca. É Cortabarría.

— Ainda está no escritório? — pergunta-lhe Melchor, com o olhar fixo em Marga Isern, que caminha a uns vinte metros dele.

— Não — responde Cortabarría. — Mas pedi a Sudrià que me ligasse assim que soubesse do atestado de óbito de Ricky Ramírez. Achei que fosse urgente.

— E é — reconhece Melchor. — Manda.

— Tudo em ordem — anuncia Cortabarría. — Morreu de ataque cardíaco. Não tem nada estranho.

— Tem certeza?

— Foi o que disse Sudrià. Ligue para ele, se quiser. Tem o número?

— Não, mas não precisa. Obrigado pela informação.

Quando desliga, Marga Isern acaba de entrar na rua Hospital. Acelera o passo para não a perder de vista, mas ao dobrar a esquina não a encontra. Praguejando, corre de um lado para o outro entre a multidão que agita a rua, turistas, moradores do bairro e frequentadores da Biblioteca da Catalunha que entram ou saem dela, até que, prestes a se dar por vencido, reconhece a mulher através dos grandes vidros de um bar de pé-direito bem alto quase em frente. Por um momento pensa que Marga Isern o reconheceu, mas em seguida compreende que não; chega a cogitar entrar no bar e controlá-la dali, mas em seguida conclui que é perigoso demais, se afasta do vidro e se põe a vigiar a entrada do estabelecimento, sentado em um banco do parque ali em frente. Permanece assim um tempo, vendo entrarem e saírem clientes do bar e aproximando-se do vidro de vez em quando e com o máximo de cuidado a fim de se certificar de que a mulher continua ali e de que ninguém se sentou com ela. Passa a considerar que só tenha saído de casa para tomar um pouco de ar quando reconhece o indivíduo gorducho, baixinho e bigodudo que se aproxima do bar a partir da Rambla.

— Sabia — murmura.

É Hematomas. Melchor hesita alguns segundos, mas ao fim decide correr o risco, entra no bar, se senta numa ponta do balcão, pede uma garrafa de água com gás e paga. Marga Isern e Hematomas estão a alguns metros, num canto do salão, a mulher quase de frente para ele e o inspetor dando-lhe as costas. Melchor se esconde atrás do jornal *La Vanguardia* preso pelos proprietários do bar por um cabo de madeira e, tomando todas as precauções possíveis, tira algumas fotografias com seu celular e se põe a espiar os dois.

Marga Isern tomou uma cerveja e, quando a garçonete chega, Hematomas não pede nada. Em meio à música e às conversas, Melchor não consegue ouvir o que falam, mas nem em silêncio teria ouvido, pois está muito longe dos dois. Mas os vê muito bem, principalmente a mulher, que parece transtornada ou interessada demais no homem sentado diante dela para reparar em qualquer coisa ao redor. A princípio Marga Isern fala sem parar, bem depressa e gesticulando muito, como se tivesse algo importante para contar a Hematomas, que lhe permite desabafar ou talvez esteja interessado no que ela lhe conta. Depois o inspetor fala e Marga o escuta, não sem interrompê-lo de vez em quando, muito agitada, a ponto de algumas vezes Hematomas pegar no pulso dela, talvez tentando acalmá-la. Em determinado momento, a mulher desvia o olhar para o balcão e levanta a mão. Rapidamente, Melchor cobre o rosto com o jornal. Quando volta a olhar, Marga Isern está pegando sua segunda cerveja enquanto fala, cada vez mais alterada, e Hematomas volta a segurá-la pelo pulso; desta vez, a mulher afasta bruscamente a mão dele e, com o movimento, derrama entre a mesa e seu colo o que restava de cerveja no copo, o que parece exasperá-la ainda mais. Então Hematomas volta a segurá-la pelo pulso e murmura algo que, de repente, a tranquiliza; mais que isso: por um instante, Melchor tem a impressão de que o policial é um encantador e ela é uma serpente, ou talvez um coelho hipnotizado pelos faróis do carro que está prestes a atropelá-lo. A partir daquele instante, Marga Isern escuta Hematomas sem o interromper, tomando a cerveja com calma e em silêncio, como se tivesse se apaziguado e estivesse disposta a seguir as instruções do inspetor, supondo que este esteja lhe dando alguma instrução.

É só uma trégua, ou uma miragem. De repente, a mulher se levanta, diz algo ao inspetor (na verdade, parece cuspir na cara dele) e se apressa em direção à porta. Melchor consegue ver que Hematomas, sentado de costas para ele, tenta retê-la, mas em seguida precisa se esconder de novo atrás de seu *La Vanguardia*, que só lhe permite entrever Marga Isern ir embora às pressas. O inspetor vai até a porta; então, com uma tranquilidade oficial, regressa ao balcão, paga as duas cervejas que Marga Isern consumiu e sai do estabelecimento.

Melchor espera alguns segundos e sai em disparada do bar. Vislumbra Hematomas a uns cinquenta metros, afastando-se entre a multidão em direção à Rambla, mas não vê Marga Isern, e só lhe ocorre desfazer apressado o trajeto que fez atrás dela, uma hora ou uma hora e meia atrás, com a esperança de vê-la regressando à casa. Não é uma esperança infundada. Pouco depois de passar pelo cibercafé do Francês, Melchor desemboca na Ronda de Sant Antoni e quase dá de cara com a mulher, que está esperando o semáforo de pedestres ficar verde. Melchor retrocede alguns metros e, pouco depois, a vê atravessar na faixa e seguir pela calçada até entrar no prédio.

São quase nove horas, horário em que combinou de jantar com o Francês, mas precisa pensar sobre o ocorrido e, a fim de isolar-se, se fecha no carro. Lá, espiando a fachada de Marga Isern, reflete. Nas últimas horas, reuniu algumas certezas e muitas perguntas. Tem certeza, por exemplo, de que Marga Isern está envolvida na chantagem à prefeita, mas não pode provar isso a menos que o Francês testemunhe que lhe fraudou o chip, o que por enquanto não lhe parece provável, ou a menos que a própria mulher confesse, o que lhe parece menos provável ainda. Tem certeza, também, de que Hematomas está envolvido no caso, porque o fotografou com Marga Isern justo depois de a visitar e de ela saber que sua identidade é conhecida; parece-lhe impossível justificar esse encontro por motivos alheios à chantagem. Pois bem, a implicação de Hematomas significa que Vidal também está envolvido no caso? Não necessariamente. Como intuiu Blai, o chefe dos Vidal Boys poderia operar por conta própria, sem ordens nem anuência de Vidal, e, depois de receber trezentos mil euros da prefeita graças ao truque do pote abandonado na praia de Gavà, poderia ter exigido a renúncia dela (além de outros trezentos mil euros) para desviar atenção, de maneira que a polícia morda o anzol e acredite que tudo seja coisa de Vidal, que estaria, desse modo, armando para ficar no lugar de sua chefa. Isso explicaria que o vice-prefeito tenha oferecido para ele, Melchor, dirigir os Vidal Boys: já não confia em Hematomas, talvez até suspeite de ele agir por suas costas. "Nada disso é impossível", diz Melchor a si mesmo. Mais ainda: de repente lhe parece provável. Mais provável, de qualquer forma, que a hipótese com que lidou até então, de que tudo seria um plano concebido por Vidal, Casas e talvez Rosell para extirpar a prefeita de seu cargo e terminar com a carreira política dela.

Por esse ponto de vista, o caso se apresenta diferente. De acordo com ele, Ricky Ramírez conservara o vídeo depois de gravá-lo e, ao morrer de parada cardíaca, Marga Isern o encontrou entre seus pertences e comunicou o achado a Hematomas, que decidiu usá-lo em proveito próprio, talvez por saber ou suspeitar que Vidal estivesse buscando um substituto e quisesse garantir um encerramento à altura dos serviços prestados. Mas é aqui que os questionamentos se somam: por que o próprio Ricky Ramírez não chantageou os amigos enquanto estava vivo? Não se atreveu a fazer isso, apesar do ressentimento que mantinha contra eles? Ou pensava que com esse vídeo não poderia chantageá-los, como pensava o próprio Casas? Por que não chantageou a prefeita? Também não teve coragem de fazer isso? Nesse caso, para que guardar a gravação? Para o caso de algum dia juntar ousadia ou desespero suficiente para chantageá-los? Ricky Ramírez teria mesmo morrido de morte natural? Não era relativamente fácil, sobretudo para gente como Vidal e Casas, fazer parecer natural uma morte causada por alguém? E, se a morte tinha sido provocada, por que fizeram isso? O que Ricky Ramírez fez para que o matassem? Tentou chantageá-los? Marga Isern teria relação com essa morte? E, se não, por que protege Hematomas (ou Hematomas e Vidal, ou Hematomas, Vidal e seus dois amigos)? Aquela mulher se dá conta do risco que corre? Recorrerá a Melchor para que a proteja?

Melchor consulta a hora, sai do carro e anda em direção à Joaquín Costa. O cibercafé do Francês continua aberto, embora pareça vazio (nem o árabe está no balcão da entrada), mas só o que parece: o antigo presidiário continua ali, tão concentrado em seus papéis que nem nota a entrada do policial.

— E aí? — pergunta Melchor, entrando de novo em seu cubículo. — Esse muquifo não fecha nunca?

O Francês acaba a noite bêbado como um gambá, e Melchor precisa levá-lo para casa, um apartamento semivazio de um velho edifício próximo à praça Urquinaona, e metê-lo vestido na cama, porque quase não para em pé. Jantaram no Amaya, um restaurante tradicional da parte baixa da Rambla. A primeira metade do jantar foi um cabo de guerra. Melchor se deu conta em seguida de que, como suspeitara desde o começo, o Francês tinha feito o convite para averiguar por que Melchor estava atrás de Marga Isern e o que ela havia feito com seu chip falsificado. De sua parte, Melchor também tentou arrancar informações do Francês, mas a única coisa que conseguiu que lhe contasse foi bastante inútil: que tinha conhecido Marga no cibercafé, junto com Ricky Ramírez; que ambos apareciam lá de vez em quando, às vezes juntos e outras vezes separados; que os dois vendiam maconha, embora ele ganhasse a vida comprando e vendendo bitcoins; e que em uma ocasião havia proposto a ele que comprasse.

— Você comprou? — perguntou Melchor, não por interesse genuíno, mas para que o velho ex-presidiário continuasse falando.

— Você acha que eu sou louco?! — respondeu o Francês.

Melchor se lembrou de Herminia Prat e perguntou ao amigo se sabia que Ricky Ramírez, pouco antes de morrer, tinha levado uma surra que o deixara numa cama de hospital.

— Não — respondeu o Francês. — Mas não me admira. Eu já disse que o cara era perigoso.

— Por causa da maconha e dos bitcoins?

— Não só.

— Então por quê?

O Francês tocou a maçã do rosto direita com o indicador e disse:

— Olho clínico.

Por volta do terceiro uísque e do enésimo prato de presunto de Montánchez e de pão com tomate e pimenta de Padrón, o Francês começou a falar de sua terceira ex-mulher, que, segundo ele, o havia saqueado. Na sequência, voltou a falar de Marga Isern.

— Ela se faz de durona — opinou, com a voz mole de álcool. — Mas é um docinho de coco. É assim que se diz, né?

Melchor assentiu.

— Esse cara a tinha nas mãos — continuou o Francês. — Fazia o que queria com ela. Se não fosse ele...

O policial saiu em seu socorro:

— Ela me disse que você queria levá-la para a cama.

O Francês sorriu com sua boca cavernosa de cachalote-albino.

— Ela disse isso? Que maldita!

— Não é verdade?

— Claro que é. Assim como outras quatro ou cinco clientes, eu levaria todas para a cama. Mas você sabe como são as mulheres. Sempre escolhem o cara errado.

O Francês tomou o quarto e o quinto uísque enquanto falava de forma cada vez mais confusa e menos lúbrica das clientes do cibercafé; já na rua, Melchor pensou que seu amigo não o tinha convidado para jantar só para convencê-lo de que, independentemente do que tivesse feito, Marga Isern não representava um perigo para ninguém (do que deduziu que, além de querer levá-la para a cama, estava caidinho por ela), mas também para combater com sua companhia a solidão que o estava matando.

Agora Melchor caminha sem pressa da casa do Francês até o carro, respirando o relento da madrugada. Sente sono, cansaço e vontade de se enfiar na cama, e a única coisa de que tem clareza sobre o caso da prefeita é que talvez no dia seguinte, depois de quatro ou cinco horas de descanso, o verá de outra maneira.

Só erra em parte. Está sentado ao volante quando, prestes a dar partida, nota que uma mulher sai do prédio de Marga Isern. Em seguida, a reconhece: é a própria Marga Isern. Logo que abre a porta do carro, disposto a ir atrás dela a pé, vê que a mulher entra num Opel Corsa estacionado bem perto; Melchor fecha a porta, dá a partida e a segue a uma distância prudente até a praça da universidade e depois Aribau acima até via Augusta, onde vira à esquerda em direção a Sarrià. Sempre atrás do Opel Corsa, sai da cidade pela autoestrada C-16, passa por Sant Cugat, Sabadell e Tarrasa e segue em direção a Manresa, onde o trânsito, que até então foi escasso, fica mais escasso ainda, o que o obriga a aumentar as precauções e conduzir a mais distância do Opel Corsa, para não despertar as suspeitas de Marga Isern. O sono e a fadiga se dissiparam assim que começou a perseguição, mas voltam nas proximidades de Manresa; para afugentá-los, ele liga o rádio: põe música, sintoniza uma emissora de notícias, escolhe um programa em que falam de fantasmas e discos voadores e, de repente, como se tivesse dormido e sonhasse, pergunta-se por que está perseguindo aquela mulher. Por sorte, o Opel Corsa logo entra em um posto de gasolina aberto; Melchor aguarda, protegido pela penumbra, enquanto Marga Isern abastece e paga, após o que, em vez de voltar para a autoestrada, estaciona na frente da lanchonete e entra. Melchor pensa que está com sorte, porque pode aproveitar para abastecer também e pegar um café de uma máquina, mas, assim que volta ao carro, sente que sua sorte acabou: o Opel Corsa já não está estacionado na lanchonete. Apressado, regressa à autoestrada e acelera em direção a Berga; por fim, depois de alguns minutos de angústia, reconhece o carro de Marga Isern. Só então, apaziguado, experimenta o café: está frio e tem gosto de água suja, mas o desperta.

São mais de quatro e meia da manhã quando entra no túnel do Cadí. Ao outro lado se abre, submerso numa escuridão fechada, o vale da Cerdanya. Ali, em vez de pegar a direita para Puigcerdà, o Opel Corsa vai à esquerda em direção à Seu d'Urgell. Melchor se lembra de Vàzquez, da falsa doença da mãe de Vàzquez e de que, em teoria, na manhã seguinte Vàzquez retorna a Egara. Também pensa que deveria avisar a Vivales que não dormirá em casa. Segurando o volante com uma das mãos e o celular com a outra, escreve uma mensagem de WhatsApp: "Não vou dormir em casa". E manda ao advogado, que responde quase no mesmo instante, como se estivesse esperando acordado: "O que houve?". Então, por um instante, passa pela mente de Melchor uma ideia bizarra, que durante esse tempo infinitesimal lhe parece, porém, a coisa mais natural do mundo. Pensa que, como Vivales está acordado, poderia ligar para ele, falar com ele e forçar entre os dois uma intimidade que nunca se atreveu a buscar e que, acredita, seria mais fácil de encontrar àquelas horas improváveis da madrugada, a muitos quilômetros de distância um do outro, ambos mergulhados no escuro de sua respectiva solidão (Vivales na solidão insone de seu quarto de eterno solteirão, ele na solidão de um carro que circula por um vale remoto, perseguindo uma mulher atormentada que foge não se sabe para onde); poderia falar para Vivales do que nunca lhe falou, pensa Melchor, de sua mãe e sua infância de órfão e filho de prostituta no bairro de Sant Roc e de todos os pais espectrais que, como fantasmas ou discos voadores, inquietaram as madrugadas de sua infância: o homem que pisava firme, com passos de proprietário, pelo corredor de sua casa, o que andava na ponta dos pés tentando passar despercebido, o que tossia e escarrava como doente terminal ou fumante incorrigível, o que soluçava inconsolável atrás de uma parede, o que contava histórias de assombrações ou saía ao amanhecer com sua jaquetona de couro; pensa que poderia buscar ou forçar essa intimidade e perguntar a Vivales o que nunca se atreveu a lhe perguntar: se, apesar de sempre ter sido incapaz de pôr o rosto dele a qualquer um desses rostos invisíveis, seria ele seu pai.

Mas foi apenas um instante. Após isso, Melchor digita uma segunda mensagem: "Tranquilo. Conheci alguém". Vivales responde no mesmo instante. "Já era hora", escreve. "Mas tome cuidado, tem muita víbora solta por aí." Melchor responde com o emoticon de sorriso.

O Opel Corsa não para em Seu d'Urgell, terra natal de Vàzquez; nem sequer entra na cidade, apenas a margeia, rumo a Andorra. Pouco depois, cruza a fronteira; Melchor, atrás, faz o mesmo. Amanhece. Circulam por uma estrada que serpenteia entre montanhas rochosas, entram em Sant Julià de Lòria enquanto o povoado desperta e, antes de sair da zona urbana, o Opel Corsa se afasta da estrada e se dirige a uma rua asfaltada que acaba desembocando num caminho de terra que se perde rumo ao monte. Melchor, que faz tempo desligou os faróis para não levantar suspeitas, freia perto das últimas casas – um par de imóveis gêmeos, de dois andares e construção recente – e, dali, à luz cerúlea da alvorada, observa o Opel Corsa estacionar diante de uma chácara. A mulher desce do carro, chama à porta da propriedade, abrem e ela entra.

Melchor aguarda uns minutos, então estaciona entre dois carros, de onde controla a chácara a distância, sai para a rua e se aproxima do local. Não é velha nem grande nem luxuosa, ao menos não à primeira vista, mas tem uma boa chaminé, está rodeada por um grosso muro de pedra e ostenta um jardim em cujo centro se ergue uma cerejeira. Melchor comprova que não tem outra entrada além da porta principal (sem olho mágico, percebe) e que, se fosse preciso, poderia pular o muro empilhando pedras numa esquina e passando dali para o jardim. Uma vez inspecionado o terreno, regressa ao carro e, certo de que a mulher precisa dormir tanto quanto ele, com a esperança de que ninguém saia da chácara nas próximas horas, recosta-se no banco do motorista e fecha os olhos.

Seu relógio o acorda três horas mais tarde, depois de um sono curto, livre de pesadelos. Comprova que recebeu várias mensagens de WhatsApp, entre as quais duas de Blai, que lhe pede o telefone de Marga Isern a fim de solicitar ao juiz permissão para grampeá-lo. Permissão concedida. "Onde você está?", pergunta Blai. Melchor não responde, e o outro não insiste. Sai para esticar as pernas e tomar um pouco do ar puro da montanha e, em seguida, avista uma padaria-cafeteria a alguns metros em direção ao povoado. Caminha até o estabelecimento, entra, pede um cappuccino e o leva para o carro. Então, por mais de duas horas, espera, mas ninguém sai da chácara; de fato, apenas dois ou três automóveis e um par de motocicletas passam pelo caminho de terra. Em algum momento, Blai telefona, mas ele outra vez não atende. Não quer falar com o inspetor para não se ver obrigado a dar explicações, a confessar onde se encontra ou o que está fazendo ali: Melchor carece de jurisdição no território de Andorra, o que significa que, caso precise agir, seus superiores deverão avisar previamente à polícia andorrana, que poderá ou não colaborar, o que significa, por sua vez, que tudo poderia se complicar e se atrasar muito, e, assim, ir para o espaço. Agindo por sua conta e risco, porém, goza de total liberdade para fazer e desfazer sem demoras, sem problemas e sem que ninguém saiba o que está fazendo: se der certo, perfeito; se não, perfeito também.

Ao cabo de um tempo, vê Marga Isern sair da chácara. Não está sozinha, está acompanhada de um desconhecido barbudo que veste jeans. Os dois entram no Opel Corsa, descem em direção ao povoado e passam a poucos metros de Melchor, que, vencendo a tentação de espiá-los de canto do olho, esconde o rosto enquanto finge mexer no celular. Melchor hesita: pode deixá-los ir com a esperança de que voltem e aproveitar a ausência para descobrir se tem mais alguém na chácara ou, supondo de que esteja deserta, para revistá-la ou pode segui-los de carro. Decide que é mais prudente segui-los.

Então dá meia-volta e vai atrás deles. Entram na rua principal de Sant Julià de Lòria e depois, somando-se a um lento fluxo de turistas, na estrada para Andorra-a-Velha, onde vinte minutos depois ingressam pela avenida Meritxell, o eixo comercial mais frequentado da cidade. Ali circulam entre blocos de prédios repletos de lojas, até que desviam para um centro comercial e deixam o carro no estacionamento. Melchor estaciona também, os segue até o supermercado, os vê pegar um carrinho e enchê-lo de mantimentos. É então que, camuflando-se entre os clientes que lotam os corredores ladeados de painéis multicoloridos transbordantes de produtos, Melchor se aproxima um pouco do acompanhante de Marga Isern, que de perto parece ter uns quarenta anos, tem cabelo crespo e barba densa e veste roupa larga e chinelo. Para se camuflar em meio à multidão que o rodeia, Melchor pega alguns produtos ao acaso – um pacote de pão de forma, uma bandeja de queijo fatiado, uns biscoitos de arroz com chocolate, uma lata de atum – e se dirige para um caixa distante daquele em cuja fila o casal, com o carrinho cheio até o topo, já aguarda. Sua vez chega antes da deles, mas ele não quer terminar de pagar cedo demais, então se entretém folheando um tabloide inglês em cuja capa se destaca uma foto de Elvis Presley e uma grande manchete segundo a qual algumas testemunhas confirmam que o cantor ainda está vivo e, com mais de noventa anos, mora nos esporões das Montanhas Rochosas, na Columbia Britânica. Melchor lê a manchete várias vezes, até que a caixa o arranca de sua abstração.

— Doze euros e cinquenta, senhor.

Enquanto dirige outra vez atrás do Opel Corsa, agora até a saída de Andorra-a-Velha, Melchor liga para Cortabarría, que de primeira lhe diz que Vàzquez está de volta. Melchor pede para falar com ele.

— Um momento — solicita Vàzquez ao pegar o telefone.

Melchor deduz que o sargento quer se acomodar em seu escritório. Instantes depois, Vàzquez cumprimenta Melchor, que lhe devolve a saudação:

— Como você está?

— Ótimo — garante Vàzquez. — Pronto para processar algum filho da puta. Obrigado por me cobrir, Melchor.

— De nada. Agora é a sua vez de me cobrir.

— Com o que quiser — diz Vàzquez. — Tudo pelo herói de Cambrils.

— Sem gozação, cretino — diz Melchor. — Preciso de uma foto de Ricky Ramírez.

— Quem caralho é esse?

Melchor explica, volta a mencionar a foto.

— É urgente — conclui.

— Pode deixar — diz o sargento. — Agora mesmo ponho todo mundo para procurar. Alguma nós encontraremos.

— Quando a encontrarem, me envie por WhatsApp. Outra coisa: colocamos vigilância nos três tenores.

— Torrent acabou de me avisar.

— Hoje à tarde não vou poder vigiar Vidal, porque tenho horário marcado com Rosell.

— Não se preocupe. Colocarei alguém.

— Também não posso falar com Rosell.

— Não se preocupe. Eu vou.

— Leve Cortabarría, que está a par de tudo. A conversa é às quatro, em seu gabinete na Prefeitura.

— Ok. Mais alguma coisa?

— Sim. Hoje eu não vou a Egara.

— Isso eu já imaginava. Blai estava te procurando há pouco. Posso perguntar por onde você anda?

— Claro. Mas não vou responder.

A foto de Ricky Ramírez chega ao WhatsApp de Melchor às quatro e meia, quando faz várias horas que ele está estacionado em um ponto de onde pode ver a chácara e devora o segundo sanduíche de queijo consecutivo. Chega acompanhada de uma mensagem de Vàzquez: "Tem cara de santinho, mas é um elemento", diz. "Um julgamento por falência fraudulenta, outro por calote e mais um por tráfico de maconha." Referindo-se à conversa com Rosell, acrescenta: "Pavarotti está nos enrolando". Vàzquez tem razão: na foto, um retrato policial, Ricky Ramírez tem aparência inocente, como quase todos os culpados. Não tem barba, mas Melchor tem quase certeza de que é ele. Recorda Elvis Presley e de repente, com um quê de euforia que se apressa a conter, sente que tudo se encaixa.

Termina de engolir o sanduíche, abre o pacote de biscoitos e devora alguns, busca na rádio uma música. Pouco depois das cinco, liga para Vivales, que acaba de buscar Cosette na colônia de férias, e fala um tempo com sua filha. Ela quer saber por que ele não dormiu em casa; Melchor lhe responde que porque está prestes a pegar os maus. Cosette pergunta quem são.

— Os de sempre — responde. — Os que parecem bons.

— Os maus sempre parecem bons?

— Quase sempre.

— E os bons parecem maus?

— Também.

— Ai, que difícil.

Falam por um tempo, e, ao se despedir, Melchor avisa que talvez também não durma em casa naquela noite. "Avise Vivales", acrescenta. Assim que desliga, seu celular toca: de novo Blai; de novo não atende. Segundos depois, chega uma mensagem de WhatsApp do inspetor. "Puta que pariu, espanhol de merda, atenda logo esse maldito telefone", diz. "É urgente." Melchor liga para Blai.

— Acabei de falar com o delegado Vinebre — anuncia, sem cumprimentar o inspetor. — A prefeita vai convocar uma coletiva. Vai renunciar.

Faz-se um silêncio.

— Sabe quando vai ser a coletiva? — pergunta Melchor.

— Amanhã. O prazo termina depois de amanhã, então...

— Quem foi que disse a Vinebre? Ela?

— Não. Alguém próximo a ela. Não sei quem. Mas está claro que ela não quer que saibamos.

— Vá vê-la. Convença-a a não renunciar.

— Era o que eu pretendia fazer. Estou te ligando para que me dê argumentos. A propósito, onde você se meteu? Passei o dia todo o procurando.

Melchor não responde, mas esconde sua falta de resposta entre argumentos contra a renúncia da prefeita. À medida que os formula, porém, todos lhe parecem insuficientes para persuadir uma pessoa dominada pelo medo, de modo que, quando se despede de Blai, não tem muita dúvida de que o antigo chefe da Unidade de Investigação da Terra Alta fracassará. Acaba de dizer isso a si mesmo quando a porta da chácara se abre e Marga Isern sai acompanhada do homem.

São pouco mais de sete, e a força do sol começa a fraquejar. O homem e a mulher conversam um pouco ao lado do carro, dão um beijo na boca, o homem abre a porta do motorista, e a mulher entra, dá a partida e se afasta da chácara enquanto Melchor a observa se afastar. Desta vez, não hesita. Quando o homem desaparece no interior da chácara, ele também liga o carro e segue o Opel Corsa, que, em vez de ir na direção de Andorra-a-Velha, vai rumo a Seu d'Urgell. Melchor o acompanha até pouco antes da fronteira, mas, assim que compreende que Marga se dispõe a regressar a Barcelona, dá meia-volta e retorna à chácara, estaciona no lugar de antes e espera anoitecer. Então, quando sobra apenas um resto de luz roxa no topo das montanhas que contornam o vale, desce do carro, caminha até a chácara e bate na porta. Não atendem de cara, então repete o gesto. Por fim, um homem atende.

— Sou do Super U — anuncia Melchor, com a voz vagamente melodiosa. É o nome do supermercado em que fizeram a compra ao meio-dia. — Esqueceram uma sacola no caixa.

O homem demora para responder.

— Não percebemos — diz, por fim.

— Pois eu trouxe a sacola.

— Deixe-a na porta.

— Sinto muito, senhor. Preciso entregá-la em mãos.

A porta se abre e, antes de reconhecer o homem, Melchor já pôs o cano da pistola em sua testa enquanto, com o dedo nos lábios, ordena que se cale. Assim, em silêncio absoluto, agarrando Ricky Ramírez pela nuca e, apontando-lhe a pistola para a cabeça depois te tê-lo revistado e tirado seu celular, percorre a chácara para se certificar de que, além deles dois, não há ninguém ali. É uma casa grande, mas quase todos os cômodos estão desertos, e, terminada a inspeção, Melchor empurra Ramírez para o sofá da sala. Este entende que o fim bem-sucedido da revista equivale ao fim do silêncio, então, ofegante e com olhos de pânico, enquanto segura o pescoço machucado, pergunta:

— Quem é você?

— Calma. — Melchor devolve a arma ao coldre. — Sou policial. Não vai te acontecer nada.

Nem a promessa nem a informação parecem tranquilizar Ramírez, que não deixa de ofegar nem de segurar o pescoço.

— Está se confundindo — defende-se. — Eu não fiz nada.

— Claro — diz Melchor. — E eu sou a madre Teresa. Onde você guarda a gravação? Trouxe para cá ou está escondida?

— Gravação? Que gravação?

Melchor pega uma cadeira e se senta nela ao contrário, cruzando os braços sobre o encosto.

— Você veio de Barcelona? — pergunta Ramírez. — Seguiu Marga? Se veio de Barcelona, não pode me prender, não tem direito de agir aqui. Não estamos na Espanha.

— Não — admite Melchor. — Mas você ficaria surpreso de ver como colaboramos com as autoridades andorranas de um tempo para cá. — Mostra seu celular e o deixa na mesa que os separa, onde há um cinzeiro vazio e um par de livros. Então completa a mentira: — Se eu fizer uma ligação, em cinco minutos eles estão aqui. Quer ver?

Ramírez observa Melchor com a suspeita de uma fera encurralada. Tem a aparência desarrumada, desalinhada, usa calça de pijama cinza listrada e camiseta de manga curta, branca e desfiada; está descalço, e seus pés exibem unhas sujas e por cortar. Trata de se recompor um pouco, recupera o fôlego, se recosta no sofá, um móvel barato, desconfortável e mais adequado a um apartamento de litoral que para uma chácara de montanha, com a estrutura inferior e o apoio de braço em madeira, e o assento, o encosto e as almofadas de um tecido estampado em cores chamativas. Assim como o resto da casa, a sala delata uma provisoriedade insípida e impessoal: o único mobiliário, além do sofá, são várias cadeiras monótonas, uma televisão pré-histórica e um aparador sem graça; nas paredes pintadas de branco só estão penduradas um par de aquarelas convencionais com paisagens alpinas.

— Eu repito que está cometendo um erro — insiste Ramírez.

Melchor suspira.

— Veja, Ricky — diz, armando-se de paciência. — Posso te chamar de Ricky?

— Me chame como quiser.

— Veja, Ricky — diz Melchor. — Por que você acha que segui sua amiguinha? Por que acha que estou aqui? Eu te digo. Estou aqui porque sei o bastante para processar vocês dois.

— Você não sabe de nada.

— Não, homem: sei pouco, mas alguma coisa eu sei. Por exemplo, sei que você e sua garota estão chantageando a prefeita de Barcelona com um vídeo de conteúdo sexual. Que você filmou o que tem lá. Que é quase certo que receberam o primeiro resgate e que sem dúvida receberam o segundo, porque foi pago ao celular da sua namorada. Não o que ela está usando agora, um que vocês devem ter tido a precaução de jogar fora ou devem ter lhes dito para jogar fora... Além disso, sei que estão em contato com o inspetor Lomas, o chefe dos Vidal Boys, o que significa que estão em contato com Enric Vidal e provavelmente com Daniel Casas e Gonzalo Rosell, que também aparecem no vídeo. Quer que eu continue?

Ramírez encara Melchor como se tentasse assimilar o que acaba de escutar, mas em seguida afasta o olhar e o passeia pelo ambiente sem se deter em nenhum objeto, talvez sem ver nada. Virando-se de novo para o policial, diz, em tom desafiador:

— Você não pode provar nada.

— Não posso provar que Vidal, Casas e Rosell sejam culpados — reconhece Melchor. — Mas posso, sim, provar que são culpados você, sua namorada e Hematomas. É assim que o chamam...

— Todo o mundo sabe como o chamam — interrompe Ramírez.

Melchor se esforça para sorrir.

— Claro — diz. E continua: — Enfim, você tem duas opções. Quer que eu diga quais são?

Ramírez mantém silêncio enquanto cruza os braços, prestando atenção. É óbvio que recuperou em parte a confiança em si mesmo.

— Primeira opção. — Melchor volta a brandir seu celular. — Você não colabora comigo, eu faço uma ligação e em dez minutos temos aqui os amigos andorranos. Neste caso, punimos você, sua namorada e, com um pouco de sorte, Hematomas. Ou seja, você e sua namorada se ferram sozinhos, os outros se livram. — Melchor faz silêncio à espera da reação de Ramírez, o que não acontece. — Por sorte, há outra opção. Você colabora comigo e me conta tudo. E quando digo tudo quero dizer tudo, de A a Z, do começo ao fim, tintim por tintim, para que eu entenda. Para mim, essa opção tem duas grandes vantagens. A primeira é que, se você aceitar, eu lhe dou minha palavra de que farei o possível para você sair nas melhores condições desse caso... Bom, você e sua namorada. E mais: dependendo do que você me contar, desde que eu acredite e depois confirmemos ser verdade, talvez eu nem precise processá-los e vocês podem continuar levando a vida de vocês.

Ramírez descruza os braços e diz:

— Não acredito em você.

— Acredite.

— Por que deveria?

— Porque eu não engulo que tudo isso tenha sido organizado por você sozinho. Nem a parte de fingir sua morte, nem a de receber o resgate na praia de Gavà, nem nada de nada. Não me leve a mal, mas tudo isso é demais para você. Demais. E principalmente para sua namorada. Isso não é coisa de um par de infelizes como vocês, com todo o respeito do mundo. Em resumo, estou disposto a lhe ajudar em troca de você me ajudar a pegar os que armaram essa confusão.

Melchor para de falar, mas Ramírez não abandona seu ar de hostilidade reflexiva. Tem uns olhos bem claros, que observam seu interlocutor com apreensão. Ele a coça a barba lisa e descuidada como se pinicasse.

— Qual é a outra vantagem?

Melchor esperava a pergunta, então volta a sorrir, desta vez sem esforço.

— Você realmente acha que seus colegas vão deixá-lo em paz quando isso terminar? — indaga. — Depois de tudo o que aconteceu? Sabendo tudo o que você sabe? — Apesar da camuflagem parcial da barba, a expressão de Ramírez revela que ele também se fez aquelas perguntas. Ou pelo menos Melchor acredita nisso. — Não seja ridículo. Quando a prefeita renunciar, eles vão se livrar de você e de sua amiga. Aconteça o que acontecer, tenha você o que tiver. Essa gente é assim, não vai correr nenhum risco com vocês. Você deve saber.

Melchor supõe que Ramírez saiba, mas não quer saber ou prefere esquecer, e que suas palavras acabam de trazê-lo de volta à realidade. Imagina o turbilhão em sua mente; imagina a fraqueza de suas pernas, o medo agarrado ao estômago, o coração alvoroçado.

— Quer um copo d'água? — pergunta.

Ramírez não responde. Melchor se levanta e se dirige à cozinha, que era grande e estava surpreendentemente limpa. Encontra dois copos, os enche de água da torneira, volta para a sala. Ramírez toma a água de um gole e pergunta, em tom exigente:

— Como você vai me ajudar?

Melchor reitera o que já lhe disse, procurando não fazer promessas inverossímeis, mas insiste que quer ajudá-lo. Acrescenta:

— Pense que estou tão interessado nisso quanto você. Ou mais.

Ramírez assente, parece acreditar. Deixa o copo vazio em cima da mesa, ao lado do de Melchor, que ainda está cheio, e fica olhando os dois, um pouco ensimesmado. Coça a barba outra vez e, ao cabo de alguns segundos, se levanta.

— Preciso de um uísque — anuncia.

Vai até o aparador, volta com uma garrafa pela metade, serve dois dedos da bebida em seu copo e os toma de uma vez. Volta a se servir e inspira fundo.

— Não sei por onde começar — desculpa-se, buscando os olhos de Melchor.

— Comece pelo começo. Fale-me de seus colegas. Conte-me como os conheceu. Que tipo de gente são. Não tenha pressa, temos tempo, quero saber tudo.

Ramírez volta a assentir e deixa passar alguns segundos enquanto tenta encontrar postura confortável no desconfortável sofá, e seu olhar se perde ou se turva, como se tivesse se afundado em suas lembranças em busca de um tesouro enterrado. Transcorrido um tempo que Melchor não saberia computar se foram segundos ou minutos, Ramírez toma outro gole de uísque, volta a coçar a barba e ergue o olhar para ele.

— Os três são, acima de tudo, uns filhinhos de papai. — começa, em um tom diferente, como se tivesse acabado de vestir uma fantasia. — Uns filhos da puta também, sem dúvida, mas, acima de tudo, uns filhinhos de papai. Nasceram assim e vão morrer assim... As pessoas ricas são de outra espécie. Nunca ouviu dizer isso? Bom, é verdade. Estou dizendo. As pessoas se divide em dois tipos: as ricos e todo o resto, incluindo aquelas que aspiram a ser ricas, que são a maioria. Faço parte desse grupo, eu fui uma dessas pessoas.

EPÍLOGO

1.

— Gelei... Estava no sofá de casa, com o corpo dolorido depois da surra que levei de Hematomas e seus capangas, e Vidal acabava de me dizer que eu podia chantagear a prefeita sem que ninguém me pegasse, porque é impossível pegar um morto. Como assim? Desviei o olhar de Vidal e mirei o inspetor. Continuava sentado atrás do chefe, cabisbaixo e tristonho. Então voltei a olhar para Vidal, que riu. "Tranquilo, Ricky", me disse. "Ninguém vai te matar. Você só vai se fazer de morto. Mas vai fazer isso tão bem quanto se tivesse morrido de verdade..." Aí começava a segunda parte de seu plano para chantagear a prefeita, isto é, para que eu a chantageasse por ele.

— Então a ideia de fingir que estava morto não foi sua?

— Não, foi de Vidal. Ele planejou tudo para que eu não tivesse alternativa. Deu até os detalhes da morte. Falou de um ataque cardíaco, um par de funcionários corruptos, incluindo um forense, e alguns empregados do cemitério municipal. Falou dos Vidal Boys, embora não os tenha chamado assim, claro, e falou de meu próprio funeral e de meu enterro, também falou de alugar um apartamento longe de Barcelona, fora da Espanha, mas não longe demais, em algum lugar discreto onde eu pudesse me esconder sem problemas, ainda não tinha decidido onde, mas tinha várias possiblidades em mente... Principalmente, falou de uma identidade nova e de uma nova vida. "Nova e muito melhor que a que você tem", disse. "Isso com certeza." Olhou ao redor com ar de pena e continuou falando: "Veja onde você mora, Ricky. Veja no que se transformou... Agora chega. Chega de sobreviver neste cubículo vendendo maconha e mexendo com bitcoins. Com o dinheiro que a prefeita te der, você vai poder começar de novo... Reinventar-se. Dar um *reset*". Isso que ele me disse. Eu devo ter feito cara de espanto, porque Vidal continuou: "Não me olhe assim, Ricky. Estou falando sério. Estou te dando uma chance, uma chance de ouro... E não pense que o que estou propondo é impossível, porque não é. Pelo contrário, é mais fácil do que você pensa. Além do mais, ninguém vai sentir sua falta. Quem você acha que sentiria? Essa drogada com quem você dorme? Como se chama? Marga...?". Então se calou, eu não disse que sim nem que não, e ele se virou para Hematomas, que assentiu com a cabeça. Ele continuou: "Não se preocupe com ela. Se for preciso, nós a incluímos...". De repente lhe pareceu uma ideia genial. "Claro", disse. "Será útil para nós. Será nosso contato, assim você e eu não precisaremos mais ver a cara um do outro." E continuou insistindo. "Pense bem", disse. "Uma oportunidade como esta não aparece duas vezes", disse também. "Começar de novo em um lugar onde ninguém o conhece, com dinheiro e sem passado... Pense bem, Ricky..."

"Foi mais ou menos isso que ele me disse, e foi o que tentei fazer, tentei pensar, mas não pude, me doía tudo, estava ofuscado demais para raciocinar... Embora não a ponto de não notar que algo não encaixava. Disse isso a ele. 'O que não encaixa?' me perguntou. 'O que você ganha com tudo isso?', respondi. E acrescentei: 'E o que Casas ganha?'. Vidal voltou a sorrir... Achei que sorria porque eu tinha intuído que Casas e ele estavam mancomunados, mas na verdade sorria porque percebeu que tinha conseguido o que queria. 'Eu ia dizer mais tarde', me disse. 'Mas, como vamos ser sócios, conto agora. Para que veja que confio em você.' Aí falou que, além de pedir dinheiro à prefeita, eu lhe pediria que renunciasse. Não pediria isso a princípio, para que ela não soubesse do que se tratava realmente tudo aquilo e não suspeitasse dele nem de Casas. A renúncia eu pediria quando já tivesse feito o primeiro pagamento, ou o segundo, isso veríamos depois, de qualquer forma, quando a jogada já estivesse mais madura e ela visse que a coisa era para valer, não esperasse algo do tipo e não tivesse tempo de reagir... Isso foi o que me disse Vidal, e assim eu soube qual era o verdadeiro propósito da operação: tirar a prefeita de seu cargo e tomar seu lugar. Ele era o vice-prefeito, o segundo responsável pela Prefeitura, então, se a prefeita renunciasse, seria seu substituto lógico. Vidal ocuparia seu lugar e, com dois anos pela frente até as novas eleições, teria tempo suficiente de se consolidar na Prefeitura para ganhar nas urnas... Esse era o plano, para isso Vidal queria me usar. Casas queria me usar pelo mesmo motivo, claro, ele também queria que Vidal fosse o novo prefeito, minha intuição estava certa, os dois estavam confabulados, mas não era preciso ser um gênio para compreender que no caso dele a renúncia da prefeita teria, além do mais, um benefício paralelo, digamos assim: serviria para demonstrar que, sem ele ao lado, ela não era ninguém, não passava de uma pobre mulher vulnerável que só tinha sido alguém porque ele assim o quis, e a prova era que, sem ele, sua carreira política estava terminada... Em resumo, aqueles dois grandes filhos da puta queriam me usar para provar para todo mundo quem mandava ali e, de quebra, estavam voltando a fazer comigo o que sempre tinham feito: me tratar como um funcionário.

"Tudo aquilo me deu náuseas, senti o gosto de bílis que me subia à garganta e estive prestes a mandar Vidal à merda... Mas não... Não me deixei levar por meu primeiro impulso... Engoli o orgulho e a fúria e disse a mim mesmo que não tinha nada a ver com aquela história, que havia sido composta com as rivalidades de merda entre aqueles dois e a prefeita, que aquela briga não tinha a ver comigo e que, se a proposta de Vidal era viável e me convinha, para mim tanto fazia quem se beneficiaria dela. A questão era: a proposta realmente me convinha? Era viável? E, se fosse, eu estava mesmo disposto a deixar de ser quem era, mudar de vida e abandonar tudo, ir embora de Barcelona, desaparecer, começar do zero? Fiz duas últimas perguntas a Vidal. A primeira, quanto tempo ele me dava para responder. A segunda, se tinha alternativa. Vidal tinha previsto as perguntas, claro, e preparara as respostas. Ele me disse que me dava vinte e quatro horas para responder. Também me disse que é claro que tinha alternativa. 'Os cinco anos de prisão com que o código penal castiga o delito de extorsão', me disse. 'Mais os outros pela venda de maconha e de bitcoins. Tranquilo, Ricky, eu me encarregarei de que você tenha um juiz como merece', acrescentou o filho da puta. E terminou: 'Então este é o dilema: vários anos de prisão ou uma nova vida, tranquila e com dinheiro suficiente para vivê-la. Você escolhe'."

"Não lembro como Vidal se despediu, se é que se despediu. Só lembro que dediquei as vinte e quatro horas seguintes a pensar. E que pensei em muitas coisas, mas principalmente em uma. Sabe qual? No fracasso espanhol, nesse fracasso do qual eu falava antes, sujo e intransferível, sem glória nem redenção, sem o mínimo glamour nem a mínima dignidade, esse fracasso profundo e real, que eu conheço tão bem... Pensei que, quando se fracassa assim, só se fracassa uma vez; eu já te disse, na Espanha, quem fracassa fracassa para sempre. Pensei também que Vidal tinha razão, que, se eu morresse, ninguém sentiria minha falta, nem mesmo tinha certeza de que Marga sentiria minha falta. De qualquer forma, pensei, se aceitasse a proposta de Vidal, eu poderia recomeçar; com Marga ou sem Marga, teria o privilégio de uma segunda chance, um privilégio incrível na Espanha, quase um milagre, Vidal sabia, assim como eu, um privilégio tão incrível quanto continuar vivo depois da morte, tão incrível quanto uma ressurreição... Pensei nessas coisas e em outras. Até que me ocorreu que talvez a proposta de Vidal não fosse uma oportunidade, mas uma armadilha. Ou seja, pensei no que você dizia, que essa gente não brinca em serviço e que, depois de tudo o que tinha acontecido e sabendo o que eu sabia, não me deixariam em paz."

— Você pensou isso?

— Claro que pensei... Ou seja, supondo que a proposta de Vidal fosse factível e que eu a aceitasse, assim que a prefeita renunciasse e Casas e Vidal tivessem o que buscavam, eu deixaria de lhes ser útil e, ainda por cima, seria um risco para eles, pensei que poderiam fazer comigo o que quisessem, incluindo se livrar de mim sem que ninguém sentisse minha falta, porque para todo mundo eu já estaria morto... Por isso tinham me feito aquela proposta. E pensei que era um xeque-mate. Que eu estava perdido... Foi isso que pensei... Até que, depois de refletir muito, me dei conta de que não era verdade, ao menos não completamente, me dei conta de que só estaria perdido e nas mãos deles se deixasse de ter o controle dos vídeos. Porque o da prefeita era destruidor para ela, mas todos os outros eram destruidores para Casas e Vidal, também para Rosell, e, enquanto estivessem em meu poder, era eu quem dava o xeque-mate, não eles ... Foi o que pensei naquele momento. Que os vídeos que meu pai tinha me legado já não eram apenas minha herança. Também eram meu seguro de vida.

"Foi então que tracei meu plano, um plano alternativo ou paralelo ao de Vidal, o plano que devia me permitir equilibrar o dele e sobreviver a ele... A primeira coisa que fiz foi falar com Marga... Contei tudo a ela. A princípio, ficou histérica, se assustou muito, se negou com todas as forças a participar daquilo. Mas ao fim compreendeu que eu não tinha saída e a convenci de que, com Hematomas e os Vidal Boys metidos no assunto, ela correria poucos riscos, mas que correria muitos caso se negasse a participar. Então aceitou me ajudar.

"O resto você quase pode imaginar... Vidal tinha razão em uma coisa: é incrível a facilidade com que se pode fingir que alguém está morto. Também tinha razão em outra: ninguém sentiu minha falta, ninguém lamentou minha morte. Não que eu saiba... Alguns dias depois de dizer a Vidal que aceitava sua proposta, saí de casa como estava, vim para cá com um documento de identidade novo, um novo passaporte e uma permissão temporária de residência, e me instalei nesta casa. Desde então, não saí de Andorra."

— Quem decidiu que você viria para cá?

— Eu. Me pareceu um bom lugar para me esconder e começar uma nova vida, me pareceu longe o bastante de Barcelona para não encontrar ninguém conhecido e perto o bastante para que Marga pudesse vir de vez em quando... Vidal não pôs nenhum empecilho, e aí nossa relação, ao menos nossa relação direta, terminou. Não voltei a vê-lo nem a falar com ele. Tenho seu telefone, mas tudo o que dizemos um ao outro dizemos através de Marga, que também não fala com ele, e sim com Hematomas ou com alguns dos homens de Hematomas... Não preciso lhe dizer que Marga me mantém a par de tudo e que me ajudou muitíssimo, que graças a ela pude tirar os vídeos do cofre do Santander e trazê-los para cá... Coitada da Marga... Hematomas e seus capangas a obrigaram a intervir muito mais do que eu queria, ela teve de fazer de tudo ou quase de tudo, incluindo ameaçar a prefeita por telefone, e isso não entrava em nenhum plano, é claro, tampouco outras coisas. Eles a usaram para não manchar as próprias mãos e poderem controlar tudo a distância, mas, enfim, a ideia era que Marga também se beneficiaria disso, e a questão é que, apesar de tudo, parecia contente, as coisas estavam indo bem, recebemos os trezentos mil do primeiro resgate e nesta semana os trezentos mil do segundo. Com esse dinheiro, teríamos podido recomeçar, aqui ou onde quer que fosse... Mas ontem você apareceu, e ela se assustou. Ligou para mim, tentei tranquilizá-la e lhe disse para falar com Hematomas, mas não teve jeito, no fim precisei dizer para vir me ver. E a ferrei.

— Não a ferrou.

— Se Marga não tivesse vindo, você não teria nos pegado.

— Eu os pegaria de qualquer jeito... E, se não pegasse, pior, seus amigos os teriam tirado da frente.

— Pode ser... De qualquer forma, quero que saiba que Marga não fez nada, a não ser me ajudar. Não tem culpa de nada. Seria injustiça se ela pagasse por...

— Sei.

— Não tive sorte com as mulheres. Bom, na verdade foram as mulheres que não tiveram sorte comigo. Elas gostam de mim, mas eu não sei gostar delas, Herminia dizia que é porque não sei gostar de mim mesmo... Parece frase de livro de autoajuda, né? Mas talvez seja verdade.

— Tranquilo, não vai acontecer nada com Marga. E eu já lhe dei minha palavra de que vou fazer o possível para que você saia nas melhores condições desse caso. E para que seus amigos paguem pelo que fizeram.

— Eu já me conformaria com isso, com pagarem pelo que fizeram... Mas o único que vai pagar sou eu. Já disse, somos sempre os mesmos que acabamos pagando. Não falha.

— Vamos ver. Diga-me uma coisa: os vídeos estão aqui?

— Nesta casa? Sem chance. Não disse que eram meus seguros de vida? Estão no sofre de uma agência do Andbank, em Llorts, perto daqui. Deixaram de ser minha herança, mas...

— Continuam sendo úteis.

— Pode ser, mas para quem? Para mim, não. Na prisão não são necessários seguros de vida.

— Não é verdade... Mas não estou falando de você. Estou falando de mim.

— Tomara. Tomara que lhe sirvam... Vamos ver... Eu não acredito... Só sei que, com ou sem vídeos, esses três vão se livrar como sempre se livraram de tudo... Enfim, agora, sim, já te contei tudo o que eu tinha para contar. Estou morrendo de sono. Preciso dormir.

— Ainda não me contou do incidente.

— Que incidente?

— Que os fez parar de caçar garotas e se filmar com elas. Você disse que foi depois de gravarem a prefeita. Além do mais, tem uma coisa que continuo sem entender... Por que seu pai conservava os vídeos que vocês gravaram na León XIII, como os conseguiu?

— As duas coisas estão relacionadas... O incidente e o meu pai ter os vídeos.

— Ah, é?

— Sim.

— Então me conte... Se não me contar, não há trato... Há algum problema? Você não quer contar? Você me contou tudo, né? Por que isso não?

— Porque isso é diferente... Nem sequer devia ter mencionado. Já disse. Eu me confundi. Foi um erro.

— Você se refere ao incidente ou a seu pai? Seu pai teve a ver com o incidente?

— De certo modo.

— E por que isso é diferente? Por que não quer me contar?

— Porque é diferente. Porque é... Enfim...

— Não acredito que seja pior do que o que você já me contou.

— É pior, sim.

— Então talvez seja por isso que você deixou escapar.

— Não entendi.

— Talvez você queira me contar, sim. Talvez precise me contar... Seja como for, agora é obrigado. Lembre-se do trato. Além do mais, se não me contar...

— Eu vou contar, não precisa me ameaçar... Deixe-me servir um pouco mais de uísque... Talvez você tenha razão e... Enfim, suponho que a essa altura dê na mesma, afinal de contas, eu estou morto, então o que eu contar já não pode fazer mal a mim, só aos meus amigos. E é disso que se trata, de lhes fazer todo o mal possível, né?

— Estou ouvindo.

— ... Não sei como contar, realmente me dá vergonha, me horroriza contar. Além do mais, me parece tão surreal... Ou talvez me pareça real demais, às vezes pensava isso, que aquele foi o momento mais real de minha vida, ou talvez o único real, a hora da verdade. Da verdade de meus amigos e da minha. Não é que eu me sinta culpado pelo que aconteceu. Bom, não completamente... Mas acho que alguma responsabilidade eu tenho, sim; não somos responsáveis apenas pelo que fazemos, mas também pelo que deixamos fazer ou pelo que presenciamos e não impedimos, somos inclusive responsáveis pelo que outros fizeram e nos beneficiou, isso de que só somos responsáveis pelo que fazemos é o que dizem os que não querem ser responsáveis por nada, sequer pelo que eles mesmos fazem... Enfim.

"Aconteceu no terceiro ano de faculdade, o último que cursei na Esade, quando meu pai ainda era deputado em Madri e estava no auge da carreira, embora faltasse pouco para estourar o caso dos cartões fantasmas e tudo ir à merda. Ou talvez já tivesse estourado, mas ainda não tivesse feito tanto estrago... Seja como for, era um sábado, uma noite de sábado que começou como tantas, talvez a única diferença tenha sido que saímos os quatro sozinhos. Já disse que naquela época não era tão frequente sairmos sábado à noite sem as namoradas de Vidal e Rosell. Mas o resto foi mais ou menos como sempre. Nós nos encontramos na casa de Vidal, jantamos no Jumilla e depois entramos na Sutton... Outro detalhe: fomos na BMW do pai de Vidal, não no carro de um de meus amigos, eu me lembro disso porque a BMW era muito grande e tinha os vidros das janelas polarizados. Mas estou dizendo que no começo foi tudo mais ou menos como sempre... Até que saímos da Sutton, e Casas e Vidal propuseram que levássemos uma puta à León XIII."

— Você não tinha me dito que também levavam putas para lá.

— Você não tinha me perguntado... De qualquer forma, não fizemos isso muitas vezes. Só quando não nos restava outro remédio.

— E isso significa o quê?

— Significa que só levávamos putas para lá quando não conseguíamos engambelar nenhuma das outras mulheres. Ou quando tínhamos vontade... Porque, claro, em teoria, com as putas tudo era diferente.

— Você quer dizer que não as estupravam?

— Em teoria lhes pagávamos e pronto.

— E na prática?

— Também. Mas naquela noite foi diferente... Como eu estava dizendo, Casas e Vidal tiveram a ideia e, ainda que Rosell e eu tenhamos resistido, acabamos cedendo. Aqueles dois tinham bebido muito, e acho que não tinham vontade de sair procurando ou simplesmente queriam foder uma puta... Sei lá... Não fomos a um puteiro, as putas de puteiro não aceitavam sair do estabelecimento conosco, pelo menos foi o que disseram uma vez, imagino que fossem proibidas ou que tinham medo e não confiavam nos clientes... Em vez disso, fomos ao campo do Barça, que ficava perto e estava cheio de putas, ali havia muita opção, demos uma volta de reconhecimento pelos arredores do campo e o cemitério de Les Corts e, ao fim, escolhemos... Eu me lembro muito bem daquela mulher, não há um único dia que não me lembre dela... Tinha uns quarenta anos, um corpo bacana e devia ter sido bonita, estava muito maquiada, era morena... Casas e Vidal negociaram com ela por um tempo, mas, quando parecia que tinham chegado a um acordo, a mulher pensou melhor e disse que não, também fez algum comentário... Não sei o que disse a eles (ou soube e esqueci em seguida), mas lembro que Casas e Vidal não gostaram nem um pouco, ficaram furiosos... Por isso e porque lhes disse não.

"Não tentamos outra puta. Fomos embora do campo do Barça e ficamos bebendo em algum bar de Sants, não lembro onde, mas lembro que Casas e Vidal continuavam muito irritados com a puta que tinha dado o fora neles. Também lembro que nem sequer se incomodavam em dar em cima das garotas que apareciam... A questão é que, um tempo depois, deviam ser duas ou três da madrugada, entramos na BMW do pai de Vidal e, em vez de cada um ir para sua casa, voltamos ao campo do Barça e reconhecemos a puta de antes, ainda rondando pelos arredores. 'Ali está,' disse Casas a Vidal. 'Vá até essa cachorra que ela vai ver...' Foi o próprio Casas quem negociou com ela, dobrou ou triplicou a oferta que tinha feito antes e a convenceu.

"O que aconteceu em seguida eu lembro melhor do que gostaria, porque não esquecemos o que queremos, e sim o que podemos... Na León XIII foi tudo muito rápido. Como você pode imaginar, pulamos os preparativos de costume e fomos direto ao ponto, uma puta é uma profissional do sexo, embora o que eu acabei gravando não tivesse muito a ver com sexo... De início, sim, claro, tudo começou como uma sessão de sexo em grupo, e eu tinha gravado coisas parecidas, ainda que não muitas, porque o normal na León XIII não era o sexo em grupo, mas o estupro coletivo, que foi no que aquilo se transformou em seguida. Eu acho que a mulher intuiu bem rápido o que estava por vir, mas tinha experiência e deve ter pensado que, para a coisa não sair do controle, o melhor era tentar dar um ar de normalidade ao que era cada vez menos normal, até que compreendeu que era impossível e tentou resistir, reclamou, pediu explicações, gritou, bateu... Mas em algum momento deve ter percebido que dessa forma só estava piorando as coisas, porque se calou e se deixou dominar; àquela altura já devia ter entendido que essa era a atitude mais sensata para não piorar as coisas... Não adiantou. Primeiro o sexo em grupo se transformou em estupro, depois o estupro coletivo se transformou em outra coisa, algo que eu não saberia nomear, às vezes penso no que aconteceu como se fosse uma cerimônia, ou um ritual, ou um carnaval macabro, como se tivesse sido um conciliábulo horripilante... Só sei que eu o acompanhei fascinado de meu esconderijo, espiando o que acontecia do outro lado da parede sem acreditar no que estava vendo, mas sem deixar de gravar, hipnotizado pelo espetáculo, eu me lembro por exemplo daquela mulher de quatro, nua e chorando e pés e mãos amarrados, aterrorizada, e meus amigos fora de si, insultando-a, gritando com ela, dando-lhe bofetões, e empurrões, e chutes, e cuspindo nela enquanto a fodiam por todos os orifícios ou urinavam nela como se tivessem ficado loucos ou como se sempre tivessem sido loucos e eu não tivesse percebido até então; eu assistia àquele delírio sádico sem conseguir desviar o olhar, estou te dizendo, fascinado, enfeitiçado, mas não acredito que me passasse pela cabeça a possibilidade de terminar como um filme de terror, que foi como terminou quando Casas, que tinha desaparecido de meu campo de visão, voltou a aparecer nu e ensopado de suor, berrando com a cara manchada e os olhos arregalados e com um tijolo ou uma pedra na mão, não sei de onde a tirou, suponho que tenha ido buscar no jardim. A questão é que começou a bater na mulher com aquilo, bateu na cabeça dela até que Rosell lhe tirou a pedra e também começou a bater nela, depois foi Vidal quem bateu, mas disso não tenho tanta certeza, talvez eu tenha inventado essa lembrança; só sei que, um tempo depois, a mulher estava morta e seu corpo largado numa postura impossível, entre colchonetes ensopados de sangue, com os roqueiros e as estrelas de cinema olhando para ela dos pôsteres das paredes... Parecia uma boneca de pano ou uma boneca quebrada... Por que está com essa cara? No que está pensando? Eu avisei que..."

— Não estou pensando em nada. Continue.

— Ei, não tinha falado que não tomava uísque? Sirva meu copo também, no aparador tem outra garrafa cheia... Eu disse que o que ia contar era um horror, mas achei que policiais estivessem acostumados...

— Continue.

— ... Quando me dei conta do que tinha acontecido, me afastei da câmera e parei de gravar. Minhas pernas tremiam... Acho que durante alguns segundos tentei me convencer de que não tinha visto o que tinha visto, de que não tinha acontecido o que tinha acontecido, de que eu tinha sonhado ou algo assim. Então, ainda tremendo, fui ao quarto dos colchonetes, e quando entrei meus amigos pareciam três sobreviventes de um furacão ou de uma explosão nuclear... Ou três doentes terminais... Ou três drogados, incapazes de voltar de uma viagem de ácido... Sei lá... Lembro que Rosell estava no chão, encolhido num canto como um feto, e que eu não soube se estava chorando ou rindo. Também me lembro do olhar de Casas, um olhar suplicante, de pânico e de incompreensão total, um olhar de desamparo absoluto... Vidal foi o primeiro que falou. Apontou para a morta como se tivesse acabado de vê-la, com uma expressão ausente no rosto e com a pedra banhada de sangue na mão, e disse: 'Temos que fazer alguma coisa.' Era evidente que os três estavam fora de combate... Eu me sentia preso, cúmplice daquele horror, mas era o único que conservava alguma clareza, alguma capacidade de reação.

"Isso explica o que aconteceu depois... Isso e meu instinto servil, a vontade que sempre tive de me fazer valer diante deles, de lhes ser útil e conquistar sua gratidão e seu afeto para um dia pertencer a seu círculo... 'Aproxime-se dos bons e você será um deles,' tinha me dito meu pai. E ali estava eu, atado a meus amigos por aquela morta, impossibilitado de me aproximar mais deles. Já cheguei a me perguntar se aquele momento, a morte daquela mulher, não me pareceu uma oportunidade, a chance de tirar meus amigos de um apuro e de me deverem um grande favor... É possível que eu tenha pensado nisso e que precisamente por esse motivo tomei a decisão que tomei. A decisão consistiu em ligar para meu pai. Disse isto a meus amigos. 'Vou ligar para meu pai. Ele vai nos ajudar...' Nenhum dos três disse nada, nem que sim, nem que não; os três estavam como desvairados, então foi o que fiz, liguei para meu pai.

"Era muito tarde, meu pai estava na cama, deve ter tomado um susto tremendo... Tentei lhe explicar o que tinha acontecido, lhe contei com quem estava, ele me ouviu sem me interromper e, quando terminei de falar, me pediu o endereço da León XIII. 'Não se mexam', me disse. 'Vou para aí.'

"Assim que desliguei o telefone, senti que tinha sido um erro, porque pensei que a primeira coisa que meu pai faria seria ligar para a polícia, mas também senti que já era tarde para corrigir e que, mesmo que ligasse de novo para dizer que não aparecesse lá, iria do mesmo jeito... E sabe de uma coisa? Muitos anos depois, a única vez que meu pai e eu falamos daquela noite, em seu apartamentinho de Torredembarra, pouco antes de sua morte, ele me disse que aquela tinha sido exatamente sua primeira intenção, que tinha sido o que tinha pensado em fazer, mas que, se não o fez, foi porque, depois que liguei para ele, enquanto se vestia apressado para ir à León XIII, disse a si mesmo que, se nos denunciasse para a polícia, julgariam a nós quatro e nos condenariam a muitos anos de prisão, então no último momento preferiu carregar em sua consciência a morte daquela mulher, não a destruição de seu filho e de outros três rapazes que tinham a vida inteira pela frente, porque a morte da mulher não tinha remédio, enquanto a destruição dos quatro rapazes, nossa destruição, tinha... E aquela vez em Torredembarra também me disse outra coisa. Me disse que pensava que não tinha sido bom, que devia ter nos levado à polícia, que nós devíamos ter pagado pelo que fizemos e que, depois do estrago que o caso dos cartões fantasmas fez com ele, mais de uma vez pensou que aquele desastre era o castigo por seu erro... O que você acha? Meu pai era um homem justo, pensava que na vida colhemos o que plantamos e que mais cedo ou mais tarde tudo se acaba pagando... Ou talvez só tenha sido um homem supersticioso. Eu não sou."

— Continue.

— Você não bebe ou vira o uísque como se fosse água. Não tem meio-termo.

— Continue.

— Não tem muito mais para contar... Quando meu pai apareceu na León XIII, ele se encarregou da situação. Sem repreensão. Só quis saber o que tinha acontecido, eu contei da gravação, ou melhor, das gravações, nos perguntou sobre o estabelecimento (de quem era, quem o usava, para que o usávamos), obrigou meus amigos a tomarem banho, fez o possível para nos tranquilizar e nos mandou para casa enquanto ficou ali... Antes de sairmos, nos disse: 'O que aconteceu nesta noite é como se não tivesse acontecido'. E acrescentou: 'Façam o que eu digo e vai ficar tudo bem'.

"Fizemos o que ele disse... Nunca voltamos a falar daquela noite e, dali em diante, nos comportamos como se tivesse sido só mais uma noite, aquilo não mudou nada entre nós nem com os outros. Impressionante a facilidade com que podemos decidir que não aconteceu uma coisa que, sim, aconteceu, ainda que seja tão horrível quanto o que aconteceu naquela noite... Não acha?

"Não sei como meu pai limpou o estabelecimento da León XIII, suponho que tenha pedido ajuda para alguém, naquela época conhecia muita gente, mas não sei, na verdade nem sei ele se limpou ou se mandou limpar, simplesmente imaginei, nunca soube com certeza e nunca perguntei a ele, nem da última vez que falamos sobre o assunto em seu apartamento de Torredembarra; de fato, daquela vez ele nem sequer me contou que tinha ficado com os vídeos da León XIII, talvez não soubesse como me contar, talvez também se arrependesse de ter ficado com eles ou preferisse que eu tivesse uma surpresa com aquilo quando ele morresse... Vai saber... Só sei que, como eu estava dizendo, levamos ao pé da letra a promessa de virar a página, tão ao pé da letra que não voltamos a levar nenhuma mulher a León XIII. Não voltamos nem a pisar lá... E não preciso dizer que meus amigos jamais me agradeceram pelo que fiz; nem a mim nem a meu pai, nunca se lembraram de que naquela noite salvamos a pele deles, de que sem meu pai e sem mim a vida deles teria ido à merda, isso nunca lhes passou pela cabeça, nem mesmo quando o assunto dos cartões fantasma destruiu meu pai e eu deixei de estudar na Esade, naquela época também não houve nem uma palavra nem um gesto. Nada... Lógico, né?"

— O vídeo do assassinato está entre os que seu pai guardou?

— Não.

— Como você sabe?

— Porque foi o primeiro que procurei.

— E não estava lá.

— Não... Talvez tenha se perdido naquela mesma noite, na noite em que o gravei, quero dizer. Ou talvez meu pai o tenha jogado fora para se assegurar de que ninguém o veria, porque lhe pareceu perigoso demais. Não sei. A questão é que não está lá. Se estivesse...

— Vidal não perguntou por ele?

— Não. Talvez nem saiba que existe... Ou não lembra que eu gravei.

— Seu pai não contou o que fez com o corpo da mulher?

— Não. A única coisa que sei é o que saiu nos jornais e é que no dia seguinte encontraram o corpo dela num descampado de La Sagrera, em Sant Andreu... Meu pai, ou quem quer que o tenha ajudado, deve tê-lo deixado lá.

— Como se chamava?

— Quem ajudou meu pai?

— A mulher.

— Claro. Disso eu não esqueço. Os jornais não informavam o nome, mas eu procurei na internet até encontrar.

— Como se chamava?

— Rosario Marín.

2.

— Se essa gente ainda não divulgou o vídeo, não acredito que ainda vá — raciocina Blai.

— Eu também não — concorda Vàzquez.

— Claro que o mais provável é que não o tenham — prossegue Blai. — Se o tivessem, teriam divulgado. É o lógico, não? Um ultimato é um ultimato.

— É verdade, capaz que não tivessem — conclui Vàzquez. — Capaz de ter sido blefe. É o mais provável.

— Se era blefe, se deram superbem — aceita Blai. — Levaram a grana dos dois resgates.

— É o mais provável — repete Vàzquez.

— O que você acha, espanhol de merda? — indaga Blai. Antes que Melchor possa responder, acrescenta: — E, a propósito, onde caralho você tinha se metido? Todos feito loucos com o assunto da prefeita e, enquanto isso, você coçando o saco. Posso saber por que nem atendia o celular? Foi para isso que eu o trouxe aqui? Para tirar o corpo fora?

Graças a Vàzquez, que lhe dá uma mão, Melchor se esquiva da bronca e se mostra totalmente de acordo com o antigo chefe da Unidade de Investigação da Terra Alta. Chegou a Barcelona ao amanhecer, depois de passar três noites em claro, a segunda das quais ouvindo a confissão de Ricky Ramírez em sua chácara alugada de Sant Julià de Lòria, Andorra. E, após dormir por algumas horas, foi ver a prefeita, almoçou com a filha e Vivales e dormiu um tempo até Blai o acordar para lhe dar a notícia e convocar uma reunião urgente em Egara.

— Bom, eu já cumpri minha parte do combinado — recordou-lhe Ricky Ramírez. — O que você vai fazer agora?

— Cumprir a minha — garantiu Melchor.

Fazia alguns minutos que não parava de arder em seu cérebro incendiado pelo uísque a última frase que sua mãe dissera à amiga Carmen Lucas na noite em que a mataram, quinze anos atrás, depois de se negar a entrar na BMW em que estavam seus assassinos: "Um bando de moleques de boa família que saiu para se divertir com o carro do papai".

— O que não entendo é por que você tem tanta certeza de que a chantagem da prefeita não tem nada a ver com o incêndio de La Pleta de Bolvir — continua Blai, dirigindo-se a Melchor.

— Já se sabe se foi intencional? — interpõe-se Vàzquez.

— Parece que não — responde Blai. — Tudo indica que foi um curto-circuito. Parece que a casa era de madeira e, com este calor, pegou fogo em seguida. Ainda por cima era noite, então eles deviam estar dormindo, porque não se salvou ninguém. A casa ficava no meio do bosque, e quando os bombeiros chegaram não passava de um monte de cinzas.

— Quantos cadáveres encontraram? — pergunta Vàzquez.

— Dois, além dos três tenores — responde Blai. — Todos carbonizados. Um era de Hematomas. O outro ainda não foi identificado.

— Hematomas deve ter subido a La Pleta de Bolvir por conta própria — arrisca Vàzquez. — Os três tenores foram no mesmo carro. Torrent e Estellés os seguiam, mas os perderam na saída de Barcelona. Normal, era sexta-feira à tarde e os túneis de Vallvidrera estavam congestionados.

— Como você se comunica com Vidal? — perguntou a Ricky.

— Eu já disse — respondeu Ricky. — Por Marga, que está em contato com Hematomas. Mas tenho o telefone dele. O de Vidal, quero dizer. Se for urgente, posso mandar mensagem. Se for muito urgente, posso ligar para ele. Mas desde que estou aqui ainda não fiz isso.

— Então faça agora — ordenou Melchor. — É muito urgente.

— Você não respondeu à pergunta — insiste Blai.

— Porque não acho que nenhum dos três estivessem metidos na extorsão — responde Melchor.

— Há alguns dias você achava — lembra Blai.

— Sim — reconhece Melchor. — Mas não mais.

— Na quinta-feira também cheguei à conclusão de que Rosell não fazia a menor ideia do que se tratava aquilo — intervém Vàzquez. — Isso sem contar que me pareceu um idiota.

— É um idiota — confirma Blai. — Ou era. Todo mundo sabe. Mas Vidal e Casas, não, esses eram bem espertos. E algumas pistas os vinculavam à chantagem.

— Por exemplo? — pergunta Vàzquez.

— O que você quer que eu diga a Vidal? — perguntou Ricky.

— Sabe se ele ainda tem o chalé de La Pleta de Bolvir, aquele onde vocês se reuniam aos fins de semana e viam os vídeos?

— Não faço ideia.

— Então descubra. E, se ele ainda tiver, marque um encontro lá. Diga que vocês precisam se ver. Diga que precisa lhe falar algo muito importante. Ou melhor, diga que precisa lhe mostrar.

— Por quê? Para quê?

— Diga isso a ele e deixe que me encarrego do resto.

— Ele não vai aceitar.

— Claro que vai aceitar. Diga que é relacionado às gravações. Algo que você não tinha lhe dito, mas que agora quer dizer. Algo que tem a ver com a chantagem à prefeita e que ele deve saber antes de vencer o prazo que você deu para ela renunciar. Diga que o assunto também é importante para Casas e Rosell e que ele precisa dar um jeito de os dois irem junto. Diga isso.

— Por exemplo — menciona Blai —, Marga Isern, a amiga de Ricky Ramírez, fez um chip num cibercafé, em nome de Farooq Hoque, o dono do celular…

— É falso — interrompe-o Melchor. — O dono do cibercafé me enganou. Está apaixonado por essa mulher, mas ela não liga para ele e ele quis se vingar me contando essa lorota.

— E Hematomas?

— O que tem Hematomas?

— Você me disse que ele e Marga Isern se viam.

— É verdade. Mas não se viam por causa da prefeita.

— Como você sabe?

— Porque faz tempo que Marga Isern era confidente de Hematomas. Ele a recrutou quando esteve na prisão. No bairro todo mundo sabe disso.

— Você vai comigo ao chalé? — perguntou Ricky.

— Claro — respondeu Melchor.

— E o que pretende fazer lá?

— Não se preocupe, isso é assunto meu. Você faça o que eu digo e esqueça o resto. Se fizer isso, eu o libero.

— O quê?

— Isso mesmo: eu o libero. Solto você. E a Marga. E desta vez seus amigos não vão se livrar. Vão pagar pelo que fizeram.

— Fico feliz. Mas você tinha dito que faria o possível para que Marga e eu saíssemos em boas condições, não que me liberaria.

— Estou dizendo agora.

— Como sei que não está me enganando? Como posso ter certeza do que você diz?

— Você não pode.

— Então — conclui Blai, reprimindo sua satisfação —, se não tem ninguém chantageando a prefeita e não temos pista que relacione os três tenores à chantagem...

— Já era. — Vàzquez completa a frase. — Só falta descobrir quem foi o esperto que ficou com a grana. Mas, a inimigo que foge, ponte de prata.

— Menos mal que ontem a prefeita cancelou a coletiva que tinha convocado para renunciar — diz Blai. — Ainda não consigo entender. Na quinta-feira, quando falei com ela por telefone, não consegui lhe tirar essa ideia da cabeça. Enfim, acho que reconsiderou o que eu disse, afinal, tenho certa capacidade de persuasão, não acham?

— Me dê um motivo convincente para não renunciar. — Foi o que a prefeita pediu por telefone.

— Se eu não tivesse assistido — disse Melchor —, diria que um vídeo de conteúdo sexual não pode fazer mal a ponto de ela renunciar. E que ninguém garante que, mesmo renunciando, não divulguem o vídeo.

— Quer dizer que o viu?

— Sim.

— Quando? Como? Onde?

— Isso eu não posso dizer. Mas garanto que posso lhe entregar em mãos amanhã de manhã.

— Faça isso hoje ao meio-dia e cancelo a coletiva de imprensa.

— Sinto muito, hoje ao meio-dia eu não posso. Vai ter que esperar até amanhã. Precisa confiar em mim.

— Bom, isso é tudo, né? — pergunta Melchor. — Estão me esperando em casa.

— Sim — responde Blai. — Suponho que sim. Caso encerrado, como diz o inspetor Gadget. Certo, Vàzquez?

— Claro — assente Vàzquez. — O herói de Cambrils já pode voltar para a paz da Terra Alta, que é a única coisa em que pensa. Não se preocupe, vamos continuar buscando a grana. Embora neste momento me pareça bastante improvável encontrarmos. Sejam quem forem, esses canalhas com certeza já se mandaram e a essa altura sabe-se lá onde andam.

— Quando tenho que chamá-los a La Pleta de Bolvir? — perguntou Ricky Ramírez.

— Amanhã à noite. Antes de vencer o prazo da chantagem — respondeu Melchor.

— Está bem — concordou a prefeita. — Confio em você. Venha à minha casa com o vídeo amanhã de manhã e eu cancelo a coletiva.

— Estarei aí — prometeu Melchor. — Em troca, faça-me um favor.

— O que quiser.

— Não conte a ninguém que tivemos esta conversa.

— Nem a seu chefe? Ele tem me ligado.

— Nem a ele. A senhora e eu não nos falamos nem nos vimos. Ninguém lhe devolveu o vídeo. Está bem?

— Vai mesmo me deixar ir? — perguntou Ricky. — Tem certeza de que não vai acontecer nada comigo?

— Absoluta — respondeu Melchor.

— Nos vemos na Terra Alta, espanhol de merda — diz Blai.

— Um abraço, cara — diz Vàzquez. — Cuide-se.

— Jure pelo que você mais ama — disse Ricky.

— Eu juro pela minha mãe — diz Melchor.

Melchor e Cosette passam a primeira semana de agosto em El Llano de Molina, Múrcia, hospedados na casa de Pepe e Carmen Lucas, a amiga da mãe de Melchor.

É uma semana feliz. Melchor leva seu já muito manuseado exemplar de *Os miseráveis* e os contos que ainda precisa ler para o concurso literário do Instituto Terra Alta. Não voltou ao romance de Hugo desde o falecimento de Olga, e desde as primeiras páginas o livro o prende outra vez de tal modo que abandona os contos e o lê o tempo todo: de manhã, quando acompanha Cosette à piscina municipal, onde encontra as amigas que fez no povoado no ano anterior (e que continuam chamando-a de "Cosé", o que Cosette adora); à tarde, depois de almoçar em casa com Carmen e Pepe, enquanto Cosette vê um filme na televisão ou brinca com as amigas no quintal, e mais tarde, quando o sol baixou um pouco e ele a leva para jogar futebol com o time do povoado num descampado das redondezas, ou nos povoados vizinhos; mergulha em *Os miseráveis* à noite, depois de ler para Cosette um capítulo de *Os filhos do capitão Grant*, romance de Júlio Verne que substituiu *Miguel Strogoff* nas leituras noturnas antes de Cosette dormir, e permanece acordado até as três ou quatro da madrugada, seguindo apreensivo as peripécias de Jean Valjean, as quais sabe de cor. Uma noite, enquanto Cosette já está quase pegando no sono depois de sua dose cotidiana de Verne, ouve do quarto de Carmen e Pepe um rumor inconfundível.

— O que é isso? — pergunta a menina, assustada.

— O quê? — responde Melchor, tratando de ganhar tempo.

— Esse barulho.

Melchor finge aguçar o ouvido: o rumor continua inconfundível, mas agora chega misturado com nítidos gemidos.

— Que barulho? — insiste Melchor. — Não estou ouvindo nada.

Cosette olha para o teto do quarto com a boca franzida, como se estivesse refletindo ou como se quisesse que seu pai, que não tira o olho dela, compreendesse que está refletindo.

— Carmen e Pepe estão fazendo um bebê? — pergunta.

Melchor sente que todo o sangue de seu corpo lhe toma o rosto e dá graças aos céus por estar deitado na cama. Mentalmente implora que o barulho cesse enquanto busca resposta aceitável à pergunta da filha, mas não a encontra. Só consegue pedir a ela:

— Vamos, durma de uma vez. Está muito tarde.

No dia seguinte, último de sua estadia em El Llano de Molina, Cosette insiste que Pepe a leve para jogar futebol, e, para não ficar sozinho em casa, Melchor decide acompanhar Carmen à horta que ela tem no quintal, que não fica longe do povoado, e da qual continua cuidando diariamente. A princípio, tenta ajudá-la, mas, tendo em vista sua inaptidão, ela lhe indica entre risos o depósito onde guarda as ferramentas e pede que não se preocupe e se ponha a ler aquele calhamaço do qual não se separa.

Melchor obedece. Senta-se no chão, encostado na parede do depósito e observando a mulher trabalhar, até que se cansa e retoma a leitura de *Os miseráveis*. Chegou ao famosíssimo episódio em que Jean Valjean, carregando nos ombros Marius, noivo de Cosette - a quem acaba de salvar a vida na barricada de La Chevreuse -, foge pelos esgotos de Paris perseguido por Javert; quando já faz um tempo que está lendo, levanta o olhar, vê Carmen a alguns metros dele e de repente se diz que ela merece saber que finalmente se fez justiça, que o assassinato de sua amiga foi por fim vingado.

— Carmen — murmura Melchor.

Ela para o que estava fazendo e olha para ele, um pouco ofegante. Está inclinada sobre um sulco recém-aberto na terra, brandindo no ar uma enxada.

— O quê? — pergunta.

— Você se lembra de minha mãe?

Carmen Lucas apoia sua ferramenta na terra removida e, ainda ofegante, seca a testa com o antebraço. Cai a tarde na horta, e uma luz dourada envolve a mulher, como se ela fosse um anjo. Por um momento, Melchor sente que já viveu essa cena.

— Não tem um único dia em que eu não pense nela — responde Carmen. Após um silêncio acrescenta: — Por quê?

"Enquanto dura o remorso, a culpa persiste", pensa Melchor. Continua sem saber onde leu essa frase, mas se dá conta de que, apesar de ter matado cinco homens naquele verão, não guarda o mínimo remorso, a mínima culpa, e se assombra de ter se sentido alguma vez culpado pela morte de Olga, de ter pensado durante anos que falhou com sua mulher. Compreende que não falhou. Não é culpado de nada. E compreende também que Carmen não precisa saber e que ele não precisa se aliviar, nem com Carmen nem com ninguém, que deve carregar ele sozinho o peso daquelas mortes e que pode fazer isso com alegria.

— Por nada — responde.

Dois dias depois, quando volta a seu posto de trabalho na delegacia da Terra Alta, Melchor tem mais certeza que nunca de que não quer mais ser policial: afinal de contas, diz a si mesmo, só quis exercer esse ofício depois de ler *Os miseráveis* na cadeia de Quatre Camins, para encontrar os assassinos de sua mãe; agora que os encontrou, pensa, não faz sentido que continue. Pouco depois de chegar a essa conclusão, enquanto aguarda entusiasmado uma vaga na biblioteca de Gandesa ou em qualquer biblioteca da Terra Alta ou arredores, para poder se candidatar, Melchor recebe um telefonema de Manel Puig, amigo de Vivales, que lhe comunica que o advogado morreu.

— Estava com câncer havia dois anos — explica Puig. — Antes do verão avisaram que não tinha mais jeito.

— Eu não sabia — consegue dizer Melchor.

— Ninguém sabia. Ele ligou para Chicho e para mim uma semana antes de morrer, quando já fazia alguns dias que estava internado no hospital.

— Que estranho. Falei com ele umas duas vezes e nas duas ele me disse o de sempre: "Tudo sob controle".

— E estava. Controle dos médicos, que sabiam que ele ia morrer. E dele mesmo.

Melchor deixa Cosette na casa de Rosa Adell, que se ofereceu para cuidar dela em sua ausência, e vai para Barcelona. No cemitério de Sancho de Ávila encontra Puig e Campà, que o recebem com lágrimas nos olhos e o levam para jantar. Durante o jantar, comentam os últimos dias de Vivales.

— Ele nos proibiu de avisar você que estava internado — conta Puig.

— Não queria que você e a menina o vissem — afirma Campà.

— Estava muito mal? — pergunta Melchor.

— Que nada — responde Puig. — Estava nos paliativos, a base de cortisona, então estava como Deus. Esse era o problema.

Melchor olha para eles sem entender.

— Ele nos obrigou a levar uísque e charutos para o quarto do hospital — relata Campà.

— Como contrabando — esclarece Puig, desnecessariamente.

— Um dia tomou um porre que pelo amor de Deus — continua Campà, entristecido.

— Não parava de olhar os peitos das enfermeiras — diz Puig.

— Um sem noção — resume Campà.

— O filho da puta — diz Puig. — Ele nos fez ficar mal até o último dia.

— O que mais o preocupava era ter um funeral católico — muda de assunto Campà. — Ele me disse isso mil vezes.

— A mim, três mil — confirma Puig.

— Não sabia que Vivales era religioso — reconhece Melchor, que, muito a contragosto, não tira da cabeça Ortega y Gasset.

— E não era — garante Campà. — Graças a Deus, era ateu e antirreligioso. Mas por isso mesmo. Para mim, ele disse que queria ter certeza de que, antes de enterrá-lo, alguém falasse bem dele. Referia-se ao padre, claro.

— É a cara do Vivales — conclui Puig. — E para mim, sabe o que ele disse? — Campà o interroga com um meio-sorriso intrigado e, em seguida, Puig imita a voz inconfundível do advogado, rouca de álcool e tabaco: — "Principalmente, nada de funerais laicos, Manel. Nessa coisa de mandar as pessoas para o outro lado não tem ninguém tão bom quanto os padres: fazem isso há séculos".

— É a cara do Vivales também — opina Campà.

Naquela noite, Melchor se hospeda na casa do advogado. Passa as horas revistando gavetas. Busca fotos de sua mãe, mas não encontra nenhuma. Mas encontra várias de Vivales sozinho ou com desconhecidos, além de algumas com conhecidos. Encontra, por exemplo, uma de seu próprio casamento tirada na porta da Prefeitura de Gandesa: ele e Olga, grávida de Cosette, ocupam o centro do grupo, e a seu lado posam Salom e suas filhas e Carmem e Pepe, a quem Vivales passa o braço pelo ombro, sorrindo com todos os dentes; também encontra uma foto de Vivales bem jovem, vestido de recruta e rodeado de um bando de recrutas, entre os quais parece reconhecer Puig e Campà. Nessa madrugada também descobre, a altas horas, que Vivales pagava duzentos e cinquenta euros mensais a Cáritas e outros duzentos e cinquenta a Open Arms, organização de ajuda aos refugiados. "É a cara do Vivales", pensa.

Na manhã seguinte, termina de resolver os trâmites da morte com os quais Puig e Campà começaram a lidar na véspera. Atrás de uma escrivaninha, uma funcionária do cemitério, enquanto preenche um formulário, se refere ao morto por seu nome verdadeiro.

— Vivales — a corrige Melchor. — Seu nome era Vivales.

A funcionária sorri com doçura profissional e mostra o atestado de óbito que lhe entregaram.

— Aqui consta Perales — mostra a Melchor.

— É — assente Melchor. — Mas coloque Vivales.

Come um prato feito em um restaurante próximo ao cemitério e, enquanto aguarda o funeral, dá um passeio pelo bairro. Acaba se atrasando, e, quando volta ao cemitério, pensa que morreu algum famoso, algum ator ou algum político, porque a entrada está cheia de gente, mas, abrindo caminho entre a multidão, se dá conta de que a maioria é de imigrantes e espanhóis mal-encarados - ladrões, prostitutas, gente da noite e de péssima laia - e compreende que todos foram ao funeral do advogado.

— Este Vivales só lidava com o *crème de la crème* — murmura Puig, observando os presentes.

A capela do cemitério se enche em seguida, e vários participantes se contentam com permanecer do lado de fora. De sua parte, o sacerdote pondera durante o sermão as virtudes do falecido, a quem não conheceu: elogia sua provada honradez, seu sacrossanto respeito pelos tribunais e sua galharda e indeclinável defesa da lei; ao fim, arrebatado pelo ímpeto de seu próprio discurso, acaba o elevando ao patamar de "paladino da justiça". Em algum momento Melchor intui que Puig e Campà, sentados ao lado dele na primeira fila, se esforçam para não deixar escapar a risada; depois deixa de escutar o padre. Recorda então a manhã em que, sendo pouco mais que um adolescente, conheceu Vivales em um locutório da prisão de Soto del Real, perto de Madri, onde estava detido à espera de julgamento por pertencer a um cartel de narcotraficantes colombianos que levava grandes quantidades de droga à Espanha, e aquela outra manhã em que, anos depois, recém-saído em liberdade bem antes do previsto, graças a uma das artimanhas jurídicas de Vivales, suspeitou que aquele trapaceiro impenitente era seu pai. Recorda também outro dia, desta vez em um locutório da prisão de Quatre Camins, perto de Barcelona. Naquela época, já fazia tempo que sua mãe havia sido assassinada e que Vivales pagava seus estudos do ensino médio no IOC, o Institut Obert de Catalunya, além de se encarregar de sua defesa sem lhe cobrar um centavo, como fizera desde o princípio; numa tarde, Melchor, cismado com tanta generosidade, resolveu lhe perguntar por que fazia por ele o que fazia, e Vivales, depois de lhe responder se queria saber a verdade ou se preferia uma lorota e de lhe avisar que a verdade não o agradaria, o alfinetou: "Porque você é um morto de fome, rapaz. E se eu não te ajudar, ninguém o fará". Neste momento, Melchor acredita por fim compreender, num lampejo de lucidez, justo ali, em pleno funeral de Vivales, rodeado de um monte de mortos de fome como ele, que afinal de contas Vivales não era seu pai, ou que só o foi em suas fantasias de órfão irredento, mas que foi o mais parecido com o pai que lhe era possível ter.

Após a cerimônia, Puig e Campà o convidam a tomar algo com seus amigos. Melchor pensa que o mais provável é que não volte a ver Ortega e Gasset, então aceita, e os três vão a uma cafeteria situada na mesma rua Sancho de Ávila. Ali um grupo de homens os aguarda. São os companheiros de Vivales no regimento Arapiles 62, onde o advogado prestou serviço militar; e, enquanto Puig e Campà os apresenta e um por um lhe dão os pêsames, Melchor se pergunta se aqueles velhos são os jovens recrutas da fotografia que encontrou na véspera na casa de Vivales. Então pede uma Coca-Cola e se senta com eles. Todos tomam uísque e contam, indistintamente, histórias de Vivales e do serviço militar, como se em sua lembrança (ou sua imaginação) ambas as coisas fossem a mesma; alguns riem até as lágrimas. Quando um deles se levanta e, evidentemente bêbado, começa a entoar o hino da infantaria espanhola, os outros o seguem, e Melchor se levanta sem chamar atenção, paga o que o grupo consumiu e sai para caminhar.

No auditório do Instituto Terra Alta não cabe um alfinete. É véspera do primeiro dia do ano, e alunos de todas as idades, muitos deles acompanhados de seus progenitores, ocupam os assentos da plateia e até os corredores laterais, alguns de pé e outros sentados. Faz mais de meia hora que estão ali, ouviram discursos e música e assistiram à entrega dos quatro prêmios do concurso literário, bem como das doze menções honrosas; já passa de uma e meia, e – alguns mais, outros menos – todo mundo está faminto e querendo que a cerimônia se encerre quanto antes. Então, quando a vice-diretora do instituto e mestra de cerimônias anuncia que, para finalizar, um membro do júri pronunciará algumas palavras em elogio à leitura, um rumor percorre a sala de ponta a ponta.

Em meio ao tumulto, Melchor se levanta e sobe no palco como quem sobe ao cadafalso. Não há aplausos, a vice-diretora some de cena, e Melchor sobe ao palanque e tira do bolso da camisa o papel com seu discurso anotado à mão. Treme feito vara verde. Com a esperança de pôr fim àquela via-crúcis quanto antes, engole em seco e, sem esperar que se faça o silêncio, se põe a falar.

— Eu me chamo Melchor Marín e sou policial — apresenta-se. — Muitos de vocês me conhecem. Fui jurado do prêmio e por isso me pediram para proferir algumas palavras. Por isso e porque mais ninguém queria fazê-lo. — Melchor levanta um pouco o olhar para o auditório: enquanto preparava o discurso, pensou que seria bom começar com alguma coisa engraçada, para que os jovens rissem; mas ninguém riu: talvez o que disse não tenha sido engraçado ou ninguém o tenha ouvido. O alvoroço continua considerável, ainda que os professores caminhem para cima e para baixo tentando contê-lo. — E também porque gosto de ler romances — continua. — Isso não é muito comum, parece. Quero dizer que não é muito comum que policiais leiam romances, certamente porque meus colegas pensam que é mais útil e mais divertido ler sobre coisas reais do que sobre coisas inventadas. Talvez tenham razão, e por isso entendo que alguns às vezes riam de mim. Quando eu era mais jovem, isso me incomodava; agora, não, porque me dei conta de que um homem que se incomoda que riam dele não é um homem. — Melchor pigarreia, volta a espiar com apreensão as poltronas no ambiente e nota que um silêncio quase perfeito se apropriou dele. Por um momento pensa que aconteceu alguma coisa ou que alguém importante entrou na sala. — Quando criança, eu não gostava de ler — prossegue. — Gostava de fazer bagunça, como todo o mundo. — Aí brotam algumas risadas coibidas, isoladas, zombeteiras, inseguras. — Descobri os romances na prisão, quando era mais ou menos da idade de vocês, dos mais velhos de vocês, talvez um pouco mais velho. A prisão é um lugar muito ruim, não recomendo. — Agora a risada é geral, e, um pouco surpreso, Melchor para de falar e aguarda o silêncio de novo. Retoma a frase do começo e a termina: — Mas, às vezes, até em um lugar tão ruim acontecem coisas boas. Por exemplo, Cervantes teve a ideia do *Dom Quixote* na prisão; bom, é o que dizem, mas não sei, porque não li *Dom Quixote*. É provável que isso pegue mal, afinal de contas todo mundo diz que é um romance muito bom. Mas, não sei por que, sempre pensei que não era para mim, e outra coisa que aprendi com os anos é que só devemos ler os romances que são para nós.

"Mas voltemos à prisão. Comecei a ler romances por culpa de um homem que conheci lá. Ele se chamava Gilles, e os funcionários o chamavam de Guille, mas, como era francês, nós, os outros presos, o chamávamos de Francês. É uma das melhores pessoas que conheci na vida, embora estivesse na prisão por matar a marteladas sua mulher e um amigo. Neste verão, eu o reencontrei em Barcelona; ele estava apaixonado, que é a melhor coisa que pode acontecer com alguém. — Melchor faz uma pausa, nota a boca seca e compreende que se secou por medo. Infelizmente, ninguém teve a delicadeza de deixar um copo d'água para ele e, no meio do silêncio, se arma de coragem dizendo a si mesmo que falta pouco para terminar. — A questão é que o Francês era o bibliotecário da prisão e passava o dia lendo. Eu queria ser como ele, então passei a ler romances. No começo não gostei muito, é verdade, mas então li *Os miseráveis*, de Victor Hugo. É bem famoso, não sei se ouviram falar... Eu o li porque um dia o vi na mesa do Francês e pensei em minha mãe, que sempre reclamava de minhas notas baixas na escola e dizia: "Se quiser ser miserável como eu, não estude". — As risadas o obrigam a se deter de novo, mas não se atreve a olhar para a plateia e, assim que se faz o silêncio, continua falando: — Então li *Os miseráveis*, e foi quando tudo mudou. Adoraria lhes contar como mudou, mas a verdade é que eu não sei, não sou capaz de explicar. Durante anos pensei que tinha sido porque esse romance falava de mim, mas então vim à Terra Alta e conheci minha mulher, que me disse que todos os bons romances falam de nós. Ela tinha razão; quando se tratava de livros, minha mulher sempre tinha razão. Ela se chamava Olga e era bibliotecária aqui ao lado, na biblioteca municipal, alguns de vocês devem se lembrar dela. Graças a Olga, passei a colaborar com a biblioteca. — Durante os dois ou três segundos em que Melchor permanece calado, não se ouve na sala nem o voo de uma mosca. — Ah, sim, eu estava contando que, segundo minha mulher, todos os bons romances falam de nós. E também que *Os miseráveis* não era diferente, que não falava especialmente de mim. Claro que ela só dizia isso no começo, depois nos casamos e mudou de ideia, começou a pensar que talvez eu tivesse razão e *Os miseráveis* fosse, sim, um romance especial, mas não porque falava de mim, e sim porque falava de nós, dela e de mim. É que minha mulher e eu nos amávamos muito... Enfim, tudo isso é bem complicado, como vocês podem ver, e não sou muito bom com discursos. Por sorte, este já está terminando. Então, para finalizar, vou lhes contar outra coisa que aprendi com os romances. Aprendi que romances não servem para nada. Nem sequer contam as coisas como são, só como poderiam ter sido ou como gostaríamos que fossem. Mas é por isso que salvam nossa vida. — Melchor se cala, abstraído, e o auditório espera ansioso, sem saber se terminou ou não; por fim, ele acrescenta, quase como para si mesmo: — Bom, isto é tudo o que eu queria dizer: os romances não servem para nada, exceto para salvar vidas.

Outro silêncio ainda mais curto que os anteriores coroa o fim do discurso, um silêncio quebrado primeiro por um aplauso solitário, então por outro e mais outro e, em seguida, por uma salva estrondosa de palmas. Antes de Melchor descer do palco, sobem para felicitá-lo colegas do júri, pais, professores, um grupinho de alunos encantados, aos quais não sabe o que dizer. Ainda não terminou de agradecer os parabéns e tentar responder às perguntas, quando, no auditório já quase vazio, avista ao longe o inspetor Blai apoiado em uma coluna, observando-o com os braços cruzados e um sorriso sarcástico. Melchor é o último a descer e, ao chegar perto de Blai, este descruza os braços e lhe passa um deles pelos ombros.

— Você é um grande sem-vergonha, espanhol de merda — felicita-o o antigo chefe da Unidade de Investigação da Terra Alta. — Que jeito de controlar essas crianças. E isso de que tomou gosto pelos romances na prisão... Ah, como são ingênuos, coitados.

Melchor continua agradecendo os parabéns dos atrasados que se aproximam dele e, já no saguão, quando os dois policiais voltam a ficar a sós, aponta para Blai com a cabeça:

— E você, o que faz aqui?

Seu velho amigo lhe tira o braço dos ombros.

— Acabei de matricular Toni e Laura no instituto — anuncia. — Começam amanhã.

— Aqui?

O inspetor assente. Os dois se medem com o olhar e, antes de que Blai volte a falar, Melchor adivinha o que vai dizer.

— Aceitei o posto de chefe da delegacia da Terra Alta.

É a melhor notícia que Blai poderia lhe dar, mas Melchor não se altera.

— Estou sabendo — tenta se antecipar. — Você está pensando que aceitei o cargo pela família, para que minha mulher deixe de me encher o saco com a Terra Alta e tal. Não é? — Move a cabeça em negativa, como se censurasse Melchor sem palavras. — Até parece. O que você acha, que eu sou um pau-mandado?

Melchor continua calado.

— Não faça essa cara — recrimina-lhe outra vez Blai. — Estou falando sério. Já estava de saco cheio de Egara. Tanto figurão, tanto figurão...! Mas não sabem da missa a metade, homem! Além do mais, já não podia mais lidar com a água no pescoço, isso não há quem aguente... Enfim, como se você não soubesse.

Além dos dois policiais, não tem mais ninguém no saguão, exceto um zelador que, sem parar de varrer, lhes pede que saiam para a rua. Assim o fazem, e, depois de trocar umas palavras com uns professores e membros do júri que vagueiam pela porta do instituto, andam em direção ao centro histórico de Gandesa.

— A propósito — diz Melchor —, adivinhe quem vem neste fim de semana.

A expressão de Blai é interrogação.

— Vàzquez.

— Está brincando.

— Vem com a chefa de imprensa.

— Verónica? A que te persegue para o documentário sobre os atentados?

— A própria.

— Achei que você não quisesse fazer isso... O filme, digo.

— Não vou fazer.

— E então?

Melchor dá de ombros sem deixar de caminhar.

— Ela me ligou faz uns dias, queria me ver para falar do assunto. Eu a enrolei... Até que Vàzquez ficou sabendo e me pediu para aceitar, com a condição de que ele a acompanhasse.

Blai para, Melchor o imita, e os dois se observam um segundo; então o inspetor solta uma gargalhada.

— Que filho da puta!

Melchor sorri um pouco, feliz de ver o amigo feliz, e ambos reiniciam o passeio. Melchor coloca as mãos nos bolsos da calça.

— Bom — suspira —, bem-vindo à Terra Alta.

— Sim — assente Blai —, é o que minha mulher sempre diz: como na Terra Alta, não tem igual.

Essa frase deixa os dois em um silêncio embaraçoso, porque soou como um desmentido flagrante de todos os anteriores protestos de independência saídos da boca de Blai. Consciente da gafe, o futuro chefe da delegacia da Terra Alta se apressa em corrigir a situação.

— Mas é isso, espanhol de merda — adverte, com uma súbita alegria vingativa, segurando Melchor pelo ombro e sussurrando-lhe ao ouvido —, vocês já podem se preparar na delegacia: vou pôr todo mundo na linha.

Ao sair do cemitério, Melchor busca Rosa Adell sob a cruz de pedra da rotatória. Não a encontra, e a primeira coisa em que pensa é que está viajando, que não está na Terra Alta. Então pensa que Rosa esqueceu que é sábado ou acha que naquele fim de semana ele está de plantão. Então, melancólico, pensa que por fim se cansou. E que o estranho é que não tenha se cansado antes.

Desce caminhando pela avenida Joan Perucho até a avenida de Catalunya e, pouco depois da rodoviária, um conversível vermelho freia ao lado. Quem está ao volante é Rosa Adell.

— Aonde vai, policial? — pergunta.

Melchor se aproxima do carro. Ainda que seja quase outono, a manhã está quente e iluminada, e Rosa usa um vestido branco, fresco, e sandálias também brancas; óculos de sol ocultam seus olhos. Como Melchor se limita a observá-la, apoiado na porta do passageiro, a mulher pergunta:

— Vai ficar aí como um palerma? — Ela se inclina até a porta e a abre. — Vamos, entre.

Melchor se senta ao lado dela, e Rosa Adell segue para o interior de Gandesa.

— Onde está Cosette? — volta a perguntar.

— Tudo sob controle — responde Melchor: não é a primeira vez que se surpreende repetindo o bordão de Vivales, como se o tivesse herdado dele. — Está em Arnes, jogando futebol.

— E você não vai vê-la?

— Ela não quer. — Melchor dá de ombros. — Diz que, se eu for, fica nervosa e joga mal.

Margeiam lentamente a praça de La Farola enquanto Rosa nega com a cabeça.

— Essa menina fica babando pelo pai — diz. Então, mudando o tom, acrescenta: — A propósito, me contaram que você esteve ótimo na cerimônia de premiação do instituto.

— Foi horrível.

— O que me disseram é que as pessoas saíram encantadas e que todo mundo aplaudiu muito. — Tira a mão direita do volante e indica com o polegar o assento traseiro. — E, por falar em literatura, veja o que tem aí atrás.

Melchor se vira e vê um livro.

— Pegue-o — diz Rosa.

Melchor o pega. É um romance. A capa mostra um homem e uma menina de mãos dadas e recortados contra um crepúsculo pálido, distante, nebuloso e azul. Confere o autor e lê o título: *Terra Alta*.

— Você leu? — pergunta Melchor.

— Não. E você?

Nega com a cabeça enquanto Rosa comenta:

— Ouvi que é sobre você.

— Também ouvi isso.

— Conhece o autor?

— Nunca o vi.

— Dizem que tudo o que ele conta é verdade.

— Eu ouvi dizer que é tudo mentira.

Rosa sorri: o sol ilumina sua cara, e o vento alvoroça seu cabelo. Melchor pensa que fica linda quando sorri.

— Você se lembra de Vivales? — pergunta.

— Claro — responde Rosa.

— Ele gostava muito de filmes de faroeste — conta Melchor. — Em um deles tem um caubói que acabou de descobrir que está apaixonado.

Mas não entende o que está acontecendo e pergunta ao encarregado do *saloon*: "Você já se apaixonou?". E o encarregado lhe responde: "Não. Eu sempre fui garçom".

Rosa explode numa gargalhada. Melchor sorri enquanto deixa o livro no banco de trás.

— Aonde vamos? — pergunta a mulher.

— Aonde você quiser — responde Melchor.

Estão saindo do povoado. Rosa acelera.

Nota do autor

Agradeço a colaboração das seguintes pessoas: Cristóbal Fernández Zapata, Joan Llinares, Jordi Martí, Néstor Pavón e Montse Seró. Também a Patrícia Plaja, diretora de comunicação dos Mossos d'Esquadra, o inspetor Jordi Domènech, o sargento Enric Martínez, o intendente Antoni Rodríguez e a delegada Marta Fernández. Mas principalmente o inspetor Carlos Otamendi, que teve a paciência e a generosidade de ler o manuscrito deste livro.

Leia também

Um terrível crime assola a pacífica comarca da Terra Alta: os proprietários da maior empresa da região, a gráfica Adell, aparecem assassinados, e seus corpos indicam que foram vítimas de longas e atrozes torturas.

O jovem policial Melchor Marín é o encarregado local pelas investigações. Vindo de Barcelona para a Terra Alta há quatro anos, Melchor esconde um passado sombrio, graças ao qual se tornou uma lenda entre seus colegas de corporação.

Mas a Terra Alta mostrou-se algo além de um refúgio: Melchor se apaixona pela bibliotecária da vila, e com ela tem uma filha chamada Collete – como a de Jean Valjean, o protagonista de seu romance favorito, *Os miseráveis*.

Terra alta é um romance ágil, repleto de personagens memoráveis a escrito com a maestria típica de um dos maiores autores contemporâneos. Traz uma lúcida reflexão sobre o valor da lei, a possibilidade de justiça e a legitimidade da vingança, mas, acima de tudo, sobre a epopeia de um homem em busca de seu lugar no mundo.

Acreditamos nos livros

Este livro foi composto em Utopia Std
e impresso pela Geográfica para a
Editora Planeta do Brasil em setembro de 2025.